엄청나게 시끄럽고 지독하게 위태로운 나의 자궁

엄청나게 시끄럽고
지독하게 위태로운

나의 자궁

애비 노먼 지음 · 이은경 옮김

여성, 질병, 통증
그리고 편견에 관하여

메멘토

환자는 저마다 내면에 자기만의 의사가 있다

—노먼 커즌스, 『웃음의 치유력』

작가의 말

이 책이 세상에 나올 무렵 과학계와 사회가 내가 이 책에서 붙잡고 씨름한 고민의 답을 일부라도 찾는다면 난 더없이 기쁘겠다.

이 책이 모든 사례를 담고 있다고는 할 수 없고, 책에 실은 자료도 내가 젊은 환자로서 모으고 분석한 내용의 일부일 뿐이다. 의욕은 앞섰지만 무척 실망스럽게도, 내가 알아야 할 걸 다 알 수는 없었다. 그저 독자 여러분이 내가 쓴 글을 예리하고 비판적인 시각으로 봐 주길 바란다. 들고 다니며 읽기 편한 책을 만드는 데 중점을 뒀기 때문에 여성, 질병, 통증과 관련된 역사를 두루 다루거나 문헌을 분석하는 쪽으로는 욕심을 내지 않았다. 그보다는 독자들이 한 발 더 나아가 질문하고 더 나은 답을 찾을 수 있는 출발점을 제시하려고 했다.

연구 결과와 면담 내용을 싣긴 했지만, 내 개인적 경험을 중심으로 이야기를 풀어 나갔다. 내가 누군가를 대변할 수 있다고 믿어서가 아니라 내가 목격하거나 직접 겪은 일을 예로 들어 부당함을 고발하는 것이 중요하다고 생각했기 때문이다.

제목을 두고 의논하는 동안 혹시라도 제목이 자궁이 없는 독자들에게 배타적으로 비치지 않을까 걱정했다. 난 모든 여성에게 자궁이 있는 게 아니고 자궁이 있다고 해서 다 여성은 아니라고 믿는 만큼, 자궁내막증도 자궁에만 관계된 질병이 아니라고 굳게 믿는다. 내 정체성은 여성이며, 이 이야기를 하면서 정체성이라는 것이 내 여정에서 뭘 뜻하는지 고민해야 했다. 그러나 더 큰 맥락에서, 누구든 마찬가지겠지만 (어쨌든 당분간) 자궁이 있다는 사실이 여성이라는 내 정체성의 절대적 필요조건은 아니라는 점이 중요하다.

나는 전형적인 예가 되거나 이 책에서 다룬 특정 내용의 '목소리'가 될 생각은 없다. 내 경험은 그저 많은 경험 중 하나고, 백인 여성이라는 특권으로 이득을 누린 경험이기도 하다. 넓은 차원에서 인종과 성별 정체성이 내 경험에 어떤 영향을 미치는지 인식하면서, 세상에는 다른 이야기를 할 사람들이 있다는 사실을 잊지 않았다. 우리는 그들을 적극적으로 찾아 나서서 그 이야기에 귀 기울여야 한다.

당연히 단 한 가지 목소리나 이야기만 있을 수는 없다. 이 사실이야말로 이 책에서 다루는 주제를 전적으로 대변한다. 그러나 자기 이야기를 해야 할 필요가 있는 사람들이 오랫동안 제 목소리를 내지 못했다. 나는 이 책에서 다루는 주제, 우리 자신, 인간 정신력의 치열한 의지의 복잡성을 나타내는 많은 목소리에 보탬이 되려고 내 이야기를 하는 것이다.

이 책 한 권으로 그동안 조사한 내용을 다 다룰 수 없듯이 모든 사건, 사람, 대화를 일일이 지면에 싣지는 못했다. 서술상 편의와 내 이야기와 관련된 사람들을 고려해, 책에서는 (나를 진료한 의사 전원을 비롯해) 사람들의 이름과 신원을 감추거나 바꾸고 시간과 장소를 바꾸기도 했다. 이 책에 나오는 대화는 대부분 그 일이 있고 곧바로 쓴 일기에서 발췌했지만, 최근의 몇몇 대화는 내 기억을 바탕으로 재구성했다. 면담 내용은 대개 녹음을 글로 옮긴 다음 책에 싣기 알맞게 요약했고, 더러는 온라인 면담을 진행했다.

마지막으로, 〈X파일〉이나 기타 대중문화 현상에 관한 언급이 얼핏 무관해 보일지는 몰라도 전혀 근거 없지는 않다는 점을 알아주면 좋겠다.

애비 노먼

2017년 6월

차례

작가의 말 … 6

프롤로그 … 13

1_ **아무도 그 이유를 몰랐다**

고통의 등급 … 19

버릇처럼 아픔을 삼키다 … 22

원인을 알 수 없는 통증 … 27

2_ **편견과 사투를 벌이다**

여성=히스테리, 꾀병, 건강염려증 … 41

히스테리 진단의 희생양 … 48

히스테리와 신경쇠약 … 53

열일곱, 어느 아침 … 55

프로이트의 환자 … 60

수그러들지 않는 통증 … 64

산부인과를 찾다 … 66

초콜릿 낭종 … 71

다시 찾아온 통증 … 74

관심 받지 못한 병 … 78

자궁내막증 탐구 … 82

다양한 통념들 … 90

3_ 나를 구하는 길

제인 선생님과 심리 치료 … 101

내 어머니 이야기 … 107

책의 위로 … 114

어머니를 닮는다는 두려움 … 120

사랑받고 싶었던 아이 … 130

나를 구하는 길 … 136

미성년자로 자립하다 … 147

4_ 스스로 서다

상처 입은 새끼 원숭이 … 157

월터 할아버지의 가르침 … 160

꿈의 세라로렌스대학 … 168

5_ 도움이 절실한 순간

도라, 억압된 욕망의 대명사 … 179

돌아갈 수 없는 길 … 185

"네 잘못이 아니야" … 195

6_ 통념을 넘어

자궁 없는 자들의 자궁내막증 … 203

생리의 공포 … 209

출산의 위험 … 214

생리 안 할 권리 … 217

생리는 자연현상이 아닌 만성질환 … 221

젠더 메디신 … 225

나의 첫 경험 … 229

사랑에 빠지다 … 237

나를 치유해 준 것들 … 240

성교통과 불안한 관계 … 246

의학 도서관에서 찾은 단서 … 250

내 목숨을 살릴 만큼의 공부 … 258

7_ 남성들만의 리그

여성의 통증은 왜 늘 부정되는가 … 269

가임력 상실이 더 중요한가 … 273

통증에 대처하는 자세 … 278

"미친 여자 취급을 안 받게 됐어요" … 287

스스로 진단을 내린 환자들 … 291

환자로서 연단에 서다 … 293

내 자궁에 대해 물어보세요 … 297

8_ 다시 출발점으로

새로운 증상과 몇 가지 가능성 … 307

고통과 함께 살아가기 … 316

희망의 언저리 … 319

9_ 죽거나 살거나

익숙한 고통, 낯선 고통 … 323

이것도 내 삶이 될 것인가 … 331

"그래서 어떤 이론을 갖고 있나요?" … 336

에필로그 … 347

프롤로그

지금 생각해 보면 모든 것이 내 생애 최악의 샤워에서 시작되었다. 나는 세라로렌스대학 2학년생이었고, 대학 구내에 있는 작은 기숙사에서 레베카와 함께 살고 있었다. 몇 주째 침실 문에 붙어 있던 커다란 여치 한 마리를 빼면 전혀 특별할 게 없는 일상이었다.

내 알람이 울리자 레베카가 잠결에 베개 밑으로 머리를 파묻고 끙 하는 소리를 냈다. 레베카가 의식하지 못했어도 그건 늘 우리의 아침 인사였다. 입학 첫 주에 만난 우리는 유머 코드가 맞고 중동의 음식인 후무스를 좋아하고 커피 취향이 통한 덕에 급속도로 친해졌다. 나는 천성적으로 좀 정신이 없고 늘 서두르며 전반적으로 경계심이 많은 편이었다. 반면, 레베카는 좀 느긋했다. 사회정의가 걸린 문제가 아니라면 말이다. 이런 분야라면 레베카는 행동과 지원을 아끼지 않았고, 그런 점이 처음부터 내게 자극이 되었다. 대개 레베카는 우리 또래에 흔히 하는 삶의 경험에 열정적으로 뛰어든 반면, 나는 주저했다. 그리고 레베카는 '아침형 인간'과 정반대였다.

잠결에 불길하게 공포를 예감하지만 않았다면 여느 때처럼 평범했을 그날 아침, 나는 침대에서 나와 수건과 목욕용품 가방을 집어 들고 문을 열면서 그 별난 여치를 쳐다보고는 조용히 복도를 지나 욕실로 향했다. 옷을 벗으면서 교정 쪽으로 난 작은 창문 밖을 본 기억이 있다. 이른 시간이라 온 세상이 적막하고 고요했다. 나뭇잎 색이 변하기 시작했지만, 뉴욕의 가을은 내가 자란 메인의 활활 타오르는 듯한 단풍에 비할 바가 못 됐다. 나는 흔히 강직하다고 말하는 뉴잉글랜드 혈통인데, 아래턱을 축 늘어뜨리는 듯한 메인 지방 특유의 억양을 거의 버린 상태였다. 내 고향이 부끄럽지는 않았다. 오히려 그 반대에 가까웠다. 내게는 스스로 느끼기에 뉴잉글랜드의 실용주의에서 비롯된 허세가 꽤 있었다. 허세와 거리가 먼 항구도시에서 자랐는데도 말이다.

열여덟 살에 뉴욕에 온 나로서는 다시 메인에서 살고 싶지는 않아도 가끔은 그 숨 막히게 아름다운 자연이 그리웠다. 뉴욕은 전혀 다른 면에서 아주 근사했다. 그렇게 높은 빌딩의 그림자에 발 디뎌 본 적이 없던 나는, 브롱스빌로 돌아가는 메트로노스 기차에 타고 한참 뒤에도 내 안에서 고동치는 도시의 맥박을 느꼈다. 내가 자란 곳은 바닷가가 지척인 소도시고, 그 바다의 역사는 내 역사와 떼려야 뗄 수 없게 엮여 있었다. 우리는 모두 뱃사람의 후손이고, 바닷가는 어린 내가 안전하게 보호받는다고 느끼는 유일한 장소이기도 했다. 젖은 모래밭에 누워 두 손을 엇갈려 가슴에 대고 파도가 밀려와 내 몸에 부딪혀 부서지기를 기다리곤 했다. 파도가 물러나면서 날 끌어안은 품은 내가 살면서 사람들에게 받은 그 무엇보다도 따뜻했다.

그로부터 몇 년 뒤 몇 킬로미터 떨어진 곳에서 나는 따뜻한 물에 감각이 깨어나도록 샤워기에 손을 대고 있었다. 복도 끝에서 봉고를 두드리는 소리가 들리기 시작했고, 나는 앞날을 예견하는 향수에 사로잡혔다. 욕조로 들어가 샤워 커튼을 치면서, 비몽사몽 중에 내가 또 하나의 기억을 머릿속에 새기고 있나 하고 생각했다.

그렇게 일이 시작되었다. 날벼락처럼 갑작스러웠다. 몸통을 찌르는 통증이었다. 보이지 않는 습격자가 보이지 않는 칼로 날 찌른 것 같았다.

그 순간 정신이 번쩍 들어 눈이 튀어나올 듯 휘둥그레졌다. 손으로 옆구리를 누르면서 정확히 어디가 아픈지 알아보려고 했다. 전부 다 아픈 것 같기도 하고 아픈 데가 없는 것 같기도 했다. 내 몸 깊은 곳에서 뭔가가 툭 끊긴 듯했다. 그런 느낌은 난생처음이었다. 꼼짝 않고 서서 눈을 감은 채 내 몸에 귀 기울일 수 있기를 기다렸다.

통증은 단순한 아픔을 넘어, 아랫배와 골반으로 옮아가 옆구리를 휘감고 등으로 퍼졌다. 메스껍고 어지럽기 시작했다. 손을 더듬어 샤워기를 끈 뒤 욕조 가장자리를 넘으려다 발을 헛디뎠다. 다리가 후들거려 걸을 수도 없었다. 바닥에 쓰러진 채 숨을 죽이고서 온 세상이 정상으로 돌아와 내가 일어설 수 있기를 기다렸다. 구역질을 하면서 바닥을 기어 간신히 세면대를 잡고 몸을 일으켰다.

김이 서린 거울을 닦자 드러난 내 모습에 움찔했다. 얼굴에 핏기가 하나도 없고 두 눈이 퀭했다. 잊히지 않는 어머니의 잔상이 날 바라보는 것 같아 흠칫했다. 몇 년 동안 어머니를 생각하지 않았다면 거짓말이지만, 어머니 모습을 그렇게 생생하게 본 건 오랜만이었다. 거울 속에서, 거기에 비친 내 모습에서 어머니를 보는 게 제일 싫었다.

1

아무도
그 이유를
몰랐다

질병은 삶의 어두운 측면, 더 큰 부담이 따르는 시민권이다.
누구나 태어나면 건강한 자들의 왕국과
아픈 자들의 왕국에 모두 속하는
이중 시민권을 지닌다.

—수전 손택, 『은유로서의 질병』

고통의 등급

1940년대 코넬대학교의 연구자들이 통증을 객관적으로 측정할 방법을 고안하려고 했다. 그들은 '고통'을 뜻하는 라틴어 돌로르(dolor)의 준말인 돌(dol)을 단위로 삼아 인간의 통증 역치(자극을 통증으로 느끼기 시작하는 최소한도의 자극의 세기)를 측정하려고 했다. 이렇게 단위의 이름을 만들고 나니, 이것이 뭔지 규정해야 했다. 그리고 그 유일한 방법은 피험자들에게 일부러 다양한 고통을 준 뒤 고통의 등급을 매기는 실험을 설계하는 것이었다. 실제로 연구자들은 다양한 자극으로 고통을 주는 실험을 100가지가 넘게 설계했다. 그러나 통증의 상한치에 관해 아주 분명한 문제에 부닥쳤다. 즉 그렇게 강한 통증을 이해하려면 피험자에게 실제로 상해를 입혀야 한다는 것이었다. 연구자들로서는 피험자를 불구로 만들거나 죽음에 이르지 않게 하면서도 관찰하기에 좋은 매우 고통스러운 경험이 필요했다. 결국 그들은 뉴욕병원 산부인과와 협조해 진통 중인 임산부의 손에 열을 가하는 실험을 하게 되었다.

연구 결과는 1949년에 발표되었다. 여성들을 설득해 이 실험에 참여시키느라 연구자들이 상당한 노력을 들였겠다 싶지만, 논문 도입부를 보면 그 과정이 별로 어렵지 않았다고 한다. 연구에 호기심을 느껴 스스로 참여하겠다고 나선 여성들이 많았다. 의사와 결혼한 여성이나 전직 간호사가 대부분인 이들은 의학에서 통증이 제기한 과제를 이해하고 있었다. 그러나 실험 방법에 대해서는 다소 의구심을 품었다. 연구자들은 '환자 대부분은 자궁의 감각이 속성, 지속 시간, 위치 면에서 손의 감각과 다를 것이라고 지적하면서 이 두 감각의 강도를 똑같이 볼 수 있을지에 대해 다소 의심스러워했다'고 보고했다. 그러나 연구자들은 환자들의 이런 우려가 '경험으로 입증된' 바 없고, 거의 모든 여성이 통증을 묘사하는 데 문제없이 협조했다는 사실에 주목했다.

실험은 이렇게 진행되었다. 피험자 열세 명이 진통을 겪는 동안 연구자들이 다양한 강도로 조절할 수 있는 발열 장치를 통해 그들의 한쪽 손에 열을 가했다. 연구자들은 1돌의 값을 '최대 통증 강도의 10분의 1 정도'로 설정하고, 이 실험을 통해 그 값을 확립하려고 했다. 연구자들은 피험자들이 두 가지 통증의 강도뿐만 아니라 느낌까지 비교할 수 있기를 바랐다. 당연하게도 피험자들은 진통이 심해지면서 실험 시작 때보다 의사소통이 힘들어졌고, 따라서 연구자들은 '울음·불평·땀 흘림·각성과 협조의 정도' 같은 행동을 보고 피험자들의 통증 경험을 추정했다. 그리고 놀랍지 않게도 전체 여성 중 적어도 한 명이 겪은 통증은 10.5돌이나 되었다. 연구자들은 이를 '경험할 수 있는 최대의 통증'이라고 불렀다.

이 통각 측정 실험은 통증에 관해 흥미로운 자료를 많이 남겼고,

여성들이 오랫동안 알고 있던 사실을 과학적으로 확인시켰다. 그것은 출산이 인간의 통증 역치의 인지된 한계치를 넘어설 수 있다는 사실이다. 그러나 의학의 통증 평가에 필요한 객관적 측정 방법을 제공하지는 못했다. 돌 단위를 쓴 연구가 흥미롭긴 해도 통증을 알리는 환자의 의지와 능력에 의존했으며, 이는 본질상 주관적이다.

21세기를 통틀어 객관적인 통증 척도를 마련하려고 한 연구의 결과물 중에서 0-10 통증 척도가 가장 널리 알려져 있다. 원리는 간단하다. 환자에게 통증이 0에서 10 중 어디에 속하는지를 묻는다. 0은 무통증이고 10은 상상할 수 있는 최대의 통증이다. 애매하게 두 등급 중간쯤에 해당하는 통증을 말할 때, 아마 환자들은 현재의 통증을 그 전에 겪은 고통과 비교할 것이다. 출산 경험이 있는 여성이라면 현재의 통증을 출산과 비교해 '후기 진통만큼 아프지는 않다'고 말하고, 골절 경험이 있는 환자라면 '다리 부러졌을 때보다 더 아프다'고 말할 수 있다.

사람들마다 통증을 견디는 정도가 다르고 겪어 본 통증도 다르기 때문에 어쩌면 통증 척도가 무의미할 수도 있다. 특히 환자의 통증이 어느 정도인지를 알려고 하는 의사도 통증에 관해 자기만의 경험이 있다는 사실을 생각하면 더욱 그렇다. 환자의 통증이 어느 정도인지를 알아보려는 의사의 물음에 환자가 '다리 부러진 것보다는 심해도 출산할 때만큼 아프지는 않다'고 답할 경우, 의사는 통증에 관한 자신의 경험과 인지에 의존해 그 말의 의미를 짐작할 수밖에 없다는 뜻이다.

다른 사람의 고통을 목격할 때도 마찬가지다. 4학년 때 내 제일 친한 친구 힐러리가 집 뒷마당에 놓인 화로 위의 석쇠가 얼마나 뜨거운지 모르고 들다가 양손에 심한 화상을 입었다. 열 살 아이가 보기에도 붕대를 어마어마하게 많이 감아야 할 것 같았다. 힐러리가 수업 중에 필기하고 책장을 넘길 수 있도록 내가 돕던 일과 화상으로 드러난 진홍색 속살에 뭔가가 닿을 때마다, 심지어 운동장에 부는 살랑바람이 스치기만 해도 힐러리가 아파서 움찔하던 모습이 기억난다.

그러나 힐러리가 아프다는 건 알아도 정확히 어떤 느낌인지는 알수 없었다. 어릴 적 누구나 그렇듯이 나도 다쳐서 울고불고 피를 흘린 적이 몇 번 있기 때문에 아마 그때와 같을 것이라고 상상했다. 하지만 힐러리의 몸이 정확히 어떻게 느낄지 알 수가 없어서 무척 괴로웠다. 제일 친한 친구를 아프지 않게 해 주고 싶었다. 그러나 친구의 아픔이 어떤지도 모르는 내가 어떻게 그 아픔을 낫게 할 수 있었겠나?

버릇처럼 아픔을 삼키다

지금까지 쌓인 이메일, 소셜 미디어에 올린 글, 내 진료 기록을 들여

다봐야 그 가을날 끔찍한 샤워 뒤에 어떤 일이 벌어졌는지 퍼즐 조 각을 맞출 수 있다. 욕실에서 나와 침실로 어떻게 돌아갔는지 정확 히 기억나질 않는다. 내 심장박동 소리가 귓가에 요란히 울려 대는 가운데 봉고 두드리는 소리가 계속 이어졌는지 기억나질 않는다. 침실로 급히 돌아와 쓰러질 때 여치가 놀라 꿈틀댔는지 기억나질 않는다. 잠에서 깬 레베카가 강의실이 아닌 침대에 있는 날 보고 깜 짝 놀랄 때까지 태아처럼 웅크린 채 얼마나 누워 있었는지 기억나 질 않는다.

온종일 수업을 빼 먹지 않은 건 분명하다. 고향에 있는 힐러리에 게 보내려고 그날 오후 수업 중에 사진을 찍었기 때문이다. 유치원 때부터 제일 친한 우리는 20년이 넘도록 자매처럼 지내면서 주변 사람들의 부러움을 한껏 샀다. 멀리 떨어져 지내는 탓에 일상을 담 은 사진이나 메시지와 영상을 자주 주고받았고 어릴 때부터 우리를 끈끈하게 이어 준, 자매간의 어떤 불가해한 마법 같은 힘으로 늘 연 결돼 있었다.

사진 속 나는 올림머리를 하고 있다. 헐렁한 스웨터를 입고 카메 라에서 눈을 돌린 모습이 지치고 우울해 보인다. 이걸 보니 또 한 차례 기억이 밀려온다. 그때는 생물학 수업 중이었다. 수업에 빠지 고 싶지 않았지만 집중할 수가 없었다. 필기도 못 했고, 수업이 끝 나자마자 절뚝거리면서 교정을 가로질러 돌아와 침대에 누웠다. 몸 은 지쳤지만 한 일이 없었다. 그새 통증은 무지근하고 심해졌다 잦

아득었다 하는 상태로 누그러져 있었다. 몸속에서 그야말로 폭풍이
일어나는 것 같았다.

열이 나고 메스꺼워서 눈을 계속 뜨고 있을 수 없었다. 그때부터
잠을 자 다음 날에도 거의 종일 누워 있었다. 어떻게 해도 편하지가
않았다. 바로 앉거나 눕기도 하고 웅크려 보기도 했지만 괴로울 뿐
이었다. 몸속에 뭔가 있어서, 내가 옆으로 눕거나 몸을 비틀면 '펑'
하고 터질 것 같았다. 며칠째 먹질 못하니 잠자기가 힘들어졌다. 1
주일쯤 지나 주말 아르바이트를 할 때 뭔가 크게 잘못됐다는 사실
을 받아들이기 시작했다. 그때 출근해서 커피를 타려다가 쓰러진
게 기억난다. 몇 년 만에 울었다. 끝도 없이 콧물 범벅이 되도록 펑
펑 울었다. 아파서 병원에 가야겠다고 말했더니 레베카가 날 어리
둥절한 표정으로 바라보았다. 그때까지 내가 얼마나 아픈지를 내색
하지 않은 것이다. 나 자신에게도.

그렇게 아프면서도 왜 병원에 가지 않고 1주일이나 보냈냐고 묻
는다면, 답하기가 복잡하다. 우선 비용이라는 현실적인 문제가 있
었다. 나는 제대로 된 의료보험이 없었다. 친구들은 대개 최근에 생
긴 부담적정보험법(오바마 케어) 덕에 스물여섯 살이 될 때까지 부모
님 의료보험의 혜택을 누릴 수 있었다. 하지만 나는 열여섯 살에 성
년 선언을 하면서 이런 혜택을 박탈당했기 때문에, 약은 물론이고
치료에 얼마나 들지 무척 걱정하고 있었다. 입원비를 생각하는 건
가당치도 않았다.

도움 구하길 꺼린 또 다른 이유는 내 안에 깊이 뿌리내려 떨쳐 내지 못한 복잡한 믿음에 있다. 어렸을 때 여느 꼬마처럼 이따금 병치레를 하면, 어머니가 내게 제발 '아프지 말라'고 사정했다. 어머니는 지병과 심적 고통으로 몹시 지쳐 있었기 때문에 아픈 자식을 돌볼 여력이 없었다. 내가 속이 안 좋을 때는 유독 모질고 냉정했다. 어머니가 걸린 병을 생각해서, 내가 토하는 게 어머니의 신경을 크게 건드렸다고 짐작할 뿐이다. 어린 내가 아플 때 영영 끝나지 않을 것만 같던 길고 어두운 밤에 서러워서 다가가면 어머니는 날 밀어냈다. 나는 어머니의 얼음장같이 차가운 반응에 마음이 상했고 다시는 아프지 말아야겠다고 다짐했다. 그래서 아플 때면 언제나 온 정신력을 끌어모아 "난 아프지 않아." 하고 되뇌기 시작했다. 어머니나 내가 일상으로 돌아갈 수 있도록. 물론 불굴의 정신력이 소용없기도 했다. 어쩔 수 없이 1년에 몇 번씩 토하거나 열이 나거나 패혈성 인두염에 걸리면, 그렇게 아픈 게 내 잘못이라고 여겼다.

또 다른 이유는 내가 처음으로 믿었던 의사가 날 실망시킨 경험이다. 아동 학대가 의심스러울 때 신고하는 일이 복잡한 문제라는 걸 이제는 안다. 의심이 확실해야 하고 반드시 증거가 있어야 한다. 초등학교도 채 졸업하지 않은 나는 그저 배가 고픈 데다 무서웠고, 하얀 가운을 입은 사람은 뭐든 훤히 알고 아픈 걸 낫게 해 주는 사람이라고만 생각했다. 어린 시절 언제부터였는지, 자주 바랐으나 결코 찾아오지 않은 기회에 대비해 내 처지를 최대한 호소할 말을 준비해 두었다. 그 기회란, 날 도울 수 있는 어른과 단둘이 있게 되는 상황이었다. 그러나 준비한 말이 그다지 간결하지는 못해, 머릿속에서는 또렷해도 입 밖에 나오면 도저히 압축된 한마디가 안 될 것 같았다. 긴장해서 쉰 듯한 목에서 이따금 터져 나오는 웃음소리와 한숨과 웅얼거림이 이어질 뿐이었다. 그 소아과 의사는 어머니에게 잠시 자리를 비워 달라고 했다. 내 기억으로는 예방주사를 맞으려고 병원에 갔을 때다. 그때 나는 열 살이나 열한 살이었나 보다. 입이 바짝 마르고 심장이 쿵쾅대는 소리가 귀에 다 들릴 정도였다. "이번에 초 치기만 해 봐." 이 말이 딱 내 심정이었다. 그러나 예상대로 난 평정심을 잃어버렸고, 말이 뒤죽박죽 폭포수처럼 쏟아져 버렸다.

놀라서 눈이 휘둥그레진 의사의 얼굴에 곧바로 공포가 몰려왔다. 내 이야기에 충격받아서 그런 게 아니라 (문밖에서 대화를 듣고 있던) 어머니가 진료실로 들이닥쳤기 때문이다. 어머니는 씩씩대면서 진료대에 있던 날 홱 잡아당겨 병원 복도로 끌고 나갔다. 의사가 우리를 따라 복도로 나왔으나 더는 나서지 않았고, 나는 목을 길게 뺀 채 뒤를 돌아보았다. 어떻게 좀 해 달라고 눈빛으로 애원했다. 그러나 의사는 그러지 않았다. 어쩔 도리가 없다는 암담한 표정으로 날 바라볼 뿐이었다.

어머니가 날 내동댕이치듯 차에 처넣었고, 난 저지른 죄의 처벌을 기다렸다. 그 처벌은 어머니가 다리로 차를 몰고 가 그 아래 차가

운 강물로 추락해서 우리 둘 다 죽는 일쯤 되기를 간절히 바랐다. 그
러나 어머니는 집에 가서 화를 내려고, 곰 잡는 덫처럼 이를 악문 채
화를 삭였다.

나는 나대로 화를 삼켰다.

원인을 알 수 없는 통증

그로부터 10년쯤 지났을 때 나는 아픈 내 몸에 대해 의사보다도 먼
저 의문을 품었다. 어머니가 그렇게 하라고 가르쳤기 때문이다. 난
열아홉 살이었고 아프기 싫었다. 아니, 좋고 싫고는 문제가 아니었
다. 그냥 아플 수가 없었다. 수업을 들어야 했다. 우수한 성적으로
거액의 장학금을 받은 상태였다. 친구들과 어울려야 했고, 무용도
해야 했고, 조금만 나가면 휘황찬란한 도시가 펼쳐져 있었다. 살아
갈 날이 무수했고, 내게 상처를 주고 기쁨을 앗아간 모든 것으로부
터 난생처음 해방돼 있었다. 그날 아침 욕실에서 통증이 내 몸을 총
알처럼 관통했을 때 내 얼굴에 드리워진 어머니의 모습을 보면서
나는 그 어느 때보다도 필사적으로 말했다. "난 아프지 않아."

그러나 결국 병원 신세를 지게 되자 이루 말할 수 없이 슬펐다. 대
학 생활을 원하던 내 마음이 충분히 간절하지 않았나? 내가 너무 심
약하고 한심해서 하찮은 병 따위로 법석을 피우나? 통 먹지를 못해

서 정신이 점점 혼미해졌다. 복통에 온 신경이 쏠렸다.

내가 병원 대기실 의자에 몸을 축 늘어뜨린 채 앉아 있었다. 초진 담당 간호사는 처음에 내가 정말 아픈지 의심하는 눈치였다. 하도 울어서 처진 상태라 그저 멍하니 벽만 보고 있었기 때문이다. 간호사가 미심쩍다는 듯이 내 혈압을 쟀다. 내가 엄청나게 심한 복통 때문에 병원에 왔다고 말했기 때문에, 간호사는 아마도 비명을 지르며 병원 바닥에 데굴데굴 구르는 모습을 상상한 것 같다. 그러나 난 너무 아파서 진이 다 빠진 나머지 완전히 항복 상태였다. 하지만 커튼이 쳐진 진료 공간으로 가면서도 힘겹게 책가방을 챙겼다. 눈을 제대로 뜰 수도 없고 이따금 울음을 터트리면서도 머릿속에는 다음 주에 러시아어 시험이 있다는 생각뿐이었다. 배우기 어려운 러시아어는 수업이 중요한데, 1주일 내내 앓는 바람에 과외 수업은 물론이고 학교 수업까지 빠졌다. 나는 머릿속으로 미친 듯이 동사들을 변화시키려고 노력했다. 무섭기도 했고, 정신을 딴 데로 돌리고 싶어서였다.

잠에서 깨어나 그야말로 세상의 종말 같은 샤워를 한 그날 아침을 빼면, 브롱스빌에서 병원에 간 일은 그로부터 여섯 달 전 무용을 하다가 발목을 다쳐서 부목을 해야 했을 때뿐이다. 그때 병원에 대한 기억은 특별할 게 없다. 막연한 공포감에 사로잡혀 눈물을 머금고 병원으로 간 문제의 그날에야 병원을 찬찬히 뜯어볼 수 있었다. 응급실이 쓸데없이 근사했다. 그동안은 미관을 생각한 장식을 전혀 볼 수 없는, 소도시의 우중충하고 작은 병원들밖에 못 가 봤다.

꽤 으리으리한 병원이지만, 기본 신체검사를 받으러 간호사실로 들어가고부터 병원의 외관 따위는 눈에 들어오지 않았다. 이때 처음으로 병원에서 내 통증에 1에서 10까지 있는 등급을 매겨 보라고 했다. 예전부터 널리 쓰인 통증 척도를 이때 처음 접한 건 아니지만, 그걸 쓰는 게 왠지 비논리적이라는 생각이 들었다. 그 뒤 5년 동안 여러 번 반복된 경험에서도 마찬가지였다.

응급실 의사들은 환자의 안위에 대해 별로 신경 쓰지 않는다. 그럴 시간이 없다. 그리고 환자와 어느 정도 거리를 둬야 한다. 그러지 않으면 한 차례 있는 교대도 제대로 해낼 수가 없다. 통증 척도는 의사에게 환자의 고통스러운 경험을 이해하고 공감하라고 요구하지 않는데, 아마 그래서 좋은 임상 도구인지도 모른다. 그러나 임상의와 달리 환자에게는 좋은 도구가 아니다. 우선 통증 척도는 한계가 많다. 통증의 강도에만 주목하고 지속 시간에는 주목하지 않는 데다 '날카로운', '무지근한', '찌르는 듯한' 같은 말로 통증을 묘사해 중요한 정보를 제공할 여지를 주지 않는다. 이런 표현이 1에서 10까지 등급을 나타내지는 못해도 진단 과정에 상세한 설명을 얻는 데 큰 도움이 될 수 있다. 특정 상해나 감염은 특징적인 통증이 따를 수 있기 때문이다.

『하퍼스Harper's』 2005년 6월호에 통증 척도를 바람에 빗댄 흥미로운 글이 실렸는데, 저자인 율라 비스(Eula Biss)가 이렇게 썼다. "바람은 통증과 마찬가지로 정확히 포착하기가 어렵다. 바람자루가 늘 애쓰지만 만족스럽지가 못하다." 비스는 결국 선원들이 숫자로 표준화된 등급은 물론이고, 바람의 느낌에 따른 이름과 범주로 바람을 설명하는 체계를 만들어 냈다고 전했다. 보퍼트 풍력계급이라는 것이다. 비스는 이렇게 말했다. "예를 들어, 보퍼트 풍력계급에서 2등급은 시간당 6~11킬로미터로 이동하는 '남실바람'이다. 육지에서 이 바람은 '얼굴에 바람이 닿는 게 느껴지고 나뭇잎이 바스락거리며 일반 풍향계가 바람을 감지함'으로 묘사된다."

그럼 통증 척도의 2등급은 어떻게 묘사해야 할까? 모기 물릴 때의 따끔함? 어쩌다 뾰족한 손톱에 긁혔을 때의 간지러운 듯한 따가움? 대개는 극심한 통증보다 미세한 통증을 설명하기가 더 어렵다. 게다가 통증 척도의 반대편에는 상상할 수 있는 최대 고통인 10등급의 통증이 있다.

이 문제가 늘 내 호기심을 자극했다. 내가 자칭 상상력이 풍부한 사람이기 때문이다. 어마어마한 고통이 느껴지는 극단적인 상황을 상상해 볼 수 있으나 문제가 있다. 10등급이면 죽을 정도의 통증일까? 만약 그렇다면 9등급과 10등급의 차이를 어떻게 측정할까? 생리학적으로, 단시간의 8등급 통증보다 장시간의 6등급 통증을 더 잘 견딜 수 있을까?

흔히 쓰이는 또 다른 통증 척도가 있다. 커트 보니것(Kurt Vonnegut)의 소설 속 문장 '모든 것이 아름다웠고 아무것도 상처 입지 않았다'

에서부터 시트콤 주인공 레슬리 노프(Leslie Knope)의 대사 '모든 것이 상처 입었고 나는 죽어 간다'에 이르는 표정들을 그림으로 나타낸 척도다. 원래 어린이를 대상으로 만든 척도지만, 지난 5년 동안 내가 가는 병원마다 이게 있었다. 소아과가 아니었는데도 말이다.

이 척도가 더 단순할지는 몰라도, 숫자 척도보다 나을 건 없다. 목표 대상인 어린이에게 혼란을 주기 때문이기도 하다. 어린이는 당연히 신체적, 정신적 고통을 구분하는 능력이 성인보다 떨어진다. 『하퍼스』에서 비스는 겁먹긴 했어도 아프지는 않은 아이에게 얼굴 통증 척도를 보여 줄 경우, 아이가 아파서 우는 표정의 그림을 자기 모습으로 선택할 수 있다고 지적했다. 아이가 질문의 요지를 제대로 파악하지 못한다는 얘기다. 아이만 신체적, 정신적 고통을 혼동하지는 않는다. 환자 분류실에서 겁에 질려 울다가 얼굴 통증 척도를 보았을 때 나도 '아프긴 해도 심하게 고통스럽지는 않은' 표정은 내 모습이 아니라고 생각했다. 나는 아팠고 무서웠고 울고 있었다. 이 세 가지 동시적인 사실이 꼭 별개라고 느껴지지는 않았다. 어쩌면 아이들 생각이 맞을지도 모른다. 내가 겁에 질릴 만큼 아프다면, '그럭저럭 참을 만하다'는 4등급에서 '몸이 온전치 않다'는 5등급으로 점수를 올려야 하지 않을까?

나중에 바퀴 달린 환자용 침대에서 고통에 몸을 비틀면서도 나는 내가 매긴 통증 점수에 대해 계속 생각했다. 간호사가 미심쩍어하는 눈치였기 때문이다. 내가 시험에 통과하지 못했나? 틀린 답을 내

놓았나? 점수를 낮춰야 했나? 다른 사람들에게 민폐를 끼치지 않도록 아픈 걸 감추라고 가르친 어머니가 옳았나? 간호사와 의사가 그걸 바라나? 내가 그렇게 했어야 했나? 잿빛 얼굴로 침대에 누워 얼굴보다는 잿빛이 덜한 천장을 올려다보면서, 그냥 거짓말을 할 걸 하고 생각하니 마음이 불편해졌다. 죄책감이 들기도 했다. 생각을 곱씹을수록 내가 매긴 6점이라는 통증 점수가 잘못됐다고 느껴졌기 때문이다. 6점이 어떻게 나왔는지 알아내느라 내 머릿속이 바빠졌다. 그냥 무시하고 지나치기엔 통증이 심했기 때문에 4점이나 5점보다는 분명 높다고 생각했다. 통증이 처음 시작된 1주일 전에는 더 심했는데, 어쩌면 내가 통증에 익숙해졌는지도 모를 일이었다. 통 알 수가 없었다.

그럼 간호사가 생각하는 6점은 어떤 것일까? 의사가 생각하는 6점은? 막막함에 눈물이 쏟아졌다. 어떻게 해도 의사와 간호사가 날 믿지 않는데 통증 척도란 게 대체 무슨 소용일까?

의사가 진찰하러 왔을 때 난 병원에 도착했을 때보다 더 지쳐 있었다. 여전히 울면서, 우는 상태에서는 내 상황을 이성적으로 전달하지 못할까 봐 걱정하고 있었다. 의사는 내 몰골을 보고도 전혀 놀라지 않은 듯했다. 내 증상이 성관계 때문일 수 있다고 짐작해, 그야말로 인사불성이던 나를 벌떡 일으켰다. 사람들이 말하듯 난 '똑똑하고 반듯한' 세라로렌스대 학생이었다. 하지만 당시 의사는 내 증상이 성관계와는 무관할 거라는 생각을 미처 못 했나 보다. 난 의사에게 다른 의견을 말했다. 내가 성경 속 주인공이 아니고서야 임신할 리가 만무했기 때문이다. 매독 같은 성병에 걸렸을 리도 만무했다. 열아홉 살이던 내가 섹스에 대해 아는 건 별로 없어도 하나는 분명히 알고 있었다. 그걸 한 번도 안 했다는 사실이다.

의사가 언짢은 기색이었기 때문인지 내 기분도 더 나빠졌다. 어렸을 때 '까다롭게' 굴지 말라고 훈계를 들은 기억이 갑자기 물밀듯 밀려왔다. 몇 차례 설명해 보려다 아예 아무 말도 하지 않는 편이 낫겠다는 생각으로 입을 다물었다. CT 검사를 하고 두둑한 항생제 처방을 받은 뒤 크랜베리 주스를 어마어마하게 많이 마시라는 말만 듣고 집에 가라는 말을 들었다.

그다음 주에는 침대에서 벗어나지 못하고 울다가 헛구역질을 반복하며 지냈다. (시험이 있던 러시아어 수업을 포함해) 학교 수업에 모조리 빠졌다. 그 대신 바브라 스트라이샌드(Barbra Streisand)가 출연한 영화를 죄다 보면서 어찌어찌 버텼다.

크래커와 크랜베리 주스만 먹다가 주말이 되자 두 번째로 병원에 갔다. 통증은 차도가 없고, 항생제는 별 효과 없이 설사만 일으켰다 (내가 처음부터 얼마나 기운이 없었는지를 생각하면 정말 부당한 처방이었다). 이때는 다른 의사에게 진찰받았다. 첫 번째 의사와 달리, 두 번째 의사는 내가 우는 모습에 멈칫하지 않았다. 그 무렵 내 눈물은 대화 중 어쩌다 등장하는 구두점이라기보다는 쉼 없이 흐르는 암류 같았다. 수요일 즈음부터 나기 시작한 눈물이 병원에 간 토요일까지도 멈추지 않고 있었다.

"상태가 언제 이렇게 심해졌죠?" 의사가 물었다. 인자한 눈빛으로 나와 같이 간 레베카를 빠르게 번갈아 보았다. 레베카도 의사만큼이나 내 모습에 충격받은 듯했다.

"1주일 동안 바브라 스트라이샌드 영화만 봤어요." 달리 어떤 말을 해야 할지 몰라 흐느꼈다. 어쨌거나 사실이다. 자지도, 먹지도, 수업에 가지도 못했다. 침대에 웅크리고 누워 무릎 사이에 베개를 낀 채 〈로즈 앤 그레고리The Mirror Has Two Faces〉를 보면서 죽기만 바랐다.

"심각하네요." 의사가 차트에 뭔가를 끄적이며 말했다. 의사는 내가 무척 혼란스러운 상태라는 데 주목했다.

마지막으로 갖가지 영상 검사를 하고 1~2리터 수액 주사를 맞고는 지쳐서 반쯤 잠든 상태에 빠졌다. 마치 죽음을 연습하듯 이불 속에서 꼼짝 않고 두 눈을 꼭 감고 있는데 의사의 기척이 느껴졌다. 의사가 침대의 끄트머리 내 발치에 걸터앉았다. 어렸을 적 내가 잘 때 아버지가 이따금 내 침실 발치에 잠시 앉아 있곤 하던 기억이 떠올랐다. 아버지가 복도를 걸어오는 소리가 들리면, 난 아버지가 어쩔 수 없이 내 발을 깔고 앉을 수밖에 없는 위치로 발을 꼼지락거려 옮겨 두었다. 아버지는 날 안아 주거나 잘 자라고 입맞춤을 해 주지는 않았다. 하지만 잠시나마 내 발을 깔고 앉은 아버지의 무게를 느꼈고, 아버지가 진짜라는 걸 알았다.

내가 아무리 움직이지 못할 만큼 기운이 없어도 처음 만난 응급실 의사의 엉덩이 밑에 발을 찔러 넣고 있을 만큼 뻔뻔스럽지는 않았다. 난 또다시 훌쩍이기 시작했다. 1주일 내내 이어진 내 눈물 잔치의 여운이었다. 의사는 내 또래 딸이 있다는 것부터 말한 뒤, 내가 대학 때문에 뉴욕에 있다는 사실을 알고는 고향의 가족에게 전화하는 게 어떨지를 물었다. 나는 안 된다고, 전화할 사람이 없다고 말했다. 사연을 일일이 말할 기운이 없어서 '미성년 때 자립 선언을 했다'는 말만 내뱉고는 의사가 어떻게 해석하든 그냥 내버려 두었다. 의사는 다소 긴장했다. 의학 드라마 〈ER〉처럼, 내가 흉기를 들고 병원에 난입해 약을 훔치고 병원을 아수라장으로 만들 비행 청소년으로 돌변하기라도 할 듯이 말이다.

의사는 문제가 뭔지는 몰라도 내 또래에게 자주 생기는 난소 낭종이 있을지도 모른다고 말했다. 영상 검사에서 낭종을 봤는지는 모르겠다. 어쨌든 응급실 의사였으니, 나한테 부인과에 가 보길 권하고는 그저 어깨를 으쓱해 보였다.

세라로렌스의 여학생들은 똑똑하고 반듯했다. 바로 이 이유 때문에 내가 문제를 겪는다는 게 의학계의 일치된 의견이었다. 내가 이 학교를 택한 건 분명 글쓰기에 큰 비중을 두었기 때문이다. 하지만 나는 신경증을 포함해 내 세대의 실비아 플라스(Sylvia Plath)가 되길 바라지는 않았다.

그날 병원에서 기숙사로 어떻게 돌아왔는지 모르겠다. '미래'에 대해 상의하러 학과장실에 가야 했던 그다음 주 중반까지 아무것도 기억나질 않는다. 며칠째 수업에 들어가지 못했다. 그런데도 나는 "내일이면 분명히 괜찮아질 거야." "수업에 안 빠질 거야, 안 빠진다고. 정말이야." 하고 고집을 부렸다.

학과장실에서 떨리는 몸으로 앉아 '병결 휴학'과 '집에 가라'는 말만 들었다. 나는 마른침을 삼켰다. 입과 목이 어찌나 바짝 타는지 말을 하면 혀가 유리처럼 산산조각 날 것 같았다.

"여기가 제 집이에요." 애처롭게 들려도 사실이었다. 내게는 돌아갈 집이 없었다. 세라로렌스대학에 들어가기 전까지 집이 아예 없었다. 학과장님은 내 상황을 이해했지만 어찌할 길이 없었다. 난 뛰어난 성적으로 전액 장학금을 받고 입학했다. 그러나 몸이 나으려면 휴학해야 했다. 어디로든 가서 쉬고 기력을 회복하며 내가 아픈 원인을 찾아내야 했다. 그럴 만한 장소를 찾아야 했다. 이왕이면 그다음 주 안에.

6년째 부모님과 함께 살지 않은 게 문제였다. 난 열두 살 때부터 할머니 댁에서 살았다. 열여섯 살에는 법적으로 성년 선언을 했고, 그때부터 뉴욕으로 떠나온 날까지 2년 동안 여기저기 옮겨 다니며 살았다. '날 봐주는' 사람이 여럿이었지만, 그들이 아픈 몸으로 찾아가 문 두드리는 나를 기꺼이 집에 들일지는 알 수 없었다. 내가 마지막으로 우편물을 받은 주소는 고등학교 때 은사이자 훌륭한 과학자인 로즈 리 선생님 댁이었다. 난 늦여름 오후에 선생님과 식탁에 앉아 차를 마시면서 식물 이름 맞추기로 시간을 보내곤 했다. 몇 해 전에 막내를 잃은 선생님은 헤아릴 수 없는 상실감 때문에 늘 슬퍼 보였다. 내게 더없이 다정하고 총기가 가득한 분이었으나, 선생님을 생각하면 무겁게 가라앉은 잿빛 마음이 가장 먼저 떠올랐다.

내가 선택할 수 있는 안들을 따져 보며, 아니 그것도 몇 안 된다고 생각하며 비칠비칠 길을 건너 사랑하는 엘리자베스, 심리학 교수님의 연구실로 갔다. 아픈데 아무도 그 이유를 모르고 학교에는 계속 다니고 싶다는 걸 애써 설명하려는 내 얘기를 듣는 교수님의 표정이 부드러워졌다. 내 집이 거기였고 내 마음이 거기 있었으며 내가 그동안 이룬 것이 물거품이 되는 걸 바라지 않았다. 봄이면 돌아올 수 있다고 가슴에 손을 얹고 말하면서 (아니, 사정하면서) 엉엉 울었다. 그렇게 교수님의 연구실에 앉아 하염없이 말하고 또 말하다 보면 결국 학교를 떠나지 않아도 된다는 듯이 말이다.

"잠시 멈추는 건 영영 그만두는 게 아니야." 교수님의 진심이 담긴 작별 인사였다. 나는 모든 교수님께 작별 인사를 했고, 교수님들은 이듬해 봄에 다시 보자고 말해 주었다. 난 그분들 중 단 한 분도 다시 보지 못했다.

2

편견과
사투를
벌이다

넌 그저 자그마한 여자아이지만,
네 안 어딘가에는 마법 같은 게 있어.

—로알드 달, 『마틸다』

여성＝히스테리, 꾀병, 건강염려증

임상 환경에서 여성이 히스테리, 꾀병, 건강염려증과 동의어가 되
었어도 그것은 여성의 본성 및 행동과 큰 관련이 없다. 1800년대부
터 시작된, 여성이 몸속에서 느끼는 감각을 의학적 문제로 보려는
움직임은 의료 기관에서 자신의 증상이 엄연한 치료 대상으로 받아
들여지도록 현대 여성들이 벌이고 있는 고군분투의 길을 열었다.
　병원을 벗어난 사회적 환경에서도 여성들이 신체적으로 느끼는
경험에 대한 숱한 의혹의 눈초리는 가시질 않는다. 여성들은 현실
에 의문을 품기 시작했다. 진찰실의 가부장적인 남성 의사들만 여
성 환자를 억압했다는 말이 아니다. 물론 가부장적인 남성 의사들
이 여전히 그렇게 행동하지만 말이다. 종잡을 수 없는 히스테리에
관한 자궁 이론에 여성들도 자주 동조했다. 대개는 거기에 의문을
제기할 힘이 없었기 때문이다.
　지그문트 프로이트(Sigmund Freud)의 환자 도라와 요제프 브로이
어(Josef Breuer)의 환자 안나 O 같은 히스테리에 관한 초기 사례 연
구에서 보고된 많은 여성의 증상이, 내가 요즘 대화를 나눈 여성들
이 한 말과 신기할 만큼 닮았다. 바로 골반통과 막연한 복통을 포함
한 증상인데, 이는 속성상 확실한 형태가 없기 때문에 원인을 찾기

가 더 어렵다. 여성들은 좀처럼 가시지 않는 육체적, 정신적 피로를 호소한다. 그런데 이를 말로 분명히 표현하거나 이해하기는 더없이 어렵다고 한다. 이 피로감은 특히 만성적 단계에 들어서서 정상으로 보이기 시작할 경우, 가늠하기도 어렵고 당연히 사람을 더 지치게 한다.

나도 아픈 몸으로 사투를 벌이다가 몇 해 전에 우연히 길다 래드너(Gilda Radner)의 회고록을 읽고 그녀의 삶에 깊은 관심이 생겼다. 〈새터데이 나이트 라이브〉의 출연진이자 진 와일더(Gene Wilder)의 아내고 타고난 희극인이던 그녀가 지워지지 않는 인상을 남겼다. 난 그녀가 난소암으로 세상을 떠난 줄도, 그때 겨우 마흔두 살이었는지도 몰랐다. 인기가 절정에 있던 1980년대에 그녀가 죽음을 앞두고 쓴 책의 구절은 날 더 괴롭혔다.

"내 난소가 세상의 중심이 되었다." 래드너가 『그건 늘 중요하지 It's Always Something』에 쓴 말이다. 나중에 일어난 일을 생각하면 으스스한데, 이 말은 그녀의 병에 대한 진단으로 '암'이라는 단어가 등장하기 훨씬 전부터 계속 불임 때문에 벌인 사투를 일컫은 대목에 있다. 그녀와 와일더는 초음파, 복강경, 정액 채취 등 시험관 아기를 시도하는 부부라면 누구나 거쳐야 할 온갖 시술을 몇 년 동안 묵묵히 견뎌 냈다. 그녀는 회고록에서 그 일련의 과정을 설명했다. 로스앤젤레스 캘리포니아대학병원의 무미건조한 벽장 같은 멸균실에서 진 와일더가 그 크고 슬픈 눈으로 『플레이보이Playboy』를 쌓아 두고 컵에다 사정하려고 애쓰는 모습을 상상하면 누구든 마음이 착잡해질 것이다. 시험관 아기 시술이 효과가 없자, 래드너는 나팔관 개통 수술을 하려고 했다. 1980년대 중반에는 이런 '미세 수술'이 신기술이었기 때문에 위험한 선택이었다.

그러나 래드너의 난소 중심 세상이 수술로 고쳐지지는 않았다. 그 뒤 그녀는 배란기를 정확히 파악해서 수정 가능성을 최대화해 보기로 했다. 가정용 배란 검사기를 사고, 와일더에게는 뭘 하려고 하는지 말하지 않았다. 그가 시험관 아기 시술 과정에서 받은 정신적 충격이 꽤 컸기 때문이다. 그녀가 검사기 뚜껑을 못 열던 어느 날 아침의 소란을 떠올렸다. 다급해진 마음에 침실로 뛰어가 깊이 잠들어 있는 와일더를 쿡 찌르며 말했다. "아무것도 묻지 말고 이 뚜껑 좀 열어 줘요." 와일더는 시키는 대로 했고, 비몽사몽간에 그런 부탁을 받고도 그녀에게 그 일에 대해 한 번도 묻지 않았다.

와일더와 결혼한 지 얼마 안 됐을 때 래드너는 난소를 향한 자신의 집착이 결코 사그라들지 않으리라는 사실을 알았을까? 정성을 기울이면 아기가 생기리라는 희망으로 그녀가 그토록 애지중지한 신체 기관이 목숨을 앗아갈 음모를 꾸미고 있었다는 사실을 알았을까? 아이가 생겨도 그 아이가 학교에 가기도 전에 자신은 죽으리라는 사실을 알았을까?

래드너의 사연이 머릿속을 떠나지 않았다. 그녀가 짧은 생을 살다 간 전설의 희극인이라거나 난소암으로 세상을 떠나서가 아니라,

몸이 편치 않다는 그녀의 말을 의사들이 믿지 않아서 그녀가 목숨을 잃었기 때문이다. 실제로 한 의사는 와일더에게 래드너가 '신경이 너무 예민하고 감정적이기 때문에 안정을 취해야 한다'고 했다.

래드너를 검사한 의사들이 발견한 것은 단핵증(심각한 질환으로 간주되지는 않는 감염성 질환으로 열, 인후염, 목, 겨드랑이, 사타구니의 임파선이 붓는다)을 일으키는 엡스타인-바 바이러스뿐이었다. 많은 사람이 이 바이러스에 대한 항체를 갖고 있기 때문에 그리 특별한 일도 아니었다. 그러나 그녀의 증상은 계속되고 심해졌다. 열흘 정도는 괜찮다가 '생리할 때쯤이면' '심한 피로에 미열이 났다가 다시 괜찮아'지는 식이었다고 한다. 부인과 의사는 전혀 문제없다고, 그저 일부 여성이 배란 때 겪는 통증일 뿐이라고 안심시켰다. 그녀는 이렇게 썼다. "엡스타인-바 바이러스와 배란통이 생겼다. 신경증의 여왕에게 참 어울리는 병명이다."

래드너는 자신을 신경증 환자라고 불렀고, 그게 사실이었는지도 모른다. 그러나 신경증 환자도 암에 걸린다. 그녀는 몇 달간 쉬 가시지 않는 피로감과 영 끝나지 않을 듯한 위장 문제를 겪었다. 의사가 그녀에게 비타민 과다 복용 때문일 수 있다고 말했는데, 그 전에는 극심한 피로를 완화하려면 비타민을 복용해야 한다는 말을 들었다. 래드너는 다른 의사를 찾았고, 놀랍게도 위장 문제가 불안과 우울 때문이라는 말을 들었다. 그러고는 쑤시고 신경을 갉는 듯한 다리 통증이라는 새로운 증상이 나타났다. 통증이 허벅지 위쪽에서 시작되어 이미 약해진 다리로 퍼졌다. 의사가 내린 처방은 많은 소염제였고, 그 때문에 극심한 구역질과 토악질이 일어났다. 그러자 의사는 소염제를 복용할 수 있도록 위산 줄이는 약을 먹게 했다. 다리 통증은 심해져만 갔다. 의사는 타이레놀을 복용하라고 했다.

이미 몸이 쇠약해지고 있었지만 몸이 아프다는 사실을 증명하려고 마음을 단단히 먹은 래드너는 보스턴에 있는 의사까지 찾아갔다가 항우울제 처방만 받았다. 그녀가 곧바로 진정하지 않는 듯하자 의사가 그녀에게 뭐가 그렇게 두려운지 물었다. "암일까 봐 무서워요." 그녀가 대답했다. 의사는 주기적으로 혈액검사를 하고 병원과 지속적으로 연락하면 '마음이 편안해질 것'이라고 말했다.

래드너는 집으로 돌아왔다. 침을 맞아 보았다. 심신 통합적 의학이었다. 건강 보충제도 챙겨 먹었다. 그러나 다리 통증 때문에 밤잠을 이루지 못했다. 몸이 심하게 부어 임산부처럼 보일 정도였다. 그녀가 임신하지 못한 것을 기막힐 정도로 잔인하게 상기시키는 사실이었다.

1986년 10월 20일, 주기적으로 성실하게 혈액검사를 받던 래드너가 드디어 의사의 전화를 받았다. 아프다고 말한 지 열 달 만이었다. 의사는 그녀의 간 기능이 불규칙하다고 했다. 그녀는 그게 무슨 말인지 물었다.

"아마 아무것도 아닐 거예요." 의사는 이렇게 말하고 어쨌든 병원에 오라고 했다. 난소암 4기였다.

"길다가 울었다." 와일더가 『피플People』에 실은 글에서 회상했다. "그리고 날 보고 이렇게 말했다. '그래도 이만하면 됐어. 이제 누군 가가 날 믿으니까.'"

'치료'는 전(全)자궁절제술이었고, 이로써 래드너가 품었을 임신의 희망은 송두리째 날아가 버렸다. 그 뒤 이어진 강도 높은 화학, 방사선 치료 때문에 피폐한 그녀를 보고 주변 사람들은 그녀가 죽을지도 모른다고 생각했다. 가끔은 그녀도 죽기를 바랐다. 그 경험이 전성기에 있던 그녀를 돌이킬 수 없게 바꿔 놓았다.

"아무도 날 알아보지 못했다." 그녀가 썼다. "'길다 래드너였던 사람'이라고 날 소개하기 시작했다. 사실이 그랬다. 난 길다 래드너였으나 이제는 다른 사람이다."

진단 뒤 2년 동안 치료를 받으면서 래드너는 전적으로 자기 경험을 중심에 두고 회고록 작업을 시작했다. 그녀의 말마따나 여전히 '기구한 삶'을 살지만 자신의 경험이 누군가에게 도움이 될 수도 있다는 사실을 알았다. 그때까지 얻은 지식을 자신을 위해 쓰기에는 늦었지만 말이다. 1989년에 세상을 떠난 래드너의 뜻을 이어받은 와일더는 연구와 인식 제고를 지지하는 활동을 계속하다 2016년에 세상을 떠났다.

"길다가 떠나고 몇 주 동안 벽에다 소리를 질렀다. '이건 말이 안돼.' 하는 생각뿐이었다." 래드너가 세상을 떠나고 2년 뒤 『피플』에 실은 글에서 와일더가 전했다. "길다는 죽을 사람이 아니었다. 내가 무지했고, 길다도 무지했다. 의사들도 무지했다."

래드너의 회고록을 다 읽은 나는 그녀가 죽기 1주일 전에 녹음한 오디오북을 들었다. 가끔 목소리가 믿기지 않을 정도로 가냘프고 공허하기까지 했다. 녹음할 때 당연히 살아 있었겠지만 난 그녀가 이미 유령이 되어 버린 것 같다는 느낌을 지울 수 없었다. 몸이 아프다는 사실을 의사들에게 이해시키려던 끊임없는 시도 그리고 의사들의 권유에 따라 스스로 아프지 않다고 수없이 되뇌던 때를 떠올리는 그녀의 지친 목소리가 내 안에서 메아리치듯 고통스럽게 맴돌았다.

래드너가 회고록에서 궁금해했듯이, 뭐가 먼저였을까? 병? 우울증? 아파서 우울해졌을까? 우울해서 아팠을까? 우리 중 얼마나 많은 사람이 이런 질문을 할까? 묵묵히 시간을 견뎌 내면서 하루가 멀다 하고 같은 질문을 할까? 그것은 아무리 발버둥 쳐도 벗어날 수 없는, 우리 역시 현실의 진실성에 의구심을 품게 되기까지 분명히 느끼고 의문을 제기하는 고통이 끝없이 반복되는 우로보로스다. 래드너의 회고록을 읽던 중, 만약 다른 장기에 병이 생겼다면 어땠을까 하는 의문을 품지 않을 수 없었다. 열네 살에 흡연을 시작한 래드너가 만약 폐암에 걸렸다면? 그녀가 처음 증상을 호소했을 때 의사가 그 말을 진지하게 받아들였을까? 진단이 더 빨리 나왔을까? 더 효과적인 치료를 받을 수 있었을까? 그런 암에 대한 관심이 높고 활발히 연구되기 때문에?

만약 내가 혹은 다른 여성이 부인과 암이나 질환이 아니라 몸의 다른 부위의 병을 앓았다면 상황이 달랐을까? 문제가 없었을까? 여성이라는 사실이 근본적인 기존 질병일까? 증상이나 질환과 상관없이 Y염색체의 선천적 부재가 환자에게 더 안 좋은 결과를 낳을까?

히스테리 진단의 희생양

1600년대에 존 새들러(John Sadler)와 윌리엄 하비(William Harvey)와 같은 일부 남성 의사들은 자궁이 여성에게서 나타나는 모든 병의 근원이고 신체의 중심이라고 주장했다. 자궁이 나머지 모든 신체 기관에 영향을 미친다는 얘기다. 자궁은 변변찮은 물건처럼 여겨지기도 했고, 통제할 수 없는 자궁이 사라지면 여성의 증상도 사라지리라는 생각에서 자궁을 절제하거나 제거하기도 했다.

자궁이 체강에 사는 동물처럼 여겨지기도 했는데, 그보다 작은 신체 기관들에는 적용되지 않은 독특한 발상이다. 중부 유럽에서 자궁을 동물과 같다고 여겨 이따금 '두꺼비'를 뜻하는 독일어로 불렀다. 이런 상징은 자궁이 여성의 몸 안에서 '팔짝팔짝 뛰어다닐 수 있다'는 생각에서 비롯했다.

히스테리는 초기에 두루뭉술한 진단이었다. 증상은 답답할 정도로 막연한 것에서부터 섬뜩할 정도로 엽기적인 것까지 다양했고, 히스테리를 보이는 여성이 고통스러운 원인으로는 어김없이 자궁이 꼽혔다. 신체 증상이 극도의 정신적 피로와 과도한 감정 등에서 비롯한다는 '반사 이론'으로 모든 히스테리가 설명되었다.

개인의 신체적 감각과 경험을 묘사하기란 오늘날에도 쉽지 않지만, 중추신경계의 작용 방식에 대한 이해가 부족했던 20세기 후반에는 더 어려웠다. 게다가 의사들은 자극감과 염증을 구분해 평가하는 데 어려움을 겪었다(지금도 분명 그렇다). 자극감은 환자가 경험하고 말로 표현할 수 있으나 검사 등으로 측정할 수 없다. 반면, 염증은 환자가 이따금 느끼기도 하지만 대개는 혈액검사나 해당 조직 검사로 감지한다. 1800년대 스코틀랜드의 의사였던 존 번스(John Burns)가 이 둘을 처음으로 연구했다. 그는 자극감과 염증이 다르다고 생각했기 때문에 이 둘을 가리키는 말도 구분하려고 노력했다. 그는 '자극감'은 폭넓은 개념으로 의사가 접하는 거의 모든 증상을 설명하는 데 쓸 수 있지만, '염증'은 느끼고 볼 수 있는 어떤 생물물리적 표지라고 생각했다. 실제로 염증이 있는 증상을 '자극감'이라는 말로 뭉뚱그려 설명하는 경우가 꽤 잦았다. 신체 내부의 감각이나 경험에 대한 이해가 이렇게 부족하다 보니, 사람이라면(특히 여성이라면) "감정이 격해지거나 흥분하는 증상을 보일 수 있고", 따라서 바닷가에 가서 쉬거나 정신병원 또는 다락방에 얌전히 숨어 지내면 그런 증상이 나아질 수 있다는 통념이 더욱 굳건해졌다. 이런 히스테리적 증상을 보이는 여성은 집이 아닌 요양지로 보내지거나 자기 집이나 침실에서 죄수처럼 숨어 지내는 일이 빈번했다. 샬롯 퍼킨스 길먼(Charlotte Perkins Gilman)의 「누런 벽지The Yellow Wallpaper」에 등장하는 신경쇠약에 걸린 여주인공처럼 말이다.

'신경병'은 환자가 여성일 경우, 실제 신경계보다는 환자의 성격을 주로 기술하는 말이었다. 산업혁명 때 근대적 생활의 분주함과 소란함이 가히 압도적이고 자극적이었기 때문에 심약한 사람에게는 신경쇠약을 일으킬 수도 있었다. 그러나 적어도 1700년대부터는 당대의 '신경성 히스테리'와 혼돈되지 않고 병적 속성이 있는 뚜렷한 '신경병'군도 존재했다. 여기에는 (대부분의 다발성 경화증에서 볼 수 있는) 뇌나 척추의 가시적인 병변(병 때문에 생기는 생체의 변화), 뇌전증 같은 '기능성' 질환, 미처 규명되지 않은 유기적 원인에 따른 기타 질환이 포함되었다.

자궁내막증을 비롯한 오늘날의 많은 질병과 달리 히스테리는 1800년대 중반이 되자 임상에서 상당히 표준적인 양상을 띠게 되었다. 환자가 일련의 특정 증상을 보이면 교과서적인 히스테리라는 진단이 빠르게 나왔다. 이런 진보의 일부는 장 마르탱 샤르코(Jean Martin Charcot) 덕분이다. 그는 히스테리가 심리적으로 만들어진 것이 아니라 '실제' 병이라고 생각해, 히스테리를 기질성 질환으로 볼 수 있게 하는 병변을 본격적으로 찾기 시작했다.

그는 한동안 히스테리를 실제 의학 진단명, 구체적으로는 신경장애로 정당화했다. 그리고 히스테리를 임상적으로 이렇게 기술했다.
"히스테리 발작에서는 아무것도 운에 맡길 수 없다. 반면 모든 것이
규칙에 따라 이루어지는데, 그 규칙은 항상 동일하다. 모든 국가, 시
대, 인종에 유효하다. 즉 보편적이다."

샤르코는 부검을 통해 뇌를 살펴봄으로써 환자가 보인 증상을 뇌
의 비정상 징후와 연관시키려고 노력했다. 이 연구를 통해 오늘날
루게릭병이라고도 불리는 근위축성측색경화증을 발견한 그는 히
스테리를 생식기관이 아닌 뇌에서 발견할 수 있다고 믿었다.

주도적인 이론이 틀린 것을 입증하려고 해 봤다면 알겠지만, 과
정이 순탄치는 않았다. 샤르코는 자궁이 히스테리의 주범이 아닐
수는 있어도 난소가 신경장애의 도화선이 될 수 있다고 여겼다. 이
이론을 증명하는 과정에 이름도 무시무시한 '난소 압축기'라는 기
계도 만들어 냈다. 그는 진료와 대부분의 연구를 진행한 파리의 정
신병원 살페트리에르병원에서 실제로 이 기계로 여성 환자들의 난
소를 짓눌러 히스테리를 일으키는 시험을 했다. 당연히 환자들은
신체적 고통이 어마어마하기 때문에라도 크게 반응했다(골반 검사를
한 번이라도 받아 본 여성이라면 단번에 수긍할 것이다). 히스테리 환자의
행동에 대한 통념을 알고 있던 몇몇 여성 환자는 이미 다른 환자들
이 마련한 선례에 맞게 행동해야겠다고 (아예 그걸 넘어서는 행동을 해
야겠다고) (의식적으로든 무의식적으로든) 느꼈을지도 모른다.

샤르코의 장치가 분명히 히스테리 증상이 나타나도록 유도했지

만, 난소가 히스테리의 추동력이라는 점 또는 히스테리라는 질병의 신경학적 토대가 존재한다는 점을 명쾌하게 증명하지는 못했다. 그는 살아 있는 동안 내내 그리고 죽은 뒤에는 더더욱 다른 의학자들의 비난을 자주 받았다. 그의 제자들은 그가 세상을 떠난 뒤 그의 연구에 손을 대 자신들의 것이라고 주장했고, 그가 생전에 내놓은 이론이 틀렸다고 입증하는 데 이를 쓰기도 했다.

환자들도 샤르코를 우호적으로 기억하지 않았다. 그는 환자들의 증상과 질병 상태가 실제라고 주장하면서 그 누구보다도 환자들을 '진지하게' 대하려고 했으나, 여성 환자들을 착취하는 데 거리낌이 없었다. 그리 인상적이지는 않아도 유명한 그의 강연에서 여성 환자들은 없어서는 안 될 요소였다.

프로이트가 그토록 존경한, 무대 조명으로 장식된 설교단 같은 데서 그가 한 강연에는 살페트리에르병원에서 널리 알려진 환자들이 참여했다. 강연은 사람들의 이목을 끌면서 몇 시간씩 이어졌고, 그 자리에 모인 사람들은 서커스를 보듯 입을 떡 벌리고 구경했다.

샤르코의 강연과 원색적인 폭로가 가장 눈길을 끌었을지 몰라도, 그에게서만 볼 수 있는 행태는 아니었다. 당대의 사회적 관행상 환자와 의사의 관계에 경계가 없다시피 했고, 이런 사실은 여성 환자들이 '진짜 히스테리 환자' 여부와 상관없이 성적 착취를 비롯한 각종 착취에 취약하다는 점을 뜻했다. 합의했든 안 했든 환자와 의사의 성관계가 엄연한 사실로 적힌 과거의 진료 기록을 어렵지 않게 찾아볼 수 있고, 이를 통해 당시 이런 관계가 규범에 어긋나지 않았음을 알 수 있다. 상황이 이렇다 보니, 19세기 중반에는 증상이 어떻든 진정제 투여가 여성 환자를 위한 최우선적 치료로 주목받기 시작했다. 특히 중독성이 강한 에테르가 주로 쓰였다. 당연히, 반의식 상태의 여성 환자들은 그들을 착취하려고 마음먹은 의사에게 취약했다.

히스테리와 신경쇠약

20세기 초반 의학계의 여성 치료는 남성의 히스테리인 신경쇠약이 자세히 기술되면서 더 분명히 밝혀졌다. 신경쇠약은 의사가 심한 두통으로 찾아온 오랜 남자 지인에게 독한 술을 내주기 전에 내릴 법한 진단명이었다. 이와 달리 히스테리는 그 의사가 3주째 걷지 못하고 있다는 동네 여성에게 내릴 법한 진단명이었다.

남성 의사들만 이렇게 진단하지는 않았다. 의학계의 가부장적 구조는 남성들의 진료 방식에 영향을 준 만큼 여성 의사들의 진료 방식에도 영향을 주었다. 이 대목에도 여성 환자들의 희생이 있다.

당대의 여의사인 뉴욕의 메리 퍼트넘 자코비(Mary Putnum Jacobi)는 남녀의 히스테리를 이렇게 단순하게 비교했다. "환자가 여성이고 이기적인 모습을 보인다면, 이 경우는 히스테리다. 만약 환자가 남성이라면 또는 여성이라도 우호적이고 이타적인 모습을 보인다면, 이 경우는 신경쇠약이다." 자코비의 글을 자세히 보면, 그녀가 히스테리를 부유한 백인 여성의 권태에 자연스럽게 따르는 결과로 본 것을 알 수 있다. 지금과 마찬가지로 이것이 일부 경우에는 분명 사실이었다. 꾀병을 부리는 사람은 전에도 있었으며 앞으로도 늘 있을 것이다. 그렇지만 유사 이래 여성이 아프다고 하면 왜 거짓말로 여겼는지 궁금하지 않을 수 없다. 결백이 증명될 때까지는 유죄인 셈이다.

어쩌면 여성의 복잡한 생식기관을 이해하지 못하거나 몸을 둘로 쪼개는 듯한, 골반 깊은 곳에서 느껴지는 수그러들 줄 모르고 묵직한 통증을 가늠하지 못하는 남성 의사로서는 뭐가 문제인지 모르겠다고 인정하기보다는 여성 환자를 거짓말쟁이로 치부하는 편이 쉬웠을 것이다. 어쩌면 도전에 대한 자극이 없이, 지적 욕구를 채울 기회랄 것도 없이 내쳐진 여성들이 권태로워진 나머지 자기 삶에 신비감을 더하고 남들의 이목을 끌 교묘한 수단을 만들어 냈는지도 모른다. 어쩌면 여성들은 병에서 정체성을 찾았는지도 모른다.

분명 이러저러한 심리사회적, 문화적 원인들이 한데 작용해 히스테리의 근간을 형성했을 것이다. 게다가 의식이 가장 깨었다는 여성들조차 여기서 완전히 벗어나지 못했다. 본질은 우리 모두의 안에 살고 있으며 우리 자신에 대한 자각, 우리 몸의 가장 내밀한 진실, 우리의 정신 자체에 의문을 품게 하는 작은 기침과도 같다.

우리는 자주 그런다. 열이 나는 몸으로 출근해서는 말한다. "괜찮아요. 그냥 감기예요." 속으로는 독감인 줄 알면서도 말이다. 진짜 범인은 배 안에 단단히 똬리를 틀고 있는데도 몇 주씩이나 '식중독'에 걸렸다고 그럴싸하게 둘러댄다. 정신을 잃고 토하며 피를 흘리고 웃다가 소리 지르고 울다가도 이렇게 말한다. "미안. 왜 이러는지 모르겠어." 속으로는 왜 그러는지 아주 잘 알면서도 말이다. 밀려오는 구역질, 몸이 부서질 듯한 피로, 방향감각을 잃게 하는 어지럼. 우리가 귀를 기울인다면 좋을 텐데.

우리가 아픔을 비밀로 하려고, 고통을 감추려고, 우리가 아픈 한 가지 이유 대신 괜찮은 수백 가지 이유를 찾으려고 마음속으로 하는 말을 바깥의 누군가가 안다면 좋을 텐데.

열일곱, 어느 아침

열일곱 살이던 어느 날 아침, 계단에 발을 제대로 딛기가 어려웠다. 난간을 잡고 애써 웃어넘기려고 하면서 잠이 덜 깼거나 이상한 자세로 자서 다리 신경이 눌렸다고 생각했다. 그냥 무시한 채 괜찮아질 줄 알고 여느 때처럼 하루를 보냈다. 그런데 다음 날 아침에도 같은 일이 벌어졌다. 학교에서 수업을 들으러 이동할 때 계단을 오르내리기가 힘들어졌다. 얼마 뒤부터는 운전할 때 페달을 밟는 발의 감각이 무뎌진 것이 가장 불안했다. 이내 기력이 달리는 아흔 살 노파처럼 절름거리며 다녔다.

생리할 때쯤이면 관절통이 자주 왔기 때문에 처음에는 대수롭지 않게 여겼다. 손허리뼈가 쑤시지만 않으면 꼬박꼬박 피아노를 쳤는데, 관절통이 심해지면 며칠씩 피아노를 못 쳤다. 어렸을 때 여기저기 옮겨 다니며 사는 바람에 피아노를 자주 접하지 못한 나는 음악실에서 피아노를 치려고 매일 남들보다 한 시간 일찍 학교에 갔다. 피아노 앞에 앉았지만, 손이 건반 위에서 마음대로 움직이지 않아 실망한 기억이 있다.

너무 피곤했거나 스트레스를 받았거나 생리가 심해서 빈혈이 생겼을 거라고 짐작하면서 증상을 무시해 버렸다. 그러나 친구들이 내 걸음을 보고 한마디씩 하기 시작하자 걱정이 되었다. 내 생각과는 달리 심각했나 보다. 그때부터는 계단을 아예 오를 수 없어서 복도를 빙 둘러 경사로를 통해 교실로 갔다. 친구들이 처음 몇 번은 웃고 넘기더니 1주일쯤 지나자 병원에 가 보라고 말하기 시작했다.

몇 달이 지나면서 점점 다리를 못 쓰게 되었다는 사실에 불안해할 만도 하지만, 난 희한하다고만 생각했지 충격을 받지는 않았다. 분명 그럴 만한 이유가 있다고 생각했기 때문에 진짜로 불안하지는 않았다. 겁먹을 여지를 주지 않으면 겁먹을 일은 없다. 그렇게 속으로 다독였다.

주치의가 내 진료를 신경과 전문의에게 의뢰했다. 그날 아침 나는 (자립한 미성년자가 남용할 수 있는 특권이지만 한 번도 누리지 않은) 조퇴 신청을 하고 병원 접수실로 가서 성실하게 절차를 밟았다. 접수실 직원이 의심스럽다는 듯 날 유심히 살피더니 부모나 후견인이 어디에 있냐고 물었다. 내가 미성년자였기 때문이다.

"전 법적으로 자립 선언을 한 미성년자예요." 가방에서 너덜너덜해진 자립 미성년자 서류 사본을 꺼내면서 웅얼거렸다. "메인케어에 가입돼 있고요." 책상 위로 카드를 내밀며 덧붙였다. 그건 보건복지부를 몇 차례 열심히 드나든 끝에 자격을 얻게 된, 내가 살던 주의 메디케이드 의료보험이었다. 그때 누구나 메디케이드를 탐탁지 않아 한다는 사실을 곧바로 눈치챘다. 의료계 종사자들은 병원비를 제대로 못 받는다는 이유로 메디케이드를 환영하지 않는다. 의료 서비스를 제공하고도 그에 상응하는 비용을 받지 못한다는 이유로 메디케이드 가입 환자를 거부하는 병원이 많다. 수혜자들은 치료를 거부당하고, '정부 혜택에 의존한다'는 이유로 모욕당하며, 보험 자격을 얻어서 유지하려면 온갖 까다로운 절차를 거쳐야 한다는 사실을 안다.

접수 직원은 날 빤히 내려다보았고, 난 그 직원이 자립이 무슨 말인지 모르나 하고 생각했다.

"아, 그렇군요." 아이가 술을 사고 싶어서 꾸며 낸 터무니없는 얘기에 어른이 놀란 척하듯 직원이 말했다.

"그래도 부모님께 전화해야겠는데요."

"음, 안 돼요. 그러지 마세요." 내가 다급히 말했다. 말대꾸하는 것처럼 보일까 봐 얼굴이 화끈거렸다. "부모님과 함께 살지 않아요. 같이 안 산 지 5년 됐어요. 믿기지 않으시면 법원에 전화 걸어 보세요. 새 서류 사본을 팩스로 보내 줄 거예요."

직원은 전화기를 향해 손을 뻗었다. "미성년자라서 부모님이⋯⋯."

"생일이 1주일도 안 남았어요." 직원을 똑바로 빤히 보면서 매달리듯 말했다. "곧 열여덟 살이 돼요. 그러니까 제발 부모님께 전화 걸지 마세요. 법적으로 필요 없는 일이잖아요. 거짓말하는 게 아니에요." 눈물이 뜨겁게 차오르고 심장이 조이는 것 같았다. 울지 않으려고 안간힘을 썼지만, 공포가 엄습했고 곧 급류가 터질 것 같았다.

"병원에 온 걸 부모님한테 알리기 싫다는 건가요?" 직원이 물었다. 부모님과 안 산 지 5년째라고 말한 건 아예 무시하고 말이다.

"아니, 제 말을 이해하지 못하신 것 같은데⋯⋯."

"위탁 청소년은 아니죠? 그렇죠? 위탁 부모는 있어요?"

"아뇨, 자립한 미성년자예요. 완전히 독립했다고요. 그러니까 절 돌보는 사람은 있어요. 에스텔이라고, 여기서 조금 떨어진 곳에 살아요. 전화번호를 드릴 수도⋯⋯."

"그분이 후견인인가요?"

"아니요! 제가 제 후견인이에요!" 난 쏘아붙이다 결국 울음을 터트렸다. 굴욕스러웠다. 직원이 부모님 집으로 전화 거는 모습을 무력하게 지켜볼 수밖에 없었다. 그 전화번호는 어렸을 때 내가 인두염 검사를 받으러 병원을 찾았을 때 기록된 게 분명했다.

"따님이 내원했는데 치료하려면 부모님 동의가 필요합니다." 직원이 말하는 소리를 들어 보니 어머니가 전화를 받은 것 같았다. 아버지는 출근했을 시간이었다.

뜨거운 눈물이 흘러내리고 다리가 후들거렸다. 이상하게 안심되었다. 며칠 동안 다리에 감각이 전혀 없었기 때문이다. 접수처 책상 아래쪽에 무릎이 닿는 걸 느낄 수 있었다.

"알겠습니다." 직원이 날 쳐다보며 말했다. "네, 고맙습니다." 직원이 전화를 끊고는 내가 준 미성년자 자립 서류를 들고 일어섰다. "잠시만요. 복사해야 해서요."

직원이 복사기에 가 있는 동안 나는 마음을 다잡으며 허리를 곧추세우고 스웨터 소매로 눈물을 닦았다. 다리가 계속 떨려서 허벅지 위쪽을 손바닥으로 꾹 누르며 진정시켰다.

몇 분 뒤 직원이 내가 찰 신원 확인용 병원 팔찌를 갖고 돌아와 아무 일도 없었다는 듯 검사실을 가리켰다. 난 힘겹게 일어나 절름거리며 접수실을 나왔다.

신경과 전문의는 내 구체적인 병력이나 내가 말하는 몸 상태에 전혀 동요하지 않았다. 난 다 심리적인 문제일 거라고 예상하고 있었다. 3학년이 되기 전 해에 AP 심리학 시험을 준비하면서 배운 게 있다면, 바로 히스테리가 이따금 극도의 마비 증상과 함께 나타난다는 점이다. 어쩌면 기구한 유년기의 스트레스가 내 몸속 어디에서 살고 싶은지 시험하는 중인지도 몰랐다. 이런 생각을 의사에게 말하진 않았지만, 모든 증상이 내 머릿속에서 생겼다는 말을 들을 준비가 되어 있었다.

의사가 간단한 신경 검사를 했고, 특이 사항은 없었다. 다만 내가 쪼그려 앉았다가 일어설 때 힘들어하는 걸 본 의사가 의아하게 여겼다. 일어서는 게 정말로 몸부림 같았기 때문이다. 의사는 헛기침을 계속 하며 남은 검사를 진행했고, 내 짐작이지만 할 도리는 다하려는 생각에 추가 혈액검사와 전신 MRI 촬영을 지시했다. 더 철저한 검사로 날 달래려고 했으나 내가 전혀 안심하지 않자, 의사는 내가 히스테리 환자는 아니라고 생각했다. 난 그런 행동이 여성에게 히스테리 진단을 무작정 내리던 과거보다는 한 단계 더 발전한 것이라고 본다. 이건 작년 심리학 수업에서 안나 O같이 널리 알려진 환자의 사례를 비롯한 일반 문헌을 통해 내가 알게 된 사실이다.

프로이트의 환자

'안나 O 사례'는 가장 유명한 심리학 사례 연구라고 할 수 있다. 히스테리를 다루긴 했지만 말이다. 안나 O가 프로이트의 연구와 자주 언급되지만 본래 브로이어의 환자였고, 브로이어가 그녀를 치료할 방법이 없어지자 프로이트에게 자문을 구한 것이다. "안나 O는 정신이 이상했다." 브로이어는 이렇게 말하면서 그녀가 차라리 죽어서 더는 고통받지 않기를 바랐다고 덧붙였다. 프로이트와 브로이어가 사례를 책에 담으면서 안나라는 가명을 붙인 이 젊은 여성은 브로이어를 처음 만난 1880년에 스물한 살이었다. 프로이트와 브로이어가 같이 쓴 『히스테리 연구Studies on Hysteria』에서 안나는 천재까지는 아니라도 매우 명석하고 다정하며 공감 능력이 뛰어난 여성으로 묘사된다. 저자들에 따르면, 안나는 합리적으로 사고할 수 있었고 남의 영향에 한 치도 흔들리지 않았다고 한다. 다만 성욕이 '놀랄 만큼 미성숙'했다고 한다. 안나는 '주체할 수 없을 정도로 지적 욕구가 왕성했으나' 병든 아버지를 돌보느라 극히 권태롭게 살았다. 안나의 병은 불안, 좌절된 잠재력, 억압된 성욕의 발현으로 여겨졌다. 안나는 당시 '대화 치유'라고 불린 치료를 통해 자기 삶의 이야기, 즉 자신의 진짜 이야기를 브로이어에게 들려주었다.

처음에는 예후가 암울했지만, 본명이 베르타 파펜하임인 안나는 완전히 회복하고 정서 연구에 전념했다. 과거에 겪은 정신적 외상이든 현재의 불안이든 그녀가 일단 관심을 기울이자 신체적, 정신적 증상이 해결되었다. 그녀는 사회복지사로서 크게 성공하고 유대인여성협회를 설립했다.

당연히 안나는 교과서적인 사례가 되었다. 그녀에 대한 진단은 꽤 간명했고 치료에 반응했다. 그녀에게는 기저 동반 질환이 없었고, 있었다 해도 치료 과정에 지장을 줄 만큼 심각하지 않았다. 대화 치료 같은 정신역동 치료법은 환자마다 정서적 경험과 관점이 고유하기 때문에 적용하기에 복잡한 면이 있다. 여기에 (알려진 그리고 알려지지 않은) 신체적 병변까지 포함하면 훨씬 더 복잡해진다. 게다가 초기에는 감정 상태에 초점을 두거나 신체 증상을 정신의학적으로 설명하기를 선호했기 때문에 오진이 잦았다.

1962년에 열일곱 살이던 카렌 암스트롱(Karen Armstrong)에게 두 가지 주요한 사건이 일어났다. 수녀원에 들어갔고 실신하기 시작한 것이다. 저서 『마음의 진보The Spiral Staircase』에서 암스트롱은 그간의 정서적, 영적 여정을 풀어 놓으면서 동시다발적으로 자신을 괴롭힌 갖가지 병에 대해서도 제법 비중 있게 다루었다. 암스트롱이 겪은 실신 증상은 특이하고 염려스러운 데다 당혹스럽기도 했다. 수녀원의 수녀들은 종종 암스트롱에게 마음을 추스르라고 충고하거나 너무 유난을 떤다며 나무랐다. 그녀는 자신의 기이한 증상을 설명할 가설까지 세웠다고 털어놓았다. "내가 딱히 마음이 어지럽지는 않아도 관심, 사랑, 친밀감을 향한 잠재적 욕구를 표출하는 게 아닌가 하는 가설을 세웠다. 실신은 분명 관심을 받으려는 노력이라는 게 내 결론이었다."

암스트롱에게 병원은커녕 수녀원의 의무실에 가 보라는 이도 없었다. 정말 병에 걸렸을지도 모른다고 생각하기 전까지 몇 년 동안 사람들은 그리고 환자 자신도 그런 병이 의지박약의 결과이거나 악의적 속임수라고 치부해 버렸다. 결국 그녀는 수녀원을 떠났다. 암스트롱이 안나 O처럼 환경의 억압 때문에 '발작'을 겪었다면, 증상은 사라질 것으로 짐작할 수 있다. 그러나 증상은 사라지지 않았고, 오히려 점점 더 심해졌다. 암스트롱의 상태를 살펴본 의사는 정신분석으로 불안을 치료해 보자고 했고, 그녀는 의구심이 들었지만 치료에 성실히 임했다. "욕지기 나는 기시감이 엄습하곤 했다. 내가 수녀원에서 한 추론과 정확히 똑같았다. 자, 그래서 난 어디까지 왔나?"

암스트롱이 수녀원에 들어가 점점 나빠지는 실신을 겪는 동안 거의 10년 세월이 흘렀다. 정말 많은 시간을 잃었다. 젊은 시절, 20대 전반이 치료는커녕 증상에 시달리고 그걸 해명하려는 헛된 시도로 망가져 버렸다. 시련이 시작되고 어느덧 15년이 지난 어느 날, 암스트롱이 유독 심한 실신으로 응급실 신세를 졌다. 의식을 되찾은 그녀는 대발작 증세가 있다는 진단에 곧바로 신경과로 옮겨졌다.

암스트롱은 오랫동안 고통스러웠던 이야기를 신경과 의사에게 다 털어놓았고, 의사는 증상이 분명히 심각한데도 왜 병원에 안 갔는지 물었다. 그녀는 당연히 병원에 갔고 몇 년 동안 여러 병원을 전전했다고 말했다. 그녀의 말로는 '경악해서 할 말을 잃고 있던' 의사가 그동안 간 병원에서 (의사가 판단하기에 측두엽 간질의 '교과서적 사례'인) 증상을 말했을 때 누구라도 뇌파검사를 해 보자는 말을 했었는지 물었다.

그녀는 없었다고 답했다. 한 번도.

암스트롱의 의사는 다른 의사들이 암스트롱의 증상에 신체적 원인이 없다고 속단한 점에 격분했고, 그런 가정이 틀린 것을 입증하기 위해 간단한 검사조차 하지 않은 데 화를 참지 못했다. 암스트롱의 상태는 딱히 특별한 사례도 아니었고, 치료도 크게 어려울 점이 없었다. 그녀가 (정확히 사춘기의 호르몬 변화로 뇌전증이 처음 발생하는 때인) 10대 후반이었을 때 누군가가 그 증상을 알아봤다면, 삶이 망가질 정도로 상태가 심해지지는 않았을 터다.

수그러들지 않는 통증

다리에 힘이 풀리는 히스테리의 전형적 증상을 더 자세히 살펴보려고 MRI 촬영을 처음 했을 때 내 나이가 암스트롱이 시련을 겪기 시작한 나이와 비슷했다. 지금 생각해 보면 그때 검사가 처방된 것만으로도 고맙지만, 팔 전체가 화끈해지는 주사를 맞고서 어지럽고 메스꺼운 상태로 굉음이 나는 거대한 관 속으로 빨려 들어가는 동안 무척 외로웠다. 믿기 힘들 정도로 허허로웠고, 그 좁은 공간에 누워 있으니 이상할 만큼 차분해졌다(다행히도 난 폐소공포증이 없다).

세라로렌스대학에 갈 가을쯤이면 무용을 더는 할 수 없을지도 모른다고 생각했다. 어쩌면 피아노도 그만둬야 할지도 몰랐다. 무슨 일이 일어나든, 내가 뒤처지지는 않을 거라고 확신했다. 그럴 수가 없었다. 난 무척 열심히 살았기 때문에, 다리가 좀 아프다고 해서 모든 일이 엉망이 될 리는 없었다. 몇 달 뒤 고등학교를 졸업하고, 내가 하고픈 일을 할 수 없을지도 모른다는 가능성을 전적으로 부정했다.

난 의학을 꽤 굳게 믿었다. 내가 어렸을 때 의학이 어머니에게는 줄곧 도움을 주지 못했지만 말이다. 난 아파도 어머니와는 달랐다. 난 몸이 나았다. 나으려고 했기 때문이다. 몸이 낫는 일이라면 뭐든 했다. 수술, 치료, 약 복용, 필요하다면 무엇이든 했다. 하나도 두렵지 않았다. 의사들이 환자를 치료할 방법을 알고 있다고 믿었기 때문이다. 환자가 나으려는 의지만 있다면 말이다. 어머니는 아프길 원했기 때문에 계속 아팠다.

어쨌든 난 그렇게 스스로를 설득했다. 생일 몇 주 뒤에 신경과 후속 진료를 받았는데, 생일이 지난 덕에 상황이 훨씬 나아졌다. 법적으로 성인이 되었기 때문에 병원에서 전처럼 마음 상하는 접수 절차를 거칠 필요가 없었다. 의사는 MRI 촬영 결과가 그럭저럭 괜찮다고 설명했다. 우연히 구조적 이상이 발견됐지만, 선천적일 가능성이 커서 걱정하지 않아도 된다고 했다.

크게 잘못된 건 없다니 안도했지만, 의사가 다리를 원상태로 돌아오게 하는 조치를 전혀 안 해서 좀 짜증이 났다. 의사가 다리가 흔들거리는 느낌이라도 없애는 약 처방으로 내가 정상 생활로 복귀하게 해 줄 줄 알았다. 의사는 내 상태가 이상하다고 생각하면서도 답이 없었다. 상태를 몇 달간 지켜보자고 했다. 난 조바심이 끓어올랐지만, 상황을 받아들이고 성가신 증상이 내 앞길을 가로막지 않도록 필요한 모든 일을 하겠다고 마음먹었다. 그게 엉덩이로 계단을 내려가는 일이라도 말이다. 실은 가끔 정말로 그렇게 했다.

그 뒤 몇 달 동안 이상한 증상이 점차 나아졌다. 한여름에는 증상이 거의 사라졌다. 생리 때에는 여전히 이따금 곤란을 조금 겪지만, 나만의 불행이려니 하고 웃어넘겼다. 그럭저럭 반년이 흐른 뒤 마침내 걸음걸이가 정상으로 돌아왔다. 가을에 세라로렌스대학에 입학하고는 거침없이 무용 수업을 들으러 갔다.

산부인과를 찾다

대학에 입학한 지 겨우 1년이 좀 넘어 다시 아팠을 때 난 어떤 연관성도 찾을 수 없었고, 브롱스빌에 있는 병원에 갔을 때는 전에 아팠던 일을 입에 올리지도 않았다. 그러고 싶지 않았다.

18개월 남짓 지나 메인의 같은 병원에 그것도 같은 접수실에 있노라니, 불길하게 구슬피 우는 요정 밴시처럼 옛 기억이 밀려왔다. 복도를 지나 검사실로 향하면서 나는 그때와 지금이 서로 연관돼 있을지도 모른다고 생각했지만 이내 그 생각을 지워 버렸다. 그땐 잘못된 게 없었다. 의사가 그렇다고 했다. 그렇지 않은가? 반년쯤 걸렸지만 난 결국 괜찮아졌다.

상황이 어떻든 이번엔 훨씬 더 심각했다. 몸무게가 급격히 줄었다. 예전에도 힘이 빠져 후들거리는 다리가 불편하고 거슬렸지만, 지금처럼 수그러들 줄 모르는 가차 없는 통증에는 비할 바가 아니었다. 이번에는 아프다는 사실을 무시할 수가 없었다. 잘못된 게 없다고 스스로 다독일 수가 없었다. 뭔가 분명히 잘못됐기 때문이다. 게다가 왜 기분이 더 나쁜지 알 수 없었다. 내가 정말로 아프다는 사실 때문에? 그 사실을 부정할 수 있을 만큼 내 정신력이 강하지 않다는 사실 때문에?

학교를 그만둔 뒤 부인과 전문의 폴슨 박사를 찾아갔다. 내가 가기에 딱 맞는 곳처럼 보였다. 생리는 늘 끔찍했고, 학교에서 겪은 일이 난소 낭종의 징후라면 그걸 설명할 어떤 증후군이나 소인이 있으리라 생각했다. 메인에서 나를 담당한 의사가 내 진료를 의뢰해서 찾아간 폴슨 박사는 내가 이 문제로 처음 만나 본 부인과 의사다.

산부인과 병원의 외관은 다 똑같지 않나 싶다. 화장실에서 검사용 소변을 받으려고 안간힘을 쓸 때 날 쳐다보는 포스터 속 웃는 아기, 연한 파스텔빛 실내장식, 몸이 불편한 임산부를 배려해서 놓아 둔 편한 의자, 차가운 다리 지지대, 플라스틱 질 모형, 눈에 확 띄는 빨간색 침 폐기통까지.

폴슨 박사의 진찰실에서 두 가지 초음파검사를 받았다. 임산부가

받는 검사로, 아랫배에 끈적이는 젤을 바르고 하는 것과 내진이었
다. 혁신적인 기술이라는 질 초음파검사는 미칠 듯이 아팠다. 전에
도 고통스러운 내진을 받은 경험이 몇 번 있고 폴슨 박사의 조수가
조심했지만, 이번에도 별반 다르지 않겠다는 사실이 이내 분명해졌
다. 두 번째로 병원에 갔을 때 폴슨 박사는 내가 직접 탐촉자를 질에
넣도록 했는데, 이 또한 아픈 데다 내가 싸구려 포르노 주인공이라
도 된 양 얼굴이 미친 듯이 화끈거렸다.

초음파검사로 밝혀진 건 없다. 내 상태는 나빠져만 갔다. 몇 달
전 메인으로 돌아와서 주치의에게 처음 진찰받을 때, 난 생리가 아
예 멎었다고 말했다. 그 참담한 샤워 사건이 있기 전 몇 달간의 기억
을 되짚어 보니, 아무런 원인이 없어 보이는 하혈이 몇 주간 이어진
게 떠올랐다. 이상하게도 그건 '오래된' 피라고밖에 설명할 수 없었
다. 내가 특별히 아끼던 예쁜 레오타드는 물론이고, 속옷까지 더럽
힌 갈색 핏덩어리였다. 이 모든 일이 서로 연관되었을지도 모른다
고 생각했으나, 어쨌든 돌이켜보니 그렇다는 것이었다. 그 어느 때
보다도 마음이 어수선했다. 내 몸이 불구가 될 만큼 상황이 심각해
질 줄은 꿈에도 몰랐다.

내 애기를 들은 주치의가 폴슨 박사에게 진료 의뢰서를 썼다. '자
궁내막증 가능성'에 따른 수술 의뢰였다. 주치의는 진료 기록 여백
에 그런 진단 내용을 쓰면서 내게 설명하기는커녕 언급도 하지 않
았다. 내게는 화학작용으로 생리가 다시 시작되도록 하는 프로베라

라는 약 처방이 내려졌다. 그렇게 강제로 생리가 시작되었다.

메드록시프로게스테론은 배란과 월경주기를 조절하는 데 도움을 주는 합성 프로게스테론 호르몬이다. 데포-프로베라는 이 약물의 다른 형태지만 용량이 훨씬 더 높고 피임용으로 주사된다. 나는 열흘 동안 매일 5밀리그램 한 알씩 상대적으로 적은 양을 처방받았고, 마침내 생리가 다시 시작되었을 때는 몇 달 치 생리가 한꺼번에 쏟아지는 듯했다. 출혈량이 많고 기간도 길었다. 복강경검사를 받으러 폴슨 박사에게 갈 때까지도 출혈이 멈추지 않았다.

수술받는 날 아침, 고등학교 시절 스승이자 더없이 소중한 카스 선생님과 내 가장 친한 친구 힐러리가 날 도와주러 왔다. 수술은 난생처음이었고, 수술 뒤에는 어디로 가서 몸을 추슬러야 할지 난감했다. 우리 셋은 수술 대기실의 커튼이 칸막이처럼 쳐진 공간에 앉아 있었다. 난 옷을 벗으면서 줄곧 떨리는 몸을 무시하려고 했다. 병원 공기가 싸늘하게 느껴졌는데, 실은 내가 겁먹은 것이었다.

수술실 구역에서 힐러리와 내가 잡담을 나눌 때 간호사가 들어와 면도를 해야 한다고 알렸다. 난 그게 무슨 말인지 몰랐다. 병원에서 내 다리 제모까지 신경을 쓰나? 간호사가 힐러리와 카스 선생님은 가림용 커튼 밖으로 가야 하지 않겠냐는 뜻을 내비쳤을 때야 난 면도할 부위가 음부라는 사실을 알아챘다. 완전히 충격이었다. 수술 전 문진지에는 없던 내용이다.

지금 생각해 보니 그때 진정제를 맞고 싶었다. 꽤 수치스러웠기 때문이다. 그때까지 진지하게 남자 친구를 사귀어 본 적이 없기 때문에 산부인과 의사 말고는 내 음부를 본 사람이 없었다. 게다가 산부인과 의사도 자궁경부암 검사 때 내 몸에 비키니 왁스를 바르지는 않았다. 다행스럽게도 힐러리가 커튼 너머서 전염성 강한 유쾌한 웃음을 터트리고 있었기에 망정이지, 안 그랬으면 당황해서 눈물이 났을 것이다. 오히려 힐러리가 커튼 사이로 얼굴을 빼꼼히 내밀고 내 음부의 토피어리 작업이 어떻게 진행되는지 확인할 때마다 웃느라 눈물이 났다.

마취과 의사가 진정제를 투여하러 들어왔고, 카스 선생님과 힐러리는 보호자 대기실로 밀려났다. 그 순간 우리 웃음이 잦아들었고, 겁먹은 채 서로를 바라보았다. 내가 잘못되면 어쩌지? 난 힐러리가 눈물을 감추려고 해도 겁먹었다는 걸 알았다.

수술실로 옮겨진 게 기억난다. TV에서 보던 수술실과 상당히 닮았지만 소름 끼치도록 추웠다. 무서워서라기보다는 정말 추워서 이가 덜덜 떨렸다. 이동식 침대에서 내려와 수술대에 올라가는 느낌이 정말 이상했고, 〈그레이 아나토미Grey's Anatomy〉에서 보던 것과는 분명 달랐다. 내 얼굴에 마스크가 씌워졌고, 간호사가 숫자를 10부터 거꾸로 세라고 한 게 기억난다.

초콜릿 낭종

몇 시간 뒤에 깨어났다. 폴슨 박사의 예상대로 뭔가 발견되었기 때문에 수술은 두 번 했다. 내가 속 편하게 의식 없이 수술대에 누워 있다가 회복실에서 자는 동안 카스 선생님과 힐러리는 노심초사했다. 수술 뒤 조프란과 진통제 정맥주사를 잔뜩 맞은 나는 폴슨 박사가 한 말 중 몇 가지밖에 기억하지 못했다. 다행히 카스 선생님과 힐러리가 내 빈 기억을 채워 주었다. 토크 관, 초콜릿 낭종, 자궁내막증 병변 등 내가 알아들은 몇 가지 단어가 답처럼 여겨졌다. 폴슨 박사가 '초음파검사에서 어떻게 그걸 놓쳤는지 모르겠다'면서 사과한 기억이 있다. '그건' 바로 내 난소를 밀어내던 커다란 낭종이다. 그 낭종이 내 왼쪽 나팔관의 난관채보다 컸다.

난관채는 짧은 손가락 모양 기관으로, 하늘거리며 움직이다가 난소에서 나오는 난자를 붙잡는다. 그런 다음 난자가 나팔관으로 들어가도록 돕는데, 여기서 난자가 연동운동을 통해 자궁으로 이동한다. 내 몸속 나팔관의 난관채 끝에 있던 낭종은 크기가 상당히 커서 그것 때문에 나팔관 자체가 자궁 뒤쪽으로 뒤틀렸다. 사진을 보면 꼭 행주를 짜 놓은 모습이다.

폴슨 박사는 이렇게 달걀같이 생긴 물질을 '초콜릿 낭종'이라고도 한다고 설명했는데, 그게 초콜릿 시럽 같은 오래된 갈색 피로 채워져 있기 때문이라고 했다.

얘기를 다 들은 나는 폴슨 박사가 내 난소와 어쩌면 나팔관까지 제거했겠다고 생각했는데 그렇지 않았다. 그 대신 낭종 배액술(상처나 궤양, 공간에서 액체나 고름을 바깥으로 빼내는 수술)을 하고, 낭종과 나팔관을 인터시드라는 수술용 직물로 감쌌다고 했다. 시간이 지나면 체내에 흡수되는 직물이라고 했다. 의료용 메시는 (공교롭게도 자궁내막증처럼) 유착을 일으키기도 한다. 폴슨 박사가 난소와 나팔관을 해치지 않고 낭종을 제거할 수는 없었을 것이다. 난 그랬으리라고 철석같이 믿었다. 다른 의사라면 제거할 수 있었을지, 흔쾌히 제거했을지 의문을 품는다는 건 생각도 못 했다. 그런 결정은 내 가임력에 영향을 미쳤을 것이다. 이유는 몰라도 폴슨 박사는 내 통증을 비롯한 다른 무엇보다 가임력을 최우선으로 생각하는 눈치였다. 내가 생식력 저하에 대한 염려는 눈곱만큼도 내비치지 않았는데 말이다. 그래서 그 뒤로는 의사를 새로 만날 때마다 그 부분은 걱정하지 않는다는 점을 확실히 하려고 했다. 의사들은 가임력은 신경 쓰지 않는다는 여성 환자의 말을 그대로 받아들이기 불편해하고, 나중에 소송에 휘말리지 않으려고 환자의 가임력 보존을 고집한다고 짐작할 뿐이다. 내가 겪는 통증이 사실로 받아들여지지 않을 뿐만 아니라 결코 최우선시되지 않으리라는 사실을 서서히 깨닫기 시작했다.

폴슨 박사는 또 내 자궁 뒤 자궁내막증을 발견했다고 알려주었다. 인터시드만큼이나 처음 들었을 때 뜻이 확 와 닿지 않는 말이었다. 어떤 선천적인 결함, 내가 몹시 굶주린 태아라 발달이 더뎌서 갖고 태어난 이상 징후라고 생각했다. 박사는 더 설명하지 않았고, 나는 진정제 기운이 가시지 않은 터라 묻지 않았다. 다만 박사가 낭종 배액술을 했으니 상태가 점점 나아질 거라고 강조했다. 몇 주 뒤에 경과를 살펴보기로 했다.

얼마 있다 퇴원하고 처음 며칠간은 잠만 잤다. 정신을 차리고 보니 꿰맨 부위가 아팠지만 예상한 일이었다. 절개한 부위가 아물고 나면 통증이 싹 가실 거라고 기대했다. 무슨 일이 일어났든 이제 지난 일이고, 곧 멀쩡해진 몸으로 복학해서 영영 멈춘 게 아니라 잠깐 멈췄던 내 삶을 다시 시작할 거라고 기대했다.

수술 경과를 살펴보려고 폴슨 박사에게 간 일은 간단했다. 난 낭종 문제를 해결했으니 이제 학교생활을 해도 되는지 물었다. 박사는 '아마'라고 대답했다. 난 멈칫했다. '아마'라니? 몸이 나은 게 아닌가?

박사는 낭종이 다시 생길 수 있다고 차분히 설명했다. 생기지 않을 수도 있다고 했다. 몇 달, 1년, 또는 몇 년 안에 다시 생길 수도 있다고 했다. 박사가 한 말이 무슨 뜻인지 헤아리느라 잠시 시간이 필요했지만, 이내 그 뜻을 알고 처참해졌다. 이 일이 또다시 일어날 수 있다니.

순진하게도 내 병이 고쳐졌다고 생각했다. 그럴 만도 했다. 아파서 병원에 갔으며 꽤 길고 암울한 몇 달이 지났지만, 답을 찾은 것 같았다. 수술을 받았다. 그런데 뭐라고? 재발할 수도 있다고? 돌이켜 생각해 보니, 그때 깨달았다. 문제가 뭐든 내 무지 탓에 더 악화될 테니까, 적어도 내 상황에 한해서만큼은 의학적으로 공부해야겠다는 사실 말이다.

폴슨 박사는 몇 주 지나서 실밥이 다 녹으면 학교에 갈 수 있을 만큼 몸이 나았는지 확실히 알 수 있을 거라고 말했다. 만약 몸이 나아진다면 박사는 분명 학교에 가라고 허락할 터였다. 그건 도박이었지만, 궁극적으로 결정은 내게 달려 있었다.

난 여전히 희망을 품고 있었다. 수술 상처에 무리가 가지 않는 선에서 가볍게 운동을 하려고 했다. 무용을 하고 스트레칭을 하고 몸을 움직이던 때가 그리웠다. 거의 매일 밤 학교에 돌아가는 꿈을 꾸었고, 아침에 깨어나 학교가 아닌 걸 알고 어리둥절했다.

다시 찾아온 통증

긴 겨울 동안 나 자신을 돌아보며 분석에 몰두한 터라, 싸움이 결코 끝나지 않았다는 사실을 깨달은 순간은 정확히 기억한다. 크리스마스가 지나고 다들 학교나 일터로 돌아간 뒤 (돌아갈 곳이 깊은 절망뿐이었던) 나는 카스 선생님 집 소파에 앉아서 어렸을 때부터 좋아한 〈X파일〉 재방송을 보고 있었다.

〈X파일〉은 아무리 봐도 아이들을 위한 프로그램이 아니다. 부모님 감시가 심하지 않던 여덟아홉 살 때였나 보다. 잠이 오지 않던 어느 날 밤 우연히 〈X파일〉을 보았다. 어두운 분위기와 치밀하게 짜인 긴장감 속에 뭔지 모를 매력이 있었다. 내게는 위로가 되었다. 영영 되풀이될 것만 같은 악몽, 속삭임, 친밀감 덕분에 TV를 본다기보다는 책을 읽는 느낌이었다. 피가 튀는 섬뜩한 드라마라고도 할 수 있었다. 어떤 아이든 그런 영상을 보면서 잠들면 안 될 일이었다. 드라마가 무겁긴 했지만, 나는 한 회가 끝나기 전에 잠들더라도 드라마 속 주인공인 멀더와 스컬리는 계속 앞으로 나아간다는 사실이 좋았다. 그들이 저 멀리 어딘가에서 여전히 진실을 찾고 있다는 사실이 좋았다. 아무도 그 진실이나 그들을 믿지 않더라도 말이다.

처음에는 아버지를 닮았다는 이유로 멀더를 제일 좋아했다. 아버지는 피부색과 골격이 데이비드 듀코브니(David Duchovny)와 똑같았고, 어린 마음에 나는 아버지가 작업화를 신고 다부지게 생긴 평행우주 속 노동자 계층의 멀더라고 생각했다.

10대가 되고는 인터넷 팬클럽 'X파일'의 충성스러운 일원이 되었다. 정장 차림과 과학을 좋아하고 '억압에 맞서는' 성향이 있던 나는 스컬리를 우상으로 삼았다. 스컬리는 세상이 쉽게 받아들이지 않는, 여성의 복잡한 면을 보여 주었다. 심지어 지금도 스컬리를 보면서, 여성이라도 반대 의견을 내세울 수 있다는 사실을 떠올리곤 한다. 여성이 똑똑하고 강인하고 유능할 수도 있는 한편 두려움을 느끼고 오롯이 감정에 충실하거나 원한다면 얼마든지 여성성을 드러낼 수 있다는 사실을 상기하곤 한다. 이런 성향들이 서로 배타적이지 않다는 점, 여성의 이런 성향들이 주변 남성들을 통해 규정되지 않는다는 점도 마찬가지다. 힐을 신고도 전 세계를 향한 정부의 음모를 좌절시킬 수 있고, 한껏 치장한 손톱으로도 살인미수자의 눈알을 파낼 수 있다.

몸이 회복하는 동안 내내 〈X파일〉을 보고 있으려니, 내가 내면으로 받아들인 스컬리의 성향인 회의적 태도·완강한 투지·호기심·지성이 대개는 내가 자랑스러워하고 사랑한 나 자신의 일부라는 걸 알게 되었다. 이런 성향은 거센 공격의 대상이 되기도 했다. 스컬리도 이런 면은 이따금 병이나 부상, 정부의 사악한 음모에 따라 제빛을 내지 못했다. 스컬리는 늘 (자신은 물론이고, 멀더도 자주 겪은) 상실로 비통해하면서도 꿋꿋이 버텼다. 고통 속에서도 싸우며 헤쳐 나갔다. 나는 카스 선생님 집 소파에 앉아 내 몸의 수술 상처가 약에 녹아 들어가는 동안, 비유적으로 말하자면 내 마음의 상처를 핥으면서 그 점에 대해 많이 생각했다.

그렇게 TV를 보다가 골반에 익숙한 느낌이 들었다. 볼기뼈에서 느껴지는 이상한 극심한 고통이었다. 수술 상처 표면의 통증이 아니라, 묵직하고 욕지기를 일으키는 통증이었다. 수술 뒤 한 주 동안 남아 있던 가스가 일으킨 통증과도 달랐다. 이 통증은 서서히 퍼졌다. 새롭지 않다는 점만 빼면 새로웠다. 이 통증은 지난 계절에 날 쓰러뜨리고 집어삼켰다. 내가 아는 통증이었다. 잊어버리고 싶은 통증이었다. 난 그 큰 전원주택에 미동도 없이 철저히 혼자 앉아 있었다. 눈을 감고 숨죽여 울면서 이건 사실이 아니라고, 애써 날 이해시키려고 했다. 그냥 아프지 않다고 말해, 하고 애원하면서 이게 전과 같은 통증일 리가 없다고 애써 생각을 가다듬었다. 다른 통증이어야만 했다.

내 몸에 대해 스컬리의 회의적 관점을 최대한 동원해서 이게 전과 같은 통증이 아닌 이유를 샅샅이 찾아내려 했다. 분명히 그냥 지나가는 통증이었다. 계속될 건 아니었다. 풀리지 않는 수수께끼도, 날 엄습하는 그림자도, 음모도 없었다. 내 몸이 몸에 대한 편집증에 굴복해 무장한 자가면역 형태로 스스로를 미친 듯이 파괴하는 게 아니었다.

내 몸은 X파일이 아니었다. 난 학교로 돌아가고, 나아지고, 통증이 끝날 터였다.

허구 속 내 영웅들처럼 나는 많은 사람이 존재하지 않는다고 믿는 진실을 찾는 여정에 뛰어들 참이었다. 멀더처럼 나도 믿고 싶었다. 하지만 멀더와는 달리, 오히려 스컬리같이 내가 믿고 싶은 건 과학이었다. 고등학교 시절 내가 학교 사물함 안에 붙여 놓았던 스컬리의 대사가 있다. 뉴욕에서도 붙인 그 대사가, 카스 선생님 집에 있던 그날 오후에 문득 떠올랐다. "자연을 거슬러 생기는 일은 없다. 우리가 아는 자연을 거슬러 생길 뿐이다. 거기서부터 시작해야 한다. 거기에 희망이 있다."

관심 받지 못한 병

본격적인 자궁내막증 연구는 유능한 외과의 데이비드 레드와인 (David Redwine) 박사의 주도로 1980년대에 시작되었다. 그가 2012 년에 은퇴를 앞두고 미국자궁내막증재단 연례 학회에서 자궁내막 증을 주제로 강연을 했다(나도 나중에 이곳 연단에 섰다). 박사나 그의 연구에 대해 많이 알지는 않았지만, 그가 강연에 천문학을 적용한 점이 마음에 들었다. 박사의 강연 제목이 '소행성 지도, 혹스 유전 자, 자궁내막증'이었다.

레드와인 박사는 밤하늘 별자리의 지도를 만드는 방법에 빗대어, 자궁내막증 발생 가능성이 높은 부위를 파악하기 위해 자신이 개발 한 골반 지도 제작법을 설명했다. 그는 수천 건에 이르는 '자궁내막 증' 환자 수술을 바탕으로 골반 지도를 만들고, 1920년대에 부인과 전문의 존 샘슨(John Sampson)이 제시한 주류 이론의 정확성에 계속 의문을 제기했다. 이른바 '샘슨 이론'은 생리혈이 자궁에서 '역류'해 나팔관을 통해 다다른 골반에서 자궁내막증을 일으킬 수 있다고 주 장한다. 이 이론에 따르면, 혈액으로 채워진 자궁내막종 또는 내 몸 에 생겼던 것과 같은 낭종의 파열이 비슷한 영향을 일으킬 수 있다 고 한다. 거의 100년 전에 주창된 이론이지만 제대로 입증된 적이 없었다. 충분한 관심과 투자가 있었다면 그간 발전한 의학 기술을 통해 증명할 여지가 있었는데도 말이다.

시대가 바뀌며 의학이 발전했어도, 고해상도의 자궁내막증 사진을 충분히 실은 의학 교과서는 없다. 레드와인을 비롯한 여러 학자가 적어도 지난 세기 동안 자궁내막증이 연구되었다고 지적하지만, 내가 훑어본 (미국 전역에 있는 병원, 도서관, 의료 센터의 수많은) 의학 교과서는 예외 없이 자궁내막증을 상대적으로 흥미가 떨어지는 주제로 한정하는 듯하다. 심지어 산부인과 내분비학이나 부인과 수술을 전문적으로 다룬 교과서도 자궁내막증을 다룬 대목이 짧다. 이 책들은 자궁내막증이란 자궁 내 세포가 잘못된 곳에 자리 잡게 되는 여성 생식기관의 질환이라며 천편일률적으로 되풀이해 언급한다. 대개는 불임이 가장 큰 관심의 대상이다. 내가 읽어 본 책들 중 비교적 최근 것에서도 장황하게 열거된 사실이 때로는 비대해 보인다. 분량을 늘리려고 불필요한 말을 덕지덕지 갖다 붙인, 대학생이 전날 밤 급하게 쓴 기말 과제물 같기도 하다.

내가 자궁내막증에 관한 글을 많이 읽었으니 이 병에 관해 많이 안다고 자부하는 것처럼 보일지도 모른다. 그러나 아니다. 똑같은 사실과 이론을 자세히 안다고 느낄 뿐, 숱한 의문만 남았다. 그중 몇 가지 의문은 과학계와 의학계에서도 흥미가 있는 것 같다. 학술 대회에서 토론할 주제로라도 말이다. 여성이 늘 자궁내막증에 취약했을까? 석기시대 여성들도 통증을 안고 비틀대며 다녔을까? 인류학과 고고학 같은 학문 분야가 통찰을 제시할 수 있을까? 빅토리아시대의 히스테리 환자들도 유착과 낭종으로 고통받았을까? 만약 여성들이 역사를 썼다면, 이론적으로는 늘 존재한 이 병에 대해 우리가 이렇게까지 무지하지는 않았을까? 이 병이 생리 때문에 생길까? 아니면 다른 무엇이 발병의 핵심일까? 나고 자란 곳 또는 10대 때 옮겨 간 거주지가 중요한 원인일까? 특정 질병에 영향을 미치는 원인은 차치하고, 유전·환경·식단 등 우리의 건강 상태 전반에 영향을 미치는 원인을 모두 규명할 수 있을까? 자궁내막증을 예방할 수 있을까? 피할 수 없는 병일까?

누구에게서 답을 찾을 수 있을까? 누굴 믿을 수 있을까? 우리를 진료하는 의사? 인터넷에 글을 올리는 의사? 레드와인 박사처럼 학회에서 강연하는 의사? 아니면 지금까지 인용된 연구자나 의학 학술지에 알파벳순으로 열거된 학자들? 환자로서 내가 뭘 믿어야 할지, 이 병과 함께하는 삶에서 어디에 의지해야 할지 어떻게 알까? 모든 걸 담지는 못해도 경험을 글로 풀어내려는 이 책을 쓰는 젊은 여성으로서 그동안 답을 찾는 과정에 의지한 정보가 과연 '옳은' 정보인지는 어떻게 알 수 있을까?

우리는 자궁내막증에 관해 잘 알지 못한다. 자궁내막증과 환자 수가 비슷한 (간 질환을 비롯해) 다른 질병에 관해 우리가 아는 정보를 생각해 보면, 우리가 자궁내막증에 관해 아는 정보가 얼마나 부족한지 놀랄 정도다. 펍메드(PubMed. 미국국립의학도서관이 관리하는 의학 논문 검색 엔진)에서 '자궁내막증'을 검색하면 나오는 결과가 1800쪽 정도 된다. 반면에, 간 질환을 검색한 결과는 3만 쪽을 넘는다.

과학계와 의학계는 자궁내막증에 관해 잘 알지 못한다. 실제로 최신 연구에 정통한 쪽은 오히려 환자들이다. 이런 사실이 때로는 역효과를 낳지만 말이다. 환자가 자기 병에 대해 전문가가 되려고 하는 주된 이유는 병을 관리하고 치료하려는 것이다. 주치의의 진단에 반박하려는 게 아니다. 그러나 산더미 같은 의학 자료를 들고 오는 광적인 환자는 보통 호된 소리를 듣거나 구글 검색을 그만두라는 조언을 듣는다. 자궁내막증의 경우, 간절한 마음에 열성적으로 공부하는 환자를 무시하는 건 근시안적인 행동이다. 어떤 의사가 특정한 병에 관한 최신 문헌을 전부 훑어볼 시간이 있겠는가? 치료 과정에 적극적으로 나서려는 환자는 자신의 병, 사회경제적 환경, 교육 수준에 따라 종종 결정되는 삶의 범위 안에서 가능한 한 모든 수단을 동원한다.

펍메드에서 검색한 논문들을 철해서 한가득 들고 오는 환자에 대해서는, 어떤 구체적인 정보를 발견했는가보다는 그토록 많은 시간을 들여 조사했다는 사실을 중요하게 생각해야 한다. 환자가 들고 온 자료가 병과 적절하게 연결되지 않거나 당장은 쓸모없는 내용일수도 있다. 그러나 조사한다는 행동, 탐구의 결실을 들고 온다는 행동 자체에 임상적 의의가 있다. 그런 행동은 병이 환자의 삶에 어떤 영향을 미치는지 보여 주는 증거이기 때문이다. 이런 말을 하는 나도 생사가 달린 듯 조사하고 연구한 환자다. 실제로 생사가 거기에 달렸다. 내 열성적 태도와 지적 호기심과 나만의 의학 공부에 혀를 끌끌 찬 의사들이 행간을 읽었다면, 내 침대 옆에 쌓여 있던 의학책 더미와 책갈피로 표시한 최신 정보가 담긴 무수한 논문을 자궁내막증이 내게 일으킨 불안의 한 증상으로 보았을 것이다. 난 단순히 통증을 없애려고 답을 찾지는 않았다. 통증의 불확실성에서 비롯된 두려움을 몰아내려고 노력했다.

자궁내막증 탐구

모든 자궁내막증 환자나 만성질환 환자가 이렇게 행동하는 건 분명 아니다. 모든 환자가 왜, 어떻게, 무엇을 위해서 관심을 갖는 건 분명 아니다. 모든 환자가 자기 몸에 있는 수수께끼의 답을 찾으려고 실존적 위기에 빠지지는 않는다. 다만 나를 비롯해 그렇게 하는 사람들은 자신의 신체적 경험을 지적인 방식으로 처리하려고 노력하는 것이다. 나는 몸이 편치 않다는 느낌, 통증이 있다는 느낌이 무엇인지를 완전히 구체화하기가 두려워서 그렇게 했다. 나는 내 상황의 과학적 이유를 파헤치고 그로부터 거리를 둘 수 있게 하는 데 중점을 두었다. 답을 찾고 내 고통에 의미를 부여하려고 노력했다.

또 내 결백을 밝히려고 노력했다. 병이 생긴 이유나 치료법을 찾으려고 한 만큼, 이 병이 순전히 신체적인 것이지 하늘이 내린 벌이 아니라는 증거도 찾으려고 했다. 문제가 되는 세포, 염증, 상처와 피와 비틀린 근막이라는 구체적인 증거가 필요했다. 염증의 과학을 완전히 이해해야 했다. 사이토카인, 텔로사이트, 인터류킨, 유전적 다형성이라는 개념들을 붙잡고 씨름했다. 이 개념들이 내 병과 연관되었다고 밝힌다면, 나는 무죄가 되기 때문이었다.

자궁내막증이 답이 없는 불가해한 병이라고는 생각하지 않았다. 다만 과학이 미처 거기까지 닿지 못했을 뿐. 과학이 거기에 닿을 때까지 난 의문을 견뎌 내야 했다. 그 의문이란 동반질환의 일반적 증상과 치료법, 예후가 무엇인가 하는 점이었다.

자궁내막증이 어떻게, 왜 시작되는지 우리는 확실히 알지 못한다. 어떤 여성은 왜 이 병에 걸리고, 어떤 여성은 왜 안 걸리는지도 모른다. 어떤 여성은 왜 이 병에 걸려 고통받다가 어느 순간 나아진 것처럼 보이는지도 모른다. 병변 몇 개가 흩어져 있을 뿐인데도 왜 심신이 쇠약해지는 증상을 겪는지, 병변이 빽빽이 들어차 있는데도 왜 겉으로는 멀쩡한지, 우리는 알지 못한다.

심지어 교과서에 실린 사실에 대해서도 널리 합의되지는 않았다. 의사 개인, 의사의 숙련도, 또 어느 정도는 의사의 성별에 따라 의사가 자궁내막증을 환자에게 설명하는 방식이 달라진다. 치료법이 없다고 하는 의사가 있고, 치료법이 있지만 쓸 수는 없다고 하는 의사도 있을 것이다. 자궁내막 병변을 빤히 보면서도 알아보지 못하는 외과의도 많다. 그런가 하면 병변 절제에 능숙한 외과의도 더러 있어서, 수술 후 나았다는 여성들도 있다. 또 의사 권유로 수술을 받고도 병이 재발하거나 처음에 일부 병변을 놓치는 바람에 제대로 낫지 못한 여성들도 있다. (레드와인 박사에 따르면, 절제술의 치유율이 56~66퍼센트라고 한다.)

모든 환자가 절제술을 받는 건 아니다. 나만 해도 권유받은 적이 없고, 다른 환자들과 대화하다 이 수술을 알게 되었다. 또 절제술을 하는 의사들을 찾아가면 수술 대기자가 무척 많고, 보험 처리가 안 된다는 사실도 알게 되었다. 만약 절제술이 과학적으로 치유력이 있다 한들, 내가 그 수술을 받을 형편이 안 된다면 무슨 소용일까? 수술이 효과가 있다는 사실이 나와 아무 관련이 없다면 어쩌겠는가? 현재 과학적 사실의 영역을 넘어 내가 닿을 수 있는 범위 안에서 다른 가능성을 찾기 위해 허락을 구해야 하나? 가능성이 내 몸안에 어쩌면 내 머릿속에 있을지도 모른다고, 그러니 구닥다리 의학책에 실린 진부한 사실들은 내게 쓸모가 없다고, 대부분 처음부터 '그런 사실을' 전혀 몰랐던 많은 자궁내막증 환자들에게 큰 도움이 되지 않는다고 주장하는 일이 적절할까? 가치가 있을까?

외과의가 아닌 의사 또는 자궁내막증에 익숙하지 않은 외과의는 자궁내막증이 부수적인 병인 양 말하는 경우가 자주 있다. 이들은 피임법, 한두 차례의 루프론 주사 또는 임신을 환자에게 권한다. 임신이 병을 낫게 한다는 잘못된 생각을 하고 자궁내막증이 불임의 지름길이라고 믿기 때문이다. 어떤 의사들은 거세를 히스테리 환자의 만병통치약으로 여긴 19세기 의사들처럼, 전자궁절제술이 유일한 선택이라고 말할지도 모른다. 많은 의사가 실제로 자궁내막증에 걸린 환자를 대면하고도 자궁내막증이라는 진단이 머릿속에 떠오르지 않아서 환자에게 어떤 말이나 조치도 하지 않는 건 아닌지 의심스럽다. 1980년대 전에 대부분의 의학 교육을 받고 현재 활동 중인 많은 의사가 자궁내막증을 의학책의 각주로만 접했다는 사실을 생각한다면, 그리 놀랄 일도 아니다.

자궁내막증에 대한 의학계와 일반 대중의 통념은 대개 거짓이거나 거짓일 가능성이 있다고 판명된 믿음에 기반을 둔다. 자궁내막증 병변이 자궁 내부에서 생기고, 이 병변과 자궁 내부를 이루는 조직의 종류가 동일하며, 이 조직이 나팔관에서 나와 골반강으로 들어간 뒤 자리 잡아서 문제를 일으킨다는 것이 그 예다.

이 중 자궁내막증 병변과 자궁 내부의 조직이 같다는 견해의 경우 유력한 이론에 따르면 어느 정도 사실이다. 문제는 이 병변이 자궁 내에서 발견되는 것과 동일하지 않다는 점이다. 레드와인 박사가 강연에서 지적했듯이, 자궁내막증 병변은 '자가이식 조직'이 아니다. 즉 이 병변은 이것이 비롯된 조직과 동일하지 않다는 말이다. 현미경으로 보면 자궁내막증 병변에서 기질 세포가 관찰되기도 하는데, 물론 이 세포는 자궁내막에서도 관찰된다. 그러나 동일한 병변이 간, 폐, 가로막 등 다른 데서도 발견되었다. 병변이 이동하는 방식을 결정하는 다른 기제가 있다는 뜻이다.

나는 생리를 시작하고 며칠 동안 목과 어깨에 나타나는 원인 모를 통증이 어떤 식으로든 자궁내막증과 연관 있지 않을까를 자주 생각했다. 생리 중 근골격통이 호르몬과 관련되었을 것으로 짐작했는데, 문헌에 따르면 이런 증상이 자궁내막증 환자가 아닌 여성들에게도 꽤 자주 나타난다. 그러나 구글 검색을 열심히 하던 중 게시판에서 나처럼 생리 중 목과 어깨의 통증을 겪는다는 사람들의 글을 발견했고, 그 증상이 가로막의 자궁내막증과 관련 있다는 걸 알게 되었다. 나팔관이 고압 세척기처럼 세차게 자궁 조직을 뿜어내지 않는 한, 그렇게 멀리 떨어진 신체 기관에 병변이 생길 수 있을까? 뇌나 안구 뒤편에 자궁내막 병변이 생긴 여성 환자는 또 어떻게 설명해야 할까?

자궁 조직이 나팔관에서 떨어져 나와 본래 자리가 아닌 곳에 있게 된다는 이론을 월경역류라고 한다. 실제로 생리 경험이 있는 여성 중 상당수가 이런 증상을 겪었을 가능성이 있다고 한다. 일반적으로는 몸이 이 조직을 제자리에 있지 않은 것으로 인식하고 없애버린다. 골반강으로 유입된 자궁 조직에 대해 면역체계가 "왜 이렇게 지저분해? 대체 뭐야? 내가 여기서 거저 살게 해 줬는데 혼자 정리도 못 해? 여길 이렇게 엉망으로 해 놓으면 어떡해? 정말……." 하고 투덜거리며 마지못해 청소해 버리는 것이다.

인간의 면역 체계는 옛날 TV 시트콤에서 식구들이 어지른 집을 마지못해 청소하는 엄마와 같다. 따라서 자가면역질환이 생기면, 몸속 면역을 맡은 엄마가 반찬도 해 두지 않은 채 델마와 루이스처럼 식구들을 떠나 버린다.

학자들은 자궁내막증과 자가면역계의 상호작용이 있는지, 만약 있다면 어떤 작용인지 궁금해한다. 자궁내막증이 자가면역계 기능 저하의 결과일까? 자궁내막증 때문에 자가면역 기능 장애가 생길까?

한편 자궁내막증과 생식력의 관계는 인과관계보다는 상관관계에 가깝다. 자궁내막증은 불임 여성들에게서 진단될 가능성이 높은데, 이들이 불임 때문에 병원을 찾았다가 자궁내막증이 있다는 걸 알게 되기 때문이다. 그렇다고 해서 자궁내막증에 걸린 여성들이 결국 불임이 된다는 건 아니다. 실제로 최근 여러 추적 연구에서 일반적인 예상보다 연관성이 훨씬 더 낮았다. 자궁내막증은 특히 수술적 치료를 전혀 받지 않아 병이 상당히 진행된 환자의 경우, 구조적인 면에서 분명 불임의 원인이 될 수 있다. 그러나 많은 자궁내막증 환자가 임신을 하고 별문제 없이 정상적으로 출산한다.

현재 자궁내막증의 단계를 구분하는 데 쓰는 모델은 분류에 적용되는 시점 체계가 임의적이라는 이유로 자주 비판받는다. 이 병이 얼마나 심신을 쇠약하게 하는 증상을 초래하는지에 대해 생각한다면 놀랄 만큼 근시안적이다. 다발성 경화증를 비롯한 다른 만성질환의 단계 분류는 검사 결과뿐만 아니라 삶의 질을 나타내는 지표나 증상의 일화까지 고려한다. 또 다발성 경화증의 갑작스러운 재발은 시점 면에서 다양하게 구분하는데, 일부는 '재발-완화 반복성'

형태를 띤다. 그럼 호르몬 의존성 질병인 자궁내막증의 경우, 적어도 초기에라도 재발-완화 반복성 형태로 나타낼 수는 없을까?

자궁내막증의 증상들이 한 달 내내 계속될 수도 있지만, 내가 면담한 많은 여성은 증상의 흐름이 월경주기에 전적으로 좌우되진 않아도 영향은 받는다고 말했다. 조직이 자궁 조직과 유사하다는 이유로 연구에서는 자궁내막증을 에스트로겐 의존성이라고 상정한다. 에스트로겐을 억제하는 치료로 증상이 완화되기도 하지만, 치료를 중단하면 증상이 재발하기도 한다. 이와 마찬가지로, 많은 여성이 임신 중에 통증 완화를 경험하다가 출산 뒤 증상이 그 전과 같은 패턴으로 다시 시작되는 것을 확인한다.

우리가 지금 누구 애기를 하는 걸까? 누가 자궁내막증에 걸릴까? 우리가 그걸 알기나 할까? 연구에서 추정하는 발병률은 전체 인구의 2퍼센트에서 10퍼센트다. 가장 자주 언급되는 수치는 '여성 열명 중 한 명꼴'이지만, 이 통계치가 어떤 인구 집단에서 나왔는지를 다시 살펴봐야 한다. 지금까지 대부분의 연구가 수술과 입원 내용 등이 포함된 진료 기록을 검토해 자료로 삼았다. 이 말은 병원에서 진료받은 여성들만 연구 대상 집단에 포함되었다는 뜻이다. 의료 서비스의 이용 가능성은 지역마다, 심지어 같은 지역에서도 다르다.

자궁내막증이 주로 백인 여성들에게서 나타나는 질병이라고 결론 내리는 연구는 매우 비판적으로 볼 필요가 있다. 진료 기록 검토의 대상이 된 여성들이 대부분 백인이기 때문이다. 이건 백인 여성들이 자궁내막증에 자주 걸린다는 뜻이 아니다. 그보다는 백인 여성이 의료 서비스를 더 많이 이용한다는 뜻이다. 빈곤층, 소수민족, 성소수자, 정신적 또는 신체적 장애가 있는 여성들은 자궁내막증이나 불임에 대한 전문적인 치료는 고사하고 연례 신체검사 같은 가장 기본적인 의료 서비스도 이용하기가 어렵다.

물론 여성 환자가 병원에 간다고 해서 환자의 우려나 증상이 어김없이 치료가 필요한 병으로 진지하게 받아들여지는 건 아니다. 그러나 우리는 여성 환자가 의료 서비스를 이용하면서 이따금 겪는 부당한 대우를 지적하기에 앞서, 일부 여성은 그런 서비스에 접근조차 못 한다는 실정에 주목해야 한다. 소외 계층의 여성들까지 연구 대상으로 삼아야 자궁내막증의 진짜 발병률을 얻을 수 있다. 그러려면 의료 서비스 접근성의 격차라는 문제부터 해결해야 한다. 사회역학자 줌카 굽타(Jhumka Gupta)는 자궁내막증이 사회정의의 문제라고 말했다. 2016년 3월 19일 워싱턴 DC에서 열린 '세계 자궁내막증 행진' 행사에서 자궁내막증이 사회병리라면서 이를 '성적 불평등, 사회적 불평등, 여성과 소녀의 완전한 잠재력 실현을 가로막는 사회의 태도'로 규정했다.

달리 말하면, 우리는 얼마나 많은 여성이 자궁내막증을 앓고 있는지 그리고 과학계의 부진한 연구와 더딘 발전보다도 구시대적인 신념 체계와 권력 구조가 왜 우리 문제의 더 큰 원인이 되는지를 모른다. 우리가 자궁내막증을 인구 차원에서 이해하지 못한다는 말이 아니라, 단 한 명의 환자조차 제대로 이해하고 있지 못하다는 것이다.

다양한 통념들

자궁내막증은 증상이 나타나도 막연한 데다 말로 표현하기 어렵고 쑥스러울 때가 있어서 오진이 잦다. "생리 때가 되면 경련이 나고 불같이 설사를 해요." 이렇게 말하는 게 아직까지 사회적으로 용인되지 않는다. "삽입 섹스는커녕 자위도 편하게 못 해요. 오르가슴이 와서 자궁이 조금이라도 수축하면 골반이 아프고 상태가 안 좋아져서요." 이건 더더욱 쉽지 않다.

자궁내막증의 증상이 실제로 어떤 느낌인지 설명하려는 노력은 정말 고되다. 통증은 분명히 고유한 유형이 있지만 다른 통증과 비슷하게 느낄 여지가 많아서, 그대로 묘사할 경우 상당히 다양한 진단이 내려질 수 있다. 또 통증 강도의 범위가 넓어서, 온 신경이 곤두설 만한 통증이 있으며 뻔한 느낌의 통증도 있다. 통증이 생길 때 그 존재를 안다는 것은, 마치 새의 날갯짓이 일으킨 바람을 손으로 잡으려고 하는 것과 같다. 통증이 내 일부가 되기까지는 몇 년이 걸리지 않았다. 어느 순간, 통증이 폭발할 때가 아니라 오히려 잠잠할 때가 내 관심을 끌었다. 통증 없이 산 건 워낙 오래전 일이라 그게 어떤 느낌인지 잘 기억나지 않는다.

우리가 내면의 자아를 몸으로 어떻게 경험하는가는 몇 세기 동안 의학계에서 매우 흥미로운 주제였다. 우리 몸속은 한시도 쉬지 않고 바쁘게 돌아간다. 심장이 뛰고, 위가 소화하고, 창자가 꿈틀댄다. 우리가 가끔 찌릿함이나 배에서 나는 꾸르륵 소리로 이런 작용을 알아채지만, 모든 장기를 느끼지는 못한다. 신경계 작용을 잘 모르던 19세기 의사들은 여성이 자기 자궁을 느낀다고 말할 수 있다는 것이 이치에 맞지 않다고 생각했다. 여성이 그 느낌을 설명하려고 애쓸수록 의사는 여성의 정신이 온전치 않다고 여겼다.

몸속 작용이 느껴지는 것이 때로는 경고일 수 있다. 어딘가가 상당히 잘못되었다는 말이다. 염증이나 손상이 생긴 것이다. 감기 전 따끔한 목앓이, 운동 뒤 타는 듯한 근육통, 오후의 긴장성 두통같이 가벼운 증상은 대개 그 원인을 짐작할 수 있다. 이런 것들은 많은 사람들에게 익숙한 감각이다. 우리는 이 감각에 주의를 기울이고, 이를 다른 사람에게 설명하고, 다른 사람이 그 감각을 말하면 몸의 기억을 통해 어떤 느낌인지 떠올릴 수 있다.

몸속에서 느껴지는 감각이 여성의 몸 밖에서는 (예컨대 의학에서는) 통 이해되지 않기 때문에, 이를 정리하고 분석해서 설명하기가 극히 어렵다. 우리에게 최선은 과거의 경험이나 사람들이 잘 이해한다고 판단되는 뭔가에 빗대어 설명하는 것이다. "생리통 같지만 훨씬 더 심하고……."

몇몇 여성은 자궁내막증 통증을 출산 진통과 비교하면서, 지속적이고 때로는 매일 견뎌야 한다는 점에서 진통보다 더 심한 통증이라고 말한다. 출산은 아무리 길어도 며칠만 이어지는 강도 높은 신체적 불편감이다. 게다가 출산은 적어도 보상이 따른다. 몇 시간이고 진통한 끝에 아기를 품에 안을 수 있으니 말이다. 아마 여성들이 이런 보상을 생각하면서 오랫동안 출산을 견뎠는지도 모르겠다.

자궁내막증은 보상이 없는 데다, 내게는 쉼 없이 몰아치는 벌처럼 느껴지기 시작했다. 페미니즘과 관련지어 은유적으로 말하자면, 여성의 생식기관이 스스로를 그토록 공격한다는 사실이 무척 비참하게 느껴졌다. 내가 사회적 통념상 '천생 여자'에 딱 들어맞든 아니든 간에, 난 늘 흔쾌히 내 여성성에서 정체성을 찾았다. 자궁내막증을 이해하려고 그리고 이 병을 이해하는 데 한계가 있다는 사실을 인정하려고 부단히 노력하면서, 이상하게도 내가 여성이라는 사실에서 늘 느끼던 행복감으로부터 멀어져 갔다. 아픈 지 얼마 안 돼 '불임'이라는 말을 자주 입에 올렸을 때, 난 아이를 갖지 않겠다던 평생의 다짐에 관해 고심했다. 임신하지 못한다는 생각이 날 괴롭혔다. 아이를 바라서가 아니라, 자발적인 선택에 따라 아이를 갖고 싶지 않았기 때문이다.

이렇게 남들이 잘 하지 않는 질문으로 골치를 앓다 보니, 이내 감당하기가 벅차졌다. 정신적으로 피폐해지고, 아무한테도 제대로 털어놓을 수 없을 만큼 지쳐 갔다. 억눌리는 느낌이었다. 중력이 나를 짓누르는 것 같았다. 지금도 여전히 그렇다. 이렇게 몸이 피로하다는 걸 느끼면 마음도 피로해진다. 부정적인 생각이나 걱정을 할 뿐만 아니라 무슨 생각을 하든 어마어마한 노력을 들여야 한다. 때로는 내 생각이 뿌연 유리 벽 너머에 있어서 그 벽을 깨부숴야 하지만, 그럴 힘이 없어서 그저 안개를 헤치며 실눈을 뜨고 애써 바라볼 뿐이다. 이따금 간신히 유리를 깨기도 하지만, 어쩐 일인지 더 흐려지기만 한다.

통증도 마찬가지다. 통증이 저만치 있다는 걸 알아도 만지거나 달랠 수 없다. 가끔은 통증을 바라볼 수만 있다면 멀리 쫓아낼 수 있겠다는 생각도 한다. 그러다가도 통증과 마주하면 어떻게 할지 궁금해지기도 한다. 내가 그걸 알아볼까? 그게 날 바라볼까?

10대 시절 생리를 고작 스무 번 정도 했을 때, 길을 걷다가 경련 때문에 자주 멈춰 섰다. 통증 때문에 1, 2분쯤 그 자리에 얼어붙었으며 그 길고 고통스러운 시간 동안 속수무책으로 가만히 내려다볼 수밖에 없었다. 나는 자궁이 어떻게 생겼는지, 그 주변 장기들이 어떻게 생겼는지 상상하곤 했다. 내 몸속을 들여다보려고 하면서 애써 주의를 딴 데로 돌렸다. 죽으면 부검실에서 유령이 될 수 있을지 궁금했다. 내 몸속에서 꺼내지는 자궁을 맨눈으로 똑똑히 알아볼 수 있을지 궁금했다.

그때 내게는 그 통증을 설명할 개념은커녕 단어조차 없었다. 자궁내막증이라는 말을 들어 본 적이 없었다. 그러나 10대도 분명 자

궁내막증에 걸린다. 자궁내막증재단 같은 단체의 활동 덕에 앞으로
는 젊은 여성이나 소녀들이 나보다 훨씬 빨리 자기 통증을 설명할
단어를 찾을 것으로 보인다. 이미 몇몇 학교는 성교육 시간에 자궁
내막증에 대해 말하고 있다.

자궁내막증 환자 대부분은 (본인이 알든 모르든) 초경 무렵에 증상
이 처음 나타나는 것으로 보인다. 그러나 자궁내막증을 '생리 문제'
로 규정해 버리면, 태아의 골반강에서 자궁내막 병변이 나타나는
현상을 설명하지 못한다. 태아는 당연히 생리를 하지 않는다. 태아
를 해부하다가 자궁내막증이 발견된 사실은, 자궁내막증이 절대적
으로 생리에 따른 질병이라는 통념에 큰 도전이 되었다.

2014년까지 미국에서는 태아 사례 연구가 전혀 보고되지 않았
다. 태아에게서 자궁내막증이 발견되는 사례가 미국에서 없었다는
말은 아니다. 다른 나라에서 이런 사례가 발견된 것은, 수동적이고
반응적인 연구 접근법을 취한 미국과 달리 적극적으로 그런 사례를
찾아 나섰기 때문이라고 볼 수 있겠다. 미국의 이런 접근법은 생식
의학에만 한정되지 않고 의료계 전반에 해당한다.

2015년 미국 생식의학회의 사례 보고서에는 임신 35주차 18세
여성의 초음파검사에서 태아의 복부 종괴가 발견된 사례가 소개되
었다. 이 종괴는 임신 37주차까지 비대해졌다고 한다. 출산 후 이 신
생아의 골반강과 복강을 탐색술로 살펴보니 낭종을 닮은 커다란 조
직이 발견되어, 이를 떼어 병리학적 검사를 했다. 과연 뭘까? 국소

적 자궁내막증이 있는 출혈성 자궁내막종이었다. 태아에게 자궁내막증이 생겼다는 말이다.

마치 〈인셉션Inception〉 같다. (산모의 자궁 안에 있는) 태아의 자궁에 자궁내막증이 생겼다니. 잠시 생각해 보자.

태아를 품은 산모가 자궁내막증에 걸렸을까? 오늘날의 의사 대부분에게 환자가 임신 중이라는 사실은 자궁내막증 진단을 배제할 충분한 근거가 된다. 자궁내막증이 곧 불임은 아니라는 사실을 알아도 말이다.

태아에게도 자궁내막증이 생긴다는 사실은 이 질병이 어떻게 생기는지를 이해하는 데 중요한 실마리가 될 수 있다. 자궁 자체가 만들어지는 시기에 자궁에서 어떤 일이 일어날까? 그 일 때문에 자궁 조직이 제자리가 아닌 데서 살 수 있게 됐을까? 여성이 사춘기에 다다라 그 조직이 왕성하게 커지는 데 필요한 에스트로겐을 분비하기 시작했을 때에야 그 조직이 문제가 되긴 하지만 말이다. 레드와인 박사는 자신이 만든 여성 골반 지도가 어떤 징후를 나타낸다는 가정하에, 자궁내막증이 자궁 안에서 발달 중인 태아의 몸을 설계하는 유전자들과 마찰을 빚으며 생겨난다고 믿는다. 혹스 유전자는 생물의 기관과 몸의 형태를 결정하는, 즉 다리나 귀가 제자리에 달리게 한다. 이 유전자가 직접 사지와 장기를 형성하지는 않아도 그 과정을 지휘한다. 만약 혹스 유전자에 변이가 있다면, 발달이 제대로 되지 않는다. 혹스 유전자는 DNA 인핸서인 혹스 단백질로 채워져 있는데, 이는 이들이 특정 유전자에 달라붙어 해당 유전자를 활성화하거나 억제한다는 뜻이다. 또한 혹스 유전자는 종과 상관없이 한결같다. 내가 우리 강아지나 파리와 똑같은 혹스 유전자를 갖고 있다는 말이다. 차이는 각 생체 구성 계획에서 난다. 우리 강아지의 혹스 유전자가 내 혹스 유전자와 동일한 지시를 혹스 단백질로 전달하지만, 강아지의 생체 구성 계획은 귀여운 강아지를 태어나게 했고, 내 생체 구성 계획은 매사에 신중한 갈색 머리의 백인 여자를 태어나게 했다. 그것도 자궁내막증에 걸린. 레드와인 박사는 혹스 유전자가 자궁내막증 발병에 중요한 구실을 한다고 생각한다. 그리고 그 과정은 월경 전, 심지어 출생 전에 이루어진다. 발달을 거치는 생식기관 내에서 혹스 유전자의 비정상적 분화 탓에 자궁내막 조직이 제자리가 아닌 곳에 생겨나고, 그 잘못된 장소에서도 제 기능을 하게 된다는 가설이다.

　자궁내막증이 배아 단계에서 시작된다고 믿게 된 학자가 레드와인 박사만은 아니지만, 분명 그가 이 가설을 처음 내놓았다. 원래 그의 연구는 1980년대 후반에 발표되었는데, 다른 학자들이 그의 이론에 관심을 보인 건 겨우 10년 전부터다. 그러나 이 이론이 거의 한 세기 동안 지배적 위치에 있던 샘슨의 월경역류론에 직접 도전하기 때문에, (전부 연구자는 아닌) 임상의들 사이에서 널리 인정될지는 아예 다른 문제다. (간단하고 설명하기 쉽고 환자가 이해하기에 상대적으로 단순한) 샘슨의 이론으로 자궁내막증을 설명하던 의사들로서는, 그보

다 복잡한 이론을 이해하고 그걸 환자가 이해하도록 간추려서 설명
하는 일이 꽤 만만찮을 수 있다.

과학 연구 영역의 이렇게 수준 높은 이론이 임상 관행에 적용되
어 결국 대중에게 널리 알려지기까지 보통 시간이 얼마나 걸리는
지 나는 모른다. 그러나 부족한 연구 기금과 과학계 합의의 부재는
아무리 좋게 말해도 무기력 상태라고밖에 할 수 없는 이 과정에 박
차를 가하는 데 전혀 도움이 되지 못했다. 안타깝게도, 이 길고 더
딘 과정이 사람들의 목숨을 앗아 간다. 의학은 모든 사람의 생명을
구할 만큼 빠르게 발전하지 못한다. 래드너와 마찬가지로, 아직 알
려지지 않은 이들의 피해가 통곡이 되고 경고가 된다. 그들의 삶이
미처 알아채지 못한 경고로 가득했는데도 말이다. 『그건 늘 중요하
지』에서 래드너는 늘 난소 낭종 때문에 문제를 겪었기 때문에 난소
암 진단을 받고도 별로 놀라지 않았다고 했다. 래드너와 암스트롱
의 이야기에서 내가 가장 인상 깊은 점은 그들이 겉보기에는 누구
의 배려나 존중도 누릴 가치가 없었던, 여성으로서 자신의 몸을 깊
이 알았다는 사실이다. 그 점이 날 무척 허탈하게 한다. 난 죽을 테
고 아무도 날 믿지 않겠지만, 다른 사람들이 아무리 부정해도 피할
수 없는 그 진실의 느낌이 날 떠나지 않으리라는 점 말이다.

래드너의 책을 다 읽고 나니, 그녀에게 묻고 싶은 숱한 질문 중에
서도 진실의 부정에 대해 어떤 심정이었는지가 가장 궁금하다. 그

녀와 이 문제를 두고 이야기하고 싶었다. 산 사람이든 죽은 사람이든 저녁 식사에 초대하고 싶은 유명인이 누구냐는 질문을 받을 때 내 머릿속에는 그녀가 가장 먼저 떠오른다. 저녁 식사는 물론 토요일 밤에 할 테고, 우리는 거실 바닥 한가운데에 앉아 있을 것이다. 내가 안락과 사회적 관습을 추구하지 않는 편이고. 그녀도 비슷할 것 같기 때문이다. 그녀가 내게서 담배 한 대를 얻었다가 이내 마음을 바꿔 돌려주고, 우리는 강아지와 탭댄스와 폭식증에 대해 이야기할 것이다.

내가 그녀에게 선뜻 죽음에 관해 묻지 못해 몇 시간을 주저한 끝에 그녀가 내 손을 잡고 바닥에서 일으켜 세우는 장면을 늘 상상한다. 그녀는 이렇게 말할 것이다. "죽음에 관해 묻고 싶은 것 알아요. 그런데 전 당신에게 삶에 관해 묻고 싶네요." 그녀는 내가 남자와 잠자리를 하다 웃는지(그렇다), 교회 예배 중에 웃는지(그렇다), 치료 중에 웃는지(그렇다) 물을 것이다.

그제야 그녀는 죽음이란 숨죽여 크게 웃는 것과 같았다고 말해 줄 것이다.

3

나를
구하는
길

우리에게는 피 흘리는 누군가 필요했다. ······
우리가 몸을 숨길 수 있을 만큼 품이 크고 넓은 어머니. ······
우리가 숨 쉴 수 없을 때 대신 숨을 쉬어 주고, 우리를 위해 싸워 주고,
우리를 위해 누군가를 죽이고, 우리를 위해 죽을 수 있는 어머니.

—재닛 피치, 『화이트 올랜더』

제인 선생님과 심리 치료

나는 열여섯 살에 부모님으로부터 법적으로 독립한 뒤 가장 먼저 상담 치료받기를 택했다. '정상적인' 성인이 되려면, 유년기의 숱한 상처가 머릿속에 생생하게 남아 있고 그걸 극복할 적응력이 있을 때 그 상처를 돌보기 시작하는 게 마땅하다고 생각했기 때문이다.

난 적응을 잘하는 편이었다. 좋은 점수를 받았고, 평판이 좋았고, 일도 꾸준히 했다. 나는 생존하고 있었다. 고향에서 이미 정해진 기준에 따라 내가 해야 할 일을 하고 있었다. 그렇지만 진짜로 살아 있는 게 아니라는 느낌을 떨쳐 낼 수 없었다. 치료가 과연 해결책이 될지는 미지수였으나, 시작하기에 꽤 괜찮은 자리라는 생각이었다.

내가 구제불능이라고 생각하지는 않았다. 난 자아실현에 매우 가까이 다가가 있었고, 도움만 있다면 이룰 수 있다고 생각했다. 희망을 품었다고는 말하지 않겠다. 고생하는 데 가치를 두었다. 내 악마들에게 기꺼이 맞섰다. 그러나 10대인 내가 깨달을 수 없던 사실은 악마들이 쉽사리 사라지지 않는다는 점이다. 날 구제할 수 있다는 기대로 손을 뻗은 치료가, 알고 보니 앞으로 있을 마귀를 쫓는 의식에 대비한 단련에 가까웠다.

내가 어떤 치료사를 만날지에 대해서는 민망할 정도로 생각을 안

했다. 어느 날 학교가 끝나고, 우리가 모두 킴이라고 부른 상담 선생님이 날 차에 태워 동네 부둣가로 데려갔다. 분명 선생님 생각에는 그곳이 평화로운 장소였다. 그리고 내게 그곳은 기억의 오아시스다. 그 근처에 사는 할머니가 느닷없이 나타날까 봐 뒷거울을 줄곧 응시했다.

친절한 선생님은 여러 이름이 적힌 종이 한 장을 내게 건넸다. 우리 지역에서 메디케이드 보험이 적용되는 치료사들의 이름이었다. 목록이 생각보다 길었는데, 불안한 내게는 글자들이 다 뒤섞여 보였다. 할머니와 마주칠까 봐 어찌나 불안했는지 위장이 뒤틀렸다. 그저 빨리 결정하고 자리를 뜨고 싶었다.

얼마 있다 내가 선생님께 종이를 돌려드리면서 말했다. "목록 위에서부터 내려가 봐요. 전화해 보고 예약이 제일 먼저 잡히는 분으로 할래요. 선생님 마음에 안 들면 다른 분을 찾아보면 되죠."

선생님이 눈을 가늘게 뜨고 종이를 바라보며 내 말에 대해 잠깐 생각했다. 그러고는 웃으면서 휴대전화를 손에 쥐었다. "제인 존스." 선생님이 손가락으로 종이를 두드리며 말했다. "이분을 알아. 분명 맘에 들 거야."

난 너무 순진하게 들리는 이름이라 혹시 가명이 아닌지 궁금했다. 이 세상에 제인 존스가 적어도 100만 명은 되겠다고 속으로 생각했다. 정신과 의사라면 이름이 좀 더 흥미로웠어야 했다. 어쨌든 공교롭게도, 100만 명의 제인 존스 중 한 명이 바로 그다음 주에 날 만날 수 있다고 했다.

제일 근사한 정장을 차려입고 나에 관한 법적 내용이 다 든 서류철을 들고 선생님의 상담실에 들어섰을 때, 내 머릿속에는 한 가지 목표밖에 없었다. 정상인으로 크고 싶었다. 난 무척 어른스럽게 대화할 생각이었다. 어른 두 명이 어른 옷을 입고 어른이 쓰는 말로 어른의 대화를 나눌 거라고 생각했다.

한쪽 구석에 책상이 놓인 작은 상담실은 인형의 집, 책, 연극치료에 쓰일 것 같은 장난감 등 아동심리학자가 가질 법한 물건들로 채워져 있었다. 등받이가 높고 고급스러운 분홍색 의자에 앉자 건너편 벽에 걸린 경주용 자동차 그림이 보였다. 그건 나중에 내가 시선을 고정하는 지점이 되었다. 난 상담 치료를 받는 중에 그 그림을 보면서 방향감각을 잡았다. 공간이 빙빙 도는 것 같고 스스로 무너질 때면, 그 그림을 보면서 내 갈 길을 바로잡았다.

난 뻔뻔스럽게 상담실 안을 둘러보았다. 주변을 빨리 살피고 파악하는 습관은 아마 내가 생존 본능으로 발달시킨 것 같다. 상담실 구석구석이, 몇 년 지난 지금까지 눈에 선하다. 내 옆 얇은 블라인드를 통해 스미던 햇빛, 선생님과 내가 한 번도 앉지 않은 흔들의자의 편물 덮개, 선생님 책상 뒤쪽에 걸려 있던 갖가지 수료증, 책장에 꽂힌 책.

제인 선생님도 물론 눈에 선하다.

왠지 선생님도 나처럼 정장을 입을 줄 알았는데 그렇지 않았다.

내 눈에 선생님은 40대 후반으로 보였다. 체구가 자그마했고, 마치 친한 친구의 예쁜 엄마 같았다. 금발에 눈이 푸른 선생님은 표정이 부드러웠다. 목소리가 나긋하고 노랫소리 같아서 최면을 거는 듯했다. 심리 치료사들은 다 그런 목소리를 내도록 훈련받는지, 아니면 목소리가 그런 사람들이 사회복지 일을 하게 되는지 가끔 궁금할 정도였다.

치료를 위한 이 첫 만남은 내가 과한 옷차림을 한 많은 날 중에서도 처음이었다. 때는 여름이었고, 제인 선생님은 완벽한 전문가의 분위기를 풍기면서도 나를 마주 보고 맨발로 앉아 있었다. 첫날 선생님의 옷차림이 정확히 기억나진 않지만, 그 뒤 몇 년 동안 여름 원피스와 스웨터를 끝없이 번갈아 입었고, 가끔 연한 색 카디건을 걸쳤다. 화장은 전혀 안 하거나 살짝 티가 날 정도만 했는데, 내게는 그게 꽤 인상적이었다. 그 전에는 화장을 선택할 수 있다는 생각을 한 번도 못 했다. 난 열네 살 무렵부터 마지못해 매일 화장을 했기 때문이다.

선생님이 결혼반지를 끼지 않았다는 사실을 꽤 일찍 알아챘다. 그 나이 때 내가 사람들을 볼 때마다 확인하던 사항이기 때문이다. 어른이 된다는 것에 대한 들끓는 호기심을 채울 뿐이지, 반지로 해석할 게 전혀 없는데도 말이다. 난 이내 선생님이 이혼했다고 짐작했다. 선생님이 침착하고 냉정해서, 마치 어디에도 매이기 싫다는 듯 연인이나 배우자가 없는 사람처럼 보였다. 내 눈에 무척 끈끈한 부부나 연인은 늘 어떤 에너지가 있는 것 같았다. 마치 어디론가 끌려가는 듯, 그래서 상대방에게 돌아가려고 끝없이 노력하는 듯 보였다.

또 엄마 특유의 분위기가 풍기지 않는다는 이유로 나는 선생님에게 자식이 없다고 짐작했다. 이상하게 들릴지 모르지만 실제로 그 덕에 크게 안도했다. 여자들이 가끔 특유의 동정 어린 눈초리로 날 쳐다보았고, 그때마다 난 당황했다. 제인 선생님을 막 만났을 뿐이니, 선생님이 엄마 특유의 슬픈 눈초리로 날 바라볼 시간이 충분히 있었다. 하지만 선생님에게 자식이 없다고 결론을 내리자마자 난 선생님을 좋아하기로 했다. 어떤 상황이든 절대로 무방비 상태로 임하지 않는 나는 심리 치료가 어떨지 공부를 많이 했고, '전이'라는 개념을 알고부터는 내 신세 한탄을 들어주는 대가로 돈을 받은 중년 여성에게 잘못된 정서적 애착을 갖게 될지도 모른다는 생각에 흠칫했다. 내가 열여섯 살에 이해한 인간관계는 (그리고 정신분석 이론의 원리는) 기능장애와 미성숙 위에서 형성되었다. 그래서 인위적인 것이든 아니든, 모든 인간관계가 제구실을 못 한다고 짐작했다.

이런 점을 염두에 둔 나는 제인 선생님이 정서적으로 공감하면서 다가올 수 없는 삶을 꾸며 내려고 애썼다. 그렇게 하니 선생님이 덜 위협적으로 보였다. 심리 치료에서 중요한 사실은, 환자가 심리 치료사에 대해서는 반쪽짜리 진실만 알고 심리 치료사는 환자를 아주 깊이 알아 가는 과정을 통해 관계가 형성된다는 점이다. 이론적으로 두 사람이 맺을 수 있는 관계 중 가장 이상하게 보였다. 내가 아무에게도 하지 않은 이야기를 선생님에게 털어놓게 될 터였다. 그렇게 취약해지는 건 소름 끼치는 일이었다. 나는 머릿속에서 특색 없는 삶을 만들어 내 선생님을 인간적이면서도 비인간적인 사람이 되게 하려고 했다. 선생님이 날 바라보고 내 이야기의 증인이 되기를 간절히 바라면서도, 선생님이 내가 털어놓기로 마음먹은 이야기를 넘어 뭔가를 더 알게 될까 봐 두려웠다. 퇴근한 선생님이 밤에 남편에게 내 비극적인 일화에 대해 혀를 차며 말하는 장면을 상상하기 싫었다. 나중에는 더없이 큰 잘못이었다고 깨달았지만, 날 지킬 요새를 튼튼히 쌓아서 내가 애써 도망갈 필요가 없게 하려고 했다. 그러나 치료의 효과가 있기를 바랐다. 변하고 싶었다.

그날 제인 선생님은 우리 사이에 놓인 유리가 깔린 낮은 탁자 위로 몸을 숙여 내 미성년자 자립 서류를 찬찬히 들여다보는 일부터 했다. 선생님이 끝내지 않을 듯 한참 서류를 들여다볼 때 나는 무신경하게 다리를 꼬고 선생님을 내려다보았다. 그 순간이 마치 담배처럼 서서히 타 들어갔고, 난 목구멍이 욱신거리게 치밀어 오르는 우울함을 되삼켰다.

"서류가 유효하지 않을까 봐 걱정되시면 제 담당자한테 연락하시면 돼요." 내가 잘 다듬은 손톱이 맘에 든다는 듯 손가락을 길게 펴 보이며 아무렇지도 않게 말했다.

선생님은 어깨를 으쓱하며 서류를 탁자에 놓고는 자애로운 표정을 지으면서도 재미있다는 듯이 날 쳐다보았다.

"서류가 유효한지는 안 물어봤는데." 선생님이 차분히 말했다. "그냥 궁금해서 가져오라고 했어." 선생님이 고개를 살짝 젖히면서 등받이가 긴 의자에 몸을 기대고 날 바라보았다. "미성년자 자립 서류를 한 번도 본 적이 없어서."

이렇게 시작된 제인 선생님과의 상담은 세라로렌스에 입학하기 전 두어 해 동안 진행되었고, 나와 선생님은 내 숱한 정서적 외상을 돌아보았다. 미성년자로서 성년 선언을 하고 바로 제인 선생님에게 상담 치료를 받기로 한 것은 전적으로 내 정신 상태가 얼마나 엉망인지 살펴보고 조치를 취하고 싶었기 때문이다. 첫 몇 달 동안 나는 매주 방과 후에 선생님을 찾아가 성실하게 넋두리를 했다. 그러고는 침착하게 내 어머니 이야기를 시작했다.

내 어머니 이야기

어머니는 늘 어머니였다. 엄마가 아니었다. 내가 태어났을 때 어머니는 아버지와 이동 주택 주차 구역에 살고 있었고, 아버지는 근처 전력 회사의 전선 작업자로 일했다. 그래서 어린 시절 아버지를 기억 하면, 앞코에 철을 덧댄 작업화, 경유 냄새, 수영복 입은 여자 사진이 붙은 철제 사물함과 음료수 자판기가 놓인 휴게실을 비롯한 노동자 특유의 남성스러움이 떠올랐다.

아버지의 직업은 편하지 않았다. 메인의 겨울은 혹독하기까지 했다. 모진 폭풍이 닥친 1998년에 아버지가 얼마나 힘들게 일하는지 알게 되었다. 아버지가 폭풍이 지나간 흔적을 치우느라 몇 달이나 집을 비웠다. 주 전체가 황량하게 얼어붙은 지옥이 되었다. 휴교령이 내려졌다. 집에 전기가 끊겼고, 제일 북동쪽에 있는 집들 가운데 일부는 수돗물까지 끊겼다. 아버지와 동료들은 속수무책으로 쓰러져 단단한 얼음판 밑에 깔린 나무들을 치우고 이스트코스트를 따라 수천 가구의 전력을 복구하기 위해 길을 나섰다. 아버지와 동료들은 영하의 온도에 전신주에 올라가 지금이라면 아마 불법이겠지만, 긴 시간 동안 일하고 트럭에서 잠을 잤다. 낯선 사람들이 친절하게도 아버지와 동료들에게 따뜻한 음식을 내주고 격려해 주었다.

마침내 집에 돌아온 아버지가 10년은 늙어 보였다. 당시 아버지는 30대 초반이었으나, 그때 폭풍을 겪은 사람이라면 누구나 수명이 몇 년씩 줄었을 것이다. 그때 난 바람직한 노동윤리를 갖는다는 게 어떤 의미인지 이해하게 되었다. 아버지는 종종 폭풍우가 몰아치는 한밤중에 호출을 받고 일터로 나가 등골이 빠지는, 사실상 위험한 작업을 끝도 없이 했다. 그래도 아버지가 회사에 전화로 병결을 알린 건 한 손에 꼽을 정도였다. 정말로 아플 때만 병가를 냈다. 나중에는 아픈 어머니를 돌보느라 병가를 내기도 했다.

아버지는 이 일에 대해 내게 한마디도 하지 않았다. 아버지는 예나 지금이나 말수가 적다. 어린 나는 대개 아버지를 옆에서 보았다. TV를 보는 아버지나 면도하려고 화장실 거울 앞에 선 아버지의 옆모습을 본 게 전부다. 아버지와 관련해 가장 좋은 기억은, 아버지의 낡은 흰색 픽업트럭 앞자리에 앉아 브라이언 세처 오케스트라의 음악을 들으면서 아버지가 고개 돌려 날 보길 간절히 바라던 일이다.

부모님 중에서 날 바라본 쪽은 어머니였다. 그러나 난 어린 시절 대부분 동안 어머니가 날 못 보길 바랐다. 어머니는 저체중이 심해서 임신하지 못할 거라는 말을 들었다. 그러나 내가 생겼다. 난 분명 태어날 가능성이 희박한 아이였다.

기껏해야 스물네 살에 무척 아팠던 어머니는 아이를 사랑하기는커녕 돌볼 여력도 없었다. 어머니가 출혈 때문에 의식이 반쯤 없는 상태로 누워 있는 동안, 나는 새롭게 발견한 폐활량을 시험하고 그 뒤 평생 심상치 않은 장 기능을 가동해 보기 시작했다. 나는 태어나서 첫 몇 달 동안 하염없이 울어 댔고, 결국 이미 쇠약해진 어머니의 신경이 못 견딜 존재가 되었다. 어머니는 본인이 아는 유일한 방식으로 대응했다. 구토를 했다. 그것도 많이.

거식증과 폭식증은 민망한 공생 관계로 함께 나타나는 경우가 많다. 어머니는 사춘기 직전부터 음식을 입에 잘 안 댔다. 유일한 위안이던 어머니의 할머니가 돌아가신 뒤 어머니는 극심한 우울증에 빠졌다. 그러나 안타깝게도 어머니의 우울증은 아무 관심도 못 받고 방치되었다.

어머니의 삶은 불행하고도 완벽한 폭풍우였다. 가난한 미혼모로서 일을 하던 할머니는 자신의 정신질환을 방치하고 사회적 지원도 제대로 받지 못했다. 물론 아주 오래전 일이지만, 작은 시골 마을의 이웃들은 학대가 벌어지는 가정을 불난 집처럼 구경만 해 오히려 상황을 악화시키는 경우가 많았다. 어머니가 자란 동네도 예외가 아니었다. 어머니는 이웃, 선생님, 지인 등 아무도 발 벗고 나서서 도와주지 않았다는 사실에 평생 씁쓸해했다.

어머니의 사투는 음식을 입에 잘 안 대기 시작하고 4년 뒤, 다시 말해 고등학교 때인 1980년대에 아예 일상으로 굳어져 버렸다. 그때는 폭식증이 유행처럼 번지고 있었다. 어머니의 반 친구들 몇 명도 '시도'해 몇 주 동안 먹고 토하기를 반복하다가 목이 아파지고 눈이 충혈되고 속이 불편해서 중도에 포기했다. 그렇지만 어머니는 그렇게 하는 편이 오히려 마음이 진정되었다. 외증조할머니의 죽음 이후 어머니가 간절히 바라던 위안이 찾아왔다. 먹고 토하고 나면 몽롱하고 만족감이 들어 불안과 공포가 누그러들었다. 몸무게와는 상관없었다. 도파민이 생성되는, 마구 먹고 게워 내는 과정을 반복하면서 어머니는 환경과 자기 자신을 견뎌 내고 살아갈 수 있었다.

아버지와 결혼한 20대 초반에 어머니는 이미 10년 가까이 섭식장애를 앓고 있었다. 아버지는 어머니의 폭식증을 알았지만 심각성은 몰랐다. 1980년대 후반과 1990년대 초반에는 폭식증을 이해하는 사람이 거의 없었다. 이런 주제를 토크쇼에서 다루지 않았고, '거식증을 선망하는' 웹사이트가 없었으며, 갖가지 고민을 해결해 주는 필(Phil McGraw) 박사의 특집 방송도 없었다. 아버지가 어머니의 행동을 정말로 이해했다고는 생각하지 않는다. 어머니의 가족들은 어머니를 돕기보다는 어머니의 '더러운 습관'을 부끄러워하고 혐오스러워했다.

성장기의 우여곡절이 어머니의 정신을 좀먹는 동안, 어머니의 몸무게는 곤두박질쳤다. 날 임신하기 직전인 스물세 살 때 키 165센티미터에 몸무게가 45킬로그램도 안 되었다.

1년 반 뒤 내 남동생이 태어났을 때, 처음부터 조짐이 좋지 않았다. 어머니는 역시 임신 중 건강이 좋지 않았다. 섭식장애가 다 낫지 않았지만 어머니는 걸음마를 배우던 나를 쫓아다니느라 정신이 없었다. 오히려 자식을 키우면서 그 어느 때보다 거식증이 더 필요해졌다.

어렸을 때, 특히 남동생이 태어난 뒤 나는 할머니와 시간을 많이 보냈다. 나는 할머니를 '나나'라고 불렀다. 아주 어렸을 때는 할머니와 사이가 좋았다. 함께 벼룩시장에 가고, 쿠키를 굽고, 정원을 한가롭게 걸었다. 할머니가 만에서 조금 떨어진 곳에 산 덕에, 나는 동네 친구들과 해 질 녘까지 바닷가에서 놀 수 있었다. 그러다 보니 우리 집보다 할머니 댁에 있는 걸 더 좋아했다. 비록 자라면서 상황이 바뀌긴 했지만 말이다. 나를 향한 어머니의 행동이 증오에서 비롯된 게 아니라는 사실을 깨달은 것처럼, 나나 할머니가 처음에는 어머니를 그리고 나중에는 나를 학대한 일도 증오에서 비롯되지는 않았다고 생각하게 되었다. 어머니는 할머니한테 당한 학대를 자식들에게 똑같이 되풀이할까 봐 무척 두려워했다. 어머니는 어린 시절 내내 자주 (심지어 다 자라서 독립하고 결혼한 뒤에도 아주 가끔) 맞았지만, 나나 남동생을 때린 적은 한 번도 없다.

이렇게 어머니는 악순환을 끊었다. 슬프긴 해도, 어머니가 내게 베풀 게 없었던 이유가 할머니와 어머니의 건강하지 못한 관계에서 결코 벗어나지 못한 데 있다는 사실을 자라면서 깨달았다. 어머니 삶의 모든 것이 왜곡된 렌즈를 통해 비춰졌다.

어머니, 할머니와 혼란스러운 삼각관계에 있던 나는 꽤 어릴 때 '조작'이라는 말을 알게 되었다. 두 사람의 고장 난 관계에서 내가 담보물이라는 사실을 너무 늦게 알아챘다. 때로는 씁쓸하게 이혼한 부모님 사이에 껴 있는 느낌이었다. 내가 어머니든 할머니든 둘 중 한 사람과 있을 때면, 두 사람은 어김없이 많은 시간과 노력을 들여 상대방을 헐뜯고 깎아내렸다. 내가 두 사람을 불행하게 하려고 존재하는 것만 같았다. 다시 말해, 두 사람은 나를 이용해 상대방을 불행하게 만들었다.

내 키가 쑥쑥 자라고, 너무 싫었지만 가슴에 멍울이 아프게 맺히고, 머리칼보다 짙은 털이 다리에 나기 시작하면서 나를 향한 어머니의 증오가 더 공격성을 띠었다. 적어도 그때 나로서는 그렇게 느꼈다. 물론 지금은 그게 전적으로 어머니의 문제고, 어머니가 날 싫어하진 않았을 가능성이 크다는 걸 안다. 어머니는 자기 자신을 몹시도 증오해서 다른 사람을 증오하거나 사랑할 여력이 없었다.

그때 나는 어머니나 할머니의 경계가 모호해 보여서 마음이 불편했다. 내 몸이 어머니와 할머니에게서 뻗어 나온 것이라서 두 사람이 내 몸을 통제하려는 듯한 느낌이었다. 어머니는 내가 10대 초반이 될 때까지 내 머리를 감기겠다고 우기면서, 내가 혼자서는 머리를 잘 못 감는다는 핑계를 댔다. 어쩌면 사실이었는지도 모른다. 머리 감는 법을 배운 적이 없었으니 말이다.

어렸어도 나는 어머니가 필요 이상으로 날 통제한다고 생각했고, 내가 바르게 행동하지 못한다면 어머니가 올바로 행동하는 법을 가르쳐야지 무력감을 심어 주면 안 된다고도 생각했다. 어머니는 어린 내가 어머니를 '한 번도 필요로 하지 않았다'고 누누이 말했다. 하지만 어린 시절 어머니에 관한 기억을 떠올려 보면, 어떤 면에서는 어머니에게 내가 필요하지 않았을까 하는 생각이 든다.

어머니는 외모에 대해 더 많이 관여했고, 초등학생이었을 때 내 뺨에 붉게 화장을 해 주기도 했다. 아마 내가 너무 핼쑥해 보이지 않게 하려고 그런 것 같다. 사실 창백한 안색은 어머니가 매번 결정에 관여한 또 다른 부분의 증거였다. 바로 음식이다. 어머니가 특별히 따로 준비한 음식이 아니라면, 난 먹을 수가 없었다. 그래서 거의 늘 배가 고팠고, 학교에서 음식을 훔치는 버릇이 생겼다.

내 몸이 자라고 경험이 쌓이는 동안, 어머니는 자신의 세상처럼 점점 작아져만 갔다. 이따금 어머니는 따끔거리는 거실 양탄자 위에 주저앉아 나한테 등을 긁어 달라고 했다. 난 몸을 숙이고 고개를 돌리며 어머니의 잠옷을 걷어 올렸다. 하나하나 셀 수 있는 어머니의 갈비뼈가 하도 심하게 튀어나와서 피부를 곧장 뚫을 것 같았다. 어머니가 조금만 움직여도 몸속 장기들의 윤곽이 보였다. 장기들은 서로 맞댄 채 갈리기라도 하듯 서서히 꿈틀거렸다. 한때 칠흑 같던 어머니의 머리칼은 가늘어졌고 두피 가까이 바짝 깎인 상태였다. 어머니가 가끔 고개를 들어 날 바라볼 때면, 움푹 파인 얼굴과 뼛속까지 쑥 들어가 도려낸 가면의 눈처럼 그림자에 불과한 눈이 보였다. 입술은 바싹 말라 갈라지고, 입가에는 피와 토사물이 말라붙어 있었다. 안색이 창백하고, 반투명한 피부는 종잇장처럼 얇았다. 늘 얼어붙은 듯 차가운 어머니의 몸은 손, 관절, 무릎의 뼈들이 이상한 각도로 튀어나와 있었다. 그 무렵 나는 해골한테 쫓기는 악몽을 계속 꾸었다. 해골이 앙상하고 오그라든 손가락을 내 쪽으로 펼치면서 살가죽을 찾아 달라고 애원했다.

책의 위로

모든 어머니처럼 내 어머니도 서툴렀지만, 내가 분명히 그리고 깊이 고마워하고 인정하는 어머니의 장점이자 어머니한테 물려받은 것 하나는 책에 대한 사랑이다. 어머니에 대한 기억 중 유일하게 음식이나 분노나 구토로 더럽혀지지 않은 것은 바로 책을 읽는 모습이다. 어머니는 매일 언제든 쉬지 않고 책을 읽었다. 상태가 위중해지기 전에는 1주일에 몇 권을 거뜬히 읽었다. 뭐든 손에 잡히는 대로 읽었다. 요리책과 자기 계발서같이 빤한 책은 물론이고, 책장 모서리가 잔뜩 접힌 여왕들의 전기와 현대 소설이 늘 어머니 곁에 있었다. 어머니 주변, 우리 주변, 집안 모든 곳에 책이 있었다. 꽤 어려서부터 그렇게 책을 가까이 할 수 있었던 건 무척 다행이다.

어머니가 음식이나 사랑은 내게 허락하지 않았어도, 책만큼은 그러지 않았다. 주제가 뭔지, 누가 썼는지, 값이 얼마인지도 상관없었다. 어머니가 책에 대해서는 "안 돼!"라고 말한 적이 없다. 내가 5학년 때 케네디 일가에 푹 빠져서 (무척, 무척, 무척 많은) 그들의 전기를 죄다 읽겠다고 했을 때도 그랬다.

책을 좋아한 덕분인지 그 즈음 또는 좀 더 전이던가, 우리 가족을 담당하던 소아과 의사가 나를 보고 '조숙하다'고 했다.

어머니가 닫힌 욕실 문 안에서 몇 시간씩이나 '이를 닦았다'고는 단 1초도 생각하지 않았다. 물론 (가끔 내 칫솔에서까지 시큼한 맛이 난 걸 보면) 마지막에는 얼마간 양치질을 했겠지만, 나는 어머니가 전혀 다른 일을 했다는 걸 알았다.

우리 가족은 벽이 얇은 트레일러 두 대를 연결한 집에 산 탓에 사생활이란 있을 수가 없었다. 창문에 담요를 드리워서 한낮에도 집

안이 늘 어두웠고, 뭘 만지거나 제자리에서 옮긴 적이 없어서 먼지가 두껍게 내려앉아 있었다. 그야말로 사람 손이 닿지 않은 물건들이 모인 박물관이었다. 게다가 1년 내내 씽하는 소리를 내며 돌아가는 선풍기 때문에 실내가 늘 무덤 속처럼 서늘했다. 집은 이상하게 감각을 상실시키는 곳이었다. 그 시절 내게는 시간도, 공간도, 낮도, 밤도, 아무 의미가 없었다.

밖에서 볼 때 우리 집은 비바람에 낡은 메인의 여느 집과 별반 다르지 않았다. 뒤틀리고 버려진 집 같았다. 담청색으로 칠했으나 몇 년이 지나도록 방치해 칠이 벗겨졌고, 곧 무너질 듯한 계단은 대충 문과 맞춰 놓은 것 같았다. 계단 꼭대기는 디딤판이 들떠서, 트레일러에서 나와 발을 디디면 출렁거리면서 계단 전체가 옆으로 살짝 흔들렸다. 그때마다 난 부서진 난간을 찾아 손을 뻗었고, 환한 햇빛에 어리둥절해했다. 집 밖에 나가면 늘 나쁜 꿈에서 깨는 것 같았다.

사진 속 나는 대부분 눈 밑이 어두워 피곤하고 지친 모습이다. 창백한 낯빛과 도자기 같은 피부에 어린 여자애라고 믿기 힘들 만큼 야위었다. 그래도 거의 늘 미소를, 때로는 입이 아플 정도로 짓고 있었다. 칙칙한 갈색 머리칼이 너무 가늘어선지 심하다 싶을 만큼 떡이 되었다. 이마에는 비뚤게 자른 앞머리가 드리워져 있었고, 나머지 머리칼은 어깨에 닿을 듯 말 듯 했다. 나중에는 (인생 대부분 동안) 발랄해 보이는 턱 길이 단발을 유지했다. 난 누가 내 머리를 빗겨 주는 환상을 품고 있었다.

일고여덟 살에 너무 외롭던 나는 아침잠에서 깨어나서는 나 자신이 분명 유령이라고 생각했다. 그럴 만했다. 아무도 날 뚜렷이 보거나 들을 수 없고, 감정과 공복통 같은 것을 느끼는 능력이 서서히 사라지고 있었다.

열 살 때는 능수능란한 유령, 비밀스럽게 볼 안쪽 살을 찢기도록 깨무는 아이가 되었다. 아프다는 건 내게 형체가 있다는 뜻이지만, 내가 인간이라는 사실은 도자기 같은 젖니와 튼 입술로 영리하게 감췄다. 그 사실이 누구에게도 골칫거리가 되지 않게 하려는 듯이 말이다.

나는 아버지의 벽장에 들어가 앉아 있곤 했다. 골프채, 뜯어진 신발 상자, 아버지가 입은 걸 한 번도 못 본 스웨터 뒤로 벽에 등을 기댄 채 처박혀 있었다. 한쪽에서 세탁기 겸용 건조기가 하루에도 몇 번씩 돌아갔는데, 윙윙대는 기계 특유의 소리가 어느새 편해졌다. 난 눈을 감고 통풍구에서 나오는 온기가 날 달래는 걸 느꼈다. 윙, 쿵…… 윙, 쿵…… 윙, 쿵……. 건조기의 부드러운 기계음이 아직 어린 새 같은 내 몸뚱이에 심장박동처럼 와 닿았다. 나는 교회학교 천사처럼 환히 빛나고 목소리가 나긋한 여인이 문을 열고 들어와 내게 팔을 벌리는 공상에 잠겼다. 그러다 건조기가 멈추고, 이내 추워졌다. 처음에는 난 아버지가 입지 않은 스웨터에 손을 뻗어 소매를 어루만지기도 했지만, 나중에는 나한테 양털 알레르기가 있다는 걸 알았다.

나는 유령이 아니었다. 필요한 게 있고 원하는 것도 있는, 게다가 알레르기까지 있는 여자애였다. 하지만 가능한 한 무중력상태로 소리 없이 허공에 매달렸다. 산 사람도 유령처럼 집을 맴돌 수 있다.

트레일러의 문은 죄다 인형의 집에나 쓰일 법한 플라스틱 같은 합판으로 만들어졌고, 다소 싸구려로 보이게 하는 광택제가 발라져 있었다. 어린 시절 나는 그 문에 등을 기대고 차가운 표면에 귀를 댄 채 시간을 보내는 일이 많았다.

나중에 치명적인 것으로 드러나는 많은 일과 마찬가지로, 이 기억들은 기침과 함께 시작되었다. 어머니가 내는 공허한 기침 소리였다. 소리가 하도 울려서 어머니가 세면대에 머리를 집어넣고 있는 줄 알았다. 소리가 첫 번째 단서였다. 욕실 밖에 앉아 양탄자를 거칠게 쓰다듬으며 내가 여자애인지 유령인지에 골몰하다 보면 어느새 시간이 훌쩍 흘렀다. 게슴츠레한 눈으로 홀연히 나타난 어머니는 내가 거기 앉아 귀 기울이고 있었다는 걸 알고는 쉰 목소리로 잔소리를 해 댔다.

난 그게 기분 나빴다. 어린애니 당연했다. 어머니가 나온 욕실에 들어가 보면, 딱 꼬집어 설명할 수 없는 역하고 시큼한 냄새가 진동했다. 어느 집에서나 맡을 수 있는 소독제 냄새가 어김없이 섞여 있었고, 가끔은 악취를 숨기려는 듯 라벤더 비누 냄새도 살짝 났다.

몇 년 뒤 식구들이 모두 집에 밴 토사물 냄새에 면역이 되었다. 난 어머니가 토하는 소리에도 귀를 기울이지 않았다. 씽하고 돌아가는 선풍기 소리나 주기적으로 쿵쿵대는 건조기 소리처럼, 그건 우리 집의 소음일 뿐이었다.

이런 광경, 소리, 냄새에 남동생이 자주 부리는 짜증까지 있었다. 몇 년이 지나서야 그게 자폐증의 전형적 증상이라는 걸 알게 되었다. 남동생이 어렸을 때 부린 짜증은 말 그대로 똥 던지기로 절정에 달했다. 남동생은 아주 오랫동안 배변 훈련이 안 됐고 의사소통이 서툴러서, 불만스러우면 대개 똥을 벽에 칠하거나 바닥 깔개에 짓이겨 버렸다. 나는 거실 한가운데에 앉아 양탄자에 난 표백 자국들을 보면서 내 바비 인형들이 맘 편히 사는 섬이라고 상상했다.

어머니는 쉴 새 없이 폭식하고 게워 내기를 반복하느라 지쳐 있었는데, 남동생의 끔찍한 짜증은 어머니보다 훨씬 더 정신이 온전한 사람이라도 신경이 바짝 곤두서기에 충분했다.

안드레아 예이츠(Andrea Yates)가 자식들을 욕조에서 익사시키는 사건이 났을 때 난 열 살이었는데, 그 뉴스를 꽤 생생히 기억한다. 뉴스 진행자들은 그 여자가 저지른 일을 가감 없이 보도했고, 내 또래 아이들은 대부분 살인이 뭔지 알았을 것이다. 그러나 아이들이 살인이 어떻게 일어나는지 알았다고는 생각하지 않는다. 예이츠는 어머니처럼 침울해 보이는 연약한 여자였다. TV에 그 여자 모습이 나올 때마다, 나는 움츠리지 않고 그 여자를 똑바로 쳐다보았다. 어머니에게는 감히 그렇게 못 해 봤지만.

거실에서 TV 소리가 계속 나는 동안, 역시 닫혀 있는 욕실 밖 복도에 선 나는 어머니가 우릴 익사시킬 생각을 한 번이라도 했을지 궁금해했다. 두려움이 스쳤다. 어머니가 그랬을지도 몰라서가 아니라, 어느 날 밤 어머니가 그러기를 바랐기 때문이다.

어머니가 쥐고 있었거나 그랬다고 스스로 믿은 유일한 통제권은 음식에 대한 명령이다. 어린 나는 어머니가 음식에 손을 못 대게 하는 걸 잔인한 행위라고, 증오라고 생각했다. 그러나 나이가 들어 섭식장애의 심리와 생리를 이해하고 보니, 어머니로서는 다른 선택이 없었겠다는 생각이 든다.

어머니를 닮는다는 두려움

어머니가 어떤 뜻을 품었든, 내가 어린 시절 상당 부분을 굶주린 채로 지냈다는 건 엄연한 사실이다. 정말로 배가 고팠다. 학교에서 집으로 돌아와 오후 4시면 저녁 식사, 마지막 식사를 했다. 아버지는 보통 오후 5시에 퇴근했고, 그 시간에 어머니는 침실로 들어가 다음 날 아침까지 모습을 드러내지 않았다. 나는 이따금 아버지가 식사하는 모습을 지켜보았는데, 그게 아버지를 무척 불안하게 했다. 난 아버지가 먹는 모습을 말없이 보면서 나도 그걸 먹는다고 상상했다. 어머니는 보통 내가 정해진 음식만 무척 조금씩 먹게 했다. 살균을 했나 싶을 만큼 아무 맛도 없는, 껍질 벗긴 상당량의 닭 가슴살이

색깔 없는 접시에 담긴 것이나 빵이 없어서 허전해 보이고 말라붙은 소고기 패티를 본 기억이 난다.

해가 지고 아버지가 우두커니 TV를 보는 시간이 되면, 난 먹이를 찾으러 주방으로 살금살금 들어가곤 했다. 아버지가 옆방인 거실에 있었지만 우리가 살던 트레일러의 구조상 거리가 멀었다. 나는 고도의 훈련을 받은 첩보원처럼 움직임을 면밀하게 계획하고 소리 없이 치밀하게 움직였다. 계획을 행동으로 옮기기에 앞서, 성공을 몇 번씩 마음속으로 그려 보았다. 내 침실에서 주방까지 몇 걸음인지 계산한 다음, 어떻게 하면 주방 의자를 소리 안 나게 조리대 앞으로 옮기고 수납장에 손을 뻗을지 머리를 짜냈다. 가끔 주방 의자를 옮기기가 너무 위험할 때면, 조리대 가장자리에 다리 하나를 걸치고 작은 몸을 위로 확 끌어올려 다소 인상적인 파쿠르 곡예로 조리대 위에 쿵하고 안착했다. 중심을 잡으려고 애쓰면서 몸을 수그린 채 초록색 수납장 문을 열고 뭐가 있는지를 빠르게 살폈다. 날 아침까지 버티게 해 줄, 빠르면서도 간편하게 조용히 먹을 수 있는 것을 찾았다.

아버지가 의자에 가만히 앉아 TV를 볼 동안, 난 내 집을 턴다는 느낌으로 한밤중 도둑처럼 움직였다.

가끔은 성공적이었다. 잠옷 앞자락을 잡아당겨서 주머니처럼 만든 다음 그 안에 프레즐을 한두 줌 담아 내 방으로 철수했다. 그러나 실패할 때도 있었다. 내 소리를 들은 어머니가 잠에서 덜 깬 채 화를 내면서 어두운 동굴을 박차고 나왔다. 어머니가 방문 여는 소리가 들리기라도 하면, 난 야생동물처럼 잽싸게 조리대에서 내려와 내 방으로 조르르 달려갔다. 프레츨 한두 개를 입에 구겨 넣고. 그러나 포식자가 먹잇감에 다가가듯 어머니가 소리 없이 다가오면, 난 숨도 못 쉬고 공포에 질린 채 빈손으로 조리대에서 떨어져 바닥으로 나뒹굴고 말았다. 가끔은 떨어지다가 조리대 가장자리에 세게 부대낀 다리와 팔이 엉덩이와 어깨에서 떨어져 나갈 것처럼 아팠다. 어머니와 나는 서로 빤히 보다가 각자 빈손으로 외로이 굶주린 밤으로 다시 들어갔다.

학교에 가려고 잠에서 깬 다음 날 아침에 난 몸이 완전히 깨어나기 전, 배고픔과 부끄러움에 무감각한, 내게는 몇 안 되는 더없이 행복한 순간을 만끽하곤 했다. 그즈음 어머니는 이미 내 방 옆 욕실에서 똑같은 효과를 얻으려고 토하고 있었다.

학교에서는 배고픔을 무시하기가 더 힘들었다. 집중이 안 될 때가 많았기 때문이다. 그러나 한편으로는 간식을 손에 넣기가 쉬운 학교에 있는 편이 낫기도 했다. 3학년 무렵 나는 "그거 먹을 거니?"라는 말로 유명해져 있었다. 난 다른 애들이 남긴 음식으로 연명했다. 어머니가 그런 날 봤다면 정말 경악했을 것이다. 뭘 먹은 데다 세균에 내 몸을 노출했기 때문이다. 음식보다 더 어머니를 괴롭히는 건 바로 병, 특히 구토를 일으키는 병이었다.

어머니가 평생 구토했으니 이상하게 들릴지도 모른다. 그러나 어머니는 심각한 폭식증 환자였기 때문에, 다른 사람이 토하는 모습을 보거나 그 소리를 들을 때 극단적으로 자극받았다. 그런 모습이나 소리가 덩달아 내게도 큰 자극이 되었다. 난 내가 정확히 뭘 두려워하는지도 몰랐다.

그저 어릴 때 토한 일이 다 기억날 뿐이다. 매번 난 겁에 질렸고, 어머니는 화를 내고 역겨워하며 경멸스러워했다. 그때 난 어머니의 감정이 나 말고 자신을 향한 것이라는 사실을 미처 몰랐다. 나로서는 비난을 엉뚱한 데로 돌리는 어머니의 행동을 이해하기가 너무 어려웠다. 특히 한밤중에 내가 아플 때는 더 그랬다.

이게 두려워서, 내가 다른 애들에게 먹을 걸 달라고 조를 때마다 심장이 몸에서 튀어나올 듯 쿵쾅거렸다. 아플지도 모르는데 먹어야 할까? 몸에 병균이 생기느니 배고픈 게 낫지 않나? 매번 먹을지 말지 저울질하는 과정은 일종의 주문이 되었다. 내가 배탈 나면 어머니가 화낼지도 모른다는 두려움이 커서 먹지 않기도 했다. 그런가 하면 배고픔이 승리할 때도 있었다. 그러나 내가 성장하려고 노력하면서, 배고픔이 승리할 때가 많아졌다. 그러나 독감이 유행하는 계절에는 두려움에 완전히 압도되어 제대로 먹지 않은 나머지 양호실 신세를 지기도 했다. 칠판 글씨를 제대로 읽지 못하고 저혈당으로 몸을 떨다가 바닥에 푹 쓰러지거나 쉬는 시간에도 마음껏 놀지 못했다. 양호실 간이침대에 누워 울기만 했다.

초등학교를 졸업할 때까지도 내가 어느 쪽을 더 두려워해야 하는

지 알지 못했다. 뭔가를 먹어서 일어날 일을 두려워해야 할까? 먹지 않아서 일어날 일을 두려워해야 할까?

내가 지독히 아팠을 때 맨 처음부터 나타나 끝까지 속을 썩인 증상 중 하나가 난치성 구역(욕지기)이다. 어떤 음식이 눈앞에 있든 몇입 먹기가 힘들었다. 엎친 데 덮친 격으로 잠까지 제대로 못 잤다. 난 늘 일찍 자고 일찍 일어나는 편이었다. 대학 때 딱 한 번 빼고. 그때 난 통증과 욕지기에 늘어 가는 불안까지 겹쳐서 거의 6주간 매일 밤을 꼬박 새웠다. 수면과 영양 부족으로 그 무렵 일을 잘 기억하지 못한다. 다행스럽게도, 일기는 늘 썼다. 일기장에는 당시의 혼돈, 날 압도한 슬픔과 혼란, 통증, 집착이 고스란히 배어 있다.

바로 그때 나도 어머니처럼 섭식장애에 걸릴까 봐 두려워졌다. 내가 먹으려고 했는데 배에서 이런 내 노력을 밀어내는 게 물리적 현상이라고 생각하면서도 늘 어머니를 떠올렸다. 이 모든 게 거식증 환자가 되려는, 더 심하게는 폭식증 환자가 되려는 내 잠재의식의 노력이 아닌지 궁금해졌다.

어렸을 때는 토하는 걸 무작정 무서워했지만, 고등학교 졸업 무렵에는 술 취한 친구들의 뒤처리를 할 때만 불쾌했고 구토에 다소 무뎌졌다. 그럼에도 배에서 딱 꼬집어 말할 수 없는 어딘가가 아픈 것은 여전히 불안했다. 머리가 미처 인식하지 못한 것을 몸이 두려워하는 느낌이었다. 심지어 위장염 바이러스가 돈다거나 식중독이 생길 수 있다는 말만 들어도, 억누를 수 없고 알 수 없는 공포가 몰려왔다. 난 그저 유년기의 여파라고, 외상 후 스트레스 장애로 메스꺼워하는 것이라고 스스로에게 애써 설명했다. 그러던 중 고등학교를 졸업할 때쯤 그 공포의 앞뒤를 경험했다.

올리브 가든에서 토했다. 왜 그랬는지는 모른다. 괜찮다가 갑자기 식은땀이 흐르는 바람에 벌떡 일어나 화장실로 급히 달려갔다. 토할 것 같다는 생각이 들자 공포가 밀려왔다. 토한 지 오래돼 어떻게 해야 하는지 기억이 안 날까 봐 그랬다.

물론 구토는 자동적인 반응이라서 뭘 어찌할 필요가 없었다. 그런데 토한 뒤로 오랫동안 이상한 기분이 들었다. 처음에는 후련함이라고 생각했다. 하지만 난 토하기 전에 속이 전혀 부대끼지 않았다. 보통 속이 안 좋다가 토하고 나서야 속이 가라앉는 걸 느끼지 않나? 그러니 그건 후련함은 아니었다. 그보다는 어떤 아득함 같았다. 난 깊숙이 밀려오는 평온함 속에서 머리부터 발끝까지 상기되었다. 몸에서 긴장이 모조리 녹아내렸다. 있는지도 모르던 긴장이었다. 긴장이 사라지고 나서야 긴장이 있었다는 걸 알았다. 내가 심호흡을 그렇게 잘할 수 있는지, 손가락을 그렇게 부드럽게 스르륵 펼칠 수 있는지 그 전에는 몰랐다. 조금 어지러웠어도 현기증은 아니었다. 값비싼 파스타를 게워 낸 느낌 이상이었다. 어떤 영적인 경험을 한 듯한, 썼 줄도 모르고 있던 악령을 몰아낸 듯한 느낌이었다.

한마디로 미치도록 기분이 좋았다. '중독성 강한 마약'을 해 본 적은 없지만, 한때 작은 마리화나 담배를 피우곤 했다. 사실 다른 사람들이 약에 취한 모습을 자주 지켜보는 편이었다. 난 주로 취하지 않은 친구, 엄마, 지정 운전사 구실을 했기 때문이다. 아리조나 아이스티 캔으로 만든 마리화나용 물담뱃대, 시리얼 상자에 든 경품처럼 만화가 그려진 총천연색 LSD, 뒤에서부터 읽은 축축한 만화책에 죽 늘어놓은 코카인. 사람들이 약에 취했을 때 어떤 모습인지 잘 알고 있었다. 중독이 뭔지도 잘 알고 있었다.

화장실 칸막이에 기댄 채 눈을 감았다. 조심스럽게 문을 두드리는 소리가 났고, 누군가 나한테 괜찮은지 물었다. 괜찮다는 표시로 웃었다. 기분이 그야말로 죽여줬다. 발로 수도꼭지를 눌러 화장실 물을 내리고 화장실 칸에서 나와 손을 씻었다. 그런데 세면대 위 거울을 보고 우뚝 멈춰 섰다.

퀭한 눈이 이글이글 타오르는 것 같았다. 얼굴이 상기된 채 이를 다 드러내고 거의 미친 사람처럼 웃고 있었다. 내가 어떻게 그렇게 크게 숨을 쉴 수 있는지, 주변의 모든 것이 어떻게 그렇게 환하고 새로워 보이는지 놀라울 따름이었다. 나는 걱정하는 친구가 있는 자리로 돌아갔다. 물을 한 모금 꿀꺽 마시고는 가방을 들고 식당에서 나왔다. 친구는 운전면허가 없는데도 운전을 대신 하겠다고 했다. 내 상태가 너무 안 좋아서 걱정한 것이다.

난 아프지 않다고, 괜찮다고 말했다. 사실은 놀라웠다. 시동을 걸었다. 운전대를 잡고 나서야 내가 떤다는 걸, 거의 진동하고 있다는 걸 알았다. 힘이 넘치다 못해 솟구치고 있었다. 라디오를 크게 켜고 미친 듯이 달려 집으로 갔다.

그러고 나서 축 가라앉았다. 처음에는 그런지도 몰랐다. 그저 졸리고 무척 피곤했다. 그러다가 몸속 신경이 탁 끊어지는 것 같기도 하고, 펑 터지는 것 같기도 했다. 그 기괴한 순간에 욕실에 서서 내 피부가 뼈에서 벗겨져 젖은 수건처럼 바닥에 툭 떨어지면 얼마나 기분이 좋을까 하고 생각했다.

그 순간 날 강력하게 몰아치는 것이 있었다. 욕지기가 날 만큼 두려운 깨달음이었다. 머릿속이 어지러워서 넘어지지 않으려고 손으로 벽을 짚어야 했다. 다시 토하고 싶었다. 다시 토해서 그 기분을 느끼고 싶었다. 그 기분을 느끼리라는 걸, 그렇게 보상받으리라는 걸 본능적으로 직감했다. 어머니가 토한 이유를 깨달았다. 중독자의 자식도 중독자가 되는, 중독의 악순환이다. 난 친구들이 약을 할 때 막연한 호기심으로 지켜보기만 했다.

어렸을 때 어머니를 향해 품은 혐오감이 갑자기 일제히 내 쪽으로 돌아섰다. 그날 밤 난 토하지 않았다. 그 뒤 몇 년 동안 수치스러워서 아무에게도 털어놓지 못한 비밀스러운 두려움을 안고서 토하지 않으려고 애썼다.

그리고 대학 1학년 때 다시 그 일이 일어났다. 그 전에 무슨 일이 있었는지는 기억나지 않는다. 커피를 너무 많이 마셔서 늦게까지 깨어 있었던 것 같다. 덜 익어서 바삭거리는 라면과 가방 밑바닥에서 꺼낸 사탕이라는 이상한 조합으로 식사를 했다. 토하지 않으려고 무진 애썼다. 그러나 곧 시간 낭비라는 걸 깨달았다. 일을 하고 별일이 없다면 자는 데 써야 할 귀중한 시간이었다. 그 일은 단 1초도 걸리지 않았고, 어떤 결과랄 것도 없었다. 그러나 그 무엇에도 견줄 수 없는, 그동안 잊고 있었으나 너무 두려워서 추적해 보지 못한 느낌이 밀려왔다. 그 기이한 경험을 한 고등학생 때와 달리 대학생이 된 나는 마리화나를 피우고 오르가슴 느끼는 법을 혼자 터득하는 중이었다. 그래서 그 평온한 황홀감의 무게를 못 이겨 무릎에 힘이 풀리자, 그게 얼마나 좋은지 절감할 수 있었다. 그러면서 그게 얼마나 위험한지, 얼마나 치명적일 수 있는지도 깨달았다.

밤을 지새우면서 난 자제력이 강하니까 다시는 아프지 않을 거라고 되뇌었다. 토한 일은 위기였고, 진짜 위험은 아침에 다시 토하고 싶어서 필사적으로 애쓸 것 같다는 예감이 들었다는 사실이다.

아픈 뒤로 여섯 달 동안 피할 수 없는 폭식증과 거식증에 대한 공포가 다시 찾아왔다. 대학 입학 뒤에 시작된 구역 증상이 가시지 않았고, 몇 달 동안 제대로 못 먹다 보니 악순환으로 자리 잡았다. 뭘 하든 속이 끊임없이 뒤틀렸는데, 때로는 너무 심해서 숨도 쉴 수 없었다. 먹을 만한 음식을 찾아야 했다. 몸무게가 너무 많이, 빠르게 줄고 있었기 때문이다. 음식을 이것저것 살펴보고 먹을 만한 걸 찾는 데 온 정신이 팔려서 어머니처럼 섭식장애 환자 특유의 행동을 보이기 시작했다.

마침내 먹을 만한 걸 찾았다. 짭짤한 크래커, 말린 크랜베리, 맑은 수프였다. 다른 음식은 소름 끼칠 정도로 무서워졌다. 난 더는 먹지 못하는 음식들의 사진을 검색해서 애처롭게 바라보느라 너무 많은 시간을 보냈다. 그것도 새벽 1시에. 영양실조와 통증을 비롯한 모든 것이 자기만족적인 또는 이와 비슷한 예언이 아닐까 하는 두려움으로 말똥말똥하게 깨어 있을 때였다. 얼마 지나지 않아, 난 먹지 않아도 전과 비슷하게 가라앉으면서 취한 기분이라는 걸 깨달았다. 토할 때만큼 강렬하거나 달콤한 기분은 아니지만, 통증을 빼면 내 몸에서 생기는 유일한 느낌이었다. 그 느낌을 애써 밀어내고 몸에 영양분을 차곡차곡 쌓으려 했으나, 아주 적은 음식이라도 소화하려고 하면 속만 메스꺼워졌다. 난 결국 불행이 가까이 있다는 생각에 다시 사로잡혔다.

이번에는 상황이 전과 무서울 만큼 달랐다. 토하기 전에는 우울하지 않았다. 집중해야 할 일들이 있었고, 삶에 행복이 가득해서 날 향해 도사린 중독의 나락으로 빠져들지 않을 의지가 있었다. 그러나 그 모든 것이 떠나고, 어두운 방에서 견뎌야 하는 이상하도록 길고 더딘 시간이 왔다. 난 빙빙 도는 세상을 피해 눈을 감고서 간단하지만 정신이 번쩍 들게 하는 경고를 스스로 하곤 했다. "지금 토하면 절대 멈출 수 없어."

사랑받고 싶었던 아이

내가 열두 살 즈음 어머니는 거의 죽은 상태와 같았다. 몸무게가 급격히 줄어서 여덟 살짜리 여자애의 평균 몸무게 정도밖에 안 되었다. 당연히 영양실조로 혼수상태에 가까웠고 능동적으로 죽어 가는 중이었다. 나나 할머니가 어머니를 입원시키려고 몇 시간 동안 운전해 남쪽 지역으로 가는 동안, 난 뒷자리에 타고 있었다.

의사들이 어머니를 보고 어깨를 으쓱하며 머리를 긁적이는 모습을 난 그때 처음 봤다. 대개 어머니의 아픔에 제대로 공감하지 못해서 난 실망스러웠다. 나야 어머니를 증오할 만한 사정이 있었지만, 그들은 어떻게 그렇게까지 냉정했을까? 난 의사가 환자를 낫게 하려고 있다고 생각했다.

어머니에게는 신체적으로든 다른 면으로든 남은 게 많지 않았다. 할머니 토러스(포드 자동차의 대형 세단)의 뒷자리에 어머니와 앉아 있던 난 어머니가 거부하고 밀어낼 기력이 남아 있는지 애써 찾는 걸 지켜보았다. 그 모습에 난 갑자기 평소답지 않게 부아가 치밀었다. 그래서 딱 사춘기 소녀한테 어울리는 눈치로, 어머니가 죽어서 우리 모두 새롭게 살면 좋겠다고 말해 버렸다. 어머니는 젖 먹던 힘까지 짜내 내 뺨을 세차게 후려쳤다.

어머니가 입원하고 나는 나나 할머니와 살게 되었다. 열두 살밖에 안 됐지만 앞으로 부모님과 살 일은 없을 터였다. 그때는 그 사실을 몰랐기 때문에 다음 날 아무 일도 없다는 듯 학교에 갔다. 몇 안 되는 친구들에게 어머니가 드디어 죽을 거라고 무심하게 알렸다. 이번에는 진짜라는 듯이. 친구들은 모두 어머니가 약간 비정상이라는 사실을 어느 정도 알고 있었다. 예를 들어, 어머니는 생일잔치 음식을 감시했고 학예회에 한 번도 오지 않았다. 친구들이 어머니를 잘 알진 못해도 곧 죽는다는 소식에 충격받은 것 같았다. 아마 어머니가 곧 죽을 텐데도 차분하고 침착한 태도를 보인 내가 그들을 불안하게 했을 것이다. 어른들, 다시 말해 선생님들도 내가 아는 한 별다르지 않았다. 나는 늘 똑같이 꼬장꼬장하고 별난 애늙은이였다.

내가 학교에서 조금이라도 사랑받아보려고 자발적으로 노력한 건 1학년 때가 처음이다. 목소리가 상냥하고 양털 스웨터를 자주 입는 네만 선생님이 있었다. 머리칼이 호두색이라 후광이 비치는 것 같았고 생기 넘치고 다정한 눈빛 때문에 늘 행복해 보인 분이다. 선생님이 어린 양같이 부드러운 목소리로 『샬롯의 거미줄Charlotte's Web』을 읽어 주면서, 여자애가 공룡에 열광하지 말란 법은 없다고 말했다.

네만 선생님은 내 언어적 재능을 처음 알아본 사람일 것이다. 선생님이 우리 모두에게 직접 이야기를 지어 보라고 했지만, 유독 날 자랑스러워하는 듯했다. 어쩌면 아니었는지도 모른다. 하지만 그 전에 누군가가 날 자랑스러워한다고 느껴 본 적이 없던 나로서는 선생님의 태도가 너그럽게만 보였다. 선생님이 조금이라도 관심을 보이면 난 몹시 놀라워했다. 내가 쓴 이야기 위에 예쁜 글씨로 "굉장해!"라고 써 줄 때마다 난 감정이 벅차서 울었다. 그때 쓴 이야기 중 몇 가지는 이사를 다니면서 상하거나 물에 젖는 와중에도 건진 덕분에 아직까지 간직하고 있다. 어른이 된 요즘 그걸 다시 보면서, 예닐곱 살 때 내가 진심으로 하려던 이야기를 다시 느껴 보기 시작했다. 꽤 의미심장한 이야기다.

음식을 훔쳤다가 방에 처박힌 못된 아이가 있다. 화가 나서 눈을 잔뜩 치켜뜬 심술궂은 엄마도 있다. '아주 착한 가족이지만 아기 쥐는 끔찍했다'는 대목이 있는 쥐 가족 이야기는 나를 아주 암울하게 했다.

'끔찍하다'는 말을 어린아이가 쓰기에는 강하고 구체적인 감이 없지 않다. 특히 자기 이야기라면 더욱 그렇다. 놀이 치료에서 자기 경험을 표현할 말을 미처 습득하지 못한 아이는 상상 놀이 속에서 똑같은 주제를 반복하는 경우가 많다는 사실을 나중에 알았다. 어쩌면 그래서 다른 애들이 나랑 소꿉놀이를 안 했는지도 모른다. 단, 내가 아빠를 맡을 때는 예외였다. 그러나 난 아빠 역을 맡아도 소꿉놀이를 시작한 지 얼마 되지도 않아 자리를 떠서 '저녁밥'이 차려질 때까지 한쪽 구석에 앉아 책을 읽었다.

난 어려서부터 이야기를 하며 나를 이해하려고 노력한 것 같다. 내 이야기가 훌륭하다고 생각해 준 1학년 때 선생님 덕에, 이야기를 만드는 데 자신감이 생겼다. 그 뒤로는 내가 가진 이야기가 없어도 누군가가 날 멋지다고 생각해 주기를 바라며 지낸 것 같다. 내 아기 쥐 이야기가 낡은 신발 상자 속으로 사라져 먼지를 뒤집어쓰고 한참 뒤에 그런 사람이 또 나타났다. 쾌활하고 한결같은 카스 선생님이다.

중학교에 들어가자마자 실력이 출중한 카산드라 맥큐라는 (방과 후에는 내가 '카스' 선생님이라고 부른) 과학 선생님을 모든 학생이 좋아한다는 사실을 알게 되었다. 선생님의 관심을 받으려는 경쟁이 무척 치열했다.

많은 사람처럼 나도 중학교 시절은 이상했다. 내 또래 여자애들은 대부분 골반 청바지를 입고 춤추듯 걸어 다니고, 반짝이 젤 펜으로 〈새비지 가든Savage Garden〉이 부르는 노랫말을 공책에 적었다. 내 옷장을 채운 옷은 검은색 정장과 나를 나이보다 두 배로 성숙해 보이게 하는 벼룩시장표 화려한 옷으로 극과 극을 달렸다. 내가 어른이 아니라는 유일한 단서는, 이것들이 옷걸이에 제대로 걸린 적이 좀처럼 없다는 점이었다. 나는 반짝이 펜 대신 검은색 펜으로 공책 여백에 〈X파일〉 팬픽의 플롯을 적으면서 도표까지 만들었다.

다소 독특하게 옷을 입고 다닌 덕에 나는 처음부터 카스 선생님 마음에 들었다. 15년이 지난 지금까지 선생님은 내가 아무렇지도 않다는 듯 입던, 부활절 바구니를 연상시키는 연노란색 트렌치코트를 기억한다. 선생님은 친구들에게 가차 없이 놀림받던 내게 얼마간 긍정적인 관심을 보이면 도움이 될 거라고 생각했나 보다.

구제 드레스를 즐겨 입던 날 떠올리면 이제 웃음이 나온다. 대부분이 심지어 나나 할머니의 친구들이 물려준 옷이거나 동네 사람들이 앞마당에 내놓고 판 옷이었다. 아주 점잖은 실크 스카프를 모으며 매일 두르고 다니기까지 했다. 카스 선생님과 공유한 또 다른 취향이다.

고등학생이 되기 전 해에, 카스 선생님이 발령을 다시 받아 우리를 또 가르친다는 소식이 전해졌다. 모두가 환호성을 질렀고, 나는 안도감을 느꼈다. 카스 선생님한테 집안 문제를 털어놓기 시작했기 때문이다.

선생님의 삶은 평탄하게 보였다. 40대 후반 나이에 옷을 잘 갖춰입었고, 연갈색이 군데군데 섞인 적갈색 머리를 정성껏 매만진 모습이었다. 선생님도 나처럼 매일 하이힐을 신어서, 반 친구들은 복도에서 또각거리는 소리가 들리면 그 소리의 주인공이 선생님인지 나인지 전혀 분간할 수 없다고 했다. 선생님도 나처럼 옷을 신중하게 골라 입었는데, 누구나 부러워할 보석을 걸친 점은 나와 달랐다. 게다가 샤넬의 향기가 늘 풍겼다. 작은 도시 메인에서는 이런 차림이 사람을 저절로 돋보이게 했다.

그때 난 몰랐지만, 몇 년 동안 날 가르친 선생님들은 대개 '우리집에 문제가 있다'는 사실을 알고 있었다. 선생님들로서는 그걸 정확히 증명할 수 없어서 관여하기가 어려웠다. 난 멍든 채로 학교에간 적이 없고, 늘 깔끔한 데다 옷도 잘 갖춰 입었다. 음식을 훔치고 가끔 어지러워하는 것만 빼면, 심각한 문제가 없었다. 난 아주 착실한 학생이었고, 고등학생이 되고는 활달하다는 말을 들을 만큼 친구가 많았다(그래도 늘 어른들과 어울리는 걸 더 좋아했다). 분명 나는 좀 이상했다. 그러나 정말로 비정상처럼 보이지는 않았다. 카스 선생님은 그런 나에 대해 그저 궁금해하는 데서 그치지 않았다. 교사라는 직업까지 잃을 각오로 날 구하려고 했다.

중학교 마지막 해의 가을, 우리 반은 시골로 탐험을 떠났다. 고등학생이 되고 본격적인 사춘기를 맞기 전에 정서 함양을 위해서 하는 행사였다. 이 행사에 인솔자로 처음 참여한 카스 선생님은 분명 걱정스러운 면이 있었을 것이다. 머리카락 한 올도 삐져나오지 않게 머리를 매만지고 맞춤옷을 차려입은 선생님은 고삐 풀린 10대 여자애들과 숲을 헤치고 다니기에는 너무 근사했다. 난 펜슬 스커트를 입고 단화를 신었다.

난 며칠간 집을 떠날 수 있어 여행 자체가 고마웠다. 그래서 카누를 타거나 암벽에 오를 생각이 없었지만 친구들이 그런 걸 하는 모습을 보기만 해도 만족스러울 걸 알았다. 내가 예측할 수 없는 환경에서 자라며 매일 겪은 아드레날린이 솟구치는 경험을 친구들은 대부분 한 번도 못 해 봤을 것이다. 난 일부러 짜릿함을 느끼려고 한 적이 없다. 살아남는 것만으로도 충분히 벅찼기 때문이다.

이때의 일을 기록한 중학교 때 일기장에는 좀 울컥하는 대목이 있다. 모닥불을 뒤로하고 카스 선생님과 함께 걸으면서 사춘기 소녀의 사랑스러운 어색한 태도로, 선생님이 엄마면 좋겠다고 불쑥 말한 일이다. 내 어깨에 팔을 두른 선생님은 무슨 일이 있든 늘 함께 하겠다고 말해 주었다. 난 선생님이 울지 않으려고 애쓴다는 걸 알았다.

나를 구하는 길

이미 난 어머니가 죽었다고 느끼기 시작했다. 친척들이 다소 비정하게 하는 말로는 어머니가 '떠나는 중'이었다. 그러나 운 나쁘게도 어머니는 이듬해 여름에 살아 있었고, 난 다시 메인 주 숲속의 오두막에서 지내게 되었다. 공연예술 분야 장학금을 받고 캠프에 참여하러 간 것이다.

여름 캠프는 주로 부유한 '다른 주' 아이들의 몫이고 참가비가 비싸서, 장학생 후보로 추천받지 않는 한 내가 엄두도 못 낼 일이었다. 여름 내내 집을 떠나 지낸다는 건 생각만으로도 벅찼다. 게다가 무용·음악·연극을 배우고 여름 캠프의 전통 행사에 참여할 생각을 하니, 꿈인지 생시인지 모를 만큼 짜릿했다. 그해 여름, 난 짧은 생에서 처음으로 새장에서 벗어나 오롯이 나 자신이 될 수 있다고 느꼈다. 재능을 갈고닦으며 소질을 발견하고 사회적으로 자신감을 기른다는 면에서 결실이 보았다. 내가 공들인 결과물에 대해 난생처음 칭찬받았다. 캠프 무대에 올린 〈아가씨와 건달들Guys And Dolls〉에서 중요한 역도 맡았는데, 남자 주인공 중 한 명인 스카이 매스터슨 역이었다(캠프에 참가한 사춘기 직전 남자애들보다 내 목소리가 더 낮았다). 공연하는 밤마다 내 머리칼 몇 가닥을 잘라 구레나룻처럼 붙인 것은 무척 전문적인 작업으로 느껴졌다. 나랑 합숙한 여자애들은 하나같이 똑똑하고 재미있고 나보다 훨씬 더 재능이 많았다. 그래도 우리는 더없이 친하게 어울렸다.

그해 여름에 나는 세라로렌스대학에 가겠다고 마음먹기도 했다. 여름 캠프에서 젊고 재능 많고 아주 멋진 흑발의 세라로렌스 출신 선생님이 가르친 무용 수업을 들은 뒤로 언제나 0 순위는 이 대학이었다. 어린 나는, 선생님 같은 어른이 되려면 세라로렌스대학에 꼭 가야 한다고 생각했다.

그러나 그해 여름에는 어른이 된다는 게 무척 막연하고 먼 일 같았다. 나는 캠프 설립자에게 우리 집 사정이 복잡하다고 털어놓았다. 한 주 한 주 지나, 마법 같은 여름이 눈앞에서 줄어들면서 걱정이 커졌다. 그때 내가 몰랐지만 캠프 설립자는 사회복지 분야 경력이 있었고, 내게 큰 위안을 주었다. 학교를 졸업하는 날 더는 지켜볼 수 없게 돼 걱정하던 카스 선생님이 캠프에 방문하려고 했을 때도 편의를 많이 봐주었다. 카스 선생님이 캠프에 왔을 때 친구들이 다 선생님을 내 엄마라고 생각한 게 기억난다. 난 아니라고 하지 않았다. 마음에 찔리면서도 그게 사실인 양 행동한 날도 있다. 예전에는

138

엄마가 있었다고 생각한 날도 있다.

내가 캠프에서 친구들에게 거짓말을 하는 동안, 공교롭게도 내 진짜 어머니는 회복하는 중이었다. 설명되지 않는 의학의 기적 덕에 어머니가 죽지 않았다. 엄밀히 말하면, 정말 살아 있는 상태도 아니었다. 어머니는 누군가의 어머니 노릇을 할 수 없었고, 심지어 그런 데 관심이 없는 게 분명했다. 그제야 난 어머니의 불안정함이 다 섭식장애 탓은 아니라는 걸 알았다. 원인은 그보다 더 위로 거슬러 올라가서 어머니가 자기 어머니, 다시 말해 그때 나랑 살고 있던 할머니와 맺은 관계까지 더듬어야 했다. 몇 달 동안 난 어머니를 향한 두 가지 상반된 감정을 두고 씨름해야 했다. 분노와 연민이었다. 어머니의 부재를 느꼈기 때문에 어머니에게 화가 났다. 한편으로는 어머니가 문을 닫고 숨어서 자포자기하는 심정으로 수납장 서랍에 토사물을 숨긴 방을 매일 아침 지나칠 때마다, 어머니도 내 나이 때에는 엄마가 없다고 느꼈겠다고 생각했다. 어쩌면 어머니는 여전히 그랬을 것이다.

사람들은 대개 부모가 자식을 학대할 수 있다고는 쉽게 생각해도, 조부모가 그럴 수 있다고는 생각하지 않는 것 같다. 조부모도 부모라는 사실과 자식이 자란다고 해서 학대의 악순환이 반드시 끝나지는 않는다는 사실을 잊는다. 나는 성인이 되고야 어머니의 분노가 결코 나를 향한 게 아니라는 사실을 알았다. 어머니에게 난 아예 사람이 아니었기 때문이다.

성인이 되고 처음에는 이 모든 미묘한 의미를 이해할 수 없었다. 솔직히 지금은 더 잘 이해하는지도 모르겠다. 나나 할머니는 내가 태어나기 수십 년 전부터 분노를 드러냈고, 나는 별 상관도 없는 그 것 때문에 피해를 입었다. 물론 할머니가 일상적으로 내게 가스라이팅을 하고 때로는 나와 대립 상태까지 치달은 것도 좋을 게 없었다. 결국 진실을 알게 된 나는 녹음기를 구해다 할머니의 그런 언행을 담았다. 꼭 누군가에게 증명하려는 것은 아니고, 나를 위한 방편에 가까웠다. 내가 현실에 묶어 두는 밧줄이고, 내가 꾸며 내거나 상상한 게 아니라는 증거였다.

하지만 카스 선생님은 내가 확실한 증거를 내밀기 전에도 날 믿었다. 내가 침실에 숨어서 선생님에게 전화를 건 일 때문이다. 뜻밖에도 나나 할머니가 아래층에서 다른 전화기로 그걸 엿들었다.

"어쩌면 베개 밑에 칼을 숨겨 두고 자야겠구나." 수화기 너머 카스 선생님의 목소리가 갈라졌다. 바들바들 떨면서 침대에 앉아 있는 동안 얼굴과 수화기 사이를 비집고 눈물이 흘렀고, 선생님 목소리에서 앞길이 막막한 현실을 직감했다.

다음 날 아침, 난 확신을 갖고 잠에서 깼다. 여행 가방을 꾸리고 배낭을 어깨에 맨 채 아끼는 검은색 펌프스를 신고 학교에 갔다. 학교에 도착해서는 여행 가방을 뒤에 두고 카스 선생님의 교실 문가에 섰다. 책상에 앉아 있던 선생님이 고개를 들고 날 바라보았다.

내가 어깨를 똑바로 펴고 불쑥 말했다. "오늘 밤 어디로 가든 상관

없어요. 다시는 거기로 돌아가지 않을 거예요."

선생님은 고개를 끄덕이고 아무 말 없이 섰다. 책상 뒤에 있는 작은 수납장을 열쇠로 열더니 여행 가방을 거기에 넣으라고 손짓했다. 난 가방을 넣고 별일 없었다는 듯 교실로 갔다.

이때부터 모든 일이 일사천리로 진행되었다. 16년 가까이 날 그토록 옥죄던 삶이 헐거운 실 가닥 하나를 살짝 잡아당기자 스르륵 풀리기 시작했다.

큰소리가 몇 차례 오가는 언쟁이 뒤따랐다. 내가 카스 선생님 집 소파에 앉아 수화기 너머에서 빗발치는 고성을 거듭 받아 내는 동안 선생님은 내 손을 잡고 있었다. 내가 어머니와 안 산 지가 몇 년인데, 어머니는 학교의 간섭에 화를 냈다. 그렇게 화낸 게 나보다는 어머니의 비밀 때문이 아니었나 싶기도 하다. 내가 어디 살든 어머니가 크게 신경 썼다고는 생각하지 않는다. 어머니는 그저 내가 자기 삶에 방해가 되지 않기를 바랐다.

그 시절 나는 카스 선생님을 대모로, 내가 존경하고 마음을 털어놓을 수 있는 나이 지긋한 여성으로 의지했다. 지금 돌이켜 보니 선생님이 내게 준 가장 큰 교훈이 바로 어머니에 대한 연민이라는 사실을 알게 되었다. 만약 어머니가 힘들기보다는 즐거운 나날을 보낼 수 있도록, 필요한 도움을 받을 수 있도록, 시련이 닥쳐도 곁을 지켜 줄 사람들을 만날 수 있도록 격려받았다면 어머니와 나의 삶이 확연히 달라지지 않았을까?

카스 선생님의 보살핌 속에서 난 나이 들수록 점점 더 커지고 주체할 수 없어지는, 내 안에 있는 어머니라는 형태의 빈 공간을 채우려고 애썼다. 어리석게도, 어른이 되면 그 공간이 채워질 줄 알았다. 오히려 그 공간은 산산이 부서지는 새로운 대우주 속에서 소우주처럼 커져만 갔다.

열여섯 살은 내게 걱정이 많은 나이였는데, 그중 대부분은 짧은 인생에서 처음으로 나이에 걸맞은 걱정이었다. SAT 준비, 졸업 파티의 눈물, 꾸지람을 듣는 운전 강습, 자습 시간에 화장실 창문으로 도망가는 남자애들, 화장실 칸막이에 내 욕을 쓰는 여자애들, 제일 친한 친구의 차 안에서 한 고해성사, 바닷가에서 소금기 어린 바람이 내 폐 속으로 비집고 들어올 때 담배 피우는 법을 연습한 일…….
내 나이의 두 배가 아닌 내 나이에 딱 맞게 행동하는 건 여러모로 내가 바란 청춘의 달콤한 과도기가 아니었다. 내 친구들은 모두 부모의 간섭에서 벗어났고, 우리는 청소년의 대담무쌍함으로 성년이 약속하는 짜릿함을 향해 달렸다. 친구들이 뒤를 돌아보면, 그곳에는 늘 지켜보는 이가 있었다. 그러나 내가 뒤를 돌아보면, 텅 빈 길밖에 없었다.

난 계획 없이 가출하지는 않았다. 전화번호부의 노란 책장을 휙휙 넘기면서 지역 내 변호사들에게 일일이 전화했다. 철저한 조사 덕에 얼마 있다 미성년자 자립이라는 걸 알게 되었다. 인터넷 검색으로 찾은 것은 정해진 방식을 강요하고 돈을 가로채는 매니저 겸

부모에게서 벗어나려고 하거나 아동 노동법을 피해 가려고 하는 아역 배우에 관한 자료가 대부분이었다. 나한테 적용되는 건 하나도 없었다. 나는 미성년자 자립에 마음이 끌렸다. 여전히 부모님과 사는 남동생의 생활이 나 때문에 뒤집히는 건 바라지 않았기 때문이다. 나는 법률 용어를 이해하려 머리를 싸맸고, 졸업할 때까지 혼자 힘으로 살려면 돈을 얼마나 저축해야 하는지 계산했다.

그런데 내가 카스 선생님 집 다락방에서 도망자처럼 지낸다는 소문이 퍼졌다. 나를 이상하다고 여긴 친구나 선생님이라면 그 소문에 조금 안도했을 것이다. 내 상황이 정상이 아니라고 인정한 나야말로 카스 선생님과 선생님 가족에게는 더없이 고마웠다. 하지만 다른 어른들은 그토록 오랫동안 왜 돕지 않았는지 알고 싶어 고심했다. 부분적인 이유는 카스 선생님 덕에 알게 되었다. 날 집으로 들이고 몇 년 뒤에 선생님이 교사 지침서의 한 부분을 보여 주었다. 거기에는 어떤 방식, 경로, 형태로든 교사가 학생과 '친구'가 되면 안 된다는 조항이 쓰여 있었다. 나는 선생님이 나 때문에 경력을 망칠 뻔했다는 사실에 깜짝 놀랐지만, 선생님은 그저 미소를 지었다. 선생님에게는 사실이 꽤 간단했다. 내게 선생님의 도움이 필요했다. "그 규칙을 알았어도 난 그걸 어겼을 거야." 선생님이 말했다.

카스 선생님이 후회하지 않아서 고마웠다. 그리고 고맙게도, 선생님이 알려 준 사실 덕에 학교의 다른 어른들이 마음이 있어도 왜 내게 관여하지 않았는지 이해할 수 있었다. 돌이켜 보니, 메러디스라는 보조 선생님에 관해 좀 막연하지만 위안이 된 기억이 떠올랐다. 내가 여덟 살 때 선생님을 알았는데, 한동안은 그분이 실존 인물인지 또는 상상 속 친구처럼 내가 만들어 낸 인물인지 긴가민가했다. 그래서 20대 초반이 되었을 때 인터넷 검색으로 선생님을 찾아보기로 했다. 시간이 많이 흘렀으니 부고를 보게 되지는 않을까, 내 삶을 구하느라 급급한 나머지 내 삶을 구할 이유를 느끼게 해 준 사람에게 고마움을 전할 기회를 잃지는 않았을까 두렵기도 했다.

알고 보니, 메러디스 선생님은 내가 사는 데서 한 시간 남짓 떨어진 곳에 살고 있었다. 주소를 알아내고 선생님에게 편지를 썼다. 선생님이 날 기억하리라고는 기대조차 안 했고, 놀러 오라는 답장이 오리라는 상상도 못 했다. 그런데 선생님이 답장을 보냈다.

선생님은 내가 기억하던 모습과 똑같았는데, 난 선생님이 기억하는 모습과 전혀 달라서 이상했다. 선생님은 날 기억했다. 선생님 부부가 내 소식을 자주 궁금해했다는 말을 선생님 집 베란다에서 점심을 먹을 때 들었다. 난 내 무거운 이야기의 주요 부분만 간추려서 전했다. 우리가 가벼운 여름 샐러드를 먹는 중이라 다행이었다. 이야기를 마칠 무렵, 내가 집에서 어떤 일을 당할지 의심해 본 적이 있는지 선생님에게 물을 수밖에 없었다.

"넌 수줍고 우울한 아이였어." 선생님 눈가가 눈물로 반짝였다. "널 우리 집으로 데려오고 싶었지. 너한테 이야기를 나누고 싶거나 할 말이 있으면 그렇게 하라고 말한 게 기억나는구나. 사정이 그렇게 나쁜 줄은 전혀 몰랐어.”

내 사정을 알았지만 아무것도 할 수 없었던 사람들을 빼고 나머지 어른들은 그저 메러디스 선생님 같은 처지였다고밖에 생각할 수 없다. 그들이 의심했을지는 몰라도 내 문제가 얼마나 심각한지는 몰랐다. 이제는 왜 그랬는지도 알겠다. 내가 수줍고 우울해도 문제는 전혀 일으키지 않는 모범생이었으니까. 난 평정을 잃지 않는 모습을 보이기 위해 무진장 애썼다. 다른 사람들의 우려를 불식하기보다는 스스로 안심하기 위해서였다.

이런 내 노력은 대부분 꽤 성공적이었다. 그런데 내가 생생히 기억하는, 평정을 지키려는 노력이 와르르 무너진 사건이 있다. 열네 살 때 합창단 공연을 코앞에 두고 나나 할머니가 갑자기 들이닥쳤다. 난 무대 뒤에서 공황 발작을 겪고 과호흡이 너무 심해진 나머지 의식을 잃어버렸다. 그 바람에 학생들이 다 보는 앞에서 구급차에 실렸다. 그러나 다음 주에 선생님들은 그게 ‘천식 발작’ 때문이었다고 입을 모았다. 구급차에서 할머니는 조수석에 앉겠다고 고집을 피웠고, 그 덕에 병원으로 가는 20분 내내 의식이 온전하지 않은 나를 이따금 쿡쿡 찔러 대면서 구급대원들에게 질문을 퍼부었다. 내가 의식을 찾자, 구급대원이 낮고 차분한 목소리로 할머니가 때리는지 물었다. 산소마스크를 쓰고 있어서 말을 못 한 나는 눈물을 머금은 간절한 눈빛으로 고개를 세차게 끄덕였다. 구급대원이 침통하게 고개를 끄덕이더니 조수석 쪽을 힐끗 쳐다보았다. 할머니의 머리가 〈엑소시스트The Exorcist〉의 소녀처럼 휙 돌아가길 바라기라도 하는 듯했다.

요동치는 구급차에 실려 응급실 의사에게 인계되기까지, 상황이 어떻게 진행됐는지는 모른다. 그러나 내 진료 기록을 보면, 이 나라의 의료계가 날 또 실망시킨 것을 알 수 있다.

일자: 2005년 12월 06일

혈압: 140/86

맥박: 115bpm

현 병력: …

주요 호소 증상: 불안과 호흡곤란

증상(합창 공연 중 호흡곤란)이 금일 시작됨. 증상이 남아 있으나 호전됨. 혼란 증상을 보임. (오래전) 자살 생각이 있었음. 일시적 자살 시도. 불안감이 있음. 학교(가족)와 관련된 상황적 문제를 겪었음.

난 집으로, 함께 살지 않은 지 2년이나 된 부모님에게 돌아가도록 조치되었다. 그러나 난 나나 할머니 집으로 돌아갔다. 그 일에 대해서는 아무도 입을 열지 않았고, 다시 병원에 가는 일도 없었다. 한 달쯤 지나, 나는 개 목줄로 목을 매려 했다. 나나 할머니는 다른 방에서 어머니와 통화하며 언성을 높이는 중이었다. 아마 20년 전 일을 두고 그런 것 같다. 나는 라디오를 켜 놓고, 손을 더듬어 위에 매달린 목줄을 잡아 내 목에 걸었다. 멍하니 벽을 바라보노라니 눈물이 뺨을 타고 흘렀다. 울기는 했어도 난 침착하고 치밀했다. 마땅히 해야 할 일이었기 때문이다.

눈을 감고 계단 맨 위에서 발을 뗐다. 아무 일도 일어나지 않았다. 실패였다. 난 여전히 거기 있었다. 계획이 충분하지 않아, 몸이 쿵하고 바닥에 떨어졌다. 난 얼룩진 천장을 바라보며 그대로 있었다. 할머니가 옆방에서 나를 향해 소리를 질렀다. "망할, 시끄럽게 좀 하지 마!"

세월이 흘러 의사를 비롯한 여러 사람들이 내 갖가지 전신 증상의 원인을 유년기에서 찾으려 했을 때, 난 소리치고 싶었다. 내가 도움을 청했을 때 제대로 귀를 기울였어야 하지 않냐고. 어머니와 할머니가 도움을 요구했을 때 그 말을 믿었어야 하지 않냐고. 그러나 그들은 그러지 않았다. 사람들이 내가 어떤 면에서 불우한 유년기에 굴복한 셈이라는 의견을 넌지시 비치려 할 때면, 내 생각은 전혀 다르다고 해야만 했다. 사람들이 도움을 주지 않으리라는 걸, 그럴 수도 없다는 걸 안 나는 스스로 구제할 방법을 찾기 시작했다.

그러나 그 전에 나 말고 다른 사람, 남동생을 보호할 방법을 강구해야 했다. 난 그때까지 2년째 할머니와 사는 중이었고, 그곳은 정말로 벗어나고 싶은 환경이었다. 부모님에게 돌아가는 게 내게는 좋지 못한 선택이지만, 남동생은 그곳에서 필요를 충족시키고 있었다. 고작 열다섯 살이었는데도, 나는 가정위탁보호제도가 우리 둘을 산 채로 잡아먹을 거라는 사실을 알고 있었다. 우리는 위탁 가정으로 받아들여지기를 기다리는 무수한 아이들과 함께 내쳐질 게 뻔했고, 남동생은 자폐증 때문에 사실상 위탁을 무한정 기다려야 할 터였다. 이해하기 어려웠지만, 남동생은 부모님을 사랑했고 부모님도 남동생을 사랑했다. 나와는 결코 좁힐 수 없는 차이였다.

그러나 내가 미성년자 자립을 택하면, 남동생에게 전혀 지장이 없을 뿐 아니라 (비밀이 드러날까 봐 식구들이 막던 심리 치료 같은) 도움을 받겠다는 결정을 내리는 데 필요한 법적 자유를 얻을 수 있었다.

내가 전화한 변호사들은 전부 내 뜻에 동의했다. 단 하나 문제는 그해에 선거가 있어서 그들이 다 지방검사 선거에 출마한다는 점이었다. 새 사건을 맡지 않는다는 뜻이었다. 그들은 모두 다른 사람의 전화번호를 알려 주면서 행운을 빌었다. 난 전화를 계속 걸었다. 단 한 번의 승낙이 필요했다.

마침내 페니그 변호사가 승낙했다.

미성년자로 자립하다

그를 만나기 전까지 난 아는 변호사가 없었다. 그가 처음 통화할 때 꽤 관심을 보이는 것 같았다. 게다가 지방검사 선거에 출마하지 않는다고 했다.

어느 봄날 방과 후, 카스 선생님 부부가 날 페니그 변호사의 사무실로 데려다주었다. 사무실은 편리하게도 지방법원 근처에 있었다. 페니그 변호사는 우리 모두와 면담하자고, 다만 한 명씩 따로 하자고 했다. 사무실은 딱 내가 상상한 모습이었다. 무슨 일을 저질러서 그곳에 갔든 후회하게 만드는 번쩍이는 마호가니 가구와 버건디색이 충만했다. 역시나 위압감을 주는 책상에서 그가 일어나기 전까지, 난 그의 키가 그렇게 큰지 몰랐다. 책상은 그의 직업에 걸맞은 등급의 목재로 만들어진 게 분명했다. 그는 기품 있는 중년 남성으로, 바리톤 목소리에 어조가 딱 부러졌다. 법정 드라마에서 자주 듣던 목소리였다.

페니그 변호사가 미성년자 자립은 서류 절차가 전부라 해도 과언이 아니라고 알려 주었다. 열여섯 살이 되었을 때 법원에 청원서를 내면 된다고 했다. 그리고 내가 미성년자 자립을 하려는 이유와 자립 신청이 수락될 경우 생활 계획을 대략적으로 설명한 선언서를 판사 앞에서 읽게 된다고 했다. 나는 그가 카스 선생님과 남편 분에게도 똑같이 말했을 거라고 짐작했다.

그 뒤 몇 주 동안 나는 점수는 매겨지지 않아도 학생으로서 내 인생에서 가장 중요한 글을 썼다. 열여섯 번째 생일에 그 글과 청원서를 들고 법원에 갔다. 그리고 서류를 내고 얼마 있다 페니그 변호사의 사무실에 불려 갔다. 그는 내가 절차를 이해하지 못했다고, 법을 존중하지 않았다고 나무랐다. 그가 선언서를 나 대신 써 준 어른이 있다고 의심한 것이다. 내게는 선언서를 써 줄 어른은커녕 맞춤법 검사 도구도 없었다. 단어 하나하나 내 힘으로 썼다. 그러나 페니그 변호사는 고개를 저으며 선언서를 책상 위 서류 더미 위로 툭 던졌다. "열여섯 살짜리가 글을 이렇게 썼다고 믿을 판사는 없어요." 그가 말했다. 학교에서 내 작문을 받아다 본보기로 내놓자, 그제야 그는 내가 썼다고 인정했다.

그로부터 몇 주 만에 부모님에게 서류가 전달되고 법정 출석일이 잡혔다. 2007년 6월 19일이었다. 이 날은 정확히 기말고사 중간이었다. 솔직히 날짜가 그렇게 빨리 잡힐 줄 몰랐다. 한여름 즈음이면 좋겠다고 생각했다. 학기가 끝난 뒤로 잡히길 바랐다. 아무도 몰랐으면 했기 때문이다. 물론 친한 친구들은 이미 알고 내 편을 들어 주었지만, 온 동네에 다 알릴 필요는 없었다.

유감스럽게도, 주민들 사이가 끈끈한 동네에는 비밀이 없다. 법정 출석일이 되기도 전에 나는 좁은 동네에서 소문의 주인공이 돼 있었다. 내가 반장으로 활동하고 내셔널 아너 소사이어티의 일원으로 뽑힐 만큼 모범생이고 반에서 5등을 했어도, 동네 어른들은 자식이 나와 어울리는 걸 바로 꺼리기 시작했다. 내가 '부모와 연을 끊는다'는 것 때문이었다. 날 두고 어찌해야 할지 몰랐던 학교 직원들은 날 비행 청소년처럼 대하기 시작했다. 나는 방과 후 학교에 남는 벌조차 받은 적이 없는데 말이다.

다행스럽게도, 선생님들은 대부분 무척 잘 도와주었다. 법원에 가는 날, 오전에 학교에서 출발할 수 있도록 몇 과목은 시험을 일찍 치를 수 있게 해 주기도 했다. 그런데 수학 기말고사는 통과하지 못했다. 학창 시절을 통틀어 유일하게 통과하지 못한 시험이다.

법원 규정에 따라, 나는 학교 관계자와 함께 법원에 출석해야 했다. 우리가 킴이라고 성만 부르던 상담 선생님이 동행해 주었고, 나중에 이분 덕에 제인 선생님을 만났다.

내 공판은 원래 이른 오후에 열릴 예정이었는데, 법원에 도착했을 때 아주 골치 아픈 이혼 공판이 길어지고 있다는 말을 들었다. 그것 때문에 내 공판이 몇 시간 미뤄질 수 있다고 했다. 아무래도 괜찮았다. 혼자 준비할 시간이 있기를 바랐기 때문이다. 내가 정확히 뭘 준비해야 하는지는 몰랐지만.

내가 들은 절차는 이랬다. 부모님이 여기로 오고, 큰소리가 나는 언쟁이 몇 시간 이어진다고 했다. 꽤 일상적인 일이었다. 단, 이번에는 관객이 있다. 페니그 변호사는 법원 앞 거리가 내다보이는 길고 좁은 창문이 난 작은 방에 날 앉혔다. 나는 계단을 올라오는 부모님이 창문의 블라인드 사이로 보이길 기다렸다. 킴 선생님이 내게 물을 가져다주었다. 난 내가 쓴 선언서가 든 서류를 뒤적거렸다. 페니그 변호사에게 내가 알아야 할 사항이 있는지 물었다. 그가 시계를 보면서 말했다. "판사가 하는 질문에 대답하고 선언서를 읽고, 안 울면 돼요."

마침내 내 차례가 됐고, 부모님이 아직 도착하지 않았다는 사실에 공포와 침묵의 순간이 찾아왔다. 안도와 실망이 섞인 이상한 기분이 들었다. 나중에 생각해 보니, 내가 어느 정도는 부모님과 대면하고 싶었던 것 같다. 그렇게 해서 일단락을 짓고 싶었던 것이다. 나는 인생을 걸고 아주 결정적인 결단을 내리는 중이었고, 그 결정이 어떤 절차를 통해 내 인생에서 부모를 떼어 내도 그들은 내 부모다. 나는 그들이 여전히 내게 관심 갖기를 바랐다.

흘깃 보니, 부모님 차가 법원 앞에 섰다. 아버지는 시동을 끄지 않고 주차 모드에 둔 차에서 내리더니 입구 계단 쪽으로 걸어오다가 이내 돌아서고는 차를 급히 몰고 가 버렸다.

어안이 벙벙했다. 문가에 있던 페니그 변호사를 쳐다보았는데, 거기 없었다. 몇 분 뒤에 돌아온 그가 종이 한 장을 마치 냅킨처럼 내 앞 탁자에 툭 던졌다. "부모님이 이의를 제기하지 않을 거예요." 그가 불쑥 말했다. "이제 가서 선언서를 읽고 안 울면 됩니다. 저절로 성년 자격을 얻을 거예요."

난 진정하면서 고개를 끄덕였다. 페니그 변호사의 말이 옳았다. 내가 스스로를 돌볼 수 있을 만큼 성숙했다고 판사에게 호소하려면 침착해야 했다. 삶은 분명 예기치 못한 우여곡절로 가득할 터였다. 내가 그런 삶을 감당하고, 방향을 바꾸고, 계속 헤쳐 나갈 수 있을 만큼 단단하다는 사실을 몸소 보여야 했다. 카스 선생님이나 변호사처럼, 나는 날 위해 가장 합리적인 선택을 하는 중이라고 믿었다.

어쩌면 그보다 더 나은 선택은 없을 것이다. 어떤 선택도 쉽지 않겠지만, 내가 그대로 머물겠다고 선택할 경우 발생할 부정적 결과는 증거가 충분하다.

나는 몸에 안 맞는 구제 재킷과 구김이 가시지 않은 펜슬 스커트를 입은 채 대기실을 나서 법정으로 향했다. 미성년자가 자립 선언을 한 결과에 대해 내가 가진 자료가 많지 않다는 걸 알고 있었다. 알려진 것보다 알려지지 않은 변수가 많았다. 언제든 그 문제를 풀게 되면 답이 긍정적이기를 바랄 수밖에 없었다.

어떻게 전개될지는 몰라도 내 미래가 20분도 안 돼 결정되었다. 자유를 기다린 시간이 피자를 기다린 시간보다 짧았다. 그때까지 내 인생에서 가장 차분하고 합리적이며 일사천리로 진행된 사건이다. 페니그 변호사가 가르쳐 준 대로, 법정에 들어가 낡디낡은 성경 앞에서 선서한 다음 별 감정 없이 선언서를 읽었다.

그 선언서를 읽기 전 몇 주 동안 그 내용을 거의 그대로 수없이 다시 썼기 때문인지 내가 쓴 글 같지가 않았다. 낭독을 마치자 판사가 내 글을 칭찬해 주었다. 곧바로 속이 후련해졌다. 웅변대회에 선 것 같지는 않았다. 내가 소심하게 판사에게 고맙다고 했다. 판사는 내게 계획을 물었고, 나는 카스 선생님 가족과 지내면서 학교에 다니고 (주말, 휴일, 여름방학 때는 정규직으로 일하는) 시간제 아르바이트를 계속 할 거라고 신중하고 공손하게 설명했다. 무엇보다도 이제 수급 자격을 갖춘 메디케이드 보험을 이용해 심리 치료를 받고 대학에 가기 전까지 최대한 정서를 안정시킬 계획이었다. 이미 대학 수준의 수업을 들으면서 대입을 준비하고 있다는 말도 덧붙였다. 장학금 신청서가 한 무더기 쌓여 있었다. 판사가 만족스럽다는 듯 고개를 끄덕이더니 행운을 빌어 주었다.

밖으로 나왔을 때 페니그 변호사가 악수를 하며 축하해 주었다. 축하받기에는 이상한 일이었지만. 그는 내게 성공하길 빈다고 말하고는 자기 사무실로 성큼성큼 걸어갔다. 내 공판은 〈주디 판사Judge Judy〉 1회분보다 짧았다.

"아이스크림 먹을래?" 우리가 차에서 어색하게 침묵하며 앉아 있을 때 킴 선생님이 물었다. 내가 틀림없이 엄청나게 비참한 표정으로 선생님을 쳐다보았다. 선생님이 미안하다는 눈빛을 보이고는 시동을 켰기 때문이다. 주차장을 빠져나온 차가 동네로 향하자 나는 차창을 내려 신선한 공기를 게걸스럽게 들이마셨다. 앞으로 몇 년 동안 그렇게 맘 놓고 편하게 숨 쉴 일이 없으리라는 걸 알고 있었다. 몇 분 동안 조용히 있다가 킴 선생님이 내게 어디로 가고 싶은지 물었다.

나는 목이 멘 채 답했다. 그게 어떤 뜻이 됐는지도 모르고 말이다.

"집으로요."

몇 년이 흘러 아픈 몸으로 두려움에 사로잡힌 채 메인으로 돌아왔을 때, 당장 할 수 있는 일은 제인 선생님에게 전화 거는 것이었다. 내가 선생님의 상담실에 들어섰을 때, 선생님은 왠지 실망한 듯하고 좀 슬퍼 보였다.

선생님을 다시 찾은 나는 핼쑥하고 비쩍 마른 몸과 맥 풀린 목소리에 눈물을 머금고 있었다. 선생님을 처음 만난 3년 전 모습 그대로였다. 난 그저 치료를 다시 하자고 간단히 말하고 싶었지만, 사실 우리는 처음부터 모든 걸 다시 시작해야 했다. 난 선생님의 실망스러운 표정이 날 향한 게 아닐지도 모른다고 생각했다. 내가 상담실에 들어섰을 때, 선생님은 충격을 감추지 못했다. 살이 너무 많이 빠져서 청바지 허리춤 위로 엉덩이뼈가 앙상한 면도날처럼 튀어나와 있었다. 선생님 얼굴이 잠깐 일그러지는 걸 봤다. 느꼈다.

난 순전히 지쳐서, 치료 시간 내내 소파에 웅크리고 누운 채로 있었다. 50분 동안 똑바로 앉아 있을 수가 없었다. 선생님은 여느 때처럼, 내가 늘 허브티가 담겨 있다고 짐작한 보온병을 들고 창가 의자에 앉아 내가 우는 동안 조용히 귀를 기울였다. 그해 겨울 몇 달 동안 선생님을 꽤 자주, 1주일에 한두 번씩 만났다. 가끔은 몇 주 만에 대화를 나누는 유일한 사람이 선생님이었다.

4

스스로
서다

낫고 싶다면
우선 몸이 아프도록 내버려 둬야 한다.

—루미

상처 입은 새끼 원숭이

1950년대 행동주의 심리학자인 해리 할로(Harry Harlow)는 주요 양육자인 어머니와 아기의 유대감을 깊이 이해하려고 했다. 그런데 신생아를 대상으로 한 실험은 못 했다. 연구에 필요한 만큼 신생아와 어머니를 분리할 경우 신생아가 죽는다는 사실을 알았기 때문이다. 그래서 그는 붉은털원숭이를 연구 대상으로 삼았다.

할로는 신생아가 모성의 품에 안기지 못하면 어떤 상황이 벌어지는지 알아보기 위해 원숭이를 대상으로 물리적 환경을 설정했다. 아마 아이가 보육원 같은 시설에 위탁돼 방치된 경우가 이에 해당할 것이다. 부모가 꼭 필요할 때를 빼고는 아이를 안아 주지 못하거나 일부러 안아 주지 않는 경우도 해당할 수 있다. 할로는 철사로 장치를 만들었는데, 그중 일부에는 헝겊을 달아서 어미 원숭이처럼 따뜻함이 느껴지게 했다. 나머지 장치에는 차갑고 딱딱한 철사 외에 아무것도 달지 않았다. 두 장치 모두 보기에 흉측했는데, 철사만으로 만든 장치가 특히 그랬다.

한편 할로는 철사에 매단 병을 통해 원숭이들에게 먹이를 주었다. 태어난 지 하루도 되기 전에 어미에게서 떨어진 불쌍한 새끼 원숭이들이 철사 어미에게 의지해 생명을 이어 나갔다고 생각해 보

라. 따뜻하고 '안락한' 철사 어미 주위에 안쓰럽게 웅크리고 앉은 원숭이들은 미쳐 날뛰지 않으려고 애썼다. 그러나 안타깝게도 새끼 원숭이들이 거의 다 미쳐 날뛰었다. 먹이를 주었으니 굶어 죽을 위험은 없었지만, 새끼 원숭이들은 다른 면에서 굶주렸다. 극심한 불안과 우울의 소용돌이에 빠진 나머지, 할로가 만든 몹쓸 실험 장치 밖에서는 아예 살 수가 없었다. 새끼 원숭이들은 격리와 그에 따른 지옥 같은 성장 환경에서 더할 수 없을 만큼 상처를 입었다.

할로는 이렇게 썼다. "원숭이들이 기이한 행태를 보였다. 자기 몸을 꽉 움켜쥐고 몸을 쉴 새 없이 이리저리 흔들어 대는 행동을 지속적으로 반복하며 잘못된 대상을 향해 지나친 공격성을 보였다."

이런 부적응 속에서도 새끼 원숭이들 중 많은 수가 성체로 성장했다는 사실이 놀랍다. 다 자란 원숭이들은 짝짓기를 했으나 대개 상당한 어려움을 겪었다. 많은 원숭이가 교미 방법을 몰랐고, 한 암컷 원숭이는 '심장만 올바른 위치에 있는 자세'로 교미했다고 할로가 전했다.

초기의 혼란이 있었지만 암컷 원숭이들은 결국 새끼를 뱄다. 안전하지만 소독내 나는 메마른 환경에서 살아남은 이들이 낳은 새끼들은 그리 행복하지 못했다. 할로는 이렇게 전했다. "어미 없는 어미가 제구실을 해내는 것은 역부족이었다."

할로가 격리해 키운 원숭이들은 어미가 되자 '자기 새끼에게 무관심하거나 학대하는 경향'을 보였다. 할로는 이렇게 썼다. "무관심한 어미들이 새끼를 보살피거나 달래거나 보호하지는 않았지만 고의로 해를 끼치지는 않았다." 그러나 몇몇 어미는 더 강한 공격성을 보였다. 할로는 이 원숭이들이 새끼를 학대한다고 설명했다. 새끼를 '물어뜯어 죽이기까지' 했다고 한다.

할로가 한 실험의 윤리에 관한 논란이 끊이지 않았다. 이 가엾은 새끼 원숭이들을 보고 사람들이 불편한 심기를 느낀 이유는 쉽게 알 수 있다. 새끼 영장류는 인간과 겉모습이 아주 비슷해서, 그 큰 눈을 보고 있으면 동일시하고 공감하게 된다. 우리가 인간 아기를 볼 때와 다르지 않은 감정을 새끼 영장류에게도 느끼기 때문에, 할로의 실험 자체가 비인간적으로 다가온다.

나는 세라로렌스대학 1학년 때 심리학 수업에서 할로의 연구를 본격적으로 접했다. 감미로운 목소리를 비롯해 매력이 넘치는 스코틀랜드인 엘리자베스 존스턴(Elizabeth Johnston) 교수가 이 비인간적인 연구를 소개했다. 학기 중 독서 과제였던 『군 파크에서 꽃핀 사랑Love at Goon Park』을 읽다가 종종 눈물을 흘린 기억이 있다. 새끼 원숭이들이 불쌍하다고 혼자 되뇌곤 했다. 원숭이들은 무척 귀엽고 연약하고 불행했다. 할로는 끔찍하고 잔인한 실험을 이 원숭이들에게 했다. 물론 과학이라는 명목은 충분히 이해한다. 그러나 작고 어린 새끼들이었다. 겁에 질려 외로워하며 심한 고통을 겪을 수밖에 없었다. 신체적 고통만이 아니었을지도 모른다. 우리 밖을 보는 새끼 원숭이들의 광기 어린 눈빛에서 난 그걸 읽었다.

할로의 원숭이 실험 영상을 수업 시간에 보면서 우리는 모두 공포에 얼어붙어 이상할 만큼 침묵하고 있었다. 갑자기 툭 끊기는 흐릿한 흑백 영상 속에서, 원숭이들은 자위랍시고 자해를 하고, 철사 어미의 젖을 필사적으로 빨면서 그 옆에 놓인 따뜻한 헝겊 어미에게 작은 발가락 하나라도 걸치려고 애썼다. 새끼 원숭이들은 진짜 어미가 아닌 줄 알면서도 그 애처로운 헝겊 조각에 매달린 채 그 크고 검은 눈으로 날 빤히 바라보았다. 너무 분해서 난 울음을 터트리고 말았다.

몇 분 뒤 아무 생각 없이 강의실을 나와 모퉁이에 있는 화장실로 갔다. 화장실 문을 잠그고 바닥에 주저앉아 소리를 내지 않으려고 손을 꽉 깨물었다. 눈을 멍하니 뜬 채로, 거세게 북받치는 울음을 애써 삼켰다. 무시무시한 사실을 알아본 탓에 마음이 굳게 닫혀 있었다. 처음에는 할로의 고통받는 원숭이들 때문에 울었다. 하지만 그 순간, 내가 느낀 괴로움이 나 자신에게서 나왔다는 걸 깨달았다.

월터 할아버지의 가르침

고등학교 3학년이 되기 전 여름은 이상했다. 해방된 기분 속에 돈을 가능한 한 많이 벌어서 어느 대학이든 합격만 하면 들어가려고 아르바이트를 했다. 내가 한 일들은 잡다한 임시직이었다는 점과 정말 흔치 않은 일이었다는 점에서 특이했다. 처음에는 도시에서 흔히 있는 빅토리아풍 여관에서 지내며 일했고, 그다음에는 여름 특별 연극에 출연했다.

처음에는 일이 순조로웠는데 한여름에 여관 주인의 아들이 병에 걸렸다. 여관 주인은 아들을 보러 가야 한다면서 몇 주 동안 여관을 나 혼자 관리하게 두고 떠났다. 처음에는 내가 망설였다. 어쨌든 고등학생이었으니 말이다. 그러나 여관 주인은 날 철석같이 믿었거나 아들을 보려는 마음이 간절했던지 떠나 버렸다.

그때 난 연극 예행연습에 빠지지 않으려고 애쓰는 중이었다. 야외 공연이 예정돼 있어서 준비가 까다로웠다. 난 그저 재밌게 돈을 벌 생각이었지만, 주인공을 맡고 보니 여름 내내 연습을 하고 여관에 와서 침대 정리하기를 쉼 없이 반복해야 했다. 객실에서 세탁실로 이어지는 뒤쪽 계단을 터덜터덜 오르내리면서 음계를 연습했다.

여관 주인이 떠나고 혼자 남은 나는 두 가지 역에 미친 듯이 몰입했다. 낮에 여관 손님들에게는 미들버리대학에서 언어학을 전공하는 스물세 살 애비로, 밤에 연극이 시작되면 다정하고 순진한 처녀로 말이다. 두 역을 그럭저럭 잘 소화했지만, 몸과 마음이 지치는 대가가 없지는 않았다.

한편 난 침대보를 깨끗이 하느라 애먹기 시작했다. 생리가 늘 심했다. 지난 몇 년간 어디서 자든 이부자리를 생리혈로 더럽힐까 봐 노심초사했는데, 인정사정없는 생리통까지 생겼다. 난 스트레스 탓이라고 생각했다. 어쨌든 여관 주인이 돌아오자마자 난 얼룩진 침대보를 들고 꼴사납게 허둥대며 에스트로겐이 넘치는 종지기 콰지모도처럼 한여름의 열기 속으로 도망쳤다.

여관 일자리는 카스 선생님 가족과 1년 넘게 살았을 때 구했다. 선생님은 내가 졸업 때까지 거기서 살 거라고 생각했다. 하지만 선생님의 딸이 하룻밤 사이에 훌쩍 큰 여느 사춘기 소녀처럼 밀고 당기기를 하면서 선생님의 관심이 필요해지기 시작했다. 난 신성한 공간에 불법 침입한 기분이 들었다. 여관 일과 그해 여름이 끝날 무렵 나는 월터라는 노신사 덕에 갖게 된 내 차(내가 해리슨이라는 애칭을 붙인 포드 자동차)에서 몇 주를 지냈다.

월터 할아버지는 내가 태어난 날부터 내 삶에 있었지만, 내가 여기저기 옮겨 다니며 사는 10대가 되기 전까지는 그 존재를 잘 알지 못했다. 내가 태어나기 전부터 오랫동안 할머니와 알고 지낸 월터 할아버지를 키가 크고 진중하며 안경을 쓴 얼굴에 풍채가 당당한 인물로 기억하는 지인이 많다. 월터 할아버지는 그 세대 남자들 대부분과 똑같은 방식으로 성년을 맞이했다. 2차세계대전 때문에 겨우 10대 나이에 독일에 있었다. 그리고 역시나 그 세대 남자들 대부분과 마찬가지로 그 일에 대해서는 말을 아꼈다.

전쟁터에서 돌아온 월터 할아버지는 아수라장이 된 전쟁터의 죽음을 마을 시체 안치소에서 세심히 관리되는 죽음으로 바꿨다. 시신 처리자가 된 것이다. 전쟁터에서 훼손된 시신을 수습해 짜 맞추는 일을 몇 년씩 하고는, 시신 처리자가 되기로 했다고 한다.

월터 할아버지가 아이를 좋아하지 않아서 자식이 없다는 이야기를 어렸을 때 분명히 들었다. 믿기지 않는 이야기는 아니었다. 할머니와 살 때 밖에서 놀다 집으로 들어가서 월터 할아버지가 식탁에 앉아 있는 걸 봐도 무섭지는 않았다. 다만 할아버지를 좀 경계하긴 했다. 지금도 속을 드러내지 않는 할아버지의 과묵함이 신비롭게 느껴진다. 말수가 많지 않은데, 늘 조용한 존재감이 있었다. 월터 할아버지와 할머니가 같이 산 적은 없다. 할아버지가 내킬 때마다 할머니 집에 오고 늘 주변에 머물면서 잔디를 깎거나 눈보라 뒤에 삽으로 눈을 치워 주었다. 당연히 할아버지가 자주 오갔는데, 날 위한 것이었는지 여부는 몰랐다.

해리슨을 내게 사 주며 월터 할아버지가 두 가지 조건을 걸었다. 하나는, 내가 혼자 힘으로 보험료를 낼 수 있을 때까지 할아버지 명의로 한다는 것이었다. 그때는 할아버지가 차를 내게 판다고 했다. 다른 하나는, 할아버지가 운전을 가르쳐 준다는 것이었다. 전직 경찰관에게 운전을 배운다니 다소 겁이 났지만, 공짜를 거절할 생각은 없었다. 그렇게 해리슨과 월터 할아버지가 내 삶에 찾아왔다. 그동안 몰랐던 진짜 월터 할아버지가.

방과 후면 월터 할아버지가 날 데리러 와 자동차의 조수석으로 옮겨 탔다. 차를 타고 시내 여기저기를 누비면서 날 엄격하게 가르쳤지만, 내가 실수를 해도 목소리를 높이거나 어떤 식으로든 날 비하한 적은 한 번도 없다. 속도를 그만 높이는 게 좋겠다고 돌려 말하고, 무슨 일이 있어도 차의 지붕창은 열지 말라고 누누이 말했다. 내가 이유를 묻자, 경찰로 일할 때 컨버터블 차 사고가 나 그 안에 가득 타고 있던 청소년들의 머리를 찾느라 고속도로 근처에서 몇 시간을 헤맸다고 말해 주었다.

할아버지는 조수석에서 날 흘낏 보며 말하고는 천천히 고개를 들어 지붕창을 바라보았다.

"그래서 이걸 여는 게 싫어. 아니, 시체 머리가 굴러다니는 걸 싫어하지."

나는 한쪽 눈은 계속 도로에 고정하려고 애쓰면서 할아버지를 쳐다보았다. 할아버지는 특유의 알 수 없는 표정으로 소리 없이 활짝 웃으면서도 손짓으로 나를 운전에 집중시켰다. 으스스한 유머 감각이 통한 덕분에 괴로운 운전 강습은 순탄하게 지나갔고, 난 운전 면허증과 안전한 차에다 반백의 할아버지 같은 존재도 얻게 되었다. 해리슨이 시동이 걸리지 않거나 시골길에서 과열될 때면 난 할아버지에게 전화했다. 그럼 할아버지가 유유자적 찾아와 차를 고친 뒤 컵 홀더에 20달러 청구서를 넣고는 나를 보냈다.

월터 할아버지와 나는 (내가 이 분야를 전공했다면 할아버지가 좋아했을) 장례학에 대해서는 많은 이야기를 나누었지만, 각자 삶에 대해서는 거의 말하지 않았다. 그러던 어느 날 내가 할아버지에게 왜 차를 사 주었는지 물었다. 고맙지 않아서가 아니라 놀랐기 때문이다.

"내가 아니면 누가 사 주겠니?" 할아버지가 짧게 답했다. 툭 던진 말이지만 노래하는 듯한 할아버지 목소리 때문에 다정하게 느껴졌다. "넌 착한 아이다." 할아버지가 덧붙였다.

월터 할아버지는 내가 태어났을 때 이미 나이가 지긋했다. 그래서 내가 성인이 되고 아팠을 때는 할아버지도 전보다 쇠약해져 있었다. 할아버지의 인내심 어린 가르침 덕에 혼자 타이어를 갈거나 자동차의 각종 용액을 확인할 줄 알면서도 난 늘 할아버지한테 전화하면 받아 주실 거라는 든든한 느낌이 있었다. 해마다 생일이면, (거의 어김없이 주소가 바뀐) 내게 마법처럼 월터 할아버지의 카드가 왔다. 그 카드는 내가 몇 년 만에 처음 받는 것이었고, 한동안은 유일하게 받는 것이었다.

스물다섯 살 생일에 할아버지의 카드가 오지 않았다. 그 몇 달 전에 몇 년 만에 찾아간 할아버지의 건강이 좋지 않았다. 물론 나도 그랬지만, 할아버지가 눈치채지 않기를 바랐다. 할아버지의 낡은 농장 주택에서 몇 시간을 함께 보냈는데, 할아버지는 우리가 알고 지낸 25년 동안 한 이야기보다 더 많은 이야기를 그때 했다. 암으로 너무 일찍 세상을 떠난, 늘 사랑하던 아내의 사진을 보여 주었다. 시신 처리를 하던 젊은 시절에 주름 하나 없이 빳빳한 검은색 제복 차림으로 찍은 사진과 군인 훈장도 보여 주었다.

월터 할아버지는 당신이 어린 내 삶의 일부가 된 일의 의미가 컸다고 말해 주었다. 난 감동받으면서도 의아했다. 할아버지가 아이를 좋아하지 않아서 자식을 원하지 않았고, 할아버지가 날 참은 건 예외적인 일이었다는 말을 누누이 들었기 때문이다. 할아버지는 그 말은 사실이 아니라고 해명하면서 눈가가 촉촉해졌다. 할아버지는 전쟁 때 불임이 되어 자식이 없었다.

이듬해 겨울에 할아버지가 세상을 떠났을 때 난 꽤 큰 슬픔에 잠 겼다. 할아버지와 내가 매일 이야기를 나누는 사이는 아니었고, 농 장에서 보낸 그날 오후에 할아버지가 들려준 이야기 말고는 할아버 지에 대해 아는 게 여전히 별로 없었다. 난 평생 할아버지를 고마운 분으로 생각했고, 할아버지의 가르침 덕에 내 운전 기록은 아주 깨 끗했다. 할아버지한테 생일 카드가 오지 않았을 때, 난 할아버지가 어쩌면 곧 세상을 떠나리라고 예감했다. 그동안 아주 과학적인 의 미에서 죽음에 대해 할아버지와 나눈 대화를 통해, 할아버지가 죽 음을 두려워하지 않는다는 사실도 알고 있었다. 할아버지는 나도 죽음을 두려워하지 않기를 바랐다. 그 바람이 이루어졌다는 걸 할 아버지가 세상을 떠난 뒤에 깨달았다. 난 내 죽음이 아니라 할아버 지의 죽음을 두려워했다. 할아버지가 정말로 가 버렸으니, 내가 농 장 주택으로 전화해도 할아버지와 통화할 수는 없을 터였다. 할아 버지가 내게 베푼 것 가운데 도움이나 돈이나 친절보다 더 귀중한 것은, 나 자신을 돌보는 방법에 대한 가르침이다.

난 할아버지에게서 오래된 시신 방부 처리 세트를 물려받았다. 할아버지가 시체 안치소 책임자로서, 산 사람이 '아주 먼 옛날 전염

병'에 노출되지 않도록 시신을 올바로 처리하는 방법을 직원들에게 지시한 내용이 타자기로 찍힌 서류도 있었다. 할아버지는 사실에 주의를 기울이고 집중한다면 그런 불상사를 막을 기술과 노하우, 할아버지 말로는 '다행스럽게도 진실한 과학'이 있으니 두려워할 필요가 없다고 직원들에게 조언한다.

(할아버지 이름이 금박으로 돋을새김되고) 다소 큰 시신 방부 처리 세트 상자를 앞자리에 싣고 집으로 운전해 오는 동안, 내 차는 엉뚱하게도 '조수석 동승자'가 안전띠를 매지 않았다고 쉴 새 없이 삐 하고 경고음을 울려 댔다. 나는 월터 할아버지를 해리슨의 조수석에 태우고 운전하던 시절을 떠올리며 펑펑 울었다.

해리슨이 내 임시 거주지가 된 그해 여름 어느 밤, 나는 앞자리에 널브러져 열린 지붕으로 하늘을 올려다보고 있었다. 내 거주지는 우습게도 옷가지와 책, 온갖 소지품으로 가득했다. 나는 대시보드에 발을 올려놓고 가로등 불빛 아래 책을 읽으며 답을 찾으려고 했다. 마음이 편하지 않았지만 두렵지도 않았다. 앞날을 헤쳐 나가려고 〈욕망이라는 이름의 전차A Streetcar Named Desire〉의 주인공 블랑슈 드부아처럼 낯선 이들의 호의나 낯선 자아에게 의존하지는 않을 터였다. 게다가 태어나서 처음으로, 누군가의 침대보에 피 묻힐 걱정을 하지 않아도 되었다.

고등학교 3학년이 되기 전 여름에 연극이 공연되는 동안, 나는 극장에서 일하는 에스텔이라는 여자를 좋아하게 되었다. 그녀는 메인

의 미드코스트와 전혀 어울리지 않는 화려한 매력이 있었다. 실제
로도 그녀는 그곳에서 다소 겉돌았다. 흥미로운 사람들이 주로 그
러듯, 그녀가 뉴욕에 산 적이 있다는 사실도 내 호감을 샀다. 그녀가
짐작한 것 이상으로. 마지막 공연을 하던 날 밤, 에스텔이 공연 뒤
에 내 머리에서 핀을 뽑아 주고는 나한테 어디로 갈 거냐고 무심히
물었다. 몹시 지쳤지만 극도의 흥분이 가시지 않았고 아드레날린이
넘쳐 수다스럽던 나는 그리 멋지지 않은 진실을 털어놓고 말았다.
난 졸릴 때면 늘 형편없는 거짓말쟁이였다.

내 말에 에스텔은 기겁하더니 자기 집에 빈방이 있다고 불쑥 말
했다. 내가 그녀 집에서 지내도 된다는 뜻이었다.

꿈의 세라로렌스대학

가족을 절실히 원하면서도 진짜 가족이 뭔지는 모르고 이론에만 빠
삭한 사춘기 소녀가 이론상 자신에게 관심을 보이고 보살펴야 하는
주변 어른들과 건강한 관계를 맺으려고 애쓸 때 어떤 일이 벌어지
겠는가?

세라로렌스대학에서 모친 애착에 관해 나름대로 공부하던 중, 고
아가 되거나 위탁 가정에 맡겨진 아동 중 일부는 독특하고 매력으
로까지 여겨질 만한 유연성을 보인다는 내용을 책에서 읽었다. 성

인들은 보육원, 병원, 학교, 돌봄 센터에서 그런 아이들에게 호감을 느낀다. 이는 이 아이들이 생존하고 때로는 성공하는 방식이다. 이 아이들에게는 마력 같은 특성이 있다.

이런 내용을 읽고 보니, 또래보다 책을 잘 읽던 내게 학교 도서관 사서가 로알드 달(Roald Dahl)의 『마틸다Matilda』 사본을 준 기억이 떠올랐다. 그 또래 애들이 그렇듯 나도 그 이야기에 흠뻑 빠졌는데, 세월이 한참 흐르고 (오랫동안 남들과 비교하고) 나서야 어쩌면 그 사서 선생님이 내가 소설 속 책벌레에게 동질감을 느끼기를 바랐겠다는 생각이 들었다. 그래서 한 줌의 희망이라도 찾기를 말이다. 맞다. 마틸다는 행복한 결말을 맞는다. 마틸다를 가르친 허니 선생님이 마틸다를 입양한다. 물론 매우 편의적인 일이기도 하다. 허니 선생님에게는 자식이 없었고, 마틸다는 발달 면에서 새 양육자에게 강한 애착을 형성할 시간이 충분했으니 말이다.

어딘가 어색하게 과장된 태도로 나는 에스텔의 제안을 받아들였고, 고등학교 3학년 내내 그 집에서 살았다. 그 시절 그녀에 대한 내 기억은 대개 황혼 무렵 집 뒷베란다에 서서 담배 피우던 모습이다. 내 평생 에스텔처럼 담배 피우는 모습이 좋아 보인 사람은 없었다. 담배가 건강에 (그리고 주머니 사정에도) 해롭지만, 가늘고 우아한 손가락 사이에 담배를 끼고 있을 때 에스텔은 옛날 할리우드 배우 같았다. 그녀가 담배 연기를 빨아들일 때면 두드러진 광대뼈 때문에 얼굴에 음영이 졌고, 반지에 박힌 갖가지 화려한 보석이 석양의 빛줄기를 받아 반짝거렸다. 분명 그녀도 한때는 그렇게 빛났다.

"담홍빛이 예쁘지 않니?" 안마당에 드리운 석양의 아련한 빛줄기를 향해 손짓하며 감정이 격해진 그녀가 담배 연기 사이로 쉰 듯한 목소리로 나지막이 묻곤 했다.

에스텔은 매사에 격렬하게 열정을 쏟아부었고, 그 점이 내 마음을 사로잡았다. 또 무척이나 애정이 넘치고 내게 힘을 북돋워 주었다. 내게 절실했던 어머니 같은 존재가 되어 주기도 했다. 내가 탐폰을 쓸 줄 몰라 당황스럽다고 털어놓자, 그녀가 욕실 밖에 앉아서 참을성 있게 사용법을 알려 주기도 했다.

첫날부터 에스텔은 유행에 뒤처지지 않는 법을 내게 가르쳐 주려고 발 벗고 나섰다. 어린 시절을 대개 영양 결핍 상태로 지낸 나로서는 사춘기라 몸무게가 느는 게 반가웠다. 새롭게 곡선미가 생긴 몸에 옷장에서 끝도 없이 나오는 구제 옷을 여전히 걸쳐 입었다. 열 살은 더 들어 보였을 테지만 상관하지 않았다. 난 옷을 사랑했고 날 위해 입었다. 그런데 에스텔은 외모로 드러나는 자신감 면에서 내가 좀 더 노력할 수 있겠다고 말해 주었다. 특히 내 눈썹에 관해서 말이다. 족집게를 들이대고 내 눈썹을 정리할 때 에스텔의 표정과 집중하느라 한껏 치킨 눈썹이 눈에 선하다. 그런 모습을 보고 있으면 머리가 아플 지경이었다. 에스텔이 눈썹을 정리해 준 날부터, 난 부지런히 눈썹에 왁스를 발라 털을 없애고 다듬기를 계속했다. 에스텔은 눈썹을 조금만 다듬어도 인상이 달라진다는 것을 몸소 보여 주었다.

에스텔은 관심사가 늘 외모인 것 같았으니 정서적인 면에서는 내게 별 도움을 안 줬을지도 모르겠다. 그러나 어머니와 할머니는 관심이 늘 날카롭고 가혹한 데다, 솔직히 말하면 아예 비틀려 있었다. 에스텔은 정말로 도우려고 노력했고 유대감을 만들 방법을 찾으려고 했다. 아무리 포장해도 에스텔과 내가 모녀 관계는 아니었지만, 내가 누구인지 또는 내가 왜 거기 사는지 설명해야 할 때 에스텔은 내 쪽으로 예쁜 손을 흔드는 시늉을 하면서 이렇게 말했다. "그러니까 제가 엄마 비슷한 사람이에요."

엄마든 아니든 에스텔은 그동안 여성으로서 쌓은 지혜를 내게 전해 주려고 했다. 그녀 자신이 옷을 잘 입을 때 기분 좋았기 때문에 나도 그럴 거라고 생각했나 보다. 그녀가 내 머리를 매만지거나 화장법을 알려 주려고 할 때면 좀 당황스러웠지만, 지금은 내 몸으로 살아가는 법을 가르쳐 주려고 한 그녀에게 고마워한다. 그녀에게는 심미안이 있었다. 그녀가 수평선 너머로 서서히 지는 해를 물끄러미 바라보는 모습을 보고 곧바로 알아챈 사실이다. 물론 빤한 아름다움을 알아보는 사람은 많다. 그러나 에스텔은 분명치 않거나 소심하게 숨어 있는 아름다움도 알아볼 줄 알았다. 그녀는 아름다움을 어르고 달래 밖으로 나오게 하고 그 아름다움이 세상의 환영을 받으며 살 수 있는 공간을 마련해 줄 줄 알았다. 어디서든 아름다움의 가능성을 보았다. 심지어 나에게서도.

172

내게는 에스텔이 전혀 이해하지 못하거나 겉보기에도 불편해한 점이 몇 가지 있었다. 내가 감정적인 면에서 그녀에게 위압적이기도 했다는 사실은 의아하다. 그녀는 내가 본 사람들 중 가장 패기가 넘쳤기 때문이다. 청소년기에 많은 집의 신세를 지면서 산 나로서는 이 사실이 가장 힘들었다. 누군가에게 문을 열어 자기 집을 내주려면, 그 사람에 대해 알아야 한다. 집에 불을 지르거나 고급 도자기를 훔칠 사람은 아니라고 안심할 필요에서라도 말이다. 서로 별말 안 해도 한집에서 산다면 친밀하고 감정적인 부분이 있다. 열여덟 살 즈음 내 성격은 아이와 어른 사이를 오가며 밀려오고 나가는 파도처럼 변하고 있었다. 존경하는 여성들을 모방하는 데 시간을 많이 들였다. 이것저것 입어 보고, 그런 여성들이 바르는 립스틱을 발라 보며 내게 맞는 색을 찾으려고 했다. 에스텔에게 넘치도록 많은 것이 바로 감정과 립스틱이었다.

에스텔이 잠재적 아름다움만큼이나 사람들로부터 능숙하게 끌어낸 것이 바로 감정이다. 그녀가 완전히 몰입해서 관심을 보일 때 내게서는 비탄에 잠긴 독백이 절로 흘러나왔다. 아마 그녀가 내 머릿속에 심은 표현일 것이다. 토요일 오후 아르바이트가 끝나면 난 꼬박꼬박 집으로 가려 했다. 집에 가면 보통 거실에서 라디오를 들으며 책을 읽거나 숙제를 했고, 에스텔은 빨래와 요리를 하느라 바빴다. 그녀가 방마다 스피커나 라디오를 두었기 때문에 토요일 오후면 베란다나 뒤뜰에서도 그 소리가 들렸다. 몇 년 뒤, 에스텔 없이는 라디오를 들을 수 없다는 걸 알았다. 아늑하고 나른한 오후에 그녀가 물을 끓이는 주전자에서 솟아오르는 김처럼 이따금 방송에 끼어들던, 그녀의 새된 웃음소리 없이는 어딘가 불완전한 것 같았다.

어느 날 학교에서 돌아가 보니, 에스텔이 평소처럼 계단에 둔 내 우편물이 있었다. 그리 많지 않은 내 우편물은 대개 반신용 우표, 마구 지워진 주소, 이름 옆에 적힌 무수한 물음표 등 몇 차례 시련을 겪은 흔적이 있기 마련이었다. 여느 때처럼 겨울이 가고 봄이 오려던 그날은, 세라로렌스대학교의 로고가 돋을새김된 커다란 초록색 봉투가 날 기다리고 있었다. 심장이 밖으로 튀어나올 듯 쿵쾅거렸고, 계단을 오르면서 봉투를 뜯으려다 발을 헛디뎠다. 내용물이 너무 궁금한 나머지 원초적인 면이 발동해 봉투를 이로 뜯었던 것 같다. 이때 나는 브린모어, 웰스, '안전빵' 메인 등 입학을 지원한 대학에 거의 다 합격했고, 실망스럽게도 바사칼리지는 입학 대기자 명단에 있었다. 이 학교에 지원하려면 어머니가 나에 관해 쓴 글을 제출해야 했는데, 내게는 불가능한 일이었기 때문이다. 그러나 혁명과도 같던 여름 캠프에서 세라로렌스 출신 무용 선생님을 만난 뒤로 늘 그곳에 가고 싶었다.

단단히 마음먹긴 했지만, 내가 세라로렌스에 정말 입학할 수 있을지는 모를 일이었다. 나도 SAT를 두 번 치른 뒤 더 좋은 점수를 여러 대학에 냈다. 작문은 완벽한 점수를 받아서 뗄 듯이 기뻤지만 잠시뿐이었다. 수학을 망쳐서 곧바로 풀이 죽었다. 그런데 알고 보니,

세라로렌스대학은 시험 점수 제출을 요구하지도 않았다. 게다가 작문 비중이 큰 자체 심사 기준이 있었다. 난 열여섯 살 때 판사에게 자립할 수 있다고 호소하는 믿음직한 글을 써 봤으니, 입학 자격 심사 위원들을 설득할 글도 쓸 수 있겠다 싶었다. 실제로도 그랬다.

로고와 직인이 수두룩하게 찍힌 미성년자 자립 서류는 평소에 처다보지도 않다가 필요할 때만 찾는 상자에 처박혀 있었지만, 세라로렌스대학 합격 통지서는 내게 가장 소중한 징표가 되었다. 날듯이 계단을 내려가 미끄러지듯 주방으로 달려가다 에스텔과 부딪칠 뻔하고는 합격 통지서를 자랑스럽게 흔들어 보였다. 에스텔은 의심스러워하다가 진짜인 걸 알고는 기쁨을 감추지 못했다.

다음 날, 웃는 얼굴로 학교에 갔다. (진학, 입대, 취업 등 3학년 학생들의 진로가 결정될 때마다) 교장 선생님이 소식을 알리는 교내 방송을 기다릴 수 없었다. 다른 학생들이 등교하지 않은 터라, 좋아하는 영어 선생님의 교실로 느긋하게 들어갔다. 선생님은 책상에서 채점하는 중이었다. 나는 선생님이 기뻐하길 바라면서 합격 통지서를 선생님 책상에 툭 내려놓았다. 선생님이 충격받은 듯, 코에 걸린 안경을 내렸다.

"합격?" 선생님이 믿기지 않는다는 듯 물었다. 그러고는 날 바라보던 시선을 합격 통지서로 떨구고 자세히 살펴보았다. "이런, 세상에!" 선생님의 놀라움이 단번에 전해졌다. 선생님이 날 다시 올려다보았다. 입가에 미소가 번지고 안경 너머 눈이 반짝였다. "해냈구나.

합격했어. 정말 합격했구나."

난 선생님의 반응에 조금 놀라면서 눈을 깜박였다. 그리고 선생님도 속내는 나에 대한 믿음을 주저한 다른 어른들과 다르지 않다는 걸 느꼈다. 선생님은 미지의 세상을 향해 알려진 세상을 떠나 사투를 벌인 끝에 변화를 꾀하는, 조지프 캠벨(Joseph Campbell)이 제시한 전형적 영웅의 여정을 우리에게 가르쳐 주었다. 그건 인류사에서 아주 흔한 이야기고, 바로 선생님이 그걸 가르쳤다. 그런데 내게 명백하게 보인 일을 선생님이 어떻게 못 봤을까? 입학 통지서는 내게 불멸의 묘약이었다. 선생님이든 다른 사람이든 내가 지금껏 살면서 쓴 보잘것없지만 기구한 대하소설을 안다면, 결말에 찾아온 승리를 부정할 수 없을 것이다. 증거가 손에 있으니.

5

도움이
절실한
순간

몸은 거짓말을 하지 않는다.

—마사 그레이엄, 『고뇌의 기억』

도라, 억압된 욕망의 대명사

심리학과 의학 분야뿐만 아니라 문화적인 면에서도 여성의 질환에 관한 이야기에는 히스테리 진단이 빠지지 않는다. 히스테리라는 이름이 생기기도 전에 그 개념은 여성을 인식하는 방식에서 중요한 부분이 되었다. 즉 여성은 감정적 측면에서 악령이나 보이지 않는 악마의 손길에 사로잡히기가 병적일 정도로 쉽고 (마녀 같은 사악한 본성에 따라 의도적으로 또는 남성에 비해 심한 나약함이나 우둔함 탓에 뜻하지 않게) 죄를 저지를 가능성이 크다고 인식되었다.

지금으로부터 그리 오래지 않은 시기에 심리학에서는 여성에게 결코 호의적이지 않은 프로이트가 도라라는 이름이 붙은 여성에 관한 연구 결과를 발표했고, 이것이 히스테리에 관한 이 시대의 이해에 가장 영향력 있는 사례 연구가 되었다. 도라는 1890년대 중반에 성년이 되었다. 당시 여성들은 주변 남성들에게 억압받았을 뿐만 아니라 코르셋에 크게 의존한 유행 탓에 물리적으로도 속박돼 있었다. 여성이 허락이나 승낙을 받아야 할 때면 아버지, 삼촌, 오빠, 최종적으로는 남편이 큰 권한을 행사했다. 신경의 기능 이상 같은 증상을 보이기 시작한 여성들에 대해서도 대부분 남성인 정신과 의사가 큰 권한을 행사했다.

히스테리를 이해하려고 한 남성들은 이것을 엄연하게 여성 질환으로 여겼고, 이들 사이에서 프로이트의 이론이 가장 우세했다. 그 이론은 지금까지도 대중적으로 알려져 있다. 정말 작은 표본이랄 수 있는 사례 연구 18건이, 프로이트가 히스테리의 주요 원인이 유년기에 발생한 성적 트라우마라고 믿는 데 기반이 되었다. 그러나 여성이 이 기억을 억압해 무의식 속에서 곪아 터진 경우에만 히스테리 진단이 내려졌다. 여성이 처음 보이는 주요한 히스테리 '증례'는 대개 사춘기나 그 이후의 성적 경험에 따라 '촉발'된다고 여겨졌고, 증상의 심각도는 여성이 성적으로 학대당한 빈도와 직접 연관된다는 믿음이 있었다. 프로이트는 나중에 이론을 수정하며 유년기의 실제 성적 경험이 히스테리의 전제 조건은 아니라고 덧붙였다. 다시 말해, 여성이 성적 경험을 했다고 상상하거나 그런 기억만 있어도 히스테리가 충분히 발생한다고 했다. 따라서 히스테리 치료를 위한 그의 이론은, 정신분석 원리를 이용해 실제 사건이든 '상상'이든 여성이 스스로 억압하고 있던 외상의 기억을 떠올려 인정하도록 도우면 여성의 신체적 증상이 해결된다는 것이다.

도라는 갖가지 괴로운 증상을 호소했는데, 여느 환자와 마찬가지로 처음에 그 원인을 찾아야 했다. 도라는 일곱 살 때부터 호흡곤란을 겪었고, 자라면서 편두통에 시달렸다. 때로는 말하기도 힘들어하고 '만성 기침' 증상을 보였는데, 이는 히스테리 환자에게 전형적으로 나타나는 특이한 증상이었다. 그녀는 유년기를 거의 집 안에서 지내며 여자 가정교사에게 배웠고, 역시 몸이 허약한 가족을 돌보는 책임을 떠안았다.

당시 많은 학자들은 도라의 히스테리가 정서적 갈등에 대해 문화적으로 용인되는 반응으로서 생겼다고 보았을 것이다. 그래서 도라의 지속적인 기침이 자신의 불행한 상태를 드러내는 완곡하지만 점점 더 불쾌함을 일으킨 방법이라고 짐작했을 것이다. 그러나 프로이트는 성적인 면에 초점을 맞췄다. 도라가 남동생 오토와 달리 집에 갇혀 제대로 된 교육을 받지 못해 분명히 좌절했을 텐데도, 프로이트는 그녀가 겪은 우울증의 원인을 다른 좌절에서 찾았다. 그가처음 이 결론에 이른 것은, 그녀가 사촌이 맹장염에 걸린 뒤 그 병에대해 더 알아내려고 백과사전을 보았다고 말했을 때다. 보통 사람이라면 이 일화가 그녀의 호기심과 지적 능력을 보여 준다고 생각했을 것이다. 그러나 프로이트는 그녀가 백과사전에서 성행위에 관한 글을 찾아 읽고 그 기억을 억압한 게 분명하다고 생각했다.

도라가 자기 증상을 털어놓았을 때, 프로이트는 그녀를 살펴본다른 의사들이 내린 진단에 대해 전혀 묻지 않았다. 게다가 잠재적인 기질성 원인이 있는지 조사해 보지도 않았다. 그 대신, 치료 초기에 그녀의 아버지가 전한 이야기를 분석의 토대로 삼았다. 이 이야기가 도라와 그녀의 질환에 관한 믿음의 바탕이 되었다. 그것이 도라에 관한 이야기라도 그녀의 입에서 나오지는 않았다는 점이 흥미롭다. 그녀의 아버지가 한 이야기라서, 그것은 사실로 존중되었다.

그 이야기에 따르면, 도라의 가족이 알고 지내던 부부와 호수에서 시간을 보내던 중 (사례 연구에서 K씨라고 언급된) 그 남편이 도라에게 성적으로 접근했다. 도라는 당연히 겁먹고 혼란스러웠을 것이다.

K씨는 도라의 아버지와 대면했을 때 잘못을 인정하지 않았다. 도라를 좋아하던 그 부인은 도라가 '성적인 면에만 흥미를 보였다'는 뜻을 넌지시 비치면서 남편을 두둔했다. K씨 부인은 도라가 자신과 K씨의 관계를 책에서 읽은 내용으로 착각했을 것 같다고 말했다.

도라의 아버지는 딸이 진실을 말하는 것 같지 않다고 확실한 어조로 프로이트에게 말했다. 도라의 아버지는 그 부부와 우정을 깨길 거부하며 특히 K씨 부인에게 미안해했다. "불쌍한 여성입니다. 남편 때문에 무척 불행해요. 말이 나온 김에 털어놓자면, 전 그 남편을 좋게 평가하지 않아요."

사실 도라의 아버지는 K씨 부인과 좋은 관계로 남고 싶어서 K씨 편을 들었다. 도라의 어머니도 K씨 편을 들면서, 도라의 아버지가 자살하러 숲에 들어갔을 때 K씨 부인이 따라가서 그가 가족을 생각해 살도록 설득했다는 이야기를 도라에게 들려주었다. 도라는 이 이야기를 전혀 믿지 않고, 숲에서 K씨 부인과 단둘이 있다가 들킨 아버지가 밀회를 덮기 위해 그럴듯한 구원 이야기를 꾸며 냈다고 짐작했다.

도라가 애원했지만 아버지의 태도는 꿋꿋했다. 그는 프로이트에게 '딸아이가 더 나은 사고방식을 갖게 해 달라'고 부탁했다. 자신의 사고방식을 갖게 해 달라는 뜻이었다. 큰 도움은 안 됐지만, 그는 이 모든 상황이 도라가 '무기력하고, 과민하며, 자살을 생각하는' 원인일지도 모른다고 인정했다.

나중에 도라는 K씨의 추행이 처음이 아니었다고 프로이트에게 털어놓았다. 몇 년 전, 도라가 겨우 열네 살이었을 때 교회 축제 중에 갑자기 K씨가 그녀에게 입을 맞췄다는 것이다. 도라는 그 행동이 혐오스러웠다고 프로이트에게 말했다. 프로이트는 이런 도라의 말이 분명한 히스테리적 반응이라고 전했다.

프로이트는 도라의 연구에 이렇게 썼다. "성적 흥분의 원인이 여성에게서 불가항력적으로 또는 전적으로 혐오감을 일으킬 경우, 이를 신체 증상의 유무와 상관없이 히스테리로 여긴다." 그는 이 반응을 감정 역전이라고 불렀다. 그는 건강한 소녀라면 그런 행동에 성기 흥분을 느낀다고 설명했다. 남은 혐오감이 우울증과 K씨(또는 '그녀와 원만하게 대화하려고' 하는 남성 전부)를 전반적으로 피하는 태도로 변했다는 점이 그의 주장을 추가로 뒷받침하는 것으로 보인다.

또한 프로이트는 도라의 문제들이 강요에 따라 그녀가 성적으로 자각하게 된 때보다 훨씬 더 과거로 거슬러 올라간다고 생각했다. 또한 그 문제들이 그녀가 취학 연령 직전 무렵, 즉 많은 아이가 부모의 관심을 끌려고 꾀병 부리는 방법을 알게 되는 시기에 시작되었을 수 있다고 보았다. 프로이트는 도라가 성인 초기까지 유지한 이 방법을 이번에는 자신에 대한 부모의 관심을 빼앗은 K씨 부부를 제거하기 위해 이용했다고 추정했다. 그리고 도라가 자기 병을 이용해 아버지에 대해 눈에 띄는 적개심을 키웠다고 짐작했다.

도라의 (기분 나쁜 기침 같은) 신체 증상을 설명하는 과정에서, 프로이트는 그 증상을 그녀의 상상 속에만 존재하는 환상 음경이 일으켰다고 생각했다. 그에 따르면, 도라에게는 무의식적으로 음경을 핥는 환상이 있었기 때문에 만성적으로 목에 간지럼을 느껴 기침을 했다고 한다. 프로이트는 이 현상이 자기 여성 환자들 사이에서 일반적이며 한때는 안락, 안전, 만족과 순수하게 연관되었던 어머니(또는 유모)의 젖을 빠는 행위에서 비롯했다고 주장했다. 이 주장에 아버지와 딸의 성적 애착이라는 오이디푸스 이론이 더해져 도라에 관한 임상적 진단이 내려졌다.

도라는 만성질환을 앓는 아버지를 돌보느라 젊은 시절의 대부분을 보냈고, 그러면서 아버지의 벗 같은 존재가 되었다. 분명 그녀는 아버지에게 어머니보다도 가까운 존재였다. 어머니가 한동안 아내 노릇을 제대로 하지 않았기 때문이다. 프로이트는 도라와 아버지의 관계가 아버지의 정부로 의심되는 K씨 부인의 등장으로 산산조각 났다고 말했으며, 이 관계의 분열이 도라에게 병을 일으킨 주요 사건이라고 생각했다.

도라의 이야기에는 꽤 깔끔한 결론이 있었다. 그녀가 프로이트에게 정신분석 치료받기를 중단하고 몇 달 뒤, K씨 부부의 자식 중 한 명이 죽어 그녀가 화해할 생각으로 그들을 찾았다고 프로이트에게 전했다. 도라는 K씨 부인에게 아버지와 잠자리를 했다고 비난했고, K씨 부인은 그 점을 부인하지 않았다. 도라는 K씨에게도 자신에게 추파를 던진 사실을 인정하게 했다. 그리고 불명예를 완전히 씻었다는 생각에 이 사실을 아버지에게 전했다.

이 통쾌한 대면 뒤에 그녀의 상태가 무척 호전되었다고 전했으나 가을 중턱쯤 다른 증상들이 발작적으로 찾아왔다. 프로이트는 그녀에게 원인이 무엇인지 물었고, 그녀는 한 남자가 전차에 치이는 광경을 목격했다고 말했다. 거리에서 그녀 쪽으로 오던 그 남자가 그녀를 보자마자 차들이 바삐 다니는 길 한복판에서 갑자기 멈춰 섰다는 것이다.

그 남자는 바로 K씨였다. 도라는 분명 충격으로 겁에 질렸을 것이다. 그러나 한편으로는 안도감도 느꼈을 거라는 상상은 무리일까?

도라는 K씨 부인이나 아버지와는 말하지 않고 있으며 '학업에 집중하는 중이고 결혼 생각은 없다'고 프로이트에게 전했다. (프로이트는 도라의 사례 연구 끝부분에서 그녀가 결국 결혼했다고 만족스럽게 알렸다.)

돌아갈 수 없는 길

첫 수술 뒤 내 몸이 언제 괜찮아질지, 아니 괜찮아질 수나 있는지 불확실했다. 폴슨 박사 그리고 (불안해하는) 몇 안 되는 내 친한 친구들과 상의한 끝에, 봄 학기에는 학교로 돌아가지 않는 편이 최선이라는 결정을 내렸다. 메인에 남을 생각이었다. 그게 내가 학교로 돌아가지 못한다는, 그것도 영영 돌아가지 못한다는 의미일 줄은 꿈에도 몰랐다. 가을 학기에는 복학할 생각이었다. 그 거짓말을 오랫동안 믿었다. 사실상 졸업해야 할 해를 몇 년 지날 때까지도 믿었다. 그 꿈같은 생각을, 그게 더는 위안이 되지 않는 시점을 훌쩍 넘어서까지도 붙잡고 있었다. 슬픔이 두려웠기 때문이다.

통증이 다시 오고 처음 몇 주 동안 내 생활은 걱정, 온열 팩 찜질, 반쯤 먹다 남긴 크래커가 끊임없이 꼬리에 꼬리를 물고 이어졌다. 날 구한 것은 일기 쓰기와 제인 선생님의 상담 치료밖에 없었다. 그런데 상담을 하면서 줄곧 화가 났다. 내가 정말로 어딘가 잘못됐다는 생각이 강해지기만 했기 때문이다. 제인 선생님의 상담실은 날 진료한 의사들 대부분이 있는 지역에 있었는데, 내가 자란 곳보다 부유한 동네다. 매주 제인 선생님의 상담실을 방문하기 위해 나는 차를 몰고 잔잔한 바람이 부는 망망대해가 보이는 시골길과 산길을 굽이굽이 돌면서 가야 했다. 몸이 너무 안 좋아서 운전하는 것도 걱정스러울 만큼 끔찍한 날이면, 그 풍경을 내려다보면서 '흠, 죽기에 안 좋은 곳도 있네.' 하고 생각했다. 바다와 산 사이에 있으니 안전하게 보호받는다는 느낌이 들었다. 병원이나 제인 선생님의 상담실에 가는 일은 뜻밖에 즐거웠다. 우주가 날 보호해 주려는 것 같았다.

가족도, 아무도 그러지 않았는데 말이다.

한편 아무도 돕지 못한 현실적인 문제들이 있었다. 병원비 때문에 늘어만 가는 빚이 그중 하나였다. 2011년 2월, 뉴욕병원에서 진료를 받은 지 여섯 달도 되지 않아 수금 대행사의 전화를 받은 이래 수백 통이 빗발쳤다. 어찌해야 할지를 몰랐다. 첫 병원비는 신용카드 하나로 해결하고 일기장에 이렇게 적어 놓았다. "카드를 쓸 때마다 10만 달러의 빚더미에 앉게 될 것 같은 느낌이다." 그때 통장 잔액이 고작 600달러였는데 말이다. 찢어지게 가난하고 아무 수입이 없고 사람들에게 빚까지 진 상태라면, 600달러는 10만 달러나 다름없다. 전화는 계속 걸려 왔고 난 울면서 되는대로 갚으려 했지만, 그해 말에는 빚이 몇 천 달러 더 늘어났다. 그 뒤 5년 가까이 그렇게 빚이 계속 늘었다.

이 모든 상황을 난 여전히 이해할 수가 없었다. 자궁내막증 때문에 내가 이렇게까지 비참해져야 하나? 이건 말이 안 된다. 게다가 폴슨 박사는 자궁내막증을 우연히 발견했다는 듯 말했다. 고등학생일 때 MRI를 찍었다가 우연히 소뇌 편도가 낮다는 사실을 발견한 것처럼 말이다. 정말 아무것도 아니었다. 자궁내막증은 심각한 병일 수가 없었다. 만약 그랬다면 폴슨 박사가 그렇게 우연히 발견했다는 듯 말했을까? 만약 심각한 병이었다면, 폴슨 박사가 내게 뭐든 하라거나 다른 의사를 추천하거나 처방서를 주었을 것이다. 난 자궁내막증이 뭔지 제대로 알지도 못하면서 별문제가 아니라고 믿었

다. 폴슨 박사, 내 주치의, 내가 자궁내막증에 관해 지나가는 말처럼
한 얘기를 들은 사람들이 모두 별문제가 아닌 것처럼 행동했기 때
문이다. 이상하게도 날 안심시키는 것은 여느 때처럼 불규칙하지만
여전히 생리를 한다는 사실뿐이었다. 난 이 사실을 적어도 내가 어
머니와 같은 신경성 식욕 부진증 환자는 아니라는 신호로 받아들였
다. 그 병에 걸렸다면 생리를 안 할 거라고 짐작했다. 어머니의 병이
월경주기와는 아무 관련 없었다(내가 그 증거다)는 사실을 간편하게
무시하고 말이다.

생리할 때 여느 때처럼 안 좋은 것이 이상하게 위안이 되었다. 으
레 그렇듯 사방에 생리혈을 묻혔다. 생리통은 전보다 훨씬 더 참기
가 힘들었다. 애초에 체력이 바닥난 게 가장 큰 이유고, 빈혈도 약간
있었던 것 같다.

제인 선생님은 심리학자로서 이론이 있었다. 즉 이 모든 일이 어
떤 감정의 오수 통에서 비롯하지 않았는지 생각해 봐야 한다는 것
이었다. 처음에 난 이 이론을 인정하지 않았지만, 이성적으로 생각
해 보니 그리 무리가 아닌 것 같았다. 누구나 저마다 불면과 불안에
따라 간헐적 복통을 일으키는 '과거의 어두운 비밀'이 있다고 가정
할 수 있었다.

게다가 실제로, 한때 히스테리라고 불리던 것이 현재는 전환장애
라는 질환으로 진화했다. 이것은 생리적인 또는 알려진 기질적 원
인이 없어도 신경 관련 증상이 나타나는 질환이다. 물론 그렇다고

해서 증상이 실제가 아니라는 의미는 아니다. 환자는 꾀병을 부리거나 증상을 과장하지 않는다. 증상은 무의식적으로 나타나고, 환자는 의식적으로 증상을 제어하지 못한다. 전환장애가 과거의 히스테리와 어느 정도 공통점이 있을 수는 있지만, 증상의 발현과 진단 기준은 실제로 꽤 구체적이다. 두드러진 특징 하나는 겉보기에 환자가 자기 증상을 크게 걱정하지 않는다는 점('증상 무관심')이다. 이는 대개 신경학적 원인에서 나온 징후에 속한다. 증상은 반복적으로 홱 움직이는 동작이나 감각(시각 또는 후각)의 상실 또는 사지 마비로 나타난다. 그러나 재발하면 특정 증상이 변하거나 새로운 부위로 옮겨 가기도 한다. 전환장애는 실제로 매우 드물다. 미국 국립 희소장애기구에서는 이 질환의 발병률을 10만 명당 25건 미만으로 추정한다.

그러나 건강염려증, 꾀병, 신체화 장애 등 좀 더 자주 발생하는 히스테리의 후손이 있다. 사람들은 대개 신체화 장애를 '모두 머릿속에서 만든 것'이라고 생각하지만, 분명히 이 장애는 환자가 거짓으로 만든 것이 아니라 아주 실제적인 신체 증상을 수반한다. 그리고 이 장애는 (신체 계통에 따라 다르고 진행 양상도 제각각이며 여러 가지가 동시에 나타날 수도 있는) 신체 증상이 무엇인가보다는, 환자가 그것에 어떻게 반응하는가에 초점을 맞춘다. 전환장애 환자는 갑자기 시력을 잃어도 전혀 동요하지 않는 것처럼 보일 수 있지만, 신체화 장애 환자는 영상 촬영과 혈액검사에 수술로도 뚜렷한 원인이 밝혀지지 않을 만큼 막연한 수많은 신체 증상으로 더없이 괴로워할 수 있다. 그렇다고 해서 이 증상들이 실제가 아니라거나 고통을 일으키지 않는다는 뜻은 아니다. 일반적인 기질과 성격, 기저에 있던 우울증이나 불안장애, 심지어 환자를 바라보는 시각을 형성하는 문화적·인류학적 영향들 때문에 일부 환자들이 남들보다 몸이 아픈 경험에 훨씬 더 민감하다고 생각해 볼 수 있다. 사람들이 정상적인 신체 작용을 극단적으로 예민하게 인식해서 비정상으로 느끼기까지 한다는 연구 결과도 있다. 이런 사람들은 신체가 제 기능을 하고 있어도 계속 극도로 불안해한다.

난 증상을 설명하는 데 정신-신체 이론을 바로 거부하지는 않았다. 사실은 의사가 그런 견해를 제시하기 한참 전부터 생각하고 있었다. 내가 아프기 직전 몇 주간 쓴 이메일과 소셜 미디어 내용을 살펴보니, 내가 쉽게 스트레스라고 치부한 것을 빼고 전조라고 할 만한 경험들이 있었다.

성년 선언을 하고 제인 선생님에게 상담 치료를 받으면서부터 나는 내 정신건강에 대해서는 어떤 환상도 없었다. 사춘기 직전부터 임상적 우울증이 있었을지도 모르고, 불안은 분명 그보다 훨씬 전부터 있었다고 생각했다. 난 누구나 한 번쯤은 그러듯 감정적 스트레스에 따른 신체 증상을 겪는다고 기꺼이 인정할 준비가 돼 있었다. 난 어려서부터 인과관계를 잘 이해했다. 그걸 몸으로 깨친 기술이라고 늘 생각했다. 최대한 감각을 곤두세우고 주변 어른들의 기

분을 살펴야 했기 때문이다. 어른들이 꽤 변덕스러운 탓에 쉬운 일
은 아니었다. 어른들의 기분을 빠르고 정확하게 분석해서 행동을
예측해야 했다. 그래서 자연스럽게 나 자신에 대해서도 똑같이 객
관적으로 평가하게 되었다.

　이런 점이 심리 치료에는 도움이 되었지만, 제인 선생님에게 내
가 선생님 노릇을 하려는 것처럼 보이지 않을까 싶기도 했다. 물론
그러고 싶어도 내가 나에 대해 선입견 없이 평가할 수 없었고, 그 사
실을 내가 잘 알고 있었다. 그래서 제일 먼저 제인 선생님을 찾았고
주마다, 철마다, 해마다 선생님의 상담실에 갔다. 내가 나에 대한 평
가를 한 번이라도 내렸는지는 확실치 않았지만, 대학에 갈 준비가
되었을 즈음에는 부끄럽지 않을 정도로 꽤 나아졌다고 생각했다.
적어도 기능적 장애를 호되게 마주했고, 내 약점과 단점을 정연하
게 열거해 보았다. 개중에 아주 특이한 것은 없었다. 성장 과정뿐만
아니라 주변 어른들에 관해서도 그랬다. 내가 살펴보기 시작한 것
들, 앞으로 무한정 계속 살펴보겠다고 생각한 것들이 흔해 빠진 감
정적 불만처럼 보였다. 나는 사람 믿기를 어려워했고, (대개 상대가 피
곤해할 만큼 수다스러워지는 증상을 보이며) 대인 관계를 꽤 어색해했으
며, 또래 여자애들보다 좀 더 불안정했던 것 같다. 다만 나 자신과
상황에 비춰 정말 별난 점은 (대학생이 된 뒤, 술에 취한 방 친구들이 제때
노출 치료를 해 준) 구토 공포증과 어머니처럼 나보다 나이 많은 여성
과 충격적으로 강하게 형성하는 밀고 당기는 관계였다.

이런 면이 존재한다는 사실은 늘 인지하고 있었다. 이런 면이 겉으로 드러날 때면, 그게 필요한 행동인지 아니면 더는 도움이 안 되는 오래된 조건반사 반응인지 묻는 제인 선생님의 목소리가 머릿속에서 들렸다. 그 질문에 척척 답하지 못했지만, 연습을 하다 보니 곧 능숙해졌다. 이렇게 답을 찾는 과정은 내가 몸 전체로 느낄 만큼 뭔가에 아주 강렬하게 감정적 반응을 보일 때 특히 아주 중요했다.

처음 아파서 내 상태를 돌아보았을 때, 증상을 스트레스같이 명백하고 그럴듯한 원인과 연결할 수 있을 줄 알았다. 그러나 자세히 들여다보니, 내 상태는 일반적으로 스트레스가 몸속에서 나타나는 방식이 아니었다. 통증, 구역, 피로감 같은 증상들은 다 스트레스와 달랐다. 주요한 면들이 달랐다.

무엇보다 통증이 매우 구체적이었다. 공포와 불안이 일으키는 막연한 복통과 흉통은 내 몸통, 엉덩이뼈, 허리 사이에 아예 자리 잡고 지속적으로 욱신거리는 통증과 전혀 달랐다. 신경에서 비롯된 어지럼과 욕지기도 음식을 몇 입 먹자마자 갑자기 찾아오는 숨 막힐 듯한 구역과 전혀 달랐다. 그래도 난 뭔가를 자주 먹으려고 했지만, 곧바로 토할 것 같은 느낌이 들었다. 밤이면 욕지기가 더 심해져서, 반쯤 깬 상태로 숨죽인 채 화장실 바닥에 누워 있곤 했다. 가로막과 폐를 조금만 움직여도 상태가 더 나빠질 것 같았기 때문이다.

피로감도 난생처음 느끼는 것이었다. 난 대학 때 하루 예닐곱 시간씩 무용을 했다. 여름에 아르바이트를 할 때는 온종일 계단을 오르내리며 빨랫감을 나르면서도 무지하게 빡빡한 연극 연습 일정을 견뎌 냈고, 검침원 일을 하느라 메인의 숲속을 누비고 다니기도 했다. 긴 하루를 끝낸 뒤 온 근육이 타오르는 듯하고 눈을 제대로 뜰 수도 없는 상태로 집에 돌아오는 느낌을 잘 알았다.

게다가 평소와 다르게 벽에 부딪히거나 뭔가를 쏟거나 쓰러뜨리는 일이 잦아졌다. 무용을 하다 허공에서 그런 적도 있다. 몸의 중심을 제대로 못 잡으니 충격적이고 미칠 듯이 실망스러웠다. 말이 되지 않았다. 몸무게가 20킬로그램 넘게 빠지고, 몸집이 몰라보게 작아졌다. 그렇게 몸집이 작아졌는데도, 몸집이 컸을 때보다 움직임이 어색하고 균형을 못 잡은 이유가 뭘까?

분명 내 사투의 일부는 몸무게가 급격히 준 데 원인이 있었다. 몸무게가 왜 빠졌을까? 왜 먹지를 못했을까? 왜 통증이 생겼을까? 자궁이 바닥이 안 보이는 피 웅덩이라도 되는 양, 왜 출혈이 계속됐을까?

통증은 실제인 데다 감당하기에 벅찼다. 제인 선생님이 차를 마시면서 줄곧 고개를 끄덕이는 동안, 나는 세라로렌스를 떠나기 몇 주 전을 되돌아보았다. 통증이 실제로 왜, 어떻게, 언제 시작되었는지 알아내려고 했다. 언제 처음 병원에 입원했는지, 두 번째 입원은 언제였는지 제인 선생님에게 말하기 시작했다. 왜 불러낼 보호자가 없는지를 병원에 설명해야 했는지 말하기 시작했다.

도움이 절실한 순간에 내가 철저히 혼자였다는 걸 안 제인 선생님은 흠칫했다. 병원은 부모에게 전화할 의무가 없었다. 그래서 아무에게도 전화하지 않았다. 이 사실에 마음이 흔들렸는지 제인 선생님이 평소와 전혀 다르게 생각에 빠졌다가 혼잣말같이 중얼거렸다. "내 딸이 병원에 있었을 때 병원에서 한밤중에 나한테 전화했어. 우선 어머니에게 말하지 않고는 어떤 조치도 취하지 않는다고……." 그러면서 새로운 깨달음이 선생님 얼굴에 그림자를 드리웠다가 이내 사라지더니 감정 없이 보는 듯한 전문가 특유의 태도가 돌아왔다. 그러나 그 모습이 결코 잊히지 않았다. 잠깐이긴 했지만 선생님 얼굴에 얼핏 연민이 스치는 걸 보는 동안, 나 자신에 대해 얼마간 연민을 느꼈기 때문이다.

그때 나는 선생님 때문에 심기가 불편해졌다. 잠깐이라도 선생님이 입체적인 사람이 되었다는 사실에 언짢아진 나머지, 그 내용을 일기장에 한 단락이나 썼다. 그러라고 상담비를 낸 게 아니다. 감정을 느끼라고 돈을 낸 게 아니다. 내가 감정 느끼는 걸 관찰하라고 돈을 냈다.

"제인 선생님이 내 삶을 더 불행하게 하려고 노력하지는 않는다." 내 펜은 땅이 꺼지게 한숨을 쉬었지만, 난 이렇게 썼다. "선생님은 그저 노력할 뿐이다."

"네 잘못이 아니야"

다음 날, 난 새로운 도시의 새로운 병원에 있는 새로운 의사를 찾아 갔다. 정확히 말하면, 내가 다섯 번째인가 여섯 번째 만나는 의사였 다. 사실은 날 정기적으로 보는 주치의가 내 허리에서 덩어리가 만 져진다며 찾아가 보라고 한 의사다.

왜그스태프 박사는 아버지 나이쯤 되었고, 병원 직원들이 아주 친절했다. 접수 직원은 재밌는 농담을 할 기회를 놓칠까 봐, 점심을 먹으러 가길 꺼리는 것처럼 보였다. 나는 진료실로 안내받았고, 얼 마 있다 박사가 왔다. 박사는 아버지처럼 따뜻하게 나를 맞아 주고 내 허리에 있는 덩어리를 촉진했다.

"지방종이네요." 왜그스태프 박사가 어깨를 으쓱했다. "걱정할 건 아니에요." 박사가 내 진료 기록을 슬쩍 보더니 의자에 편히 앉았다. "그런데 이건…… 통증이 어떤지 말해 봐요. 체중 감소도요. 음, 그 리고." 진료 기록을 한 장 더 넘기며 말했다. "그 밖에 다른 것도요."

난 이야기를 했다. 그리고 박사가 의지할 가족이 있는지 물었을 때, 난 카스 선생님 집 계단에서 아주 가까운 곳에 산다고 말하면서 상황을 가벼워 보이게 하려고 했다.

왜그스태프 박사는 지방종이 걱정거리가 아니라고 생각했지만, 내가 다른 증상들로 괴로워한다는 사실을 알았다. 그러나 박사는 내 인생 이야기에 더 심란해하며 혹시 내 정신에 문제가 있지 않은

지 궁금해했다. 박사가 일부러 문제를 일으키려고 그렇게 의심하지는 않았겠지만 눈치가 너무 없었다.

"어쩌면 유년기에 학대받아서 몸이 이런 식으로 그걸 감당하는지도 몰라요." 박사가 진료 기록을 정리하면서 아주 당연하다는 듯이 말했다. 난 경멸감에 눈살을 찌푸렸다. 내 감정적 불만은 분명 신체기관 하나로 표출될 게 아니었다. 만약 그렇다고 해도, 그 이야기를 꺼낼 만한 때와 장소는 아니었다. 그렇게 별것 아니라는 듯 무심코 말할 일은 더더욱 아니었다.

박사는 내게 심신증 관련 문제가 있다고 생각하면서도 몇 가지 검사 처방을 내렸다. 우선 특정 장내 기생충이 있을 가능성을 배제하기 위해 그 전보다 더 많은 항생제를 처방했다. 박사가 그게 도움이 된다고 확신하지는 않았지만, 분명 우리가 확정적으로 배제할 수 있는 것이었다. 박사는 내게 도움을 줄 수 있다고 약속하지 못했다. 처방서를 내게 주면서 말했다. "문제가 복잡해요. 환자분처럼요."

당연한 일이지만, 항생제는 전혀 도움이 되지 않았다. 오히려 그것 때문에 몸 상태가 훨씬 더 나빠졌다. 설사를 일으키는 주범인 항생제 때문에 몸무게가 유지되지 못했고, 한 주씩 지날수록 난 더 지쳤다.

제인 선생님에게 상담하러 갔을 때, 왜그스태프 박사가 한 말을 전했다. 박사는 내 문제가 복잡하고 나도 복잡하다고 했다. 제인 선생님은 날 정말로 도울 수 있을지 가끔 의문이 든다고 인정하는 것으로 내 이야기에 답했다. 그 말에 완전히 허를 찔렸고, 창피하게 곧바로 울음을 터트렸다. 쌕쌕거리며 콧물을 흘리다가 딱딱한 의자에 털썩 주저앉았다. 어쩌면 이 모든 게 내 잘못일지도 모른다는 생각이 들었기 때문이다. 어쩌면 내가 하면 안 될 일을 해서, 또는 해야할 일을 안 해서 이 지경까지 왔는지도 모를 일이었다. 울면 울수록 그게 사실이라는 확신이 더 강해졌다.

"내가 그랬어!" 내가 다소 격앙되어 목소리를 높였다. 딱히 누군가를 향해 하는 말은 아니었다. "나 때문에 이렇게 됐어. 내 잘못이야, 그렇지?" 난 쿠션에 얼굴을 파묻었다. 휴지를 마다했다. 그걸 쓸 자격도 없다고 느꼈다.

"아니야." 제인 선생님이 나직하지만 단호하게 말했다. 선생님이 펜과 메모지를 내려놓는 소리가 들렸다. 선생님이 헛기침을 했다. 선생님 얼굴은 볼 수 없었지만, 내가 울음을 멈추고 귀를 기울이게 하는 말을 들었다. "네 잘못이 아니었어. 네 잘못이 아니야."

항생제를 복용했지만 그 뒤 몇 주 동안 호된 기관지염에 시달려서 제인 선생님을 비롯해 아무도 못 만났다. 하지만 학교를 떠난 뒤 처음으로 일자리를 구했다. 고등학교 3학년 때 일한 극단에서 봄 공연의 역할 하나를 제안했다. 돈이 몹시 궁했고 허울이나마 예전 삶으로 돌아갈 기회인 것 같아서 제안을 받아들였다. 곤란한 상황이 여러 번 있었는데, 대개는 생리 때문이었다. 무대의상에 피를 묻히지 않으려고 수면용 생리대 두세 개를 하고 자전거용 반바지를 입었다. 기저귀를 찬 것 같았지만, 내가 알지도 못하는 새 대본에도 없는 유혈이 낭자한 장면을 만들 걱정은 덜었다. 그동안 먹던 피임약 생산이 갑자기 중단되는 바람에 약 복용을 중단하자 생리 양이 늘었다. 다른 피임약을 먹을 여유는 없었다.

이 무렵, 레베카와 함께 지내던 기숙사로 차를 몰고 가서 내 물건을 다 가져와야 했다. 혼자 가면 몸도 마음도 불편할 걸 알고 카스 선생님이 데려다 준다고 했다. 기숙사에 도착하고 오랫동안 레베카를 껴안았다. 친구들이 다 나와서 카스 선생님의 트럭에 짐 싣는 걸 도와주었다.

원래 학교에 오래 머무르면서 사람들을 다 만날 생각이었다. 교수님들을 만나 그동안 무슨 일이 있었는지 설명하려고 했다. 그러나 다시 돌아가지 못할 거라는 확신으로 슬픔이 물밀듯 밀려왔고, 내 물건이 다 상자에 담겨 옮겨지는 모습을 보니 세상이 무너지는 듯했다. 처음 겪는 일이 아니었는데도 말이다. 지난 8년 동안 거처를 하도 옮겨 당황스러울 것도 없었지만, 느낌이 달랐다. 난 거기 있고 싶었다. 교정을 여기저기 누비고 다니면서, 늦은 밤에 눈물이 나도록 웃어 대면서, 시내에서 메트로노스 기차를 타고 돌아오면서, 내가 어떤 사람이며 내가 아는 한, 가장 생기 넘치고 똑똑한 사람들 사이에서 뭘 하고 싶은지 알아 가면서 최고의 해를 보냈다. 거기 서서 내 삶 전부가 짐처럼 꾸려지는 광경을 보고 있으려니, 내가 끔찍한 실수를 저지른 것 같았다. "안 돼! 내려놔! 다 잘못됐어. 난 여기 있을 수 있어. 여기 있고 싶어!" 이렇게 외치고 싶은 걸 꾹 참았다.

그러나 상관없었다. 전혀 상관없었다. 내 안에서 일어나는 일은 내가 바라던, 그토록 공들인 삶에는 전혀 관심이 없었다. 내 친구들처럼 그저 보기만 했다. 모든 기회를 잃은 내가 카스 선생님 차에 올라타 메인으로 돌아가는 모습을.

6

통념을
넘어

환자는 늘 지식의 궁극적 원천이다.

—필립 보닛 · 테리 R. 바드, 『의료 윤리의 실제』

자궁 없는 자들의 자궁내막증

노에미 엘하다드(Noémie Elhadad)는 컬럼비아대학교 생명의료정보학 부교수이자 연구자이자 자궁내막증 환자다. 내가 자궁내막증 진단을 받고 5년 뒤에 미국자궁내막증재단 연례 학회의 연단에 섰는데, 거기서 노에미 교수를 처음 만났다. 그 뒤 내가 뉴욕에 갈 때 컬럼버스 서클의 카페에서 노에미 교수를 만나기로 했다. 이날 메스꺼움을 느끼지 않고 걷는 몸 상태를 과대평가했다가 땀범벅이 되고 후회하면서 카페에 도착했다. 조금 늦기까지 했는데, 노에미 교수는 너그럽고 친절하게 대해 줬다.

우리는 카페 소음이 대화를 녹음하는 데 방해가 될까 봐 뒤쪽에 자리 잡았다. 면담을 시작한 지 5분도 안 돼 노에미 교수가 지성이 넘치면서도 유쾌하다는 생각이 들었다. 학계에서 지위가 높은 사람들은 지성과 유쾌함이 반비례하는 경우가 많았다. 그래서인지 노에미 교수의 진심에서 우러난 자연스럽고 재치 있는 태도가 반가웠다. 내 고된 학문적 탐구에다 그날 지친 내 상태 때문에 더욱 그랬다. 노에미 교수는 프랑스어 억양이 남은 부드러운 말투로 프랑스에 있던 어린 시절에 자궁내막증이 시작되었다고 이야기했다. 어린 나이에 자궁내막증이라는 병과 함께하는 여정을 시작했다는 사실은, 그녀가 미국보다 치료받을 기회가 공평하고 이 병에 대한 인식도 높은 유럽에서 성장했다는 것을 의미한다.

"아무 문제 없었는데 열네 살에 자궁내막증 진단을 받았어요." 노에미 교수가 말했다. "진단을 받으려는 생각도 없었어요. 그냥 이런 식이었죠. '열세 살에 초경, 여섯 달 동안 지독한 생리.' 그리고 열네 살에는 이랬죠. '그렇군. 자궁내막증에 걸렸어.'"

"병을 더 일찍 알았어도 도움이 되진 않았을 거예요." 교수가 말했다. 고통의 원인을 알았고 '고생스러운' 루프론 치료를 비롯해 일반적인 여러 치료를 시작한 그녀가 병을 더 일찍 알았어도 병의 진행을 늦출 수는 없었을 것 같다고 했다.

노에미 교수는 나이가 들면서 가임력을 걱정하기 시작했다고 한다. 그러나 자궁내막증에 관한 가장 일반적인 두 가지 믿음을 직접 경험하고, 그것들이 틀렸다는 것을 직접 밝혔다고 했다. 두 가지 믿음이란, 자궁내막증 환자는 임신할 수 없다는 것(교수는 임신했다)과 임신하면 자궁내막증이 낫는다는 것(교수는 낫지 않았다)이다. 사실 교수로서는 딸에게 모유 수유를 하는 중에 생리를 다시 시작해 불편했다고 한다. 대부분의 여성들은 모유 수유기에 생리를 하지 않는다. 그런데 교수는 출산 후 한 달 만에 생리를 다시 시작했다. 자궁내막증 증상도.

교수가 말하는 동안, 우리 둘 다 좀 웃었다. 그때는 어처구니없어서 그저 두 손 들고 항복하는 것 같았는데, 몇 달 뒤에 녹음 내용을 들어 보니 그 밑에 깔린 슬픔이 느껴졌다. 우리는 비관주의에 대한 결연한 의지를 공유했고, 교수는 대화하는 동안 내내 그걸 기꺼이 인정했다.

노에미 교수는 자신이 겪은 좌절을 고스란히 연구로 연결했다. 교수가 컬럼비아대학에서 '펜도'라는 추적 앱 개발 프로젝트를 진행하고 있었는데, 수량화할 수 없는 것을 수량화하는 이 시도는 자신뿐만 아니라 일반 대중을 위한 것이었다. 과학과 환자를 위한 시도였다.

노에미 교수가 지적했듯이, 우리가 자궁내막증을 이해하는 모든 측면에서 빠진 한 가지가 바로 이 병의 표현형이다. 자궁내막증 같은 질병의 표현형은 각종 증상, 검사 결과, 조직 검체의 현미경 검사에서 나온 증거 등 관찰할 수 있는 일련의 특성이다. 노에미 교수와 연구 팀은 '시민 과학'을 활용해 자궁내막증 환자들의 경험, 조직학, 생체표지에 관한 정보를 수집할 수 있으리라는 기대에서 펜도를 개발했다. 대부분의 추적 앱과 달리, 이 앱은 생리에 중점을 두지 않는다. 노에미 교수가 생각하기에 자궁내막증은 생리에 국한된 질병이 아니기 때문이다. "우리가 한 온라인 조사에 참여한 많은 여성이 호르몬 치료를 받는 중이고 생리를 전혀 안 하는데도 자궁내막증 증상을 여전히 겪고 있어요. 특히 일시적으로 자궁내막증을 앓는 여성들에게 이 병은 생리와 무관하다는 뜻이지요." 애플 기기에 맞춘 펜도가 출시된 뒤 노에미 교수가 이런 내용을 이메일로 전해 왔다.

　자궁내막증을 둘러싼 논의와 연구의 범위를 넓히려는 노에미 교수의 시도는 중요하다. 부분적으로, 이 병을 '여성 질환'이나 '생리 문제'로 보면, 자궁내막증에 걸릴 가능성이 있지만 정체성은 여성이 아닌 집단이 배제되기 때문이다. 예를 들어, 20대인 렌은 성전환 때 한 호르몬 대체 요법으로 생리가 끊어졌다. 그러나 그가 양이 무척 많고 고통스러웠다고 기억하는 생리를 할 때 의사들은 자궁내막증 진단을 고려조차 하지 않으려고 했다고 한다. 그들은 여성에서 남성으로 전환을 촉진하는 호르몬 치료 때문에 '자궁내막증이 생길 가능성이 아예 사라졌다'고 생각했다. 그러나 렌은 생리가 끊어진 뒤에도 심각한 만성 통증을 겪었다. 그가 자기 증상에 관해 조사해보니 자궁내막증일 가능성이 있었다. 물론 자궁내막증이 생리에 따른 질환으로 여겨졌기 때문에, 그가 이 병을 고려에 넣기에는 어려움이 있었다. "온라인에서는 전부 이 병을 여성 질환이라고 했어요. 전 남성으로 성전환을 한 사람이고요." 렌이 내게 말했다. "그런 글들을 읽으니 비참했어요. 이미 충분히 힘든데 말이죠."

　렌은 결국 자궁내막증에 걸린 것으로 밝혀졌다. 수술적 방법으로 확인되었다. 이런 식의 확진은 트렌스젠더는 물론이고 일반 여성도 힘든 경우다. 렌은 특히 생식기관과 관련된 진료를 받기가 힘들었다고 했다. "제 몸이 오랜 시간에 걸쳐 전환되는 중이라서, 진단이나 치료가 영 어색하고 불편해요. 산부인과에 가면 숱한 의심의 눈초리를 받고 혼란스러운 데다 의사와 마주하기도 불편해요." 한번은 간호사가 그의 성인 '앤'을 부르고는 앤의 남편이냐고 물었다.

(과거의 히스테리처럼) 자궁내막증을 여성만의, 더 나아가 자궁에 국한된 질병으로 본다면 모든 발병 사례를 고려하지 않은 처사인 데다 사실도 아니다. 자궁내막증은 남성에게서도 발견된다. 85세 남성이 복부에 자궁내막종이 생겼는데, 이걸 10년 동안 전립샘의 암종이라고 믿은 임상 사례가 있다. 이 남성의 염색체를 검사한 결과, 그는 표현형이 남성이고 실제로 전립샘암에 걸린 것으로 밝혀졌다. 그러나 암과 별개로 자궁내막종도 있었다.

더 최근 사례로, 52세 남성이 하복부와 골반의 찌르는 듯한 통증이 3주 정도 이어져 응급실을 찾았다. 그는 만성 간 질환이 있었고, 그 전 2년 동안 서혜부(좌우 대퇴부의 밑에 있는 하복부의 삼각형 모양 부분. 일명 사타구니) 탈장으로 여러 차례 수술을 받았다. 개복술 결과, 방광에 붙은 낭종 덩어리가 발견되었다. 그리고 병리 검사에서 에스트로겐, 프로게스테론 수용체와 함께 두꺼운 평활근 섬유의 병변이 발견되었다. 자궁내막증과 일치하는 결과다.

두 사례에서 가장 중요한 질문은 이것이다. 자궁내막증을 자궁 조직이 제자리에서 탈락하는 병이라고 한다면, 도대체 어떻게 이 조직이 자궁이 없는 사람의 몸속에서 발견될까?

한 가지 설명은 태아의 발달에서 찾을 수 있다. 7주 무렵에는 모든 태아의 생식계가 동일한 모습이다. 이것이 두 가지 방향 중 하나로 발전한다. 즉 태아에게 남성 생식기나 여성 생식기가 생길 수 있다. 생식기에 볼프관(남성)과 뮐러관(여성)이 모두 있다가 이 중 하나만 남게 되는데, 이것이 (X, Y 염색체) 유전과 호르몬의 상호작용으로 결정된다.

이런 성 분화 과정이 늘 순탄하지는 않다. 때로는 불완전 분화 때문에 간성, 즉 두 가지 염색체와 생식기를 모두 지닌 아기가 태어나기도 한다. 또 안드로겐에 민감해 생물학적으로 여성에 치우쳐 발달하는 남아가 태어나거나, 선천성 부신 증식증 때문에 테스토스테론과 비슷하게 작용하는 코르티솔이 과다 분비되는 여아가 태어나기도 한다.

그런가 하면 전립샘암 같은 경우 장기간의 에스트로겐 치료 때문에 남성 환자에게서 자궁내막증이 발견될 수도 있다. 일본에서는 전립샘암 치료를 위해 9년간 호르몬 요법을 받은 69세 남성의 고환 주변에서 크기가 상당한 자궁내막 병변이 발견되었다. 이 환자를 살펴본 의사들은 에스트로겐 치료로 세포들이 (형태적, 기능적으로 다른 조직의 성상을 띠는) 화생과 (치료 때문에 스트로마세포가 증가하는) 증생을 일으켰다는 가설을 세웠다.

이 밖에도 최근 문헌에 전립샘암 치료를 위해 장기간 에스트로겐 치료를 받은 남성들의 자궁내막증 사례가 최소 여섯 건 보고돼 있다. 이 중에는 27세라는 젊은 남성의 사례도 있다. 여섯 건이면 그리 많지 않다고 볼 수도 있지만, 이 모든 사례에 암을 비롯한 다른 질환이 존재하기 때문에 진단 과정에 혼선이 빚어질 수 있었는데도 정확히 자궁내막증 진단이 나왔다는 점은 주목할 만하다. 이 사례들에 대한 논의를 보면, 자궁내막종에 따른 증상이 수술 또는 에스트로겐 치료 중단으로 해결된 것 같다(물론 암이나 암 치료에 따른 잔존 증상이 있을 수 있다). 어쨌든 환자들의 증상이 호전했다는 점은 일리가 있다. 남성은 선천적으로 에스트로겐 의존적이지 않기 때문이다. 그러나 여성은 통증을 호소하기 시작한 순간부터 모든 게 순탄치 않다. 특히 생리와 관련된 통증일 경우 더욱 그렇다.

생리의 공포

나는 열두 살이 되고 반년이 지난 추수감사절에 초경을 했는데, 선진국 여학생들의 평균 초경 연령에 해당했다. 그날 원래 기분이 아주 좋았는데, 추수감사절은 내가 아무 제약 없이 음식을 무한정 먹을 수 있는 유일한 날이었기 때문이다. 내가 파이를 마구 퍼먹는 동안, 어머니는 못마땅한 표정만 지었다. 아버지도 나와 같은 이유로 휴일을 즐겼다. 다만 오븐에서 음식이 나오기도 전인 오전 나절에 내가 설사로 화장실에 처박혀 있었다는 점이 실망스러웠다. 복통으로 몸이 떨리고 허벅지 위쪽이 깊이 쑤셔서 근육이 당겨지는 느낌이었다. 좀 깊은 곳에서 느낌이 왔다.

경련은 일상이었다. 비슷한 증상들로 한밤중에 자주 잠에서 깼다. 푹 자다가도 깨어나 한밤중에 화장실에서 몇 시간씩 몸을 심하게 떨면서 앉아 있곤 했다. 다리가 하도 떨려서 가까스로 몸을 끌고 침대로 기어 들어가면 무릎을 매트리스에 꾹 대고 있어야 했다. 이 모든 걸 강인한 뉴잉글랜드 사람들은 그저 '속앓이'라고 부르기 때문에, 난 이 문제를 불평하지 않으려고 했다.

지나고 보니, 어느 정도 주기적이던 발작이 내가 생리를 시작하고 찾아올 어떤 일의 조짐이었을지도 모른다는 생각이 들었다. 내 호르몬 주기의 여러 시점에서 같은 증상들이 날 괴롭혔고, 실제로 그 증상들은 자궁내막증 환자들 사이에서 아주 일반적이다. 통증이 따르는 배변은 쉽게 간과할 증상이 아닌데도 공론의 대상이 되지는 않는다.

그날 어머니와 나만 추수감사절 음식을 즐기지 않았기 때문에, 날 유심히 살필 사람은 어머니밖에 없었다. 하지만 내가 아파하면 어머니가 불편해했기 때문에, 어떤 이유를 대고 식탁을 떠나면 어머니가 좋아할 거라고 생각했다. 나는 평생, 어머니가 음식과 나에 대해 더는 혐오스럽게 여기지 않기를 바랐다.

어머니는 신경성 식욕 부진증 환자였기 때문에 나에게 생리에 대한 도움을 줄 수 없었다. 성인이 되고 생각해 보니, 어머니가 생리를 했더라도 자기 몸에 대해 아는 게 너무 없어서 내게 별 도움을 못 줬을 것 같다. 어머니가 평범한 모녀가 보이는 서툴지만 끈끈한 유대에 대한 감상을 조금이나마 품었다 해도, 정서적으로나 신체적으로

나 자신에 대해 제대로 알지 못했기 때문에 날 이끌 수는 없었다.

내게 길잡이 같은 존재는 없었지만, 예리한 관찰자였던 나는 내 월경주기의 미묘한 면을 꽤 일찍 알아챘다. 기본적으로 생리는 규칙적이었으나 양이 무척 많았다. 생리통이 너무 심해서 학교 가기 싫을 때가 많았다. 그건 뭔가가 잘못되었다고 알린 숱한 잠재의식적 경고의 시초였다. 나는 병을 크게 앓거나 다쳐도 그것 때문에 학교에 가기 싫은 적은 단 한 번도 없었다. 오히려 몸이 아플수록 학교에 가서 기운을 차리고 싶었다. 학교는 먹을 것은 물론이고 사랑과 격려를 받을 수 있는 유일한 관계망이었다. 그러나 어지러울 만큼 피로감, 메스꺼움, 통증이 따르는 생리가 내 인생을 중단할 것만 같았다.

집을 떠나 여기저기 거처를 옮기면서 10대를 보내게 된 나는 생리 때문에 걱정이 더 많아졌다. 잘 때 생리혈이 자주 샌다는 걸 알기 때문에, 사람들이 친절하게 내준 침대나 소파에 피를 묻힐지 모른다는 끔찍한 생각으로 두려워서 잠 못 이루는 밤이 많았다. 생리대를 아무리 많이 착용해도, 결국 침대보나 화장실 바닥에 울컥 피를 쏟았다.

그래서 대담하게 탐폰을 써 봤는데, 숨이 턱 막히고 세면대 모서리를 붙잡은 채 움직이지 못할 정도로 아팠다. 그럼에도 여러 이유로 탐폰을 쓰려고 시도했다. 물론 탈의실에서 생리대를 여러 겹 착용한 내 모습을 이상하게 쳐다보는 눈초리를 피하려는 것은 아니었다. 그러나 생리통이 온몸으로 퍼져 나가듯 또는 탐폰이 고통을 예언하는 막대기라도 되는 듯, 탐폰 때문에 골반 전체가 아팠다. 그래서 생리대 쓰기를 고집했다.

나는 내 생리가 정상이 아닐지도 모른다고 의심하면서도 정상이 뭔지 모른다는 점을 인정했다. 난 그저 그 사실에 단련되어야 한다고 다짐하면서, 일기장에 꽤 유려하고 장황하게 프로이트식 설명을 곁들여 썼다. 즉 내 생리는 정상일 수도 있으나 생리에 대한 내 인식이 왜곡되었고, 그것은 꽃을 피운 내 여성성이라는 큰 맥락에서 생리를 바라보도록 도와줄 어머니가 없었기 때문이라고 했다. 사실 어머니는 어린 내게 몸에 대한 공포를 심어 주었다.

어쨌든 나중에는 정상적인 월경주기가 28일이고 그 중간인 열네 번째 날쯤 배란이 일어난다는 통념이 꼭 사실은 아니라는 걸 알았다. 연구에서 자주 언급되는 28일 주기는 평균을 뜻했다. 실제로 연구 대상 여성들 중 28일 주기가 한 명도 없었다. 그들은 모두 월경주기가 28일보다 짧거나 길었다. 여성마다 차이가 나고 한 여성이라도 나이에 따라 달라졌다. 갓 초경을 한 열세 살 소녀는 배란이 전혀 안 될 수도 있다. 무배란 월경주기, 즉 배란은 되지 않고 월경만 있는 현상이 초경 이래 몇 해나 되었는지에 따라 정상으로 여겨질 수 있다. 그러나 이것이 생식력 저하의 징후일 수도 있다. 10대 초반의 소녀는 배란이 안 돼도 걱정할 이유가 없지만, 30대 초반의 건강한 여성이라면 상당히 주기적으로 배란이 돼야 한다.

인류 역사의 상당 기간 동안, 여성들은 임신과 모유 수유라는, 거의 쉼 없는 주기에 갇혀 살았다. 모유 수유는 배란과 월경을 억제한다. 이는 진화의 선물 중 고대 여성들에게 가장 멋진 것이다. 갓 태어난 아기에게 어머니가 꼭 필요한 동안 여성이 임신하지 못하기 때문이다. 일반적으로 모유 수유가 끝나면 아이가 영아기에서 살아남고 어머니로부터 충분히 독립했기 때문에, 어머니는 새로 태어나는 아기를 돌볼 수 있고 아이는 어머니의 무관심에도 죽지 않을 수 있다는 뜻이다.

생후 처음 몇 달간, 아기가 젖을 빠는 강도는 필사적인 정도를 나타낸다. 이때 어머니가 없으면 아기는 죽고 만다. 아기가 커서 걸음마를 할 때가 되면, 모유 수유량과 아기가 젖을 빠는 강도가 서서히 줄어들고 아이의 독립성이 강해진다. 마침내 아기가 젖을 빨지 않을 때면, 이제 임신해도 좋다는 신호가 어머니의 몸에 전달된다.

일종의 통고일까? 연구에 따르면, 이게 실제로 산후 6개월간은 보호 기능을 한다고 한다. 수유 무월경을 더 오래 경험하는 여성들이 있지만, 확실하지는 않다. 이런 사실도 꽤 가까운 시기에, 즉 지난 30년간 보고되었다. 20세기까지 여성들은 생식력을 이해하려고 애쓰면서 출산한 지 얼마 안 돼 또 임신할지도 모른다는 두려움에 사로잡혔다고 상상해 볼 수 있다. 인류의 역사에서 아주 오랫동안 출산이 치명적이지는 않아도 상당히 위험한 일이었기 때문이다.

출산의 위험

1986년에 18세기의 모성 사망률에 관한 논문을 발표한 의사 어빈 루던(Irvine Loudon)은 자신의 논문을 '사망의 깊고 어둡고 지속적인 흐름'에 관한 연구라고 불렀다. 출산하다 사망한 여성들은 분만 중에 출혈 같은 합병증이 발생했거나 분만 후 산후열 같은 합병증이 발생한 경우였다. 산후열은 '산욕열'이라고도 불렸는데, 출산 직후 '침상에 누워 있는' 산모들이 이 병에 취약했기 때문이다. 이 병은 사실상 패혈증이자 치명적인 혈액 감염으로, 병원에서 여성을 치료한 의사 때문에 생겼다.

과거 의사들은 팔방미인이었다. 산파 구실을 하고 병에 걸린 환자와 부상자를 치료했으며 때로는 부검도 했다. 문제는 그러면서 손을 씻지 않았다는 점이다. 그런데 부검을 하다 호출을 받고 출산을 도우러 가기도 했다. 질병세균론이 생기기 전이라서 의사는 미리 손을 씻는다는 생각을 전혀 못 했다. 사실상 의사가 (산 사람이든 죽은 사람이든) 환자를 돌보면서 노출된 온갖 질병이나 병원체를 나중에 돌보는 산모와 신생아에게 옮겼다.

런던의 병원에서 출산하던 여성들이 가정에서 산파의 도움으로 출산한 여성들보다 빠르게 패혈증으로 사망하자, (시인으로 널리 알려졌으나 유능한 의사이기도 했던 올리버 웬델 홈즈Oliver Wendell Holmes를 비롯해) 몇몇 선구적인 의사들이 연구를 시작했다. 의학계에서 전염성 감염을 발견하고 이를 적극적으로 예방하기 시작하자, 산욕열이 거의 사라졌다. 그러나 출산의 위험은 여전히 존재하며 대개는 조용하고 치명적이었다.

혈압이 위험할 정도로 상승하는 자간(분만할 때 전신의 경련 발작과 의식 불명을 일으키는 질환)은 치명적이며 꽤 갑작스럽게 발생하기도 한다. 귀족 가문 이야기를 다룬 인기 드라마 〈다운튼 애비Downton Abbey〉에서 크롤리 일가의 막내딸이 바로 자간으로 세상을 떠났다. 그녀를 담당하던 남자 의사 두 명이 그녀의 치료를 두고 의견 일치를 못 봤는데, 유감스럽게도 이 이야기는 실화다.

물론 인류사에서 상당 기간 동안 여성들은 병원이 아니라 집, 일하던 밭, 오두막이나 동굴 등 사실상 어디서든 출산을 했다. 당연히 이런 곳들은 위생적이고 안전한 환경이 아니지만, 인류는 거듭 태어나고 생존해 왔다.

출산과 마찬가지로 생리도 여성의 생명을 위협할 수 있다. 오늘날 여성들은 평생 생리를 450~500번 하는데, 이는 선조 여성들이 치른 생리 횟수의 네 배 가까이 된다. 너무 많은 것처럼 보이지만 한 번 생각해 보자. (가설로는 완벽해도 실제로는 의미가 없는 평균에 따라) 여성이 12세에 처음 시작한 생리를 50세에 그친다고 할 경우 그리고 이 기간 동안 한 달에 한 번 생리할 경우, 평생 생리 횟수가 456회가 된다. 임신을 한 번 해서 적어도 9개월간 생리가 멈추고 필요에 따라 모유 수유까지 해서 1년가량 생리가 없다면, 12~15회는 줄어든다. 임신과 출산을 두세 번 한다면, 50회가 줄어든다. 그래도 평생 생리 횟수는 400회 정도 된다.

선조 여성들은 이런 횟수를 접할 기회가 없었다. 현재 우리가 말하는 중년까지 생존하는 경우가 드물었기 때문이다. 선조 여성들의 평균수명은 현대 여성들이 생리 감소를 겪는 50대 초반에 훨씬 못미쳤다. 반면에, 초경 연령은 역사적으로 서서히 하향세를 보였다. 〈다운튼 애비〉 시대 소녀들이 15, 16세까지도 초경을 하지 않는 건 드문 일이 아니었다. 여성들이 겨우 몇 년 동안 '생리를 하고' 결혼해 출산을 시작하는 경우가 많았다. 초경 연령이 낮아지는 이유는 아직 완전히 규명되지 않았지만, 다이어트·환경·유전·플라스틱 등으로 짐작해 볼 수 있다.

평균 12세에 생리를 시작한 여성들이 다양한 방법으로 20대, 30대까지 (또는 더 늦게까지) 출산을 늦추면서 생리 횟수는 더 많아지게 되었다. 여성들은 과거보다 이른 나이에 생리를 시작하고 대개 더 길어진 수명 때문에 생리를 (40대와 50대 초반에 이르도록) 오래 한다.

중요한 질문은 여성이 그렇게 오래 생리를 해야 하는가다. 임신 유도 외에 생리의 목적이 있을까? 예를 들어, 여성이 30대 후반에 출산을 마친 뒤 더는 아이를 갖지 않겠다는 생각으로 안전하게 생리를 중단할 수 있을까? 10년 동안 또는 무한정 출산을 미루고 싶은 젊은 여성이 호르몬 피임의 다양한 방법을 통해 생리를 아예 안할 수 있을까? 뉴욕의 저명한 부인과 외과의인 멜라니 마린(Melanie

Marin) 박사는 가능하다고 생각한다. 실제로 그렇게 해야만 했다. 특히 생리를 더없이 고통스럽게 만드는 월경전 증후군이나 자궁내막증 같은 질환이 있을 경우에.

생리 안 할 권리

마린 박사가 날 만나러 자전거를 타고 어퍼웨스트사이드에 있는 카페로 왔다. 박사는 헬멧 때문에 좀 눌린 가지런하고 짧은 금발을 털면서 자리에 앉았다. 한눈에 보기에 진중해도 불친절하지는 않은 40대 초반 여성인 마린 박사는, 정밀한 수술을 하는 외과의답게 말이 정확하고 딱 부러졌다. 박사는 뉴욕의 여러 의사들과 제휴 중이며 마운트시나이병원에서 환자의 수술, 이송, 입원에 관한 권한을 갖고 집도하며 전공의들을 감독하고 있었다.

마린 박사가 컬럼비아에서 10년 동안 전공의 과정에 있을 때 부인과 복강경 수술이 도입되어 교육과정에 소개되었고, 이 수술법이 박사의 외과의 경력에 영향을 미쳤다. 질병 사례 검토회에서는 이 수술법에 대해 여전히 의문을 제기하지만, 수술대 위에서 보내는 시간과 회복하는 데 걸리는 시간을 비교해 보면 답은 꽤 분명하다는 게 박사의 생각이다. 환자에게 최선인 방편을 선택해야 한다는 얘기다.

나는 자궁내막증과 생식 건강이라는 주제에 관해 여성 의사의 의견을 무척 듣고 싶었다. 아무리 통찰력 있고 유능해도 남성 의사는 월경주기의 경험적 측면을 놓칠 수밖에 없어서 공감이 부족하기 때문이다. 물론 남녀를 떠나서 의사라면 환자와 어느 정도 거리를 둬야 한다는 사실도 안다. 환자에 대한 공감이 지나치면 진료에 큰 차질이 생길 수 있기 때문이다. 그러나 진료실에서 어느 정도는 공감이 필요하다고도 생각한다. 나는 생리에 대해 남성 의사와 여성 의사 모두에게 공감을 제대로 얻지 못했다. 심한 생리를 겪어 보지 않은 여성 의사는 생리를 전혀 안 하는 남성 의사만큼도 날 이해하지 못했다.

미국 내과학회지에 실린 최근 연구는 여성 의사에게 치료받은 환자들의 생존율을 비롯한 결과가 더 좋다고 보고한다. 이 연구를 비롯해 유사한 연구들은 그 이유를 남성 의사와 여성 의사가 의학에 접근하고 진료를 하는 방식의 차이로 꼽았다. 여성 의사들은 예방적 치료를 권장하고 처방하면서 좀 더 환자 중심적인 의사소통 기술을 쓰는 경향이 있다. 또 '환자를 대하는' 태도가 더 능숙한 것으로 보인다. 그러나 의학계 전반은 여전히 남성들이 주도하고 있다. 미국 전체 의사 중 여성은 3분의 1밖에 안 된다.

물론 성별과 관련 없는 교육 수준, 성격, 동기, 자원, 위치와 사회경제적 요소도 특정 의사의 진료 및 치료 방식을 결정한다. 그러나 대체로 의학의 전통적 사고는 의사가 남성이 주도하는 직업이라는 믿음에서 비롯하는 것으로 보인다.

의사와 환자를 만나 이야기를 나눌수록, 나는 대단히 중요한 가부장적 견해가 몇 가지 있기는 해도 이 견해들이 전적으로 남성들을 통해 영속되지는 않는다는 사실을 확실히 알게 되었다. 여성들도 이 견해들의 명맥을 잇고 있다. 엄마가 딸에게 심한 생리통이란 그저 삶의 일부라거나 여성으로서 당연히 겪는 것이라고 말할 때마다, 딸이 이 생각을 이미 결정된 일로 받아들이도록 하는 셈이다.

마린 박사는 가부장제가 아닌 생리의 속성에 대해 다른 태도를 보였다. 우리가 면담을 끝내 헤어지려고 서 있을 때 박사가 내 수첩에서 의학의 가부장제에 대해 쓰인 내용을 보더니 과감하고 여운이 있는 말 한마디를 했다. "바로 그거예요."

"제가 여자 의사라서 그런지 기꺼이 참고 견디려는 여성 환자나 이미 충분히 견딘 여성 환자들이 많이 찾아와요." 마린 박사는 여성 통증에 관한 이야기를 시작했다. "아무도 그들의 이야기를 귀담아들으려고 하지 않았기 때문에 또는 그들이 자기 통증이 정상이라고 생각했거나 여성성의 대가라고 생각했기 때문에 그렇게 견딘 거죠. 사실 그렇게 견딜 필요가 없는데 말예요."

내 짐작에는 박사가 자궁내막증을 앓지 않는 듯했고 그 생각을 직접 이야기했는데, 박사가 이렇게 덧붙였다. "제가 자궁내막증에 걸렸는지 아닌지는 저도 몰라요. 하지만 생리통은 늘 엄청 심했어요. 온열 팩을 등에 대고 소파에 누워 울었어요. 아주 심했죠. 그런

데 생리를 할 필요가 없다는 걸 깨닫고 다시는 생리를 하지 않아
요."

난 박사의 말을 제대로 들었는지 어리둥절해져서 박사를 쳐다보
았다. 박사는 20년째 생리를 안 한다고 말을 이어 갔다. 생리 때문에
삶이 너무 망가져 버려서, 박사는 여러 가지 지속적인 호르몬 피임
법을 써서 생리를 영구적으로 억제한다고 했다. 단, 임신하고 싶을
때는 제외하고 말이다. 부러운 실용주의라고밖에는, 내가 달리 표
현할 방법이 없었다.

"생리할 필요가 없어요. 전혀." 박사는 단호하게 말했다. "임신하
려고 노력하는 중이 아니라면 생리할 필요가 없어요. 임신이 끝나
고도 생리를 꼭 할 필요는 없죠. 생리할 필요도 없고, 생리통을 겪을
필요도 없어요. 피를 볼 필요가 없어요. 그럴 필요가 전혀 없어요.
그럴 의무도 없고요."

박사는 계속 아무 지장 없이 그에 따른 장점을 누리고 있으며 대
부분 자궁내막증이나 섬유종 때문에 고통스럽게 생리하는 환자들
에게도 같은 방법을 권한다. 당연히 여성 환자들이 박사의 제안에
망설일 법도 하다. 생리를 안 하는 게 '부자연스럽다'고 말하는 환자
들이 많았다고 한다. 박사는 이렇게 반박했다. "그럼 생리가 '자연스
럽다는 건' 무슨 의미일까요?"

마린 박사를 비롯해 여러 의사들이 생리가 여성에게 자연스러운
현상이라는 생각이 시대에 뒤떨어졌다고 지적했다. "사람들은 피를

홀리지 않으면 자연스럽지 않다고 생각하죠. 피를 흘리는 게 자연스럽지 못한데 말이에요." 박사가 말했다. "지난 세기까지 여성들은 자기 생식력을 제어하지 못했어요. 인류 역사에서는 대개 30, 40년 동안 다달이 생리하는 게 정상이 아니었어요. 여성들이 자기 생식력을 제어해 생리를 그렇게 오래 하게 된 건 지난 80년에서 100년 정도밖에 안 돼요. 게다가 여성의 평균수명이 1000년 전에는 86세가 아니라 36세였어요." 따라서 과거의 여성 대부분은 현재 우리가 일반적으로 완경이라고 부르는 단계에 도달할 만큼 오래 살지 못했다는 얘기다.

생리는 자연현상이 아닌 만성질환

역사는 대개 남성들이 썼기 때문에, 우리가 생리를 역사적으로 연구할 수 있는 틀이 제한되었다. 우리가 알거나 안다고 생각하는 많은 사실이 이른바 붉은 천막을 젖히는 데서 시작된다. 이 관행은 고대에 끝나지 않았다. 생리 중인 여성을 격리하는 관행은 아직도 전 세계에서 널리 자행되고 있다. 인도 일부 지역에 생리 움막이 여전히 존재하고, 생리 중인 여성을 '가오코'라는 이 움막으로 떼어 놓는 관행을 막으려는 시도는 성공하지 못했다. 2015년에 국가인권위원회가 200곳이 훨씬 넘는 생리 움막을 방문하고, 그것이 공공재산이기 때문에 유지나 관리를 맡은 사람이 따로 정해져 있지 않다는 사실을 알아냈다. 생리 움막은 대개 제대로 된 침대가 부족하고 꽤 떨어진 곳에 있는 데다 여성 혼자 그곳에서 지낼 경우 (실제로 자주) 범죄자에게 취약한 상태가 된다고 한다. 초경을 하자마자 적용되는 이 관행 탓에 인도의 여학생들 중 23퍼센트가 초경 후 학교에 제대로 못 다닌다고 한다.

생리 중인 여성을 외딴곳에 숨기는 관행의 가장 명백한 근거는 '생리가 불결하다'는 성경 구절에서 찾아볼 수 있지만, 인류학자와 사회학자들은 남편이 아내와 딸을 강제로 생리 움막에서 지내게 함으로써 더 큰 통제권을 행사할 수 있다는 의견도 내놓았다. 남편은 아내와 딸이 어디에 있는지 정확히 안다. 한 달 중 적어도 닷새 동안은 아내와 딸이 움막이 아닌 곳에 절대로 못 가게 하기 때문이다.

가장 자주 인용되는 성서 구절은 레위기 15장 19절이다. 번역본에 따라 생리가 '유출', '피의 주기적 흐름', '월경', 여성의 '불순' 또는 킹 제임스 성경의 경우 여성의 '문제'라고 언급된다. 성경에서는 여성이 출혈하는 주에 누구든 (즉 남성이) 그 여성을 만지면 그날은 온종일 불결한 상태가 된다고 경고한다. 여기서 재밌는 점이 있다. 여성이 1주일 내내 출혈하지는 않는다. 더할 수도 있고 덜할 수도 있다. 또 생리 중인 여성을 만진 자가 왜 딱 그날 '저녁'까지만 불결한 상태가 될까? 또 그 주변 구절을 보면, 남아를 품은 여성은 출산 후 7일간 불결하고 생리 중인 여성이 만지는 것은 다 더러워진다고 한다. 생리 미다스의 손인가?

중요한 사실은, 이런 금기가 사실 피 자체에 관한 문제가 아니라는 점이다. 의자가 피로 더럽혀진다고 해서 걱정할 사람은 없다. 문제는 피가 어디서 나오는가다. 막 닦은 부엌 바닥에 검투사가 피를 흘린다면, 부엌 주인은 영광이라고 여길 것이다. 그러나 성경을 문자 그대로 해석할 경우 신은 여성의 불결한 생리혈이 누구와도, 소중한 무엇과도 접촉하지 못하게 했다. 여성의 '혈액'은 실제로 전혀 문제가 아니었다. 문제는 질이다. 추정하자면, 여성의 성적인 면이 문제다. 몸의 힘을 발휘하는 여성이 문제다. 이런 사회적 관습이 다른 가르침을 통해 분명히 드러난 반면, 생리는 여성의 간계·사악·신비 같은 상징성을 띠게 되었다. 마녀든, 세이렌이든, 셀키든 1주일이나 피를 흘리고도 죽지 않는 전설의 생명체가 계속 우리 곁에 존재한다.

사라 리드(Sara Read)는 「생리라는 고결한 행위: 근대 초기 영국의 위생 개념과 편견Thy Righteousness Is but a Menstrual Clout: Sanitary Practices and Prejudice in Early Modern England」이라는 논문에서 생리를 둘러싼 과거의 관행을 다루면서 연구에 필요한 정보가 충분하지 않다고 지적했다. 역사를 통틀어 여성의 1인칭 서술은 극히 드물다. 생리가 세속적인 것이면서 절대적 금기라는 사회적 역설 때문이다.

역사적으로 남성들은 생리에 관해 매우 구체적인 이야기를 했다. '정보에 따라' 의학적 관점에서 또는 시인과 철학자의 외설스러운

문학적 장치를 통해서 말이다. 리드가 논문에서 시를 몇 편 인용했
는데, 그중 하나가 로체스터 백작 존 윌멋(John Wilmot)의 「포근하지
만 위대한 사랑의 힘으로By All Love's Soft, Yet Mighty Powers」다. 시는
이렇게 시작한다.

> 포근하지만 위대한 사랑의 힘
>
> 사내가 여인의 꽃이 피는 시기에
>
> 혹은 옷자락이 배설물로 더럽혀진 시기에
>
> 잠자리를 하는 건 온당치 못하네.

쨀막하지만 아주 대단한 이 시에서 로체스터 백작은 창녀와 잠
자리를 하다가 그녀가 생리(꽃이 피는 시기) 중인 걸 알고 역겨웠다는
경험을 이야기한다. 그는 창녀들과 잠자리를 즐기지만, 창녀의 생
리가 멈춰 자기 음경이 더는 '코피'를 흘리지 않을 때에야 비로소 흥
분이 절정에 이른다고 이야기한다.

생리가 남성의 흥분에 찬물을 끼얹는다는 속설이 이 시에서 시작
된 것은 아니다. 리드는 4세기 그리스의 수학자이자 천문학자인 히
파티아(Hypatia)의 이야기를 예로 들었다. 그녀는 나약하고 별 볼 일
없는 남자들을 달갑지 않게 여겼다. 전하는 이야기에 따르면, 한 제
자가 히파티아에게 온 마음을 빼앗겨 히파티아가 밀어내는데도 욕
정이 점점 더 불같이 타올랐다고 한다. 그녀는 자신이 원하지 않는

데도 자꾸 잠자리를 하려 드는 그에게 진절머리가 난 나머지, 생리혈이 묻은 천을 보여 주면서 돼지 같은 인간이라고 쏘아붙였다. 이 일로 여성성을 둘러싼 신비가 산산조각 나면서 그는 곧바로 그녀를 돌이킬 수 없을 만큼 혐오하게 되었다고 한다.

물론 그가 히파티아의 강건한 태도에 대해서도 혐오를 느끼고 어쩌면 그녀가 자신에게 아무런 관심도 없다는 사실에 굴욕감을 느꼈을지 모른다고 짐작할 수 있다. 그러나 이 일화를 문화적인 면에서 해석하자면, 생리가 욕정을 잠재우는 확실한 방법이라는 뜻이 있다. 이런 편견은 오늘날에도 여전히 존재한다. 생리가 피할 수 없고 자연스러운 삶의 일부라고 우리가 인정하는데도 말이다.

많은 여성에게 생리가 자연현상이라는 믿음 또는 직관이 있다는 점이 흥미롭다. 역사는 생리혈을 부자연스러울 뿐만 아니라 비난받아 마땅한 것으로 여겼는데 말이다. 어떤 이는 생리를 자연현상으로 보는 행위가 그 생물학적 목적에 대한 인정이 아니라 소유권의 문제가 아닌가 하는 의문을 품을 것이다. 더 나아가 정체성의 문제가 아닌가 하는 의문을 품을지도 모른다.

젠더 메디신

여성이 개인적 차원에서 생리에 편해지는 방법을 터득할 수 있든 없든 간에, 생리는 여성에게 실질적으로 많은 불리함을 초래한다. 게다가 지난 수십 년간 그중 일부는 생명을 위협할 정도였다.

영국 스포츠의학 저널의 사설 하나가 운동과 관련된 임상 연구에서 여성 피험자들을 노골적으로 배제한 사실을 다루었다. 여성을 제외하는 근거가 무엇일까? 바로 생리 때문이다. "2011년부터 2013년까지 600만 명 이상을 대상으로 실시된 스포츠 및 운동 연구 1382건을 검토한 결과, 여성의 비율이 39퍼센트였다." 사설은 이렇게 덧붙였다. "복잡한 월경주기가 여성의 임상 시험 참여를 막는 주요 원인으로 여겨진다."

사설에서 지적했듯이, 이런 경향은 새로운 사실이 아니다. 예로부터 (특히 승인을 앞둔 신약의) 임상 시험은 전적으로 남성을 대상으로 했다. 여성을 시험 대상으로 할 경우, 정작 당사자는 알지도 못하는 미래의 태아에게 위험이 초래된다는 이유에서였다. 또 여성은 '생리적으로 더 가변적'이라고 여겨졌는데, 반드시 거짓이거나 부당한 견해는 아니다. 남성은 생리 같은 주기적인 신체 경험을 하지 않는다. 남성만을 시험 대상으로 하면 더 일관된 결과가 나온다고 주장할 수도 있다(실제로 연구자들이 시험의 근거를 제시할 때 그렇게 밝힌다). 더 일관된 결과란, 시험이 더 빠르고 정확하게 이루어지고 비용이 덜 든다는 뜻이기도 하다.

이렇게 (비용을 절감하려고) 여성을 시험에서 배제하면, 장기적으로는 환자와 의료계가 더 큰 부담을 안을 수 있다. 왜? 남성과 여성의 생리적 차이는 약물, 치료, 수술에 대한 반응도 다를 수 있음을 뜻한다. 시험을 진행하기에 쉽고 비용이 덜 든다는 이유로 남성만을 피험자로 삼으면, 전체 환자 집단을 포함하지 않은 셈이다. 예를 들어, 아스피린이 심장병과 뇌졸중의 위험을 줄인다는 사실을 밝힌 주요 연구가 여성을 연구 대상으로 포함하지 않았다. 1993년에 이 연구의 임상 시험에 여성 참여가 금지되었다는 것이 밝혀지면서 의회가 미국국립보건원의 자금을 지원받는 연구일 경우, 여성과 소수민족을 반드시 피험자로 포함하도록 하는 국립보건원 활성화 법을 통과시켰다.

1980년대에 시판된 의약품 중 많은 수가 여성에게는 효과가 없거나 심각한 부작용을 일으키기도 한다는 사실이 밝혀지고 회수된 것도 놀랍지 않다. 디아나볼이라고 알려지고 일반적으로 사용된 스테로이드, 메탄드로스테놀론은 올림픽 도핑 파문으로 오명을 떨쳤다. 이 사건은 약물을 올림픽 출전 선수들에게 처방한 의사가 계획한 결과였다. 이 의사는 1960년대에 소련이 경기 기록을 높이기 위해 자국 선수들에게 약물을 투여한다고 (정확하게) 의심했고, 자신도 미국 선수들에게 스테로이드를 처방했다. 물론 스테로이드의 임상시험은 남성 선수들을 대상으로 실시되었다. 디볼이라고 줄여 부르기도 한 이 약물은 기본적으로 에스트로겐 전환을 줄이는 경구용 테스토스테론이다. 그러나 실제로는 에스트로겐 전환을 줄이는 작용을 하는 대신 체내에서 강력한 에스트로겐을 생성한다. 보디빌더의 큰 '가슴근육'은 사실상 넘치는 에스트로겐 때문에 비정상적으로 커진 유방 조직이고, 스테로이드에 따른 것으로 보이는 체중 증가는 실제로 에스트로겐의 작용으로 팽만한 체내 수분의 무게다. 스테로이드의 특성인 신속한 증량은 묘하게도 생리를 하는 대부분의 여성에게 아주 익숙하다. 매달 생리 전에 늘어나는 체내 수분의 무게는 하루에 약 4.5킬로그램이나 늘 만큼 심각할 수도 있지만, 영구적인 건 아니다. 디볼을 스테로이드 주사 요법의 촉진제로 쓴 남성 올림픽 선수들은 장기적인 부작용에 직면하게 되었다. 이 약물이 '허가 외 용도'로 쓰인다는 비난이 일었을 때, 이 약물을 쓰던 선수들 중 많은 수는 더 높은 수준에서 경쟁하려던 여성들이었다. 이 약물이 여성을 대상으로 한 임상 시험을 거치지 않았기 때문에, 여성 사용자들 사이에서 보고된 부작용이 이 약물이 시중에서 철수되는 데 영향을 미쳤을지도 모른다.

스테로이드에 대한 반응이 성별에 따라 다르다고 예상할 수도 있다. 스테로이드가 상호작용을 하는 남녀의 기본 호르몬이 다르기 때문이다. 그러나 연구자들은 생물학적 성이 많은 약물의 대사에서 특정한 구실을 한다는 사실을 한참 뒤에야 알아냈다. 항우울제 반응에서 마취제 합병증에 이르기까지, 모든 것이 남녀 간 생리적 차이의 영향을 받을 수 있다. 예를 들어, 여성은 체중에서 지방의 비율이 높은데, 이는 지질에 의존하는 약물의 대사가 남성보다 여성의 체내에서 더 빠르게 진행될 수 있다는 뜻이다. 이런 차이가 암시하는 바는 실로 크다. 즉 남녀가 복용량을 달리해야 동일한 결과를 얻을 수 있다.

여성이 생리 중인지 여부도 신체의 대사 방식에 영향을 미친다. 연구자들도 이 사실을 안다. 그래서 여성들을 임상 시험에 포함할 경우, 이들이 생리 초기에 참여하도록 시험을 설계한다. 이 시기의 호르몬 상태가 남성과 가장 비슷하기 때문이다. 따라서 생리는 시험 배제 대상이 되는 질병 같은 존재인 셈이다.

내 생리에서 병적인 면을 보고 나니, 즉 생리가 매달 찾아오는 방문객이 아니라 만성질환 같은 존재가 되니 이 자연현상이라는 것의 영향들이 제멋대로 날뛰면서 내 모든 움직임을 좌우하기 시작했다. 날 이미 바꿔 놓았다는 사실을 깨달았다. 내 자아, 내 정체성에 대한 자각을 바꿔 놓았다. 자궁내막증은 내가 그 이름을 알기 훨씬 전부터 내 삶을 망치기 시작했다.

나의 첫 경험

내가 메인으로 돌아오고 여섯 달 뒤에, 나를 계속 걱정하며 보고 싶어 하던 레베카가 여름을 보내러 메인에 오고 싶다고 했다. 나랑 지내고 싶기도 하고 메인을 좋아하기 때문이었다. 레베카가 집세를 보탠다면 적어도 단기간은 가능한 일이었다. 게다가 여름철 메인에는 한때나마 일자리가 넘쳤다. 난 돈 벌 궁리를 해야 했다. 이왕이면 앉아서 하는 일로.

난 스무 번째 생일 직후 조그만 아파트에 둥지를 꾸렸다. 아주 작은 집으로, 책장이 달린 벽으로 둘러싼 구석에 침대 하나가 놓여 있었다. 뒷베란다에서는 자연보호구역이 내려다보여서 아름다움과 사람 발길이 닿지 않은 고요함을 한껏 느낄 수 있었다. 레베카는 학기가 끝나자마자 이곳으로 왔고, 차로 두어 시간 거리에 있는 포틀랜드에 일자리를 구했다. 하트퍼드 외곽에서 자란 레베카는 그 정도 통근 거리는 꺼리지 않았다. 정말로 하고 싶은 일을 할 수만 있다면 말이다. 나는 미술관에 일자리를 얻었다. 조용한 곳에 앉아서 일할 수 있는 데다 그리 힘들지도 않았다.

메인의 여름은 아주 천천히 흘러간다. 처음 몇 주간은 낮 기온이 27도쯤 되었다가 밤이 되면 5~10도로 뚝 떨어진다. 그러다 6월 중순이 되면 밤 9시가 다 돼도 밖이 훤한 걸 알게 된다. 매미 소리를 들으면서 내가 사는 아파트 뒤뜰의 나무들을 내다보고 있노라면, 에스텔의 집 뒷마당에서 보던 진홍빛 석양의 추억이 가끔 떠올랐다. 여름이 더디게 흘러갔고, 나도 그랬다. 그러던 7월 초 어느 날, 내 삶이 다시 송두리째 바뀌었다. 난생처음 사랑에 빠졌다. 아주 급작스러운 일이었다.

한가할 때 내가 자주 찾는 카페가 시내에 있었다. 조용하고 따뜻하고 분위기가 집 같은 곳이었다. 한여름에 나는 관광객들로 북적이는 건너편에서 일했다. 낯선 얼굴이 가득해도 카페는 내 안식처가 되었다.

어느 날 아침 그 카페에서 브런치를 먹는데, 같이 있던 친구 줄리아가 비밀이라도 말하려는 것처럼 몸을 숙이더니 바리스타가 나한테 데이트 신청을 하고 싶어 하는 눈치라고 말했다. 어쩌다 그런 생각을 하게 됐는지 통 알 수 없었다. 왜 내게 호감을 보일까? 난 아예 망가진 상태였다. 내 몸 상태가 그러니 몰골도 말이 아니었다. 언제는 외모가 뛰어났다는 뜻은 아니다. 그런 적은 결코 없고, 그런 사실을 크게 신경 쓰지도 않았다. 난 그저 똑똑하기만 해도 삶에서 원하는 바를 충분히 이룬 것으로 생각했다. 그래서 남자가 꼬이지 않는다 한들 뭐 어쩌겠는가? 개 대여섯 마리를 데리고 혼자 살면서 내가 원하는 대로 1년 내내 선풍기를 틀고 자면 그만인데 말이다. 얼마나 완벽한가!

카페에서 나오기 전에 빈 접시를 가져다 놓으면서 그에게 눈길을 보냈다. 그는 내게 어느 학교에 다니는지 물었다. 휴학 중이지만 세라로렌스대학에 다닌다고 했다. 언젠가 돌아간다는 희망을 품고 있었으니 말이다.

며칠 뒤 출근했다가 사장한테 전화를 받았다. 딸이 곧 출산하기 때문에 몇 시간 동안 미술관 문을 못 열 거라면서 사장이 말했다. "어디 가서 커피 한잔 해요. 좀 있다가 전화할게요."

난 길 건너 카페로 갔다. 그가 웃으며 손님을 맞이하고 있었다. 내 상상이었는지도 몰라도, 그가 날 보는 눈이 반짝였다. 내 자리로 커피를 가져왔을 때는 내 무릎에 조금 쏟고 말았다. 그가 몇 번씩 사과했지만, 난 그냥 아무렇지도 않게 넘겼다. 그렇게 앉아 있는 동안, 난 외모에 신경 쓰면서 와인을 마시는 여자처럼 커피를 홀짝이려고 애썼다. 우아하게, 너무 많이 들이키지 않도록 능숙하게 가늠하면서 말이다. 날 보는 그가 느껴져서 미소를 지었다. 그가 저녁을 함께 먹자고 했고, 난 좋다고 했다.

데이트 신청을 흔쾌히 받아들였지만, 실은 아무것도 못 먹는다고 설명할 생각에 불안해졌다. 아예 음식을 입에 대지 않거나 데이트 중에 그의 눈앞에서 토할지도 모를 위험을 무릅써야 했다. 그게 혹시 어떤 포유류의 구애 의식에서는 매우 자극적인 행위일지 몰라도, 인간에게는 아니었다.

우리는 길모퉁이 식당으로 갔다. 내가 몇 년 동안 먹지 못한 양파와 빨간 고추 같은 재료가 가득해서 늘 군침을 흘리던 곳이었다. 나는 맥 빠질 정도로 맛이 없는 샌드위치를 깨작거리면서 그의 크고 빛나는 푸른 눈에 이따금 빠져들었다. 우리는 알게 된 지 얼마 안 되고 공통적으로 아는 사람도 없지만, 곧바로 묘한 유대감을 느꼈다. 그와 같이 있는 게 너무 편해서, 내가 어쩌면 우리가 전생에서 아는 사이였는지도 모르겠다고 농담을 했다. 그는 내 분위기가 보랏빛이라고 말해 주었다. 우리는 웃으며 전화번호를 주고받았다.

그와 저녁 식사를 한 다음 주에 내가 일기에 이렇게 썼다. "맥스가 배를 태워 주었다. 그 애는 나랑 사귀고 싶어 한다. 그 애의 손을 보고 알았다. 겁이 났다.”

난 스무 살 때까지도 처녀였다. 마지막 남자 친구는 고등학교 3학년 때 사귀었다. 그 애에 관해 잊히지 않는 추억은 그 애의 아파트에 함께 있던 어느 날 밤의 일이다. 내가 대학에 가기 몇 주 전이었다. 이런 이야기의 배경이 늘 그렇듯, 끔찍이도 더운 여름밤이었다. 우리는 어두운 거실에서 나긋한 목소리로 이야기를 나누고 아메리칸 스피릿을 피우면서 음악을 들었다. 하늘도 공감했는지 비가 내리기 시작했다.

늦은 시간에 젖은 길을 운전하며 가고 싶지 않았던 난 그 집 소파에서 자기로 했다. 그 애가 복도를 지나 침실로 들어가고 얼마 있다 나도 따라갔다. 어두운 문가에 있고 싶어서였다. 바로 그때 배가 뒤틀리는 익숙한 느낌이 찾아왔고, 생리 중이라는 사실이 이내 떠올랐다. 그래서 문가에 어정쩡하게 서 있었다. 줍디줍고 푹푹 찌는 그 애의 방 한구석에서 선풍기가 힘없이 돌아가고 있었다. 그 애가 창문을 조금 열고 음악을 틀었다. 아직도 기억한다. 그 애가 내 허리에 팔을 감았고, 우리는 바깥에서 퍼붓는 폭풍우 소리에 귀를 기울였다. 난 그 애가 잠들고 한참 뒤까지 침대에 온통 피를 묻힐까 봐 걱정하고 있었다. 그렇게 누워 있으니, 느껴진다는 느낌으로 충만했다. 다음 날, 그 애가 아침을 만들어 주었다. 그 다정한 기억은 내가 처녀성을 잃었을 때보다 더 인상적이었다. 그 애가 내게 준, 사람끼리 하는 접촉이라는 선물은 무엇과도 바꿀 수 없었다.

난 어렸을 때 누구와 포옹이나 입맞춤을 자주 하지 못했다. 신체적인 애정 표현을 갈구했지만 접할 기회가 없었다. 몇 년 전 제인 선생님과 상담 치료를 하면서 알게 된 내 결점 중 하나다. 난 분명히 몸으로 애정을 표현하려고 했지만 그럴 기회가 많지 않았다. 세라 로렌스는 엄밀히 말해 피 끓는 남자 이성애자들의 중심지는 아니었다.

작은 도시 메인도 기회가 많진 않았다. 기회가 많았어도 내 몸 상태가 엉망이라서 한여름의 연애 따위에는 관심이 없었다. 그러나 맥스와 나는 부정할 수 없는 불꽃이 튀는 걸 경험했다. 다른 사람에게는 그런 감정을 한 번도 느껴 보지 못했다. 신체적 매력에 그렇게 뜨겁게 끌린 적이 한 번도 없었다. 우리는 서로 만지려고 다가갈 필요도 없었다. 거리를 걷다가 그가 무심코 내 궤도 안에 들어오거나 차에 기어를 넣으려다가 내 허벅지를 살짝 스치기만 해도, 난 몸이 달아올랐다.

그가 저녁을 함께 먹으려고 날 데리러 온 어느 날 돌아오는 길에 익숙하지 않은 쪽으로 걸음을 돌렸다. 내가 어디로 가는지 묻자 그가 이렇게 대답했다. "여기서 뜻밖의 재미를 소량 더하려고." 그의 10점짜리 어휘에 코웃음을 치면서 일단 속아 넘어가 주기로 했다. 그는 자기가 좋아하는 곳으로 날 데려갔다. 항구가 내려다보이는, 바위가 많은 해안이었다. 밟아서 다져진 숲속의 흙길로만 갈 수 있는 은밀한 장소였고 로맨틱했다. 인정!

그가 날 향해 두 팔을 벌렸고, 난 그 품에 안겨서 지는 해를 바라보았다. 그의 품에 턱 안기는 순간 공허가 밀려왔다. 그의 두 팔이 느껴지지 않고, 나만 느껴졌다. 그렇게 꽤 오래 있던 그가 한숨을 쉬었다.

"그냥 이렇게 있다간 너랑 미친 듯이 사랑에 빠질 것 같아." 그가 말했다. "근데 너도 날 사랑할 수 있을지 두려워."

난 완전히 숨이 막힌 채로 고개를 들어 그를 보았다. 그가 말을 이어 갔다. "내가 유일하게 장담할 수 있는 건, 내가 널 사랑하게 된다면 다시는 이만큼 누군가를 열렬히 사랑할 수 없다는 거야."

난생처음 할 말을 잃었다. 그에 어울릴 만한 관능적인 말을 찾으려는 욕구를 억누르면서 그 순간에 빠져 몰입하려고, 느끼려고 노력했다. 그날 밤, 집으로 돌아와 그 순간을 일기장에 하나하나 적으면서 꽤 중대한 일이 내게 벌어진 것을 깨달았다.

다음 날 저녁, 레베카가 야간 근무를 하러 나갔고 맥스가 우리 집으로 왔다. 우리는 화제가 끊길 새도 없이 몇 시간씩 이야기를 나누었다. 그러다 키스를 했는데, 내가 꼼짝이도 못했고 그런 사실을 알았다. 그는 인내심이 있었다. 그가 날 이끌려고 했는데, 내가 머리를 한쪽으로 기울여야만 키스할 수 있다는 걸 알고 재밌어했다. 난 배우고 익히는 데 상당히 빠른 편이라는 말로 그를 안심시켰다.

"내가 하는 대로 똑같이 하려고 하지 말고 좀 바꿔 봐." 그가 침대

에 기대면서 말했다. 난 생각했다. '좋았어, 즉흥 무용이랑 같아.' 그
는 내가 주저하는 걸 알아채고 잠깐 생각하더니, 우리에게 익숙해
진 언어를 써서 다른 방향으로 시도했다.

놀라웠다. 그의 투박한 비유가 도움이 되었다. 그러자 뭐라 설명
할 수 없이 묘하게 흥분이 돼 그와 침대에서 함께했다. 내 셔츠가 먼
저 벗겨졌다. 난 얼굴을 붉혔고 겁이 났다. 그때까지 내 가슴을 본
사람이 없었고, 그런 식으로 만진 사람은 더더욱 없었다. 난 그런 상
황에서 무언의 의사소통을 해석하는 데 익숙하지 않았다. 그래서
그냥 몰입의 학습 경험에 충실하려고 노력했다.

지금 생각해 보니, 그는 조심스러우면서도 능숙했다. 나와 달리
그는 자기가 어디로 가고 있는지 알았고, 난 아무것도 모르는 나 자
신에게 잠시 실망하긴 했지만 누군가를 신뢰하는 연습을 하는 중이
라는 걸 깨달았다. 너그럽게도 다 처음이 있기 마련이라고 나 자신
에게 알려 주었다. 첫 경험은 거창하기 마련이다.

그가 손가락이든 성기든 내 안으로 넣는다면 아플 거라고 생각했
다. 처음부터 그 부위에 통증이 있었거나 골반 검사 때마다 고통스
러웠기 때문만은 아니다. 많은 소녀들처럼 나도 '첫 경험 때는 아프
다'는 경고를 들으면서 자랐다.

사랑에 빠지다

어느 정도는 어렸을 때 받은 성교육이 날 이 운명으로 밀어 넣지 않 았는지 자주 생각했다. 5학년 때 선생님이 두 명 생각나는데, 50대 후반의 여자 선생님들이었다. 한 분은 사교적이고 개방적이었으며 "굉장해!" 하는 식으로 말하면서 느낌표를 자주 썼다. 다른 분은 아 주 진중하고 감정을 철저히 자제해 억눌린 듯 보였다. 어떤 선생님 이 여학생 성교육을 담당했을까?

남자애들이 있는 옆 교실에서는 웃음소리가 터져 나온 반면, 사 춘기를 앞둔 우리 여자아이들은 딱하게 몸을 꿈지럭대며 자리에 앉 아서 선생님이 침울한 표정으로 '질'이라는 단어도 쉽게 내뱉지 못 해 안간힘을 쓰는 걸 지켜보았다. 성교육으로 한창 재밌는 시간을 보내는 남자애들과 다르게 난 제대로 알지도 못하는 어떤 뭔가에 대해, 내 삶에서 이제 막 떠오르는 주제에 대해 민망함과 죄책감만 느끼고 있다는 사실 때문에 점점 더 불만스러워졌다.

쉬는 시간에 우리는 평소 남자애들이랑 하던 발야구를 포기하고 풀로 덮인 운동장 언덕에 모여서 '매우 중요한 수업'의 내용을 되새 겼다. 남자애들이 꽥꽥거리면서 몸을 던져 언덕을 구르고 선생님이 알려 준 대로 "섹스는 괴에에에엥장해!" 하고 연신 외치는 동안, 여 자애들은 언덕 꼭대기에 앉아 풀만 한 움큼씩 뽑고 있었다. 남자애 들은 성에 눈을 뜨고 새로운 자신감과 쾌락을 추구할 권리에 만족해 뛰놀았고, 우리는 그 역학에 관한 귀중한 정보를 얻고도 섹스가 어떤 느낌인지, 사람들이 왜 그걸 하고 싶어 하는지에 대해서는 한 마디도 못 들었다는 사실에 발끈했다. 아주 당연한 일, 아기를 갖는 일에 대해서는 말할 것도 없었다.

그러니까 남자애들은 여자애들에게 허락되지 않은 중대한 지식을 갖춘 채 교실의 이중문을 열고 나온 셈이다. 맥스와 함께했을 때, 내 몸에서 일어나는 일에 대해 남자가 나보다 더 많이 아는 상황을 다시 직면했다. 이번에는 내 성적 능력을 발견하고 주장할 수 있는 위치였다. 전기가 통하듯 짜릿했다. 게으름 탓에 길게 자라도록 내 버려 둔 머리카락이 등으로 전하는 간지러운 느낌만으로 온몸이 깨어났다.

그날 밤, 맥스와 잠자리를 하지는 않았지만 우리가 나눈 성적 탐구가 상처를 남겼다. 그것도 깊이. 골반에서부터 가슴까지 온몸이 며칠 동안 아팠는데, 난 이걸 정상이라고 생각했다. 아무도 날 준비 시키지 않았기 때문에, 크게 걱정할 일이라는 생각을 못 했다. 아픈 건 차치하고, 모든 과정이 꽤 극적이고 흥미로웠다. 나 자신이 무척 극적이고 흥미롭게 느껴졌다.

다음 날 아침에 맥스가 떠난 뒤 몸을 뒤척이다가 텅 빈 침대, 피가 묻은 침대보, 욱신거리는 통증, 베개에 남은 그의 향기를 마주했다. 갑자기 겁이 덜컥 났다. 내가 뭘 잘못했나? 원래 이렇게 아픈가? 그가 날 만지고, 내 침대에서 자고, 한밤중에 우리 몸이 뒤엉킨 게 어떤 의미였을까? 난 몸을 돌려 천장을 오랫동안 바라보면서, 이야기를 나눌 사람이 있으면 좋겠다고 생각했다. 무엇보다도, 난 작은 마법을 경험했다고 생각했다. 누군가가 내게 괜찮다고 말해 주길 바랐다.

며칠 뒤 같은 주에 제인 선생님과 상담하다가 그 이야기를 처음부터 끝까지 단숨에 말해 버렸다. 고해성사를 하는 기분이었다. 제인 선생님은 아무 말도 안 했지만, 그렇게 털어놓고 나니 왠지 실감이 났다.

한숨 돌리고 선생님을 보다가 울음을 터트렸다. "무슨 일이 일어나고 있는지 모르겠어요." 내가 눈물을 흘리다가 웃으면서 말했다.

"사랑에 빠진다는 일이지." 선생님이 다 안다는 듯이 말했다. "선물이야, 그가 아니라 네가. 너 자신에 대해 많이 알게 될 거야."

"괜찮은 건가요?" 내가 눈물을 훔치며 순하게 물었다.

"그럼, 괜찮고말고." 선생님이 눈을 반짝이며 안쓰럽다는 듯 말했다. "놀라운 일이지."

난 평소와 다르게 선생님 얼굴을 한동안 살폈다. 한 시간이나 상담하면서도 되도록 선생님을 자주 보지 않는 편이었다. 몇 년 전 치료상 필요해서, 선생님이 꽤 젊은 나이에 남편과 사별한 것을 내게 말해 주었다. 선생님은 대단하게도 자기 슬픔을 애써 분리했지만, 그 슬픔은 선생님의 눈 뒤에서 영원한 불꽃처럼 빛났다. 그 순간 선생님이 겪은 슬픔의 깊이를 이해하려면 선생님이 알던 사랑의 깊이

도 헤아려야 했다. 내가 과연 혼자 힘으로 그런 사랑을 헤아릴 처지
에 있는지 궁금했다.

상담이 끝나고 자리를 뜨려고 일어섰다. 선생님도 일어섰다.

"정말 기쁘구나." 선생님이 말했다. 처음에는 내가 난생처음 내
나이에 반쯤은 걸맞은 경험을 해서 선생님이 흐뭇해하는 줄 알았
다. 어쩌면 그랬는지도 모른다. 그러나 내가 용감해서 선생님이 기
뻐했다는, 어쩌면 조금 자랑스러워하기까지 했다는 생각도 들었다.

눈물이 앞을 가리는데도 난 웃었다. 그리고 이상한 기쁨에 사로
잡혀 선생님을 껴안았다.

나를 치유해 준 것들

얼마 후, 내가 쓰기에 과분할 정도로 좋은 면 침대보가 깔린 볕이 잘
드는 모퉁이 침실에서 맥스와 첫 섹스를 했다.

나는 평생 나이 든 여자들과 책을 통해 그리고 사회를 통해 첫 섹
스는 즐겁지 않지만 점차 나아질 테니까 끝까지 해야 한다고 배웠
다. 첫 경험이 고통스럽다는 건 사실이었지만, 이미 예상했기 때문
에 딱히 놀랍거나 실망스럽지는 않았다. 놀라운 건, 삽입의 통증이
있어도 내게는 대부분이 완전히 새로운 세상이던 섹스에 따르는 그
밖의 모든 과정을 내가 정말로 좋아했다는 점이다.

예를 들어, 남자 성기에 대해 배울 게 무척 많았다. 남자 성기를 내 몸에 들일 기회가 있기 전에는 그걸 거의 본 적이 없다는 사실에 처음에는 좀 당혹스러웠다. 10대 때 또래들이 꼭 보는 포르노를 (남들 집 거실 소파에서 자던 처지라) 본 적이 없던 나는 질문을 많이 해야 했다. 난 천성적으로 뭔가에 푹 빠지는 편이기 때문에, 성에 눈뜨는 경험은 그야말로 가장 심취할 만한 일이었다.

맥스는 내게 인내심을 발휘했다. '다른 여자들과 만난 적이 있다'는 그의 말이 스무 살짜리 남자애 입에서 나온 것치고는 아주 세련되게 들렸다. 자기 딴에는 여자 성기를 충분히 많이 봐서 알 만큼 안다고 생각했을 것이다. 그것에 대해 묻지는 않았다. 난 그저 음낭이라는 것에 온 관심이 쏠려 있었다.

삽입할 때가 다가오자 맥스가 은근히 관계를 이끌었다. 어떻게 결정됐는지 모르겠지만, 내가 어떤 확정적이고 실질적인 말을 한 게 분명하다. 무려 이런 식으로. "긍정: 이 합의에 따른 성관계를 위해 충분히 윤활액이 분비되었고 흥분되었음. 진행하시오."

차 문에 손을 찧은 느낌이었다고 기억한다. 무디게 꼬집는 것 같은 깊은 통증이 골반으로 퍼져 나갔다. 배 속에 경련이 나는 듯했고, 내가 불쾌한 소리를 낸 것 같다. 맥스가 부자연스럽게 미안하다는 표시로 숨을 몰아쉬며 곧바로 날 내려다보았기 때문이다.

난 침을 꿀꺽 삼키고는 눈가에 고였던 눈물이 뺨을 타고 흘러내리는데도 웃으면서 괜찮다고, 계속하라고 말했다. 아픔을 예상했고,

실제로 아팠다.

문제는 계속 아팠다는 점이다. 난 우리가 사귀기 시작한 해가 다 갈 때에야 아픈 게 문제라는 사실을 인정했다.

그해 여름이 끝날 무렵 맥스와 내가 함께 지낼 거처를 마련했다. 그때 내 상황을 설명하면서 세라로렌스로 돌아가지는 않겠지만 맥스가 학교로 돌아가는 가을 학기에는 혼자 힘으로 뭐든 할 거라고 말했다. 내게는 모아 둔 돈이 조금 있었고, 맥스가 학교에 다니는 동안에는 그의 부모님이 그를 얼마간 도와줄 터였다. 나는 우리가 사는 대학 도시에 있는 대학에서 몇 가지 수업을 들으려고 했다. 그중에는 무용 수업도 있었다. 그러나 건강이 계속 나빠져서, 최선을 다했어도 첫 학기를 넘긴 수업이 없다. 게다가 맥스도 자기가 다니는 학교를 싫어하게 됐다. 우리가 함께할 때 행복했지만, 각자 하는 일에 대해서는 그렇지 못했다. 그래서 우리가 처음 만난, 맥스의 가족이 있는 도시로 돌아오게 됐다. 맥스는 앞으로 뭘 하고 싶은지 생각해 볼 참이었다. 나는 앞으로 뭘 할 수 있는지 생각해 봐야 했다.

관계를 할 때 통증이 계속 있었는데도 그 친밀한 느낌이 무척 좋아졌다. 누군가와 신체적으로 가까이 하면서 그렇게 오래 보낸 적이 없었다. 맥스와 같이 지내려고 새로 얻은 작은 아파트에서 우리는 (처음으로 같이 산) 비싼 퀸 사이즈 침대에 누웠고, 밤이면 그가 난방기처럼 놀랍도록 따뜻하게 해 주었다. 그의 종아리 사이에 끼워 넣은 발이 따뜻해지는 게 참 좋았다(그는 그걸 별로 좋아하지 않았지만 잠결에도 몸을 돌려 날 안아 주었다). 그러다 갑자기 잠에서 깨어나 잊고 있던 공포가 날 할퀼 때면, 맥스가 안전하게 내게 두 팔을 두르고 있다는 사실을 깨닫고서 곧 진정되었다.

크리스마스 때마다 맥스의 가족과 뉴욕으로 간 건 내 생애 최고의 크리스마스 휴가였다. 우리는 남는 침실의 아주 작은 매트리스에서 함께 잤고, 크리스마스 아침이면 맥스의 어머니 매기가 고개를 빼꼼히 내밀고 우리를 깨웠다. 어느 크리스마스에 우리가 잠에서 덜 깬 채 비틀거리며 아침을 먹으러 나갔을 때, 매기가 방문을 열어 보니 우리가 1센티미터 간격만 두고 얼굴을 마주한 채 자고 있었다면서 어떻게 그렇게 잘 수 있는지 모르겠다고 말했다. 그러고는 매기와 맥스의 아버지 사이먼이 뭔가 안다는 듯한 눈빛을 서로 주고받았다. 두 사람은 난생처음 사랑에 빠지는 일이 어떤 느낌인지 잠깐 떠올랐다는 듯 일제히 한숨을 내쉬었다. 매기는 알고 있었다. 다만 잊었을 뿐.

맥스를 만나기 전에는 성적으로든 다른 면으로든, 신체 접촉이 주는 자유를 전혀 느껴 보지 못했다. 맥스가 떠나고 나서야 비로소 성적이지 않은 친밀감과 신체 접촉이야말로 내게 가장 큰 치유가 됐다는 사실을 깨달았다. 그러나 성적인 부분을 통해서도 내 몸에 대해 많은 걸 배웠고, 이건 귀중한 교훈이 되었다. 질병 때문에 성교가 불가능할 수도 있다는 지식은 내가 물을 방법을 찾지 못한 질문에 대한 답이 되었다.

시간이 흐르고 병이 갈수록 심각해지면서 내 몸이 계속 싸우길 포기하는 것 같았고, 그래서 맥스와 내가 지쳤다. 우린 어린애들일 뿐이었다. 처음으로 열렬한 사랑에 빠진 애들이었다. 그건 나름대로 절대적인 마술이었다. 그러나 마술은 대개 손기술과 속임수다. 우리의 마술도 결국 다르지 않았다.

맥스는 내게 가족을 선사했다. 과잉보호를 할지는 몰라도 착하고 적극적이고 마음 따뜻한 사람들이었다. 어둠, 실수, 증오가 없는 가정은 없다. 그러나 고통을 조금이나마 덜어 줄 지지와 긍정과 사랑이 있다면, 견딜 만하다. 뒤돌아 생각해 보니, 맥스 부모님과 내 관계는 나와 맥스의 관계보다 때로는 더 복잡하고 감정적으로 깊기도 했다. 이 점이 내게 잊히지 않는 교훈을 주었다.

우리가 함께한 첫해에 추수감사절을 보내기 위해 사이먼과 매기의 집으로 갔다. 어느 날 저녁, 맥스는 친구들을 만나러 가고 나는 몸이 안 좋아서 집에 남았다. 우리 둘 다 따로 자기 친구들과 시간을 보낼 필요가 있다고 생각했고, 난 맥스가 어디에서 누구와 뭘 했는지 캐묻지 않을 작정이었다. 무엇보다도 맥스를 믿었기 때문이다. 그러나 내 머릿속에 다른 생각이 많고 맥스를 '엄마처럼 보살펴야 한다'는 책임을 떠안기 싫기 때문이기도 했다. 당시 산더미 같은 병원비 청구서가 정확한지 확인하려고 내 진료 기록을 다 구해 놓았다. 그러던 중 내가 세라로렌스를 떠나면서 안게 된 마음의 상처를 다시 열어 보기 시작했다. 그날 밤 나는 맥스 부모님 집에서 저녁을 먹은 뒤 거실에서 매기와 소소한 이야기를 나누고 있었다. 매기는 판도라의 상자를 열게 될 줄은 모르고 내 건강에 대해 별생각 없이 물었다.

매기를 안 지 그리 오래되지 않았는데도 내 마음속의 뭔가가 움직였다. 그 끔찍한 이야기를 전부 털어놓았다. 당시 맥스에게 이야기한 것보다 많이. 참담하게도, 진료 기록을 한 장 한 장 넘기다가 난 눈물이 차올라 몸을 들썩이기 시작했다. 당황한 나는 정신을 바짝 차리고 진료 기록을 챙겨 위층으로 올라가려고 했다. 매기를 불편하게 하고 싶지 않아서였다. 게다가 난 맥스의 가족은커녕 맥스에게도 내가 정말로 얼마나 끔찍한 악몽 속에서 사는지 모조리 알려 줄 준비가 돼 있지 않았다.

매기가 의자에서 일어섰다. 내가 감정을 드러내서 매기가 자리를 뜨려고 일어섰다는 생각에 격렬한 아픔과 창피함이 몰려왔다. 그런데 매기가 소파로 다가와 날 안아 주었다. 처음에 난 어찌해야 할지 몰랐다. 대부분의 사람들이 신체적 애정을 주고받는 법을 배우는 유년기에 난 누구하고 포옹해 본 적이 별로 없다. 그런 나를 매기는 꽉 안아 주었고, 그 바람에 매기의 좋은 향기가 나는 아주 멋진 스웨터가 내 눈물로 얼룩지고 말았다.

매기는 아무 말도 하지 않았다. 날 나무라지도 않고, "이제 그쯤 하면 됐어." 하는 식으로 등을 토닥이면서 날 밀어내지도 않았다. 그저 온몸의 감각이 없어질 때까지 울도록 날 내버려 두었다. 내가 홀쩍이는 소리를 빼면, 방이 정적으로 가득 차서 매기의 심장 뛰는 소리가 내 귀에 들릴 정도였다. 두려움과 괴로움이 내 안에서 솟아올랐으나, 그 순간에는 믿기지 않을 정도로 평온했다. 내가 진정하면서 "그래, 그래."라는 밀어냄이 찾아올 줄 알았는데, 매기는 그저 기다리기만 했다. 내 눈물이 다시 차오르자 매기는 그게 당연한 반응이라는 듯이 잠자코 기다렸다. 그게 유일한 반응이라는 듯이. 인간의 본능적 반응이라는 듯이.

성교통과 불안한 관계

내가 맥스를 잃을 수 있다는 사실은 그저 사랑하는 남자를 잃는 것 이상이었다. 날 사랑해 준 맥스의 부모님, 즉 가족을 송두리째 잃는 것을 의미했다.

불확실 앞에서, 감당하기 힘든 어려움과 암담한 현실 앞에서, 때로는 사랑만으로 충분치 않다. 맥스와 함께한 몇 년은 대부분 행복했다. 같이 여행을 다니고, 배를 탔고, 길을 가다 전혀 모르는 낯선 사람들한테 사랑에 푹 빠진 우리 모습이 보기 좋다는 말을 듣기도 했다. 우리는 사랑했다. 그러나 그걸로 충분치 않았다. 내가 충분치 않았다.

관계를 맺을 때마다 늘 아팠고, 그래서 내가 잠자리를 피했다는 사실을 알게 되었다. 내가 이 문제로 고민할 때 관심을 보인 의사는 없다. 하지만 내가 맥스를 병원에 데리고 다니면서부터, 맥스가 의사에게 뭔가 입증하면서부터, 아니 정확히 말해 맥스가 불만을 나타내면서부터 의사가 곧바로 이 문제에 귀 기울이기 시작하는 것 같았다. 의사의 태도에 짜증이 솟구쳤다. 그건 증인 맥스가 없을 때는 의사가 내 말을 믿지 않았거나 내 말을 믿었어도 내 고통만으로는 조치를 취하기에 충분치 않았음을 의미했다. 남자를 실망시켜야 일이 되는 것 같았다.

맥스를 데리고 폴슨 박사를 다시 찾아갔다. 내가 섹스를 보통 여자처럼 하지 못한다고 하니, 의사로서 제안할 치료법이 무척 많은 것 같았다. 나는 피임법을 시도했고, 자궁에 피임 장치를 삽입했고, 너무 고통스러워서 그만둘 때까지 골반 기저 물리치료를 받았다. 통증 관리라는 명목으로 질 안에 손, 쪽마늘, 매끈한 돌멩이, 의료용 남근이랄 수 있는 알록달록한 플라스틱 '확장기', 미끈거리는 탐촉자, 얼음처럼 차가운 반사경, 카테터, 탈지면, 메스, 거즈 등 온갖 것을 넣었다. 또 동종요법, 자연요법 전문가를 찾아가서 온갖 팅크제와 알약을 받아 왔다. 냄새를 도저히 참을 수 없을 때까지 라즈베리차도 마셨다. 피마자유 찜질도 하고, 경피전기신경자극(TENS) 장치도 써 보고, 화상을 입을 때까지 전기 온열 패드를 맨살에 대고 있기도 했다. 뜨거운 물에 온종일 몸을 담그기도 했다.

부인과 의사들은 체위, 각도, 속도를 달리해 보라고 조언했지만,

난 이미 다 해 보았다고 거듭 말했다. 당연한 일이었다. 우리는 정력 넘치는 20대 연인이었다. 우리가 서로의 성적 만족만을 위해 집 안 온 구석이며 숨겨진 공공장소를 이미 다른 용도로 썼을 거라고 왜 짐작하지 못할까? 난 적어도 열세 살 때부터 〈코스모폴리탄 Cosmopolitan〉을 훔쳐봤고, 맥스도 분명 몇 년 동안 인터넷 포르노 전문가였을 것이다. 1990년대 아이들은 그런 식으로 수고스럽게 음란물을 접했다. 정말 '빈의 굴'이니 '악어 매음굴'이니 하는 체위가 성교통이라는 문제를 해결해 줄지 의문이었다. 후자는 오히려 통증을 일으킬 것 같았다.

의사들은 언제나 나한테 윤활액이 충분히 분비되었는지를 물었다. 더 분비될 수 없을 정도였지만, 그걸 의사에게 어떻게 증명하겠는가? 내게 있던 모든 부인과적 문제 중에서 윤활 상태에 관한 것은 없었다. 이 점만큼은 자랑스러워하고 싶었지만, 오히려 이게 입증된 장애물이었다. 이 사실 때문에 내가 호소한 통증에 대한 혼선이 빚어지고 몸이 불편하다는 내 말이 사실이 아닌 것처럼 들렸다.

난 질이 열릴 때 아픈 게 아니라는 점을 설명하기가 어려웠다. 내가 '성교통'이라고 말하면 의사들은 대부분 질 입구가 열릴 때를 생각했다. 질 경련은 아주 현실적인 문제다. 질 벽과 질 수축이 비자발적으로 삽입을 막는 상태다. 경험적 증거에 따르면, 이 증상이 꽤 일반적이지만 제대로 연구된 적은 없다. 질 경련은 내가 섹스로 통증을 느끼는 지점도, 이유도 아니었다. 적어도 섹스를 시작할 때는 통증을 느끼지 않았다. 그러나 시간이 지나면서 내 몸은 예상되는 통증, 그러니까 성교 때 골반에 퍼지는 통증에 대해 스스로를 보호하려고 했다. 결국 내가 삽입 시점에 다다르기 전에 멈춘다는 뜻이다.

내 골반에서 비롯되는 통증은 질 경련에 따른 통증보다 훨씬 더 깊었다. 너무 깊어서 닿지도 않을 곳에서 통증이 시작되는 것 같았다. 강력하고 묵직한 통증이었다. 멍든 곳을 만질 때처럼 아프기도 했지만, 몸속에서부터 아팠다. 매일 느끼던 무지근한 통증이 규칙적인 삽입의 리듬 때문에 순간적으로 폭발하는, 숨 막히도록 충격이 심한 통증으로 바뀌었다. 나는 베개에 머리를 파묻고, 섹스가 내 목숨을 걸고 할 만한 행위가 되기를 기다렸다. 처음에는 비명을 지르지 않으려고 이를 악문 채 내 장기들이 골반 벽에서 찢겨 나가거나 식물 줄기처럼 꺾이는 느낌을 견뎠다.

관계를 끝내고 씻으러 욕실에 가 보면 피가 나 있고, 메스꺼움이 파도처럼 밀려오면서 통증이 허벅다리 위쪽으로 퍼져 나갔다. 그때마다 섹스란 원래 그런 거라고, 성장하려면 아픈 거라고 다독이며 혼잣말을 했다. 그러나 오래 지나지 않아 섹스를 무작정 무서워하게 되었다. 맥스에게 푹 빠져 미친 듯이 사랑했는데도, 그와 섹스를 하고 싶었는데도 말이다. 시간이 지나면서, 아플 거라는 생각에 섹스를 꺼리게 되었다. 맥스는 내 거절을 기분 나쁘게 받아들일 수밖에 없었다. 어떻게 안 그러겠는가? 나는 맥스로부터 돌아서고 있었다. 그의 손길에 움찔했다.

의학 도서관에서 찾은 단서

맥스와 내가 처음 만난 도시로 돌아오고 한 달도 되지 않아 난 병원에 일자리를 구했다. 뉴욕을 떠난 뒤로 자주 들락거렸기 때문에 응급실은 이미 익숙했다. 진료 기록 담당 부서에 빈자리가 하나 있었고, 그 부서 책임자가 운에 맡기는 셈 치고 날 고용했다. 학위도 없는 스물두 살짜리 여자에게서 병약함 대신 결단력을 알아봐 준 그 사람에게 두고두고 고마워할 일이다.

그렇게 아픈 데도 일을 했다고 하면 사람들이 놀라곤 한다. 그러나 내게 다른 선택이 없었을 뿐이다. 누군가에게 보살핌을 받을 처지가 아니었다. 다람쥐처럼 모아 둔 돈은 이미 오래전에 바닥났고, 병원비 때문에 빚이 그야말로 어마어마했다. 아플 여유가 없었다. 요양 같은 사치는 부릴 형편이 못 되었다.

내가 일자리를 구했기 때문에, 지독히 아프다는 내 말은 신빙성이 없었다. 그러나 돈을 벌어야 한다는 단순한 사실을 넘어, 난 내 삶에 병 말고 뭔가가 있기를 절실히 바랐다. 내가 구한 일이 그리 힘들지 않았다는 점이 중요하다. 대부분 책상에 앉아 일했고, 일하는 시간도 적당했고, 유급휴가와 병가도 있었다. 몸이 유독 안 좋아져도, 엘리베이터만 타면 응급실에 갈 수 있었다. 게다가 업무 외에 별다른 일을 하지 않았다. 집 청소, 사교 또는 내가 속해 있던 (아니 속하고 싶었던) 인간관계에 공을 들이는 일 같은 걸 할 기력은 없었다.

너무 지쳐서, 자는 게 제일 좋았다.

그러던 중 병원에 작은 의학 도서관이 있다는 걸 알게 되어, 시간이 될 때마다 그곳에 가 학술지들을 복사해서 내 책상으로 가져왔다. 그렇게 의학 학술지를 접한 게 이듬해 내내 큰 도움이 되었다. 내 삶이 통증 자체라면, 통증에 대처할 방법을 최선을 다해 배우고 싶었다. 그걸 넘어서서, 통증의 원인을 분명하게 이해하고 싶었다. 원인이 무엇이든, 그것에 대해 전문가가 되고 싶었다.

어려서부터 내가 원인을 밝히는 방식은 비슷했다. 남동생이 자폐증 진단을 받았을 때 난 자폐증에 관해 모든 걸 알고 싶었다. 어머니가 식욕 이상 항진증이라는 걸 알고는 그 병에 대해 전부 알고 싶었다. 두려운 것 앞에서는 지식이 늘 위안이 되었다. 주제가 무엇이든, 그에 관한 책을 한두 권이라도 찾으면 불안을 억누를 수 있었다. 내 우상 스컬리는 이렇게 말했다. "답이 거기 있다. 답을 어디서 찾을지만 알면 된다."

〈뉴잉글랜드 의학 저널The New England Journal of Medicine〉 과월호들을 살펴보면서 난 어디서 답을 찾을지 안다고 생각했다. 그러나 자궁내막증에 관한 내용을 많이 찾을 수 없었다. 난소 낭종이 뭔지 그리고 왜 생기는지는 알았지만, 자궁내막증은 내 마음 깊은 곳에서 그저 부분적인 답일 뿐이었다. 어쩌면 큰 문제일지도, 어쩌면 그렇지 않을지도 몰랐다. 나온 지 꽤 된 부인과학 교과서에서 찾은 자궁내막증에 관한 내용은 딱히 유용하지 않았다.

검색의 범위를 넓혀 보기로 했다. 내 책상에 놓이는, 진료 기록에 정연하게 담긴 병력과 진찰 결과를 날마다 훑어보았다. 의사들이 의무 기록을 정리하며 중얼거리는 '고지혈증'이나 '혈관 부종' 같은 말이 내 귀에는 아무 맥락 없이 허공을 맴도는 것처럼 들렸다. 그래도 의학 분야에서 쓰는 말이 내게 쉽게 다가왔다. 진료 기록을 처리하거나 수술 기록을 보내다가 모르는 단어가 나오면, 그걸 적어 뒀다가 쉬는 시간에 그 유래에 관한 수수께끼를 풀려고 노력했다. 접두사, 접미사, 라틴어 어근 등 의학 언어를 제대로 배우는 건 온전히 새로운 언어를 배우는 것과 다름없었다. 다른 언어처럼 여기에도 경구, 속어 그리고 은어 같은 농담이 있었다.

이제 대학을 안 다니고 정규교육도 안 받지만, 여전히 배운다는 생각이 들었다. 어쩌면 담쟁이덩굴이 늘어진 학교에서보다 더 열심히 배웠는지도 모른다. 정말이다. 그때 내 목적은 학위를 받는 것 이상이었기 때문이다. 난 내 목숨을 구하려고 애쓰는 중이었다.

내가 처음으로 한 일은 내 병력과 진찰 결과를 직접 아주 자세하게 써 보는 것이었다. 환자가 아닌 의사처럼 말이다. 내가 아는 한 의사들이 쓰는 서식에 맞춰 깔끔하게 내용을 입력하며 단어도 알맞게 골랐다.

현 상태:

환자는 임신 횟수 0회, 분만 횟수 0회인 22세 여성으로 2010년 가을부터 시작된 지속적인 우하복부 통증을 호소한다. 주기적인 골반 통증, 심한 월경, 만성 구역, 점진적으로 악화되는 피로감, 근무력감을 보고한다. 또한 경부 및 쇄골상 림프절이 자주 붓는 증상을 보이는데, 이는 임상적으로 중요하지 않을 수도 있다. 맥버니 압통점 지점의 우측 복통을 호소하며, 이는 활동 및 성교로 악화되고 휴식으로도 완화되지 않는다고 한다. 과거 영상 검사에서는 충수염 징후가 감지되지 않았다.

병력:

- 허리 부위의 우측 지방종. 임상적으로 유의하지 않다고 판단됨.
- DX LAP 2010 - 후측 맹낭의 자궁내막증과 좌측 부난관 낭소 낭종. 배액 및 인터시드 조치 실시. 좌측 나팔관의 비틀림.
- 13kg 이상의 의도치 않은 상당한 체중 감소.
- 우울증, 불안감 병력. 현재 졸로프트 복용 및 심리 치료 진행 중.
- 만성적 구역, 조기 포만감.
- 만성 골반통.
- 골반 복막 자궁내막증.
- 성교통.

내가 처음 가진 의문점 중 하나는 왜 충수염 진단이 내려지는 부위인 맥버니 압통점(배꼽과 오른쪽 엉덩이뼈의 끝을 잇는 선에서 5센티미터쯤 안쪽으로 들어간 위치)에서 구체적이고 지속적인 통증이 발생하는가였다. 영상 검사상으로는 충수염이 감지되지 않았는데 말이다. 물론 영상 검사가 완벽하지는 않다. 나팔관 뒤틀림 증상을 일으킨 낭종이 생겼을 때 초음파검사나 CT 검사에서 낭종이 숨어 있다거나 그런 기미가 있다는 사실이 전혀 보이지 않았으니 말이다. 게다가 충수염을 2년 동안이나 앓고 있다는 게 말이 되나?

나는 이미 사실로 존재하는 증상, 자궁내막증에서 시작해야겠다고 생각했다. 그다음으로 해야 할 논리적 질문은 자궁내막증이 충수에 존재하면서 문제를 일으킬 수 있는가였다. 내가 읽은 학술 문헌 중에는 자궁내막증에 관한 내용이 많지 않지만, 이 이론을 뒷받침하는 것으로 보이는 몇 가지 연구가 있었다. 생식기관 주변 부위가 병변에 취약할 수 있다는 건 분명했다. 이런 부위가 대부분의 여성들이 예상하는 것보다 많다. 혹시 내 창자에 병변이 발생할 수 있었을까?

충수 가설은 날 다소 불안하게 하는 발상이었다. 내 충수가 자궁내막 조직으로 덮여 있다면, 결국 더 급성을 띠는 충수염이 발생하나? 아니면 점점 곪아 터져 내 몸속에 서서히 널리 퍼질까? 어떤 경우든, 난 조치를 취해야 했다. 아니, 메스와 면허증이 있는 의사에게 의학적 조치를 취해 달라고 설득해야 했다. 충수를 제거하면 문제가 해결될까? 충수를 제거하면 조직이 원상태로 돌아와 자궁내막증이 있던 공간을 채울지도 모를 일이었다.

의학 도서관을 잘 활용하면서 그 어느 때보다도 많은 자료와 학술지를 접할 수 있었다. 병원에서 일하는 덕에, 학술 기관과 손잡은 것보다 더 큰 혜택을 누리는 셈이었다. 나는 임상적 증거를 찾으려고 '만성 충수염' 같은 단어로 검색하기 시작했다. 처음에 알아낸 바로는, 대부분의 의사들이 충수에 만성적으로 염증이 발생한다고는 생각하지 않는다고 했다. 물론 충수에도 암이 생길 수 있다. 그 병으로 오드리 헵번(Audrey Hepburn)이 죽었다. 그러나 '만성 충수염'이라는 말은 제약이 있고 논란의 여지가 많았다. 그러나 아급성 충수염이라는 개념 덕분에 내가 답을 향해 한발 더 나아갈 수 있었다.

충수염은 일반적인 질환으로 보인다. 대중문화에 꽤 자주 등장한다. 급작스러우나 치명적이지는 않으면서도 큰 지장을 주는 질환이 등장인물에게 필요할 경우, 충수염이 좋은 선택이다. 충수염이라면 겨우 20분짜리 이야기로도 시작부터 해결까지 다룰 수 있다.

막창자라고도 불리는 충수는 대장 끝부분에 달린 기관으로 작은 벌레처럼 생겼다. 충수에 염증이 생기면 대개 통증이 배꼽 주변에서 시작된다. 그러다 통증이 우측 엉덩이뼈 쪽으로 진행되는 경우가 많고, 그 중간 지점인 맥버니 압통점에 머문다. 많은 의학 용어와 마찬가지로, 이것도 사람 이름에서 왔다. 찰스 맥버니(Charles McBurney)가 충수염 진단법으로서 이 부위의 촉진에 관한 글을 썼다. 그러나 의학사 학자들 사이에서는 맥버니가 그 부위의 촉진을 처음 발견한 사람인지, 그저 그 주제에 관한 글을 처음 쓴 사람인지에 대해 의견이 분분하다.

어쨌든 난 맥버니 압통점에 대해 생각을 많이 했다. 정확히 그 부위에서 특유의 수그러들 줄 모르는 통증이 시작됐기 때문이다. 물론 골반의 다른 부분들과 허리에도 분명 통증이 있었으나 좀 더 분산된 통증이었다. 몇 년 전 뉴욕에서 응급실에 갔을 때도 난 이 특정 부위에 뭔가가 있다고 거듭 이야기했다. 가끔은 무겁고 뜨거운 돌이 들어 있는 느낌이었다. 때로는 풍선이 곧 터질 듯한 느낌도 든다. 특히 빠르게 걷거나 뛰려고 할 때 더 그랬다. 애초에 어쩔 수 없이 무용을 그만두지 않았다면, 몸을 비틀거나 회전시키는 동작을 할 때도 무리가 갔을 것이다.

심지어 차를 타고 가다가 솟아오른 턱을 지날 때와 같은, 적은 충격에도 통증이 순간적으로 폭발했다. 그럴 때마다 아픈 부위에 손을 대고 숨을 내쉬면서 통증이 가라앉기를 기다렸다. 같은 이유에서 성교도 견디기 힘들어졌다. 골반과 허리 전체로 깊은 통증이 퍼지는 데다 삽입할 때마다 내 몸 안에 있는 뭔가를 쿡 찌르는 것 같았다. 그 통증들이 서로 다르긴 해도 일종의 뜨거운 듀엣 춤 같았다. 때로는 통증들이 한꺼번에 폭발했는데, 내가 전혀 이해하지 못할 열감, 압박감, 무지근한 아픔이 불협화음처럼 찾아왔다. 내 몸 중심부에 고동치는 줄들이 엉킨 채 공처럼 뭉친 것 같아 줄을 한 가닥씩 떼어 낼 수 없었다. 엉킨 줄을 도저히 풀 수 없었다. 그런가 하면 한 가지 통증이 윙윙거리는 소리처럼 배경 속으로 잦아들기도 했다. 그럼 어떤 그림자가 날 더 힘들게 하면서 내 관심을 잡아끌었다. 그건 뼈 뒤쪽 어딘가의 그림자 속에서 속삭인 반면, 또 다른 통증이 앞으로 나와 내 갈비뼈를 붙잡고 아래로 확 잡아당겼다. 내 몸속 장기들을 붙잡고 비틀었다. 이럴 때면 통증이 있는 부위를 짚고 눌러 볼수 있지만, 그 통증이 뭔지는 전혀 알 수 없었다. 해부도와 3차원 플라스틱 모형에서 유용한 정보를 얼마간 얻었다. 내 배를 열어 슬쩍이라도 들여다보고 싶었다.

내가 그동안 조사한 내용을 들고 왜그스태프 박사를 다시 찾아갔을 때는 박사를 처음 본 뒤로 1년 넘게 지나 있었다. 박사는 걱정스러워 보였다. 내 상태가 호전되지 않아서가 아니라, 내가 박사를 탓할 것처럼 보였던 것 같다. 난 의사로서 박사의 역량에 의문을 제기하려는 게 아니라며 박사를 안심시켰다. 오히려 그 반대였다. 박사가 여전히 날 도울 수 있다고 믿었고, 더 많은 정보가 있었다. 그러니까 내 증상에 대해 전보다 많은 실마리를 가진 셈이었다.

자궁내막증에 관해 조사한 내용을 전부 설명하는 동안 박사는 인내심 있게 기다렸다. 난 특히 자궁내막증이 내 충수 부위의 통증과어떤 식으로든 관련 있을지도 모른다고 말했다. 그 전 몇 주 동안 그부위의 통증 때문에 응급실에 몇 번이나 갔고, 그보다 더 몇 주 전에는 특히 충격적인 통증이 있었다. 그때 응급실에 간 일이 박사를 다시 찾게 된 계기다.

정보를 모아들고 간 나를 본 왜그스태프 박사는 그걸로 뭘 어떻게 해야 할지 모르는 눈치였다.

"환자분은 내가 만난 심기증 환자 중 가장 똑똑하거나 공부를 많이 한 분이네요." 박사가 고개를 살짝 흔들면서 말했다. 그리고 복강경검사를 다시 하는 데 동의했다. 박사가 내 충수를 제거하면, 내가 적어도 그 부위에 대해 걱정할 일은 없을 터였다. 한편 박사는 검사에서 아무것도 밝혀지지 않으면 날 진료하지 않겠다고 경고했다. 하긴 박사가 할 수 있는 일이 없을 테니 말이다.

내 목숨을 살릴 만큼의 공부

내가 밤낮으로 통증에 시달리고 수도 없이 병원을 찾는 동안, 맥스는 내 기운을 북돋아 주려고 노력했다. CT 검사를 하기 전에 분홍색 조영제를 마시는 내 옆에 앉아 맥스가 한 말이 기억난다. "이 약은 스트로바륨 핑크 드링크라고 불러야겠군." 난 그 말에 진심으로 웃었다. 그러나 처음에 이랬던 맥스도 아무 진전 없이 같은 상황이 이어지자 불만스러워하게 되었다. 그는 스무 살을 조금 넘은 남자애였다. 정상적인 삶을 원하고, 친구들과 파티를 하며 귀여운 여자친구를 자랑하고 싶어 했다. 내가 그와 어울려 다닐 만큼 성한 몸이 아니라는 사실에 처음부터 실망했을 것이다. 그가 내게 화를 내기 시작했다. 자기 성욕이 채워지지 않는다고 생각하기 시작했다. 절대적으로 옳은 생각이었다. 욕구가 전혀 채워지지 않았으니. 난 좋

259

은 여자 친구가 아니었다. 내 상태로는 어쩔 수 없는 일이었다. 물론 내 성욕도 채워지지 않았지만, 내게 성적으로 불만이 있는지 묻는 사람은 없었다. 아마 일반적인 생각은 내가 섹스를 좋아하지 않아서 섹스할 때 그렇게 큰 고통을 느낀다는 것이었다.

나는 맥스의 부모님 집에서 지내며 회복하는 게 좋겠다고 말했다. 그래야 맥스가 자유로워질 수 있기 때문이었다. 그래야 맥스가 날 일으켜 화장실에 가도록 도와주거나 차를 갖다 주거나 밤에 자다 실수로 내 아픈 배를 무릎으로 칠 일이 없을 터였다. 맥스의 부모님 집에는 위층 화장실과 아주 가까운 손님용 침실이 있었다. 내가집으로 돌아가 스스로 날 돌볼 수 있을 때까지, 그곳에서 남들을 그나마 덜 방해하며 지낼 수 있었다.

두 번째 수술 전날 밤, 나는 맥스의 부모님 집에서 항균 비누로 씻은 몸이 깨끗해지도록 오랫동안 샤워기 앞에 서 있었다.

내 머릿속은 이미 많은 생각으로 가득 차 있다고, 샤워를 마치고 욕조 가장자리에 맥없이 주저앉으며 생각했다. 난 욕실 안 증기가 사라져 추워질 때까지 몸에서 물을 뚝뚝 떨어트리며 앉아 있었다. 공포로 온몸이 마비되었다. 내가 모든 사람에게, 심지어 나 자신에게도 거짓말을 하는 게 아닐까? 통증이 실제가 아니라면? 애초부터 없었다면? 왜그스태프 박사가 줄곧 옳았다면? 내가 그토록 애써 해결하려고 하고 항우울제를 한 움큼씩 삼키며 누그러뜨리려던, 유년기의 정신적 외상이 어쩐 일인지 머릿속에서 빠져나와 뼛속에 자리

6. 통념을 넘어

잡았다면? 괴로움이 마음뿐만 아니라 진짜 심장에서도 살아갈 수 있을까? 사랑받지 못하는 반갑지 않은 존재로 기댈 곳 없이 홀로 지낸 세월에 대한 반응으로 내 몸이 문을 굳게 닫아 버렸을까? 이제는 살 권리가 없다고, 내 몸이 뇌에게 설득당해 버렸나? 감정적 고통이 몸까지 서서히 썩어 가게 하나? 극적인 심리적 탈진처럼? 내가 실은 몸이 아니라 정신을 잃고 있나? 내가 실은 아이폰을 쥔, 프로이트의 히스테리 환자인가?

밤새 침대에서 뒤척였다. 몸이 욱신거리는 느낌이 날 매트리스 아래로, 침대 아래로, 방바닥 아래로, 지하실 아래로, 땅 아래로, 마침내 내가 몸을 누일 무덤 속으로 가라앉히는 것 같았다.

맥스와 맥스의 어머니, 매기가 다음 날 아침 일찍 날 병원에 데려갔다. 한 사람만 수술 준비실에 같이 들어갈 수 있어서 내가 맥스를 향해 손을 뻗었다. 그러나 마음 한편에서는 매기가 함께해 주기를 바랐다. 그냥 엄마가 함께 있으면, 하는 마음이었다. 난 무척 겁에 질렸고, 맥스는 내게서 멀어져 갔다.

그 주 초반에 맥스가 한 말이 있다. 내가 회복되는 동안 자기가 다른 여자애들과 잠을 자야 공평하다는 것이다. 나는 경악해서, 일부일처제를 거부하는 거냐고 물었다. 맥스는 바로 비웃으면서, 우리 상황에는 일부일처제가 공정하지 않다고 말했다. 나는 그 말이 무슨 뜻인지 이해하려고 노력했다. 내가 잘 베푸는 여자 친구가 못 돼 충분히 창피했고, 한편으로는 내가 생존만으로도 너무 지쳐서 다른 데서 욕구를 채우겠다는 맥스의 생각에 오히려 짐을 더는 것 같았다. 다만 난 늘 원칙을 고수하는 아이였다. 어려서도 옳고 그름에 대해 무척 엄격했다. 일부일처제에 동의했다면, 그걸 끝까지 고수해야 했다. 맥스가 그걸 원치 않는다면……. 음, 그럼 우리는 헤어져야 했다. 우리 중 아무도 이별을 원치 않았지만, 둘 다 변화가 필요하다는 사실을 느끼기 시작했다. 전과 같은 상태로 계속 지낼 수는 없었다. 적어도 맥스는 그랬다.

병원 침상에 눕지 않고 수액 걸대에 딱 붙어 있던 맥스는 말도 안 되고 상스러운 아재 개그를 하는 마취과 의사한테 모든 걸 맡겼다. 몇 년 전 첫 수술 때와 달리, 나는 수술실로 옮겨질 때 의식이 없었다. 모두가 수술 준비실에 있는 동안, 난 진정제 때문에 말하다 의식을 잃었다.

몇 시간 뒤 회복실로 돌아왔을 때 눈을 뜨기도 전에 느낌이 다르다고 생각했다. 분명 배 속이 빈 느낌이었다. 그 전 해에 친한 친구 힐러리가 아들을 낳을 때 같이 있었는데, 그때 머리로만 이해한 느낌이었다. 힐러리는 마지막 순간에 응급 제왕절개술을 받았는데, "와, 이제 배 속에 아기가 없어." 하고 분명한 느낌을 가졌다. 난 임신 경험이 없으니 힐러리가 느낀 것과 같은 느낌이라고는 우길 수 없다. 하지만 전에 내 몸에 있던 익숙한 느낌, 그토록 익숙했지만 때로는 정말 지랄 같던 그 느낌이 완전히 사라졌다는 사실에 의식을 찾자마자 깜짝 놀랐다.

간호사는 내가 정신을 차린 걸 보고 얼음 조각을 먹이기 시작했다. 맥스의 얼굴에 초점을 맞추려고 애쓰면서도 단 한 가지 질문밖에 떠오르지 않았다.

"그게 뭐였대?"

맥스와 회복실에 있던 다른 간호사들이 눈빛을 교환했고, 맥스가 믿기지 않는다는 듯 고개를 흔들어 댔다.

"네 말이 맞았어. 충수 때문이었어."

물론 전적으로 충수 때문만은 아니었다. 병리 검사로 확인한 결과, 감염이 아급성에 만성이었다. 내 가설대로 감염이 꽤 오랫동안 진행되었다는 뜻이다. 충수는 무척 길고 접착성이 강하다. 특히 장내 유착은 그 자체로도 통증과 고통을 일으킨다. 게다가 충수가 돌출된 내 창자의 일부, 즉 막창자가 '늘어진' 상태였고 정상과 달리 복벽에 제대로 붙어 있지 않았다. '유동 막창자'라고도 부르는 이 비정상적 상태는 태아 발달 과정에 생겨날 수 있다. 그러나 막창자가 이동할 수 있기 때문에, 막창자 끝에 붙어 있는 한 충수도 이동할 수 있다. 왜그스태프 박사가 충수를 발견했을 때, 그것은 막창자 뒤에 있었다. 아마도 그런 위치에 있었기 때문에, 그 모든 야단법석이 영상 검사에서 나타나지 않았는지도 모른다.

아직 움직이거나 말하지 못하는 상태로 하얀 천장을 바라보았다. 나는 내 의견이 옳기를 바란 적은 단 한 번도 없고, 그저 몸이 낫기를 바랐다. 왜그스태프 박사는 다음 상황이 어떻게 될지 몰랐다. 내가 남은 문제로 고생할 수도 있고, 어쩌면 몸이 나을 수도 있었다. 이런 사례에 대한 연구는 많지 않고, 의사들은 대부분 이럴 수 있다고도 믿지 않았다. 물론 믿는 의사들도 있었지만, 의학 문헌에서 이런 사례가 자주 보고되지 않는다는 사실을 생각하면 실전에서 이런 사례를 접한 의사가 드물다고 볼 수 있었다. 왜그스태프 박사는 반쯤 농담으로, 논문을 써야겠다고 했다. 박사가 자리를 뜨고 나서, 내가 맥스한테 이렇게 말했다. "박사님이 논문을 쓰면, 난 공동 저자 정도는 돼야 해. 내가 조사를 다 했으니까." 나는 논문을 쓴 적도 없고 학위 취득에 필요한 학점을 충분히 받아 본 적도 없지만, 내 목숨을 살릴 만큼의 연구는 한 셈이다. 이 점이 중요했다.

어쨌든 내게는 회복과 투지 그리고 내 몸속 진실을 지지하는 일에 관해 스스로 할 이야기가 생겼다. 가죽으로 장정된 책으로 만들어져 대학 도서관에 꽂히거나 액자에 끼워져 고급 사무실 벽에 걸릴 일은 없겠지만 말이다. 그러나 내 배의 상처가 그 이야기를 해 줄 것이다.

내 몸에서 통증 하나를 가까스로 격파하고 내 곁을 맴도는 악귀인 양 쫓아 버렸으나, 난 구원을 위한 그 소소한 구마 의식을 잘못 판단했다. 고통이 날 완전히 쓰러뜨리지 않았고 난 그걸 내려다볼 준비가 되었으나, 그 고통은 아무도 모르게 그림자 속에 도사릴 방법을 찾을 터였다. 성나서 푸드덕거리며 날갯짓을 할 때까지.

결국 내가 맥스를 얼마나 사랑하는지는 정말로 중요하지 않았다. 내가 얼마나 안 아프길 바랐는지가 중요하지 않았던 것처럼 말이다. 마침내 우리가 헤어지기로 했을 때, 난 책임을 느꼈다. 내가 잠자리를 못 하는 게 어떤 면에서는 내 선택이었다는, 그건 단순히 내 욕구대로 몸이 움직이지 않았다는 것보다 깊은 문제였다는 의사들과 사회의 은근한 암시가 계속된 탓에 난 나에 대해, 관계에서 내 구실에 대해 의문만 품게 되었다.

내가 맥스를 정말 사랑하고 그에게 끌렸다면, 우리의 잠자리에 따른 어떤 고통이든 참고 견뎌야 했을까? 실제로 난 상당 기간 참고 견뎠다. 아파 울면서도 베개에 얼굴을 파묻고 즐거운 척했다. 마침내 내가 더는 거짓말을 할 수 없는 지경에 다다랐을 때, 내 진실은 변명처럼 되풀이되는 똑같은 말로 들렸다. 내가 더는 맥스에게 매력을 느끼지 않는다고, 그래서 사랑하지 않는다는 말로 들린 게 분명했다. 그러나 인간이 복잡한 동물인 만큼 인간관계도 복잡하다. 맥스는 자기 안의 악마와 싸우기 위해 거처를 옮겼다. 난 그게 유일한 방안이라는 걸 나중에 깨달았다. 내가 그 악마 중 하나였기 때문이다.

떠날 준비가 되지 않은 나는 맥스와 함께 지내던 아파트에 머물렀다. 한 곳에 그렇게 오래 머문 게 처음이었고 그동안 만든 추억이 공간에 짙게 서려 있었지만, 시간이 어느 정도 지나자 다 안개처럼 사라졌다. 남은 추억은 빗자루로 쓸어버리거나 향을 피워서 살살 달래 보낼 수 있었다.

맥스의 부모님과는 연락하며 지냈다. 한 동네에서 여전히 마주쳤기 때문이다. 맥스와는 다르게 그들이 그리웠고, 가끔은 그들에 대한 상실감이 맥스에 대한 상실감보다 컸다.

몇 년 뒤 맥스가 찾아왔고, 우리는 5년 전 처음 만난 카페에서 다시 만나 커피를 마셨다. 그는 전과 거의 같았다. 머리가 좀 짧아졌고, 자신감 없는 목소리로 머뭇거리는 것 같기도 했다. 그러나 전보다 중심이 잡혀 있었다. 안정돼 보였고, 항해사가 되겠다고 했다. 우리가 이야기를 나누는 사이 하늘에서 폭우가 쏟아졌다.

우리는 세월 속에서 아주 다른 사람이 돼 있었다. 그러나 같은 농담에 눈을 반짝이거나 함께 나눈 추억을 떠올리는 찰나마다 안도하고 얼마간은 즐거워했다. 맥스는 새로운 도시의 삶에서 벗어나 부모님과 1주일 동안 야생으로 늦여름 트래킹을 떠날 준비 중이라고 했다. 나는 우비를 산다는 맥스를 따라 스포츠용품점에 갔다. 그곳에서 원터치 텐트가 전시된 인공 숲 옆에 있는 아주 작은 접의자에 우리가 앉았다. 죄책감을 털어놓기에는 좀 이상한 장소지만, 어떤 면에서는 그러기에 완벽한 장소였다. 서로 죄책감이 있는 우리가 서로 용서하는 과정을 가까스로 시작했다. 콜맨 텐트 바로 옆에서 말이다. 맥스가 새 재킷을 사서 밖으로 나왔을 때 비가 그쳐 있었다. 우리가 각자 길을 나서는데, 날이 이루 말할 수 없이 따스하고 아름다웠다.

혼자 아파트로 돌아왔다. 그곳에는 그의 일부가, 그의 티끌이 조금이나마 늘 머물러 있었다. 나는 천천히 공간을 바꿔 나만의 어지럽혀진 곳으로 만들었다. 좋은 추억은 내 곁에 언제까지고 맴돌도록 두었다. 내가 행복을 알았다고, 내가 사랑할 수 있었다고 다시 확인시켜 주는 모든 경험은 단단히 붙잡아 둘 가치가 있었다.

7

남성들만의
리그

난 그 어느 때보다도 의사들의 역량을 의심하기 시작했다.
그 대신 나 자신을 중요하게 여기기로 했다.

—넬리 블라이, 『넬리 블라이의 세상을 바꾼 10일』

여성의 통증은 왜 늘 부정되는가

소설가 힐러리 맨틀(Hilary Mantel)은 회고록 『유령을 떨치다Giving Up the Ghost』에서 1970년대 후반에 자궁내막증 진단을 받은 경험을 이야기한다. 나처럼 그녀의 여정도 열아홉 살에 시작되었고, 스물일곱 살에 자궁적출술을 받았다. 내가 이야기를 나눈 그 많은 여성들의 사연과 그녀의 사연이 똑 닮았다. 이제 세월이 40여 년이나 흘렀으니, 내 또래 여성이라면 지금 60대인 맨틀이 수십 년 전에 겪은 일이 다시 벌어지는 거라고 생각할 수도 있다. 난 그녀의 회고록을 읽다가 발끈했다. 익숙한 느낌 때문에 화가 났다. 그녀가 고통받았다는 사실뿐만 아니라, 상황이 별로 달라지지 않았다는 사실에 화가 났다.

"그는 날 '평생 아프신 아가씨'라고 부른다." 맨틀이 한 의사에 대해 이렇게 썼다. "화가 난다. 누가 날 뭐라고 부르는 게 싫다. 나한테 지나친 권력을 휘두르는 것 같다."

맨틀은 오늘날 다른 많은 환자들과 마찬가지로, 의학책에서 자궁내막증에 관해 읽고 혹시 자신의 병이 자궁내막증이 아닌지 의사에게 물은 뒤에야 그 병이라는 진단을 받았다. 그녀의 말로는 '지나친 의욕에 따른 스트레스'라는 오진을 받고 몇 년씩이나 안정제를 과다 복용한 뒤에야 자궁내막증 진단이 나왔다. 그녀는 자신이 신체 증상에 대해 한마디도 안 했더라면 상황이 더 나았을지도 모른다고 자주 이야기한다. 의사들이 그녀의 증상을 늘 심신증으로 여겼기 때문이다. "내가 몸이 아프다고 말할수록 의사들은 내 정신에 문제가 있다고 했다." 그녀가 이렇게 썼다. "정신질환의 속성과 실상에 대해 의문을 품을수록 점점 더 속는 기분이 들어 모든 걸 부정하게 되었다."

역량 있는 소설가인 맨틀이 한번은 정신과 의사에게 글쓰기를 그만두라는 말을 들었다. 나로서는 그녀가 글쓰기를 그만두지 않아 다행이다. 그녀가 회고록을 썼으니 말이다. 맨틀은 자궁내막증이 많은 것을 이룬 여성들에게 자주 발생하는 병으로 널리 알려져 있다고 지적하면서, 이 현상을 한 문장으로 요약했다. "자궁내막증을 '커리어우먼의 질병'이라고 유행처럼 불렀다." 이 말이 암시하는 내용은 이렇다. "그만 좀 해. 이 무정한 여자야. 애 낳아서 기르는 걸 제쳐 두고 자기 미래만 생각하니까 이렇게 됐잖아."

1980년대 초반에 자궁내막증에 관한 정보와 치료법을 찾으려고 노력한 환자로서 맨틀은 당시 절정에 있던, 자궁내막증에 관한 그 별난 인식을 견뎌 냈다. 그러나 1930년대 초반 상황도 별반 다르지 않아 보인다. 예를 들어, 미국 의사 조 빈센트 메이그스(Joe Vincent Meigs)는 자궁내막증이 여성이 출산을 너무 늦게까지 미룬 결과라고 했다. 자연을 거스르면 자연이 부리는 간계의 희생자가 된다는 얘기다.

메이그스는 여성을 유인원과 비교하는 일이 전적으로 이치에 맞는다고 생각했나 보다. 그는 유인원 암컷은 생식력이 생기자마자 출산을 시작하고 '죽을 때까지' 멈추지 않아서 생리를 그리 많이 하지 않을 것이라고 주장했다. 그리고 이렇게 덧붙였다. "여성은 생리학적으로 유인원과 같기 때문에, 초경이 시작되고 14년에서 20년에 이르기까지 출산을 미룬다는 건 분명 잘못이다." 그가 실제로 아는 여성이 있기나 했는지 궁금할 따름이다.

메이그스는 자궁내막증이 주로 상류층에 국한돼 있다는 의견도 내놓았다. 그는 이 의견에 대해 상류층 여성들이 '출산에 대해 다른 계층과 구별되는 태도'를 보인다는 이유를 들고, 낫고 싶다면 징징대는 불평을 멈추고 아이를 가져야 한다고 주장했다. 게다가 그는 상류층 환자들에게만 출산을 장려하도록 동료 의사들을 설득하는 데 열을 올렸다. 당시 널리 퍼져 있던 우생학이 자궁내막증을 교육 수준이 높은 백인 여성의 질환으로 규정한 그의 수십 년 연구의 기반이 되었다. 그는 이를 무엇보다 생식력의 질병이라고 여겼다.

2017년 1월의 한 조사에서는 영국 여성 열 명당 한 명꼴로 성교통을 겪으며 이들은 대개 중년 여성이라고 보고되었다(두 번째로 수가 많은 집단의 나이는 그보다 낮은 16~24세였다). 이 조사 자료는 영국 여성 약 7000명을 대상으로 2년에 걸쳐 모은 것이다. 당연히 이 결과는 여성이 성교통을 겪는 이유가 다양함을 의미한다. 통증에 관한 기존 조사 대부분과 마찬가지로 이 조사는 인과관계를 뚜렷이 제시하지 못한다는 큰 한계가 있다. 여성들이 자발적으로 보고한 내용 중 대다수가 상호 의존적일 가능성이 크다. 즉 각 여성이 경험한 성교통이 궁극적으로 다양한 변수에 따라 결정되고, 그 변수들 중 일부에 대해서는 (파트너, 의사 등) 대조군이 적거나 없다는 말이다. 조사에 응한 전체 여성 중 약 2퍼센트는 성교통이 잦고 기간도 6개월 이상이라 상당히 고통스럽다고 했다. 조사자들은 이 범주를 '병적인 성교통'으로 구분했다.

이 조사는 훨씬 더 큰 집단인 성생활이 활발한 여성들을 기본 조사 대상으로 했으나 그중 일부 여성들은 성교통 때문에 성생활을 안 한다고 했다. 이들은 성생활을 안 하는 이유로 기피, 통증에 대한 두려움, 흥미 부족을 꼽았다. 성교통을 보고한 여성들 중 62퍼센트가 성관계에 더는 흥미가 없다고 한 반면, 성교통이 없다고 한 여성들 중 성관계에 흥미가 없다고 한 여성은 31퍼센트였다. 이 여성들이 조사를 위해 자기 경험을 자발적으로 보고했지만, 이들이 자기 통증을 (파트너, 의사 등) 타인에게 얼마나 성공적으로 호소할 수 있었는지는 확실치 않다. 조사자들은 다른 연구를 예로 들면서 다음과 같은 사실을 확실히 밝혔다.

"생식기 통증 장애를 앓는 여성들 중 극소수만이 공식적인 진단을 받았다. 외음부통 진단 기준을 만족시키는 여성들을 대상으로 조사한 결과, 이 중 고작 1.4퍼센트만이 그에 대해 공식적으로 진단을 받았다. 앞서 발표한 논문에서 (……) 우리는 병적인 성교통을 호소한 여성들 중 전해에 전문적인 치료를 받은 여성의 비율이 절반 미만이라고 보고했다. 치료를 받으려고 한 여성들 사이에서는 환자의 우려가 근거 없는 것으로 여겨지거나 정식 진단을 받지 못하거나 효과 없는 치료를 받는 등 부정적인 경험이 일반적이었다.”

가임력 상실이 더 중요한가

2003년에 저술가 캐럴린 카펀(Carolyn Carpan)은 자궁내막증에 관한 문헌을 살펴보면서 여성지를 비롯한 매체들이 자궁내막증을 일반 대중에게 제시한 방식을 탐구했다. 최근 몇 년간 유명 인사 몇몇이 앓고 있다는 사실이 알려지면서 자궁내막증이 전보다 자주 거론되었다. 2004년부터 현재까지 구글 트렌드 검색만 해 봐도 이 병에 관한 관심이 꽤 꾸준함을 알 수 있으나, 관심이 급증한 현상은 유명 인사들의 투병 공개와 관련 있다고 할 만하다. 그리고 어떤 이유에서인지 이 병에 관한 관심이 2004년 9월에 최고조에 달했는데, 내가 찾을 수 있었던 그달의 관련 내용은 BBC의 기사가 전부다. 그 기사도 자궁내막증을 언급하긴 했으나 실제로는 미국 연구자들이 정상 임신에 중요하다고 발표한 대마초 유사 화학물질에 관한 내용이다. 2004년의 다른 여러 달에도 BBC가 자궁내막증에 관한 기사를 몇 가지 내놓았으나 전반적인 뉴스 검색 결과는 세 쪽뿐이다.

그러나 구글의 엔그램 뷰어를 사용해 보면, '자궁내막증'이라는 단어가 영어 문서에서 훨씬 더 오랜 기간, 실제로 몇 세기에 걸쳐 존재한 것을 알 수 있다. 기간을 1800년대에서 현재까지로 설정하면 분명한 상향 추세가 보인다. 1930년대 메이그스의 연구를 시작으로 10여 년에 걸쳐 완만한 상향 추세가 이어졌다가 1950년대에 들어서는 한동안 추세가 변하지 않는 모습을 보인다. 이는 당시 여성들이 '각성제'와 '진정제' 그리고 종종 '반마취 상태'의 장막 뒤에서 일어난 출산 같은 산부인과 경험에 따라 어느 정도 억압당한 사실을 생각하면 당연하다. 2차세계대전 뒤에는 군인들에게 널리 보급되었던 암페타민이라는 '각성제'가 가정에서도 쓰였다. 이 약물은 체중 감량과 우울증 치료 효과가 있다고 알려지며 미국 주부들에게 판매되었다. 그러나 암페타민을 다량 복용할 경우 밤새 잠 못 이루는 부작용이 나타났고, 내성이 생기면 수면에 도움이 될 다른 것이 필요했다. 이때부터 바르비투르 진정제가 쓰이기 시작했다. 어느 시점이 되자 제약 회사들 간 경쟁이 치열해져서, 한 회사가 바르비투르(아모바비탈)와 암페타민(덱스트로암페타민)을 혼합한 약물을 개발했다. 덱사밀이라 불린 이 약물은 다이어트 보조제, 항불안제, 항우울제로 시판되었다. 이때부터 암페타민과 페노바르비탈이 혼합된 유사 약물들이 쏟아졌다.

1950, 1960년대에 유행처럼 번진 이 약물들의 사용은 불법이 아

니었다. 출산하러 병원에 간 여성들에게 온갖 약물이 무차별적으로 사용되기도 했다. 현재 생존한 많은 여성, 우리 어머니와 할머니 들은 모르핀과 스코폴라민 등 온갖 약물의 혼합제가 투여된 상태에서 출산했을 것이다. 심지어 진통이 최고조에 이르기도 전에 약을 주사했다. 이는 여성이 분만할 때 의사의 지시를 따를 수 있을 정도의 의식이 있는 상태를 유지하면서도 출산에 대해 전혀 기억하지 못하도록 하려는 조치였다. 이 과정에서 임산부를 침상에 묶는 일도 흔했다. 그 시대의 많은 여성들이 병원에 가서 주사를 맞고 깨어나 보니 티 한 점 없는 분홍빛 아기가 잠든 채 품에 안겨 있었다고 기억한다. 그러나 제왕절개술이나 분명히 동의하지 않은 의료적 조치가 취해진 걸 의식을 차리고 나서야 안 여성들도 상당수였다. 자연분만을 할 수 없다는 이유에서 취해진 조치였다. 각종 약물 탓에 분만 능력이 약해졌을 수도 있다. 이 점은 분명하다. 반마취 상태는 여성을 위해 출산을 수월하게 하려는 선택이 아니었다. 그건 의사가 출산을 수월하게 하려는 조치였다. 당시에도 분명 여성들이 자궁내막증으로 고통받았다. 그러나 그중 많은 이가 남편, 가족, 의사의 기대 때문에 혼자 임의로 약을 먹으면서 '씩 웃고 병을 견뎌 내지' 않았나 하는 생각이 든다.

1960년대에서 1970년대 중반까지 자궁내막증에 관한 언급이 꽤 급격히 줄어든 것이 나로서는 좀 의아했다. 그때 페미니즘 운동이 절정이었기 때문이다. 1980년대부터 현재까지 꾸준한 상향 추세가 두드러지는 것은 아마 인터넷의 확산 덕분인 것 같다.

그러나 카펀이 지적했듯이, 자궁내막증이라는 말이 자주 등장했다고 해서 이 병에 대한 이해가 반드시 깊어진 건 아니다. 오히려 대중매체가 자궁내막증을 묘사한 방식 때문에 맨틀이 직면한 고정관념, 즉 자궁내막증이 '커리어우먼의 질병'이라는 편견이 더 심해졌다. 이런 인식의 고착화를 두고 언론을 전적으로 탓한다면 공정하지 못하다. 기자들은 그저 연구를 인용할 뿐이니 말이다. 기자들은 연구 인용을 위해 의사들에게 의존하는데, 어찌 된 일인지 그들 중 극히 많은 수가 본인은 전혀 걸릴 일이 없는 자궁내막증의 전문가라는 중년 백인 남성이다.

상당히 훌륭한 내용이라 해도, 그런 연구의 기반은 특정 청중에게 치우쳐 있다. 다양한 대중매체에서 일관적으로 나타나는 현상은 자궁내막증을 주로 생식력에 관한 질병으로 다룬다는 점이다. 인터뷰에 응한 여성들은 어김없이 불임이 되었거나 되리라는 사실에 피폐해진 상태로 비춰진다. 의사들은 자궁내막증을 앓는 젊은 여성들에게 되도록 빨리 임신하라고 권유하고, 임신으로 자궁내막증이 '나을 수 있다'고까지 말한다. 보스턴칼리지의 사회학 연구 교수이자 보스턴대학교의 명예교수인 캐서린 콜러 리스먼(Catherine Kohler Riessman)은 여성 건강의 질병화를 주제로 깊이 있는 글을 썼다. 리스먼 교수는 자궁내막증에 관해 이런 인식이 고착된 것은 의사들이 아이 없는 여성 같은 비정상적으로 보이는 경우를 질병으로 여겨

성차별적 사회규범을 강화했기 때문이라고 설명한다.

난 아이를 갖지 않겠다는 단호한 의사 표현이 내 진단과 치료에 직접적이며 극도로 부정적인 영향을 미쳤다고 생각할 때가 많았다. 특히 내 생식계통에 문제가 생기기 전에 이런 마음을 먹었기 때문이다. 가족들이 떠올리는 기억에 따르면, 남동생이 어린 아기고 나는 겨우 불과 네 살쯤 됐을 때 하루는 내가 천국에 가고 싶지 않다고 딱 잘라 말했다. '아기 예수가 온종일 울 것 같아서'였다고 한다.

폴슨 박사에게 첫 수술을 받기 전, 박사는 생식기관과 관련된 수술을 받으면 가임력에 지장이 생길 수 있다고 내게 알렸다. 당시 난 가임력 상실이 가장 큰 관심사인 것처럼 실감 나게 행동하지 못했다. 또 박사가 수술에 따른 나팔관 손상 가능성 때문에 낭종을 제거하지 않았다는 사실을 알았을 때도 그렇게 행동하지 못했다. 그 수술을 받기 전에 나는 수술 때문에 난소를 잃게 되더라도 필요한 조치는 꼭 하면 좋겠다는 점을 꽤 분명히 했다. 내가 아이를 원했다 해도, 열아홉에서 스물세 살에 임신하겠다는 것은 분명 아니었기 때문이다. 심지어 난 아이를 갖겠다고 결심해 보는 것조차 30대 중반 이전에는 상상도 할 수 없는 일이라고 여겼다. 무려 10년이라는 세월이 있다. 난 이 점을 폴슨 박사, 왜그스태프 박사, 제인 선생님 등 내 말에 진심으로 귀 기울이는 이라면 누구에게든 설명하려고 애썼다. 그러나 그럴 때마다 어김없이 옅은 미소를 띤 채 건성으로 "나이가 좀 들면 아이를 갖고 싶어질지도 모르죠." 하며 그들을 달래야 했다. 아이를 갖지 않겠다는 뜻을 드러내는 일은 꽤 실례였기 때문이다. 내가 진짜로 우려한 점, 즉 통증과 욕지기 그리고 내가 사랑했고 날 행복하게 한 모든 것(음식, 무용, 섹스)을 모조리 잃어버렸다는 사실보다는 내 가임력 상실 가능성이 더 중요한 것 같았다. 내가 섹스를 할 수 없는데 의사들은 내가 임신하기를 기대했나? 내가 이렇게 말한다면 어쩔 건가? "좋아요! 아이를 가질 거예요. 그런데 말해 주세요. 섹스할 때 말할 수 없이 아프고, 수정되기에 충분할 만큼 오랫동안 삽입을 견디지 못하는데 아기가 어떻게 생기나요?"

통증에 대처하는 자세

내가 성생활을 적극적으로 하고 싶어도 그럴 수 없는 젊은 여성이라는 사실만으로는 왜 충분하지 않을까? 내가 임신과 출산이라는 의무를 저버린 채 파트너와 누리는 쾌감, 친밀감, 더 심하게 말하면 재미만 원한다고 해서 임신하고 출산하는 여성들보다 못한 인간이되나? 주변 사람이나 의사, 그 밖의 사람들이 정말로 내가 어떤 식으로든 아이 가질 결심을 해야 한다고 생각하나? 자궁내막증이 내가 진로와 장래를 우선시한 데 대한 벌일까? 섹스와 쾌락을 원한 데 대한 벌일까? 아이를 낳아야 한다는 생물학적 명령을 어긴 데 대한 벌일까? 이 모든 일이 내게 내려진 벌인지는 확실치 않다. 그러나

카펀이 문헌 연구에서 알아냈듯이, 어쩌면 그리 확실할 필요가 없
는지도 모른다. 이런 믿음이 널리 퍼져 있지만, 자궁내막증처럼 조
용하고 치명적인 면이 있다. 난소암처럼 말이다. 여성들에게 닥치
는 질병들은 조용하며 아주 조심스럽고 보이지 않는다.

  이 질병들이 의학 교과서에서만큼은 이런 식으로 정의돼 있다.
가장 큰 이유는 예로부터 이런 정의를 내린 자들이 남성이었다는
것이다. 만약 여성들이 과학과 의학 분야에서 남성들과 어깨를 나
란히 했다면, 이 분야가 형성될 시기에 여성들이 임상적으로든 학
문적으로든 기여할 수 있었다면, 이 질병들의 정의가 지금과는 사
뭇 다르지 않았을까 생각해 본다. 남성 의사가 난소암이 '조용한 병'
이라고 꽤 쉽게 주장할 수는 있지만, 난소암을 앓는 여성들의 이야
기를 들어 보면 이 병이 남몰래 조용히 진행되지 않는다는 걸 알 수
있다. 병이 여성의 몸에 잠복한 채 눈에 띄지 않고 간과되는 듯한 데
는 두 가지 이유가 있다. 첫째로 여성이라면 신체적으로 그런 고통
을 겪는 것이 당연하다는 통념이 있기 때문이고, 둘째로는 여성들
이 그런 고통을 숨기고 참도록 가르침을 받았기 때문이다. 여성이
고통받을 때는 그 여성의 역량에 의문이 제기되지만, 남성이 고통
받을 때는 그 남성이 인간적인 존재로 여겨진다는 점이 흥미롭다.
이는 남성과 여성 모두에게 해가 되는 고정관념이고, 의료계와 사
회 전반에서 여성의 통증을 부정하려는 성향이 왜 존재하는지 의문
만 짙어지게 할 뿐이다.

이 문제를 직접 다룬 연구 중 가장 자주 인용되는 「고통으로 울부짖은 소녀The Girl Who Cried Pain」가 2001년에 발표되었다. 저자인 다이앤 E. 호프만(Diane E. Hoffmann)과 애니타 J. 타르지안(Anita J. Tarzian)은 여성이 아이를 낳을 때 매우 큰 고통이 따를 것이라고 신이 말하는 성경 구절로 시작한다. 내가 한 번도 생각해 보지 않은 그 다음 구절은 이렇다. "너는 남편을 원하고 남편은 너를 다스릴 것이니라 하시고." 이 구절은 그야말로 터무니없다. 성경에서 신이 허락한 섹스가 여성에게 고통을 주려는 것이란 말인가?

도입부에 이어 호프만과 타르지안은 엄청난 사실을 폭로한다. 수술 뒤에 여성에게는 통증에 따른 흥분을 가라앉히는 '진정제'를 투여하는 반면, 남성에게는 통증을 가라앉히는 '진통제'를 투여하는 경우가 많다는 것이다. 이에 대해 몇 가지 논리적인 설명이 있는데, 그중 내가 좋아하는 한 가지는 남성이 선천적으로 극기심이 무척 강해서 겉으로는 아프지 않다고 말해도 실은 아프다는 것이다. 하지만 여성은 불평을 많이 한다. 심장 우회 수술의 경우, 남성 환자가 여성 환자보다 수술 후에 진통제를 투여받는 경우가 더 많다. 여성 환자는 진통제를 투여받아도, 남성 환자와 비교하면 상당히 적은 양이다(약물 투여량에 영향을 미치는 체중의 차이를 감안해도 그렇다). 여성이 통증 때문에 불안을 더 느낀다고 여겨지기 때문에 진정제가 투여되는 것으로 쉽게 짐작할 수 있다. 아동도 마찬가지다. 여아 환자보다 남아 환자에게 수술 뒤 코데인이 더 자주 처방된다는 조사 결

과가 있다. 여아 환자에게는 아세트아미노펜, 즉 타이레놀이 자주
처방되었다.

남성이 통증을 잘 참는다는 통념이 있는데, 이는 남성들에게 불
리할 뿐이다. 남성이 극기를 중시할수록, 여성의 통증을 진지하게
받아들이지 않는 상황만 심해질 뿐이다. 여성은 본인이 남성만큼
아프다는 사실을 증명해야 남성과 동일한 정도의 치료를 받을 수
있는 것으로 보인다. 남성이 극기를 발휘해 자기 통증을 부정할수
록 여성은 자기 통증을 사실로 인정받기 위해 더 치열하게 싸워야
만 한다.

남성이 극기심을 발휘하도록 사회적 압력을 받을 수 있다는 점
이 사실이지만, 난 고통에 맞선 극기라고 하면 여성이 먼저 떠오른
다. 물론 경험에 기초한 말이지만, 내 동성 친구들과 이야기하다 보
면, 남자가 감기에 걸리면 코를 훌쩍이면서 사흘씩 자리에 누워 있
는 어린애가 되고 만다는 사실을 어김없이 알게 된다. 반면에, 여자
는 열이 펄펄 끓어도 벌떡 일어나서 일하러 간다. 물론 늘 그렇다는
말은 아니다. 우리 집만 봐도 아버지는 이를 빼서 운전할 수 없을 때
반일 휴가를 낸 것 빼고는 평생 일을 쉬지 않았지만, 어머니는 너무
아파서 일한 적이 아예 없다.

내가 아는 여성 대부분, 특히 아이를 가진 여성들은 사지가 잘리
지 않은 한 일상의 의무를 제쳐 둘 수 없다. 아니 사지가 잘려도 그
들은 떨어져 나간 팔다리를 기저귀 가방에 쑤셔 넣고서 일어설 것

이다. 내가 허튼 농담을 하고 있다고 말하고 싶지만, 그렇지 않은 게 사실이다. 역사가 그 사실을 뒷받침한다. 여성들은 몇 세기 동안 일하면서 아이를 낳았다. 수확기라면 아기를 몸 밖으로 밀어낼 때만 잠깐 일을 멈추고는, 악을 쓰며 우는 아기의 입에 풍만한 젖가슴을 물린 뒤 옥수수 껍질을 계속 벗겼다. 밭에서 일하는 사람들은 그 광경에 눈 하나 깜짝 안 했을 테고, 여자의 고통은 당연하다고만 생각했을 것이다.

이 모두가 1993년에 연구자들이 한 주장과 관련 있다. 당시 연구자들은 남녀가 약물에 대한 반응이 다르다는 사실을 발견했다. 그래서 임상 연구에 여성들을 포함해야 한다는 주장이 제기되었다. 그해에 국립보건원 활성화 법이 통과되면서 상황이 바뀌기 시작했다. 그럼에도 여성이 너무 오랫동안 임상 연구에서 배제되었기 때문에, 아직까지 남성에 관한 자료가 더 많다고 할 수 있다. 남성에 관해 더 많은 자료는 대개 의학 학술지에 실린 남성들의 글에서 여전히 분석되고 있으며, 이 글을 남성이 읽는다. 국립보건원 활성화 법이 통과되었어도, 임상 연구나 의학에서 여성들이 차지하는 비율은 아직 적다고 할 수 있다.

통증에 관해 말할 때 이해해야 할 단어 두 가지가 있는데, 이를 호프만과 타르지안이 논문에서 적절히 설명했다. 바로 '역치'와 '내성'이다. 성별 차이의 맥락에서 특히 자주 언급되는 내성은 통증을 겪는 사람이 그걸 더 참을 수 없는 지점을 말한다. 그리고 통증 역치는 통증을 의식적으로 경험하기 시작하는 지점이다. 내성에 대해서는 자주 이야기하지만, 역치에 대해서는 별다른 논의가 되지 않는다. 어떤 사람의 통증 역치가 매우 높을 경우, 즉 같은 상황에 있는 다른 사람들에 비해 통증을 느낄 때까지 걸리는 시간이 길 경우, 이 사람의 통증 내성 역시 매우 높다고 가정할 수 있다. 반대로, 통증 역치가 낮으면 통증 내성도 매우 낮다고 가정할 수 있다.

이렇게 쉬운 결론은, 인체가 실제로 작용하는 미묘한 방식을 제대로 반영하지 못한 결론이기도 하다. 통증이 생겨 계속되는 상황에 어떻게 적응할까? 우리는 산기가 왔어도 일상생활을 계속하는 여자, 친구, 직장 동료 또는 어머니의 이야기를 익히 들어 안다. 이들은 집을 청소하거나 일을 보다가, 진통이 순간적으로 치솟을 때에야 잠시 멈춘다. 진통이 꽤 진행될 때까지도 잠잠하다가 아픔을 느끼고야 경막외 마취제를 놔 달라고 한바탕 소란을 벌이는 여성들도 있다. 난 이 두 경우의 여성들을 다 안다.

처음 아팠을 때 나는 적어도 1년간 매일 무용을 하던 중이었고, 내 통증 역치가 낮다는 건 인정하지만 일단 아프고 나\면 통증 내성이 상대적으로 높다는 걸 알게 되었다. 통증을 정확히 인지할 수 있었는데, 아마도 무용을 해서 사람들이 대부분 평생 모를 방식으로 몸의 각 부위를 미세하게 느낄 수 있기 때문이 아니었나 싶다.

안 좋은 발목이 무게를 견뎌야 할 때, 난 늘 그걸 예상하고 대비까지 했다. 많은 무용수와 운동선수, 그 밖에 어떤 식으로든 몸을 쓰는 사람들이 통증에 대해 이런 육감이 있다는 것이 나는 그리 놀랍지 않다. 그러나 내가 아플 때 겪은 통증은 너무 급작스러워서 전혀 예감하지 못했다. 아무런 경고도 없었다. 내 생각에 당시 간과한 사실은, 내가 그 통증에 대해 내성이 꽤 높았다는 점이다. 내가 사실상 통증을 죽을 만큼 괴로워하지는 않았다는 점, 통증이 마치 삶의 정상적인 부분처럼 됐다는 점을 아무에게도 설명할 수 없었다. 나는 그 통증이 한 번도 느껴 보지 못한 새로운 것이었다는 점과 통증과 관련된 증상들 때문에 아프다는 경험 자체를 통 이해할 수 없다는 점이 겁났다. 통증은 전혀 무섭지 않았다. 통증의 원인이 무서웠다.

내가 감내할 수 있는 통증이 몇 가지 있었다. 어려서부터 그 고통을 겪으며 살아가는 법을 배웠다. 예를 들어, 내가 잘 아는 통증인 배고픔에는 무감각해지기까지 했다. 통증이 몸의 언어라고 알고 있었는데, 내 몸은 긴급 상황을 늘 성실히 알리려고 노력하지는 않았다. 이따금 내 몸은 그저 이렇게 말했다. "스트레칭을 한다. 몸이 늘어나는 중이다. 난 살아 있다." 그러다 내 몸이 "그만! 이제 그만해!" 하고 새된 비명을 지르면, 난 몸에게 조금만 더 참으라고 부탁하곤 했다. 때때로 내 몸은 움직임에 굴복하고 한숨만 내쉬는가 하면, "아니야. 진심이 아니야!" 하고 맞서기도 했다. 그제야 난 비로소 몸이 쉬어야 한다는 사실을 씁쓸하게 인정하곤 했다. 그러나 내가 안고 같이 살게 된 통증은 내가 아무 부탁도 못 하게 했다.

그러나 내가 통증의 연인으로 사는 최초의 여성은 아니다. 안타깝게도, 최후의 여성도 아닐 것이다. 난 늦은 밤까지 잠들지 못하고 침대에 누워 삶이 곧 통증인 유산이 얼마나 오래됐을지를 자주 궁금해했다. 우리 네안데르탈인 선조들이 "아냐. 괜찮아. 난 괜찮아. 정말!" 하고 말할 방법이 있었을까? 이런 회피와 부정의 행동 기제가 본질적으로 여성의 것일까? 어떤 연구에 따르면, 여성은 정서에 초점을 맞춘 전략을 통해 대처할 가능성이 높은 반면, 남성은 더 직접적으로 문제를 해결하는 접근법을 취한다고 한다. 난 남녀의 그런 차이가 정말로 본질적인 고유의 속성에 따른 것인지, 남성은 통증을 호소하면 진지하게 받아들여지고 곧바로 치료받을 수 있어서 여성 같은 대처 기제를 만들 필요가 없었던 게 아닌지 궁금해하곤 한다.

몇 년 전 병원 도서관에서 「고통으로 울부짖은 소녀」를 처음 읽으면서, 내가 통증을 설명하는 방식 때문에 내 말이 사실로 받아들여지지 않았나 하는 의문을 품게 되었다. 여성은 의사에게든 지인에게든 자기 통증을 설명할 때 맥락과 연결하는 경향이 있다. 통증이 일, 일상생활, 인간관계에 어떤 영향을 미치는지 이야기하는 식이다. 반면 남성은 맥락 없이 사실만 말한다.

그다음 병원에 갔을 때 내가 남성적인 방식으로 감정적 맥락 없이 증상만 말했다. 그랬더니 흥미롭게도 의사가 맥락을 물었다. 통증이 일하는 데 지장을 줄 만큼 심하냐고 물었다. 내가 '감정적 맥락'으로 돌아가 답변하면서 궁금해졌다. 왜 그게 중요하지? 내가 지

장이 없다고 답한다면, 내가 사회의 생산적인 일원인 한 통증을 겪
으면서도 일상생활을 할 수 있다고 의사가 짐작한다는 뜻일까? 통
증을 겪는 여성이 일을 못 해야만, 아이를 돌보지 못해야만, 잠자리
상대를 만족시키지 못해야만 충분히 아프다는 뜻일까?

내가 통증에 관해 남성적인 방식으로 의사에게 말하려고 했을 때
전문용어를 더 많이 썼다는 사실도 주목할 만하다. 병원에서 일하
니 의학 용어에 익숙했던 내가 어쩌면 대부분의 의대 신입생보다
수준 높은 단어를 썼을지도 모른다. 난 의사가 좋아할 만큼 아주 구
체적인 단어를 쓰는 데도 주저하지 않았다. 의사는 막연한 것을 싫
어하는 경향이 있다. 좀 이상하다. 내가 진료실 밖에서 의료계 종사
자들과 대화할 때면 그들이 나한테 어느 의대에 다니는지를 물었
다. 그러나 내가 진료실에 환자로 있을 때면 '구글 검색을 많이 했는
지' 궁금해한다. 그렇게 '너 꽤 귀엽다'는 식으로 모욕당했다.

난 이듬해에는, 아니 어쩌면 더 나중까지도 병원에 다시는 가지
않겠다고 마음먹었다. 아프다는 말도 꺼내지 않으려고 했다. 너무
지쳤고 무일푼인 데다 제정신이 아닌 채로 사는 것처럼 느껴지기
시작했다. 똑같은 일을 계속 반복하면서 다른 결과를 기대하는 것
같았다. 그래서 그러는 대신, 내가 치료받은 모든 병원에서 내 진료
기록 사본을 하나하나 구해 작업을 시작했다.

내 삶에서 아무도 자궁내막증에 관해 많이 알지 못한다면, 내가
배울 터였다. 그래서 내가 그들을 가르칠 작정이었다.

"미친 여자 취급을 안 받게 됐어요"

나는 온라인과 오프라인에 양다리를 걸치고 두 가지 삶을 살면서 유년기를 보냈다. 아픈 뒤로 인터넷이 귀중한 검색 수단이 되었다. 타인과 연결되며 내가 혼자가 아님을 알 수 있는 길이었다. 다른 여성들도 한밤중에 침대에 앉아 나처럼 필사적으로 답을 찾는 표정으로 컴퓨터 화면을 본다고 생각하니 싫었고, 전례가 없지 않은 일을 겪는다는 사실에 소름이 끼쳤다. 난 병으로 선구자가 되고 싶지는 않았다.

글을 쓰고 읽고 경청하면서, 나와 온라인으로 연결된 환자들이 나와 같은 공포를 겪는다는 사실을 알게 되었다. 같은 이야기가 계속 반복되었다. 내가 진짜 아프다는 걸 의사가 믿지 않아요. 이제 섹스를 못 해요. 온종일 메스껍고 먹지를 못해요. 임신 5개월로 보일 만큼 몸이 부었어요. 늘 피로해서 일을 제대로 할 수 없어요. 직장, 남편, 아이를 잃을까 봐 두려워요…….

이들 중 많은 수는 진단을 제대로 받지 못한 채 온라인에서 저마다 증상과 경험을 호소하는 여성이었다. 배경, 인종, 나이가 저마다 달랐다. 어떤 여성들은 자궁내막증, 자궁암, 난소암을 앓는 어머니나 자매, 여자 친척이 있었다. 암 투병 중이라는 여성들도 있고, 자궁내막증이 암으로 이어질까 봐 두렵다는 여성들도 있었다. 임신을 못 할까 봐 걱정하는 여성들이 많았다. 가까스로 임신에 성공했으나 임신 기간이 끝나자 앙갚음처럼 증상이 다시 찾아온 이들도 있었다. 많은 여성들이 섹스를 즐길 수 없는데도 남편이나 연인을 잃을까 봐 섹스를 하고 있었다. 자기 자신을 잃을까 봐 섹스를 하고 있었다. 많은 이가 일자리를 잃어 수당으로 생계를 이어 가는 중이거나 그럴 위험에 처해 있었다. 거의 모든 여성이 외롭다고, 대개는 아파 보이지 않기 때문에 지인 중 아무도 자기가 얼마나 아픈지 이해하지 못한다고 심경을 토로했다.

자궁내막증은 보이지 않는 병으로 불리기도 한다. 아픔의 뚜렷한 징후가 없이 멀쩡해 보일 수 있기 때문이다. 흥미로운 특징이지만 여기에 또 다른 의미가 있다. 자궁내막증 병변은 이따금 투명하기 때문에, 의사가 수술 중에 그걸 직접 보고도 알아채지 못한다. 조직 생검을 해야만 자궁내막증 병변 여부를 판단할 수 있는데, 이 검사의 실시는 집도의의 지식수준에 달린 문제다.

자궁내막증 환자가 화학 치료로 머리카락이 다 빠진다든가 하는 불치병 환자의 모습을 보이지는 않는 게 사실이다. 휠체어에 의존하거나 지팡이를 짚지도 않는다. 매일 아침 일어나 머리를 감고 화장을 하고 옷을 차려입고 일하러 간다.

그러나 이들은 고통에 시달리고 있다. 아마 가장 가까운 지인이 아는 것보다도 훨씬 더 심한 고통이다. 특히 혼자 있어서 경계를 늦추게 될 때 더욱 그렇다. 나는 보통 내 차 안에 있을 때 마음 놓고 무너져 버렸다. 내 차 안은 숨어서 낮잠을 자거나 지독한 메스꺼움을 떨쳐 버릴 수 있는 곳이었다. 분명 저마다 숨거나 외따로 떨어진 채 혼자서 고통을 견뎌 내는 장소가 있을 것이다. 통증의 소리, 냄새, 광경을 집어삼키고는 바로 증거를 없애 한 치의 흔적조차 남기지 않는 곳 말이다.

처음에는 그저 내 슬픔을 이해하려고 글을 썼다. 내가 인터넷이라는 허공에 대고 소리를 지르기 시작하자, 너무 놀랍게도 속삭임이 돌아왔다.

누군가가 자기 이야기를 들어 주길 간절히 바라는 나 같은 여성들이 있었다. 내 병력에 뭐가 있는지 몇 달 동안 자세히 살피고 생각한 끝에, 트위터에 간단한 글을 올렸다. 자궁내막증 환자라면 내가 올린 질문에 답을 해 달라고 말이다. 특히 유색인종과 성소수자들의 참여를 권했다. 이들의 상황이 처참할 정도로 잘 드러나지 않았기 때문이다. 내가 만든 타이프폼(Typeform)을 링크해 놓고, 사람들이 인적 사항과 연락처를 포함해 몇 가지 질문에 답하고 익명 여부를 선택할 수 있게 했다.

그다음 주에 몇몇 답변을 받고서 사람들이 얼마나 다양한지 알고 놀랐다. 이미 인터넷을 통해 투병기를 공유하며 내가 아는 사람들이 몇 명 있고 모르는 사람들이 더 많았다. 그들이 준 답변들을 읽고 자궁내막증 환자의 삶이 어떤지 큰 그림을 그려 보기 시작했더니 답보다는 더 많은 의문에 직면하게 되었다.

나는 오프라인에서도 자궁내막증에 관해 더 거리낌 없이 말하기 시작했다. 내가 자궁내막증 이야기를 꺼낼 때 반응은 "그게 뭔데?" 또는 "아, 우리 (엄마나 언니나 8촌) 아무개도 그 병에 걸렸어!" 가운데 하나였다. 두 번째 반응이 예상 외로 많았다. 이 반응은 종종 무신경하게 "음, 내 여동생도 머리칼이 흑갈색이야." 하고 말하는 것처럼 들렸다.

사람들은 자궁내막증이 심신을 얼마나 쇠약하게 하는지 몰랐을까? 지인 중에 이 병을 앓는 사람이 없다면 이 병에 무지할 수 있다. 그러나 자궁내막증 환자를 아는 사람이라면 어떻게 그렇게 병에 대해 심드렁한지 믿기지가 않았다. 그래서 더 많이 묻기 시작했다. 내 질문에 사람들은 어깨를 으쓱하면서 "음, 임신하는 데 문제가 있었어요." 하고 말할 뿐, 많은 걸 알지는 못하는 듯했다. 내가 좀 더 밀어붙여서 자궁내막증에 걸린 가족이나 친구의 건강이 어떤지 말해 달라고 하면 대개는 "괜찮아요."라고 할 게 분명했다. 내가 만약 자궁내막증 환자의 지인이 아니라 환자 본인과 직접 이야기를 나눈다면, 그녀가 말하는 자궁내막증은 왠지 상당히 다를 것 같았다. "괜찮아요." 같은 말은 나오지도 않을 것이다. 이를 악물고 하는 말이 아니라면 말이다.

내가 자궁내막증에 관해 쓴 글이 〈허핑턴 포스트〉에 실린 뒤 여성들이 이메일이나 페이스북을 통해 자기 경험담을 들려주거나 내가 자궁내막증 환자들을 대변해 주었다고 말해 주기 시작했다. 그들은 내 글을 병원에 가져가거나 배우자에게 보여 주었다고 했다. 그들은 자신의 말이 사실로 입증되었다고 느꼈다. 이메일로 내게 이렇게 말한 여성들이 셀 수 없을 정도로 많다. "덕분에 제가 미친 여자 취급을 안 받게 됐어요."

이런 이메일을 받고 가슴이 벅찼지만, 그 내용이 내 경험과 너무 닮아서 나도 내 말이 사실로 입증되었다고 느꼈다. 그렇게 많은 여성들이 나처럼 고통받고 있다고 생각하기 싫었지만, 우리가 모두 뭉치면 그 수가 얼마나 될까 궁금하기도 했다. 다수가 강하지 않은가?

스스로 진단을 내린 환자들

삶을 송두리째 바꿔 놓은 샤워를 한 지 5년이 된 2015년 가을, 스탠퍼드대학교의 의학 학회 연단에 섰다. '스탠퍼드 메디신 X'는 환자를 의사 및 연구자와 동등한 이해 당사자로 격상하기 위한 자리였다. 미국 의료계를 장악한 질서를 생각하면 그리 쉬운 일이 아니다. 난 학회가 열린다는 소식을 트위터를 통해 알고, 이해 초에 내 사례 발표를 고려해 달라며 자료를 보냈다. 나를 비롯해 여러 사람의 경험을 이야기하고 내가 미국 의료계를 접하면서 나 자신을 스스로 지키게 된 과정을 설명하는 내용이었다. 내 상황이 독특했다. 몇 년 동안 병원에서 일한 터라 의료계의 역기능과 특이한 면을 잘 알고 있었기 때문이다. 난 의료계가 유지해 온 질서가 오래전에 기능을 멈췄다고 믿고 있었기 때문에 그 청렴성에 기꺼이 이의를 제기할 생각이었다. 그러나 대부분 스스로 진단을 내리고 일상의 요구를 충족할 혁신적이고 실질적인 방법을 고안해 낸 만성질환 환자들을 만날 수 있다는 기대가 가장 컸다.

스탠퍼드 메디신 X를 찾은 환자들은 대부분 치료법이 알려지지 않은 희소질환을 앓는 의료계의 '얼룩말'이었다. 이들은 자신의 치료뿐만 아니라 같은 질환이 있는 다른 환자의 치료 면에서도 선구자였다. 이들은 병이 삶의 의미를 앗아 가도록 두지 않고 오히려 병을 통해 목적의식을 찾으려는 비범한 사람이었다. 이들은 대변인, 전문가, 연구자, 교사이며 명석하고 열정적인 연사였다. 무엇보다도, 부서질 듯 연약한 삶에서 힘을 얻은 사람이었다. 이런 사람들 사이에서 내 경험을 이야기하고 있으니, 내가 아파서 상실을 겪었다기보다는 그저 우선순위가 크게 달라졌을 뿐이라는 생각이 들었다.

내가 발표를 마치자, 한 의사가 다소 심각한 표정으로 다가왔다. 그가 말을 꺼내기까지 용기를 내는 시간이 필요했다. 그가 나를 꽤 빤히 봐서. 처음에는 의사 행세를 했다고 나를 나무라려는 줄 알았다. 그런데 그의 눈가에 눈물이 서린 게 보였다. 화난 게 아니라 울컥한 표정이었다.

"내가 당신 같은 환자를 그냥 집으로 보낸 적이 얼마나 많은지 줄곧 생각했어요." 그가 고개를 가로저으며 말했다.

의료계를 완전히 떠나기 전에 나는 진료 기록부 일을 그만두고 의학 지식과 환자 지원 경험을 잘 살릴 수 있는 임시직을 얻었다. 내가 일하던 특정 병원이 아니라 전 의료계 차원의 일이었다. 그래서 초기에 그 일을 맡는 주요 병원의 구내를 돌아볼 기회가 있었다. 새로 고용된 직원들 사이에 낀 내가 사진이 죽 걸린 명예의 전당을 둘러보았다. 그곳에는 병원 설립 이래 모든 CEO의 사진이 걸려 있었다. 수십 년을 거치면서 사진은 흑백에서 총천연색으로 질이 좋아졌지만 변하지 않는 점 하나가 눈에 들어왔다. CEO가 전부 남성이라는 점이었다. 물론 모든 기관이 그렇지는 않다는 걸 나도 알고 있었다. 그동안 병원 중역 회의에서 회의록 작성을 몇 번 해 봤기 때문에 여성 중역도 있다는 걸 알고 있었다. 그러나 어느 선까지만이었다. 나는 임상의들보다는 병원 경영진이 더 익숙했지만, 몇 년 동안 의사나 간호사들과 일상적인 대화를 한 덕에 여성은 허용되지 않는 '남성들만의 리그'가 존재한다는 사실을 알고 있었다.

환자로서 연단에 서다

지금까지 내 삶은 설명할 수 없는 우연의 일치, 인연, 넘치는 천운이었다. 내게 인연이 많은지 내가 그저 인연을 남보다 유독 잘 알아보는지는 몰라도, 기막힌 우연이 날 구한 적이 한두 번이 아니었다. 늘 반갑고 마법 같은 일이었다.

로렌은 인터넷에서 알게 되었다. 우리 둘 다 매주 〈다운튼 애비〉를 성실히 시청하고 철저히 비평하는 온라인 그룹의 일원이었기 때문이다. 난 〈메리 수The Mary Sue〉 마지막 시즌의 개요를 매주 쓰는 일을 해 프리랜서 작가로서 경력이 단단해졌고, 텀블러에서 맘 놓고 떠들 수 있었다. 한편 뉴저지에 사는 20대 간호사인 로렌은 근사한 코스플레이어였다. 그 분야의 문외한인 나로서는 그녀가 손바느질로 만든 옷, 가발, 장신구 등 각종 소품이 무척 놀라웠고 다채로운 손재주에 감탄이 절로 나왔다.

로렌을 비롯해 그룹 내 사람들과 1년 동안 매주 대화했지만, 우리가 실제로 만난 적은 없었다. 내가 세라로렌스대학 졸업 후 브루클린에 살고 있는 레베카를 만나려고 뉴욕에 갈 준비를 하고 있었는데, 로렌이 뉴저지에 살기 때문에 우리가 쉽게 만날 수 있었다. 로렌이 맨해튼의 웨일코넬의과대학에서 일하는 아버지와 뉴욕으로 올 수 있다고 했다. 우리는 점심을 같이 먹기로 했고, 로렌이 의학에 익숙한 나한테 기술 획득 및 혁신 연구소에 있는 아버지의 연구실을 보여 주겠다고 했다.

로렌은 온라인 사진과 실물이 정확히 같아서 재밌었다. 대개 사진과 실물이 다르기 때문이다. 로렌의 아버지가 베이글을 사러 가자마자 우리는 껴안고 환호성을 질러 댔다. 우리는 68번가를 거쳐 퍼스트 애비뉴로 향했고, 웨일코넬의과대학에서 꽤 긴 시간을 보냈다. 그녀의 아버지 로젠버그 박사와 소소하게 대화할 기회가 생겨, 연구실을 둘러보게 해 줘 고맙다고 했다. 박사가 나에 대해 궁금해 해서 그동안 병으로 고생한 것과 당시 하고 있던 공부, 조사에 관해서도 이야기했다.

내가 자궁내막증에 관해 조사하고 있다고 말하자마자 그는 활짝 웃었다. 어찌 된 일인지, 우주가 날 로렌에게로 이끌고 로렌이 날 로젠버그 박사에게 이끌었나 보다. 그가 해리 라이히(Harry Reich) 박사와 아주 친한 사이였으니 말이다.

"아, 해리 아저씨!" 로렌이 웃었다. "아저씨라면 대단한 인터뷰가 될 거야."

난 놀라 뒤로 자빠질 지경이었다. 라이히 박사는 세계적으로 유명한 복강경 수술의 선구자로 미국자궁내막증재단에 깊이 관여하고 있었다. 이 재단은 아주 중요한 단체라서 내가 자세히 알고 싶어 하던 참이다. 당연히 라이히 박사는 내가 자궁내막증을 주제로 논의하고 싶은 사람들 명단의 앞쪽에 있었다.

"여기, 그의 이메일이에요." 로젠버그 박사는 점심을 먹고 쇼핑하러 가려는 로렌과 나를 보내기 전, 하얀 가운 주머니에 만년필을 넣으면서 말했다. "제 딸과 친구라고 말하세요."

난 그렇게 했다. 그날 오후 브루클린에 있는 레베카의 아파트로 돌아가자마자 소파에 털썩 앉아 공들여 이메일을 썼다. 라이히 박사는 "전화 주세요."라는 짤막한 말로 거의 곧장 답했다. 그리고 전화번호를 남겨 놓았다. 난 사람들이 자기 전화번호를 스스럼없이 건네는 것을 더는 기대하지 않는다. 내게는 통화가, 엄밀히 말해 사적인 일이거나 부채 청산같이 절박한 문제로 하는 일이기 때문이다. 나는 통화할 사람들이 점점 줄었고, 그 사람들은 내가 정말로 친하고 편하다고 느꼈다. 그 밖에 내가 전화하는 경우는 신용카드 회사나 치과고, 대개 전화하기에 앞서 몇 시간 동안 걱정을 했다.

내가 라이히 박사에게 이메일을 보낸 날 오후에는 그에게 전화를 했기 때문에, 미리 걱정할 여유가 없었고 그래서 난 꽤 침착하고 차분했다. 게다가 라이히 박사의 명성을 생각할 때, 그가 평소 이야기를 나누는 사람들에 비하면 날 잡역부 정도로 여길 거라고 자연스레 짐작했다. 그래서 그가 전화를 받아 꽤 편한 말투로 메인 주와 맺은 인연, (한 달도 남지 않은) 미국자궁내막증재단 컨퍼런스 준비에 따른 스트레스 등에 대해 이야기했을 때 나는 기분 좋게 놀라고 꽤 안도했다. 호감이 넘치는 박사는 내가 메인의 어디 출신인지 알고 싶어 했다. 손주들 집에 가 있다는 박사 쪽에서는 몇 분마다 아이들이 지르는 꽥 소리나 개 짖는 소리가 들렸고, 박사가 이따금 수화기를 잠시 떼고 다른 사람한테 무슨 말을 하기도 했다. 박사는 수술을 받고 회복하는 중이라면서 나와 오랜 친구처럼 소소하게 대화했다. 그러다가 전혀 예상치 못한 질문을 날렸다. 컨퍼런스에서 환자 자격으로 연단에 서겠냐는 것이었다.

난 주저 없이 그러겠다고 답했다. 박사가 컨퍼런스에 설 연사를 아직 못 구했다고 말문을 연 덕이다. 게다가 이 제안을 받아들이는 편이 내 원래 계획보다 한결 나았다. 난 원래 참관자, 작가, 자궁내막증이라는 질병의 수수께끼를 풀려고 영원히 노력하는 환자 자격으로 컨퍼런스에 참여하려고 했다. 그런데 이 분야의 전문가가 내게 훨씬 더 나은 자격으로 행사에 참여하라고 권하니 무척 흥미로웠다.

내 자궁에 대해 물어보세요

몇 주 뒤 컨퍼런스에 참석하려고 뉴욕을 다시 찾았을 때 나는 자궁내막증 증상이 갑자기 도져서 꽤 시달리는 중이었지만, 그게 제법 내 상황과 어울렸다. 첫날은 환자의 날로, 의사들이 환자 그리고 컨퍼런스의 학문적 측면에는 관심이 없어도 자궁내막증에 관해 알고 싶어 하는 사람들과 함께하는 자리였다. 환자들의 이야기를 듣고 여러 연구 결과에 대해서도 알 수 있는 자리였다. 나는 오후에 연단에 서기로 했는데, 그때까지 기다리는 시간이 무척이나 길게 느껴졌다. 행사장에 간 지 한 시간도 되지 않아 패드 서너 장이 흠뻑 젖었고, 메스꺼움을 막는 약을 두 알이나 먹었기 때문이다.

발표는 내게 큰 인상이 없었고, 그 자리에 있던 다른 환자들에게도 대개 그랬을 것이다. 우리는 서로에게서 같은 이야기를 계속 들고, 우리 자신이 의사·친구·연인·상사에게 같은 이야기를 되풀이한다. 이 피할 수 없는 이야기는 우리 중 누구도 그 일부가 되길 원치 않는 것이며 우리가 우리 몸속의 고장에 대해 그럴싸한 거짓말을 지어내지 않았다는 명백한 증거다. 우리는 저마다 고통이 사실이라는 것을 증명하기 위해 어쩔 수 없이 타인의 고통을 찾아야 했다.

그날 오전 일정은 의사들에게 치중돼 있었다. 일부러 그러진 않았겠지만, 의사들은 연단에 서기만 하면 강연을 한다. 나는 의학 지식이 꽤 있었기 때문에 그들이 하는 말을 대부분 따라갈 수 있었으나, 그렇지 못한 사람들의 심정이 어떨지 궁금했다. 그 자리에는 전문용어를 따라가지 못하거나 전혀 못 알아듣는 것 같은 여성들이 있었다. 아마 몹시 지치거나 통증이 심해서, 지적 능력이 발휘될 여력이 없을 터였다.

내게 뭔가가 와 닿은 순간은 강연 때가 아니라 첫 번째 쉬는 시간이었다. 많은 여성들이 두 칸밖에 없는 무척 좁은 화장실에 들어가려고 모여 있었다. 나는 태생적으로 관찰자였다. 관찰하는 속성을 글쓰기로 돌리지 않았다면 인류학자가 되려고 했을 터다. 그 화장실은 누군가의 자궁내막증 사례 연구에 등장할 법한, 가장 순수하고 제약 없는 삽화였다. 그곳에서 우리는 화장실의 차가운 타일 벽에 기대거나 세면대 옆 비좁게 열린 창문 틈 앞에 모여 신선한 4월의 공기를 쐬려 하고 있었다. 우리는 앓는 소리를 내며 이를 악물었다. 앉아 있는 동안 계속된 통증이 이를 앙다물고 버티기에 버거워졌고, 메스꺼움에 속이 뒤집어졌고, 피로감 때문에 눈빛이 게슴츠레해져 일부러 눈살을 찌푸려야 했다(그래서 피곤하다기보다는 강연에 흥미를 느끼는 것처럼 보였다).

나는 쓰레기통을 흘낏 보고 이상한 희열을 느꼈다. 젖은 종이 수건 뭉치 위에 부착식 핫팩 포장지가 여럿 있었다. 내가 골반과 허리에 붙이려고 들고 있던 핫팩과 같은 것이었다. 세면대에는 메스꺼움이나 무지막지한 경련에 사로잡힌 여성들이 몸을 구부리고 서 있었다. 병색이 엿보이는 뺨에 눈물자국이 있는 여자들은 화장실에 분명 울려고 왔다. 마침내 내가 화장실 칸에 들어가 변기에 앉으려는데 다리가 후들거렸다. 생리대용 휴지통은 말 그대로 넘쳐났고 익숙한 뜨거운 쇳내가 허공에 맴돌았다.

내가 준비한 이야기는 해야 할 이야기가 아님을 깨달았다. 화장실에서 나와 휘청거리며 자리로 돌아간 나는 머릿속으로 정리를 시작했다. 준비한 내용을 대부분 이야기할 생각이었으나, 그 자리에 있는 의사들을 향해 이야기하는 데는 흥미가 없어졌다. 나는 여성들에게 이야기할 작정이었다.

내가 짧은 발표를 어떻게 했는지 기억나지 않는다. 통증과 욕지기가 있었기 때문이다. 그러나 환자들을 향해 이야기한 건 분명하다. 특히 내가 '내 자궁에 대해 물어보세요(Ask Me About My Uterus)'라고 부르게 된 온라인 커뮤니티에 관해 이야기했다. 우리는 생리에서부터 유산, 환경에 이르기까지 모든 주제에 관한 글을 다뤘다. 커뮤니티 독자 수가 1만 명 가까이 된 것은 여성만이 아닌 여러 사람이 이런 소통의 장을 원한다는 내 생각을 확인시켜 주었다. 실제 세상에 이런 공간이 생긴다면 더없이 좋겠지만, 당분간은 온라인 매체가 그 구실을 대신해야 할 터였다.

난 사람들이 글을 통해 자기 생각을 마음껏 말하도록 두면서 이들 사이에 공유되는 다양한 경험을 수량화할 방법을 찾고 싶었다. 커뮤니티에 올라온 모든 글과 주기적으로 내게 사연을 보내는 전 세계 여성들의 이메일을 읽다가 어떤 패턴을 발견했다. 내가 유일하게 내놓을 수 있는 객관적인 자료는 그들의 주관적인 경험에서 추려 낼 수 있는 것이었다. 그들이 자기 경험을 묘사하는 데 가장 자주 쓴 단어가 뭘까? 글을 쓰는 사람들이 대부분 여성이기 때문에, 여성이 자기 통증을 어떤 식으로 이야기하는가라는 내가 전에 품은 질문으로 돌아갔다. 그때까지 올라온 모든 글에서 자주 쓰인 단어들을 모은 다음 그 내용을 시각적인 자료로 만들어서 컨퍼런스에 모인 사람들에게 보여 주었다. 가장 자주 사용된 세 단어 중 두 가지는 누구나 짐작할 만한 것, 통증과 의사다. 내 시선을 끈 건 세 번째 단어고, 컨퍼런스에 모인 사람들도 그것에 관심을 보였다. 바로 시간이다.

오후 행사가 끝난 뒤, 연단에 섰던 사람들이 질문을 받으려고 앞에 앉았다. 내게는 아무도 질문하지 않았다. 그러나 그날 일정을 모두 끝내고 건물 밖으로 나서는데, 여자들이 눈물이 고인 채 내게 모여들기 시작했다. 그들은 자신에게 말을 걸어 줘서, 자신에 관해 이야기해 줘서 고맙다고 했다.

얼마 전에 받은 무릎 수술로 지팡이를 짚고 있던 라이히 박사는 절뚝거리며 날 아내와 의사 몇 명에게 데려가 소개해 주었다. 그중에는 TV 프로그램 진행자 파드마 라크슈미(Padma Lakshmi)와 함께 미국자궁내막증재단을 설립한 테이머 세킨(Tamer Seckin) 박사도 있었다. 라크슈미가 30대였을 때, 세킨 박사가 그녀의 증상을 처음으로 진지하게 병으로 여겼다. 이렇게 만난 두 사람이 자궁내막증에 대한 인식 제고를 위해 미국자궁내막증재단을 설립한 것이다. 이 재단은 의학 컨퍼런스뿐만 아니라 기금 마련을 위한 연회인 '블로섬 볼'도 해마다 열었다. 2016년 이 행사에 연사로 참여한 파드마 라크슈미, 레나 던햄(Lena Dunham), 수전 서랜던(Susan Sarandon)은 모두 자궁내막증 환자였다. 난 의학 컨퍼런스에는 참석할 수 있었지만, 연회 입장권을 구할 형편은 못 됐다. 그런데 관람객의 표를 받을 자원봉사자가 필요하다기에 얼른 지원했다. 그리고 레베카한테 검은색 미니 드레스를 빌려야 했다. (자궁내막증 증상이 심해지는 바람에, 내가 준비한 드레스는 재단부터 소재까지 참을 수 없게 되었다.)

의학 컨퍼런스는 이틀간 열렸다. 나중에 살펴보려고 메모를 엄청 많이 했는데, 통증이 너무 심했기 때문에 매일 일정이 끝날 때마다 내가 온전한 정신으로 버티고 있었는지 의아했다. 나는 세계적으로 저명한 의학자들이 자궁내막증을 주제로 삶을 송두리째 바꿀 선구적 연구에 관한 강연을 들었다. 중년 남성들이 잇달아 연단에 나와 자궁내막증을 치료할 수 있다고 주장하는 모습을 지켜보았다. 그들은 내가 민망할 정도로 허세를 부렸다. 컨퍼런스 안내지를 뒤적이다가 연사 명단에서 내 이름을 보았다. 내가 첫날 환자의 날에 연단에 섰기 때문이다. 이름 뒤에 학위가 나열되지 않은 사람은 나 하나였다. 그 명단에서 실제로 자궁내막증을 앓는 사람은 나뿐일 거라고 생각했다.

복잡 미묘한 여성 생식계를 주로 다루는 컨퍼런스는 유니언클럽에서 열렸다. 흥미롭게도 유니언클럽은 뉴욕에서 가장 오래된 남성 전용 사교 클럽으로 예로부터 매우 보수적이다. 회의실에서 커피를 마시며 이 모순에 대해 곰곰이 생각하다 고개를 들어 보니 세킨 박사가 날 지켜보고 있었다.

"어젯밤 연사 만찬에서 다들 보고 싶어 했어요." 박사가 말했다. 초대된 걸 몰랐던 나는 눈을 깜박거리며 말을 더듬었다. 박사가 웃으며 나도 당연히 초대되었다고 말해 주었다. 누군가가 박사의 주의를 끌어 그가 다시 사람들 속으로 돌아가자 난 자리에 털썩 주저앉았다.

실은 며칠 전에 초대 전화를 받는데 까맣게 잊고 있었다. 몸이 너무 아팠기 때문이다. 사람들이 근사한 연회장에서 스파클링 와인을 마시며 만찬을 즐기는 동안, 난 지하철에 몸을 실은 채 정신을 잃고 쓰러지기 전에 브루클린으로 돌아가려고 애쓰고 있었다.

컨퍼런스 행사가 끝난 저녁 때는 쉴 수 있기를 바랐다. 그렇게 좀 쉬면 재단 기금 마련 연회인 블로섬 볼 행사가 열릴 때쯤 몸이 좀 나아질 것 같았기 때문이다. 몸은 회복되지 않았지만, 표 받는 일을 하기로 했기 때문에 블로섬 볼 행사장에 갔다. 자원봉사 일을 마치고 바에서 와인 잔 하나를 집어 들고 행사장을 돌아다녔다. 행사장은 흥미로운 사람들로 가득 차 있었고, 그들은 내가 이미 만났거나 TV에서 본 사람들이었다.

지쳐서 구석진 자리에 있었다. 밤이 깊어가자 몸 둘 바를 모를 만큼 그 자리가 어색해졌다. 라이히 박사 부부가 보이자 기운이 좀 났다. 내가 가서 인사하니 박사가 그들 쪽으로 와서 앉으라고 했지만 사양했다. 구겐하임기념재단 사람들과 돈을 기부할 사람들을 위해 마련된 자리였고, 내 지갑에 든 것은 교통카드와 껌 덩어리가 붙은 직불카드뿐이었기 때문이다.

난 라이히 박사의 아내, 아들과 이야기를 나누며 와인을 한 잔 마셨다. 갑자기 사람들이 나와 내 글에 관심을 보였다. 의사들이 다 자궁내막증 투병담에 흥미를 보였다. 내가 여전히 그 병으로 고생 중이라고 하자, 그들이 놀라면서 안타까워했다. 실은 그들과 마주한 순간에도 통증이 있었다. 몇몇 의사가 같은 내용을 다른 식으로 말했다. "제게 오세요. 제가 고쳐 드릴게요."

내 대답은 한결같았다. "그럴 형편이 안 돼요." 빌어먹을, 표를 못

샀으니 자원봉사를 안 했다면 연회장에 들어가지도 못했을 터다. 아니, 거기 서 있을 형편도 안 됐다. 카베르네 쇼비뇽 따위는 당연히 내게 사치였다.

행사가 끝난 뒤에 파드마 라크슈미와 악수했다. 그녀도 피곤한지 궁금했다. 라이히 박사에게는 작별 인사를 하면서, 자궁내막증 공부에 도움을 주고 전날 점심을 사 주고 내가 어려워하지 않게 친절하게 대해 줘서 고맙다고 진심을 담아 말했다. 그리고 밖으로 나와 레베카와 그녀의 방 친구가 불러 준 택시를 기다렸다. 너무 피곤해서 한밤중에 지하철을 타고 브루클린까지 갈 자신이 없었다.

사람들 한 무리가 내 옆으로 왔는데, 키가 크고 환히 빛나는 여자가 한가운데에 있었다. 내가 고등학교 때 친구들과 하던 것처럼, 그들이 한바탕 웃으며 요란하게 농담을 주고받았다. 얼마 있다 창문까지 온통 검은 대형 SUV 한 대가 멈췄고, 그제야 난 그 무리가 파드마 라크슈미 일행이라는 걸 알았다. 그들이 차에 구겨 타는 모습을 지켜보았다. 끈 달린 힐을 신은 그녀의 발이 어둠 속으로 사라지는 모습이 마지막으로 내 시야에 들어왔다.

난 싱긋 웃었다. 그녀는 분명 그 망할 구두를 당장 벗어 버리고 싶었을 것이다.

8

다시
출발점
으로

자연을 거슬러 생기는 일은 없다.
'우리가 아는' 자연을 거슬러 생길 뿐이다.
거기서부터 시작해야 한다. 거기에 희망이 있다.

—다나 스컬리, 〈X파일〉

새로운 증상과 몇 가지 가능성

충격이 덜한 꽤 괜찮은 삶을 반년 정도 살다 보니, 상황이 그 나름대로 순탄하게 흘렀다. 나는 돈을 벌었다. 개를 산책시키고 친구들과 어울렸다. 책을 읽었다. 실은 책을 썼다. 이 책 말이다. 그러던 어느 날 아침, 잠을 깨 침대에서 나왔는데 왼쪽 옆구리가 전체적으로 감각이 없었다.

자궁내막증 때문에 가끔 한쪽 다리에 좌골 신경통이 왔다. 주로 오른쪽 다리, 물론 '운전을 해야 하는' 다리가 그랬다. 그래서 통증이 너무 심하면 운전을 못 했고, 통증이 전류처럼 찌릿하게 엉치뼈에서 엉덩이로 내려가 허벅지 뒤편으로 퍼졌다. 그날 잠에서 깼을 때 느낀 게 그런 통증은 아니었지만 관련이 있다고 생각했다. 지난 몇 년 동안 통증이나 무력감 같은 증상이 하반신 쪽에 오면, 자궁내막증이 신경에 아주 가까이 발생했기 때문이라고 짐작했다. 실제로 생리 중에 좌골 통증을 호소하는 여성들을 많이 봤다.

삶에 대한 태도가 새로워졌지만, 지난 반년은 건강 면에서 꽤 힘들었다. 겨울에는 대상포진에 걸렸는데, 내 나이에는 뜬금없는 병이다. 대상포진은 면역계가 크게 약해지지 않은 이상, 대개 50대 이상 연령대에서 나타난다. 물론 의사는 내 면역계가 약해졌다고 짐작했다. 대상포진에 대해 더 이야기하고 싶지만, 앓느라 침대에 누워 있던 열흘이 잘 기억나지 않는다. 난 의식이 온전치 못했다. 신경통이 극심했다. 대상포진은 수두를 일으키는 헤르페스 바이러스 때문에 생긴다. 수두에 걸리면 이 바이러스가 신경 수용체에 영구적으로 남는다. 단, 휴면 상태로 남기 때문에 어떤 이유로 활성화되지 않는 한 문제를 일으키지 않는다. 대상포진 병변은 우리 몸의 신경 중 하나를 따라서 퍼지고, 보통 몸통 피부에 통증을 일으킨다. 안면에 대상포진이 나타나는 사람들도 있다. 불에 타는 것 같은 통증이 생긴다. 이런 신경통에 시달리다 보니, 통증이라는 경험이 얼마나 방대한지 새삼 생각하게 되었다. 불타는 것 같은 느낌 때문에, 내가 전에 겪은 어떤 통증과도 달랐다. 내가 지난 5년간 매일 달고 산 통증과 달라서 신기하기도 했다. 사실 대상포진을 앓는 동안 그 통증에 너무 압도된 나머지, 자궁내막증의 통증은 확실히 느끼지도 못했다.

몇 주가 더 지나니 대상포진 병변은 나아졌지만 피로감은 여전했다. 봄에 자궁내막증재단 컨퍼런스 때문에 의욕이 생긴 나는 폴슨 박사를 다시 찾아가 복강경검사를 또 할 수 있는지 물었다. 필요하다면 더 확정적인 조치를 취할 생각이었다. 폴슨 박사의 진료 의뢰로 다른 의사를 찾아가는 일이든, 폴슨 박사한테 난소를 들어내는 수술을 받는 일이든 개의치 않았다. 난 점점 더 절박해졌고 더 나은 치료를 받으려고 충분히 노력하지 않았다는 생각이 들었다. 물론 가난하고 아프기까지 한 처지에서는 사치였다.

폴슨 박사는 혈액검사와 신체검사를 하고 수술은 안 하겠다고 했다. 내가 체력이 너무 약해져서 마취를 감당할 수 없다는 것이 이유였다. 그 말에 궁지에 몰린 기분이었고, 어느 정도 책임을 느꼈다. 여섯 달 전에, 대상포진에 걸리기 전에 병원에 갔다면? 기분 좋아지라고 스스로 다독이는 헛소리 따위는 집어치우고 병원을 꾸준히 다녔다면? 현대 소설 말고 의학 교과서를 읽었다면? 내가 잘못된 선택을 하고 모든 걸 깡그리 망쳐 버렸다는 생각이 다시 들었다. 뭘 해도 이길 수 없을 것 같았다.

2016년 4월 하순의 어느 날 아침에 잠에서 깨어났을 때 딱 그런 심정이었고, 몸 왼쪽에 감각이 없었다. 처음에는 뇌졸중일까 봐 무서웠다. 대상포진 발병 뒤 뇌졸중 위험이 일시적으로 증가한다는 글을 어디선가 읽었기 때문이다. 그러나 내가 잠을 잘못 잤을 가능성도 있었다. 의학의 원칙에 따르면, 발굽 소리가 들릴 때 얼룩말이 아니라 말을 찾아야 한다. 나는 개한테 아침을 주고 함께 산책하러 나갔다. 발을 제대로 디딜 수가 없어서 계단을 하나씩 천천히 내려갔다. 길가로 내려가다 목줄을 자꾸 놓쳤고, 걷기가 점점 더 힘들어졌다. 모래가 가득 찬 무거운 장화를 신은 느낌 또는 물엿으로 가득 찬 바다를 헤쳐 나가는 느낌이었다. 뉴욕에 다녀오느라 지쳤다고, 책을 쓰느라 스트레스를 받았다고, 질 좋은 베개를 장만해야겠다고 생각하면서 침대에 누웠다.

그 뒤 정신이 이상해지기 시작했다. 말을 하다 원하는 단어를 찾지 못했는데, 전에는 한 번도 없던 일이다. 난 늘 말을 분명히 했고, 암기도 잘했고, 기억도 빨리 정확하게 떠올렸다. 그런데 내가 하려는 말에 가깝지만 딱 맞지는 않은 말이 나와 당황스러웠다. 대화 내용을 쉽게 따라가지도 못했다. 몇 박자 놓치기 일쑤였다. 너무 무서웠다. 내가 최악의 피로를 느낄 때도 이런 일은 없었다. 자궁내막증과 사투를 벌이면서도 내 정신은 또렷하고 민첩했다. 한 친구는 나를 '너무 똑 부러지는 애'라고 말했다. 그게 내가 생존해 온 방식이다. 그 덕에 의학 학술지를 꼼꼼히 들여다보고 내 진료 기록을 낱낱이 파헤쳐서 내 목숨을 구할 수 있었다.

난 신체적 제약과 서서히 타협하기 시작했다. 더는 무용을 할 수도, 남자와 잠자리를 할 수도, 담백한 게 아니면 음식을 제대로 먹을 수도 없다는 사실을 받아들였다. 그럼에도 여전히 생각을 하고 계획을 세우고 꿈을 꿀 수 있다면 괜찮다고 생각했다. 난 상상력이 풍부하고 이야기를 제법 그럴싸하게 엮어 낼 줄 알았다. 내 삶이 때로는 날 즐겁게 하지 못했지만, 머릿속에서 이야기에 생명을 불어넣으면서 즐길 수 있었다.

정신이 이상해진다고 생각하니 정말 감당할 수가 없어서 의사에게 전화했다. 전화했어야 할 때로부터 몇 주나 지나고 전화를 들었지만, 그동안 내 증상이 전과 다른 점을 분석하고 있었다. 병원 진료 기록부에서 몇 년 동안 일하면서 주로 중년 이상 환자들의 기록을 매일 접하다 보니, 특히 신경계 증상과 안구 관련 불편감에 관해 상당한 정보를 얻을 수 있었다.

새 증상이 나타난 지 몇 주가 지나고 내가 아직 죽지 않았으니 뇌졸중은 아니라고 생각했다. 어쩌면 대상포진 때문에 말초신경병증이 생겼을지도 몰랐다. 물론 서서히 나타나지 않고 갑작스럽게 나타난 게 이상하긴 했다. 말초신경병증이 서서히 진행됐는데 내가 점점 정신이 이상해지다 보니 그 사실을 눈치채지 못했나, 하는 생각도 했다. 폴슨 박사가 나한테 '수술을 받기에는 체력이 너무 약하다'고 했을 때, 병리 검사 결과가 어땠는지 기억나진 않는다. 그러나 비타민 B12 수치가 낮아서 근육에 문제가 생기고 상당한 건망증이 생기지 않았나 짐작했다. 백혈구 수치가 낮다는 건 알고 있었지만, 5년 동안 낮은 수치였고 혈액검사를 할 때마다 조금씩 더 낮게 나왔다. 어쩌면 그게 단서였을 수도 있지만, 몇 년 동안 심각한 감염이 찾아온 결과였을 수도 있었다. 게다가 난 잘 먹지도 못했다. 메스꺼움을 막는 약을 먹었지만, 매일 먹기는 싫어서 약한 메스꺼움은 대부분 참고 아주 심각할 때만 먹었다. 영양 결핍도 평생 달고 살았지만 이런 마비 증상은 처음이었다.

아니, 처음은 아니었다. 이 책을 쓰려고 예전 진료 기록을 훑어보다가, 열일곱 살인 고등학교 시절 찾아간 병원에서 내가 성년 선언을 했다는 걸 믿지 않아 어머니한테 전화를 걸었을 때 겪은 끔찍한 일이 떠올랐다. 그때 다리에 힘이 풀리는 증상 때문에 신경과 진료를 받으러 간 참이었다. 그때 겪은 증상과 별반 다르지 않았다. 이번 것이 새로운 증상이지만, 어쩌면 둘이 연관돼 있을지도 모를 일이었다.

나는 잠재적 진단에 몇 가지 가능성을 더 보탰다. 루푸스, 다발성 경화증, 만성 라임병 등이었다. 라임병은 내가 사는 메인의 풍토병이나 마찬가지라서 드문 사례가 아니다. 내가 죽 적어 놓은 병명을 보다 그 병들에 대해 전혀 모른다는 사실을 깨달았다. 난 자궁내막증의 전문가가 아니라 내 자궁내막증의 전문가였다. 많은 자궁내막증 환자에게 자가면역질환이 추가된다는 사실은 알았지만, 루푸스 같은 자가면역질환을 받아들이기는커녕 그것에 대해 곰곰이 생각해 볼 준비도 되지 않았다.

내 주치의를 찾아갔다. 그동안 기시 박사는 늘 내 걱정에 공감했지만 일반의라서 날 이 의사 저 의사에게 보내는 등 교통정리만 해주었다. 그래도 난 박사를 좋아하고 신뢰했다. 적어도 내게 친절했기 때문이다. 다른 의사들한테는 그 정도를 바라지도 않았다. 내가 알기로는 박사가 돌보는 환자가 많고, 환자들의 인구학적 특성을 고려할 때 그중 많은 수가 내가 열거한 질환을 앓는 사람일 가능성이 컸다. 뭔가 살펴봐야 할 게 있다면, 박사가 보도록 맡길 생각이었다. 공교롭게도, 내 몸이 마침내 겉으로도 아파 보였고 자궁내막증이 원인이었을 때보다 훨씬 더 분명한 방식으로 제 기능을 못하고 있었다. 혹시 자궁내막증이 주범이라면, 이제는 자궁내막증이 보이지 않는 병이라는 정의를 반박할 증거를 갖게 된 셈이었다.

박사가 날 진찰하는 동안, 난 속으로 이렇게 생각하면서도 박사와 공유할 수는 없었다. 한편으로는 박사가 크게 심각한 부분이 없다는 진단을 내릴 수도 있다고 생각했다. 그저 신경 압박 때문이니 새 베개를 장만하라고 할 수도 있다고 말이다. 그러나 박사가 간단한 신경 검사를 했을 때, 내가 불안하게 흔들리고 말았다. 내 몸이 검사에 제대로 반응하지 않자, 갑자기 공포가 밀려왔다. 내가 아는 공포였다. 처음 아팠을 때 날 덮친 공포였다. 숱한 밤을 뜬눈으로 지새우며 아파 울면서 느낀 공포였다. 내 말을 들어 줄 사람이 아무도 없었고, 뭔가 잘못된 염증이나 있어선 안 될 뭔가가 몸속에 있다는 두려움과 함께 그게 뭔지 밝혀내지 못한다면 내가 죽겠다는 생각이 들었다. 내 몸을 붙잡고 흔들면서 "닥치고 내 말 들어!" 하는 것 같은 공포였다.

기시 박사는 내 진료 기록에 뭔가를 적었고, 난 진료대에서 살며시 내려와 의자에 앉았다. 내 머릿속은 신경장애, 자가면역질환, 히스테리에다 자궁내막증에 관해 아는 것들로 온통 어지러웠다. 그러다 생각을 멈추고 귀를 기울였다. 눈을 감고 박사가 자판 두드리는 소리를 들으면서, 내 몸속에 뭐가 도사리고 있는지 상상했다. 내게 뭘 말하려는 거니? 듣고 있으니까 말해 봐. 눈을 뜨니 박사가 날 바라보았다. 호기심이 어려 있지만, 불쾌한 표정은 아니었다.

"직감이 있다고 했지요? 어떤지 알고 싶네요." 박사가 말했다.

박사는 이미 이론을 세워 놓은 게 분명했다. 영영 계속되는 것 같은 증상과 좀 더 급작스럽고 무서운 새 증상을 비롯해 내 모든 증상을 박사에게 말했다. 박사에게 뭔가 있다는 사실은 그 눈빛을 보고 알았다. 확진을 내리기 전에 구체적인 평가가 필요한 가능성이었다. 박사는 내가 어떻게 생각하는지에 여전히 관심이 있었다. 내가 그동안 보던 많은 의사들과 달리 박사는, 내가 내 몸의 전문가가 되려고 그간 공부한 것을 존중해 주었다. 믿기지 않는 일이지만, 의사가 내 의견에도 신빙성이 있다고 가정하고 내 생각을 물어본 건 이때가 처음이었다.

아직 알려지지 않았지만, 답이 무엇이든 그건 내 안에 있었다. 내 몸에 손을 넣어 샅샅이 뒤질 수 있을 만큼 실력이 뛰어난 의사라도, 내 몸으로 산다는 게 어떤 느낌인지는 결코 완전히 이해하지 못한다. 가끔은 내 몸이 어떤 느낌인지 확실히 말하는 데 무진장 애를 쓰지만, 난 그 느낌을 익히고 거기에 적응하고 이해하기를 계속한다.

집요하게 물고 늘어지지 않았다면, 수십 년은 아니라도 꽤 오랫동안 내가 자궁내막증에 걸렸다는 사실을 모르고 살았을 것이다. 만성 충수염의 가능성을 제기하면서 검사를 더 해 달라고 우기지 않았다면, 충수가 파열되거나 그에 따른 패혈증이 생겨서 내가 죽었을지도 모른다.

그럼에도 다 지나고 보니 변하지 않는 근본적인 진실이 하나 있었다. 내가 옳기를 바란 적이 한 번도 없다는 점이다. 난 그저 몸이 괜찮아지기를 바랐다. 어떤 이는 내가 매번 내 몸에 정확한 진단을 내릴 때마다 내가 몸을 인지하는 능력에 대해 더 확신을 갖게 되었다고 생각할지도 모른다. 그러나 난 여전히 질문의 소용돌이에 휘말린 채로 있었다. 무엇 때문에 아픈지를 내가 찾아낼 수 있을까 봐 불안했다. 그 원인을 찾아냄으로써 궁극적으로는 내가 아프다는 사실을 받아들여야 했기 때문이다.

진료실의 시계가 째깍거렸다. 그 소리에 내 대답이 묻힐까 봐 시계가 째깍거리기를 주저하는 것 같았다. 나는 박사에게 할 말을 알면서도 그 말이 내 귀에 직접 들릴 게 두려웠다. 내가 말하면 그게 실제로 분명히 드러날까? 내가 말하지 않는다면 그게 침묵 속에서만 활개를 칠까? 진료실 안에서 두려움이 아닌 뭔가가 내게 슬그머니 다가왔다. 절망이라는, 익숙한 심정이었다.

기시 박사는 참을성 있게 내 대답을 기다렸다. 이렇게 답하는 과정에 내가 얼마나 신물이 났을지 아는 눈치였다. 그건 습관적인 절망이 아니라 탈진이었다. 그러나 모든 걸 다 겪고 나서, 난 그렇게 내 생각을 알려고 하는 의사와 마주하고 있었다. 어떤 답이든 그게 교과서 책장에 적히거나 시험관 바닥에 가라앉아 있지 않다는 사실을 이해하는 의사와 말이다.

고통과 함께 살아가기

우리는 진실이 한 곳에만 머물러 있는 정적인 존재라고 자주 생각한다. 그곳을 찾아야 한다고 생각한다. 그러나 내가 그동안 찾으려고 한 답, 즉 내 몸의 진실이 쉼 없이 변한다는 사실을 깨달았다. 우리 몸은 적응하고 생존하는 비범한 능력이 있다. 통증은 밤하늘에 쏘아 올린 신호탄처럼, 우리의 관심을 끌고 경고한다. 처음에는 짧다. 그러나 도움을 청하는 외침처럼, 반응이 없으면 점점 더 커진다. 그리고 불길처럼, 그대로 두면 점점 더 거세지고 오래간다. 처음에 우리는 불빛에서 위안을 찾으려고 한다. 어둠 속에 도사리고 있다고 상상하는 그 무엇보다는 그 불빛이 비추는 것이 더 두렵기 때문이다. 우리는 통증을 설명하려고 우리 몸 밖을 둘러본다. 그 통증이 우리 몸 안에서 비롯되었다고 인정하면, 어쩔 수 없이 그 통증을 우리의 일부로 여겨야 하기 때문이다.

끝나지 않는 몸의 고통은 그 고통에 대해 강제적인 친밀감을 만들어 낸다. 이는 다른 끈끈한 관계와 마찬가지로, 그 영원한 존재감 때문에 신물이 나고 딱히 특별하지 않다시피 한 무언가로 변할 수 있다. 그렇게 우리 삶에 자리를 꿰찬 고통은 일상적이고 때로는 이상하게도 안도감까지 줄 수 있다. 고통이 우리를 차지하는 순간은 고통이 우리의 숨통을 옥죄고 우리를 쓰러뜨리고 우리의 즐거움을 앗아 갈 때가 아니다. 고통이 우리의 주인이 되는 순간은 우리가 어느 날 잠에서 깨어나 고통을 더는 두려워하지 않게 되었을 때다. 그 제서야 비로소 우리는 고통이 우리와 따로 떨어진 존재가 아니라 우리 안의 존재임을 깨닫는다.

우리가 머릿속에서 고통에 저항하려 애쓸수록 우리 몸은 그걸 묵인하고 만다. 우리의 심장이 뛰고, 세포가 분열하고, 닳아 해졌을지언정 신경이 불꽃을 일으킨다. 그리고 어느 날 우리는 고통 없이 산다는 게 어떤 느낌인지 기억나질 않는다는 걸 깨닫는다. 이제 우리의 관심을 끄는 건 우리 몸이 보내는 조난신호가 아니라 우리 몸의 침묵이다. 실제로 우리는 이 침묵을 두려워한다. 이 침묵이 우리가 치유되었다는 걸 뜻하지 않기 때문이다. 고통 뒤의 침묵은 대개 우리 몸이 다시 적응하고 스스로 낫고자 하고 집요하게 견뎌 내려는 능력이나 의지가 없음을 나타낸다. 우리는 몸이 고통받는 이유를, 그 답을 찾아내려고 애쓰는데 말이다.

기시 박사의 진료실에서 안심도 아니고 걱정도 아닌 익숙함과 마주하고 있을 때, 내가 더는 치유를 기대하지 않는다는 사실을 알았다. 통증에서 해방되기를 더는 기대하지 않았다. 처음 아팠을 때는 대학으로 돌아가 삶을 다시 꾸리겠다는 의욕 때문에 나으려고 했다. 병이 일시적인 장애일 뿐이지, 내가 그토록 사랑하게 된 삶에서 나를 아예 이탈시키는 것이라고는 생각하지 않았다. 병이 내 삶을 바꾸리라고는, 내 삶 자체가 되리라고는 전혀 생각하지 못했다. 어쩌면 그렇게 될 수도 있다고 믿기가 두려웠는지도 모른다. 나는 삶과 미래상의 상실에 몹시 마음 아파했으나, 내가 그토록 잃을까 봐 두려워하던 한 가지가 공허함을 채운다는 사실이 놀라웠다.

난 통증 속에서 산다기보다는 통증과 함께 산다고 생각하기를 좋아한다. 그것으로부터 벗어나야 한다거나 빼앗긴 삶을 다시 찾아야겠다고 생각하지 않는다. 통증을 나 자체라고 여기기보다는 통증을 규명하려고 노력한다. 통증의 복잡 미묘함, 결국 우리 혼을 빼는 치명적인 마법을 이해할 수만 있다면 날 덮치려 하는 통증의 힘을 빼앗을 수 있다고 스스로 다독인다. 뭐가 됐든 답을 찾을 수 있다는 희망이 내가 잠에서 깨어나 침대에서 지친 몸을 일으키는 이유다. 그 희망이 내가 주변 세상에 참여하는 이유다. 나는 계속 두리번거리며 찾는다. 전에 답을 찾았기 때문이다. 답은 존재하고, 난 그걸 알아볼 수 있다. 그 점이라면 내게 증거가 있다. 나 자신이 증거다.

역사와 의료계의 현실 때문에 내 탐구가 가로막힐 때, 난 그걸 개인적 차원에서 받아들이곤 했다. 내가 해결할 수 없는 문제라고 생각했다. 그러나 다 겪고 보니, 답이 없는 게 아니었다. 답을 찾기에 충분할 만큼 의학, 의료계, 기술이 연계되지 못했을 뿐이다. 심지어 답이 그리 복잡하지 않을 수도 있다. 그저 비효율, 불필요한 중복, 괴리가 진전의 적이 될 뿐이다. 물론 답이 내게 도움이 되지 않을 수도 있다. 하지만 답이 필요한 사람은 나 하나뿐이 아니다. 이 사실만으로도 탐구 속에서 목적을, 또 어쩌면 희망을 찾기에 충분한 이유가 된다.

희망의 언저리

나에게 희망은 재밌는 말이다. 기시 박사를 만나러 가기 얼마 전, 볼일이 있어서 꽤 멀리까지 갔다가 집으로 향한 시골길을 한가롭게 달렸다. 눈이 녹아 있었고, 공기에 흙 내음이 서려 있었다. 날이 풀리기를 고대하며 농지가 생기를 찾고 있었다. 내가 넓은 언덕 꼭대기에 있는 흙길 가장자리에 차를 세웠다. 자연에 비해 내 존재가 얼마나 가벼운지 느끼려고 자주 찾던 곳이다. 그곳에서는 모든 것이 내려다보였다. 골짜기, 먼 바다, 내가 고향이라고 부르는 도시의 수많은 언덕, 청명한 겨울 하늘.

한숨 돌리려고 할 때 전화기가 울렸다. 전화기를 꺼내 보니 제인 선생님에게서 이메일이 와 있었다. 뭔가 묻는 내용이었다. 상담 예약이 있었는데 내가 가지 않았기 때문이다. 그런데 난 어디에 있나? 10년이 다 되도록 약속 한번 어기지 않고 착실한 환자로 지낸 데다 늘 먼저 전화했으니 선생님이 궁금할 법도 했다.

실은 의사소통이 여러 차례 엇갈린 탓에 그런 상황이 벌어졌다. 우리가 원래 약속한 시간을 뒤로 미루고는 둘 다 그걸 잊어버렸다. 집에 있었다면 차를 몰고 바로 선생님에게 갈 수 있었겠지만, 그때 난 차로 15분 거리에 떨어져 있었다. 주 도로를 타고 멀리 나와 호프라는 도시 언저리에 있었다.

제인 선생님에게 답장을 썼다. "빨리 가긴 하겠지만, 지금 호프 언

저리에 와 있어요." 당연히 호프라는 도시의 변두리에 있다는 말이
지만, 희망의 언저리에 있다면 상담 선생님에게 하는 말치고 우습
다는 생각이 들어서 얼른 다시 썼다. 절망이라는 무기력 상태로 치
달은 게 아니라고 선생님을 안심시켰다.

　그로부터 몇 달이 지나 기시 박사의 진료실에 앉아 있던 내가 그
말을 떠올렸다. 희망의 언저리. 그때까지 난 감정에 대해, 존재의 상
태에 대해 생각하고 있었다. 내가 진실을 찾을 수 있다는 믿음 하나
로 이렇게 멀리까지 왔다고, 그 숱한 고통과 불확실을 애써 견뎠다
고 생각하고 있었다. 그런데 또 그렇게 출발점으로 돌아가 있었다.
희망의 상태에서 다시금 멀리 떨어졌다는 느낌이 날 압도했다. 말
그대로 희망의 언저리였다.

9

죽거나
살거나

삶이란 앞으로 무엇이 어떻게 닥칠지 확신하지 못하는,
알지 못하는 상태다. 그걸 아는 순간, 우리는 조금씩 죽어 간다.
예술가는 결코 다 알지 못한다. 짐작만 할 뿐.
우리는 틀렸을지언정 어둠 속에서 거듭 뛰어오른다.

—애그니스 데밀, 『삶』 중에서 1963년 11월 15일

익숙한 고통, 낯선 고통

기시 박사가 고맙게도 내 진료를 신경과 전문의에게 의뢰했지만 여섯 달 넘게 지나서야 그 의사의 진료를 예약할 수 있었다. 예약 전화를 걸었을 때 접수 담당자에게 증상을 반복해서 말했다. 접수원이 환자로 등록하고 접수 서식을 준비하는 것 같았다. 나는 내 증상의 속성 때문에 대기 시간이 걱정돼, 진료를 기다리는 환자들에게 주로 어떤 조언을 하는지 물었다. 접수 담당자는 물론 모든 환자의 경우를 말해 줄 수는 없었지만, 본인 남편은 진행성 신경 질환을 앓고 있다고 귀띔하면서 여름 내내 진료를 기다려야 하는 내게 이렇게 조언해 주었다. "반복해서 쓰지 않으면 잃게 돼 있어요."

기시 박사의 진료에서 이미 내가 여러 면에서 그걸 잃고 있을 가능성이 증명되었다. 그건 신경 기능, 미엘린, 혈액, 인내심, 시간, 기쁨, 희망 등 여러 가지를 의미했다. 여러 차례 신경 검사에서 이상이 나타난 뒤에야 비로소 신체 기능의 어떤 근본적인 요소가 고장 났다고 받아들이게 된다.

예약한 진료일에 내가 평소와 달리 딱히 꼬집어 말할 수 없는 상태였다. 그것도 증상이나 징후일 수 있었지만, 그 순간에는 지도에도 없는 망망대해를 떠도는 듯한 기분이었다. 나는 내 자궁내막증,

내 골반 장기, 내 위장관에 대해 많이 알게 되었다. 그런데 이번에는 내가 적절한 학문적 지식이 없는 신체 계통을 접한 터였다. 내가 모르는 분야일 뿐만 아니라 전문의도 내가 이미 앓고 있던 증상들에 새로 더해진 만성 증상에 대해 '알아 가는' 단계에 있었다. 이런 상태가 곧바로 날 압도했고, 난 엉킨 실타래를 풀 수나 있을지 궁금해졌다. 그건 온라인 자가면역질환 모임에서 알게 된 많은 친구들이 내게 경고하던 문제다. 만성적으로 아파지면 새로운 기준점에 적응해야 한다. 어떻게 아파야 할지 몸소 익혀야 한다. 그러나 어느 날 내가 어떻게 더 아파야 하는지 배워야 할 수도 있다는 것에 대비시켜 주는 이는 없다.

신경과 전문의는 MRI를 한 번 더 찍자고 했다. 두어 시간 떨어진 병원에 있는 기계에서 찍어 보자고 했다. (자기장의 단위인) 테슬라 범위가 큰, 메인 주에서 가장 강력한 MRI 기계라고 했다. 이 제안에 반대하지 않았다. 촬영을 되도록 빨리 한다는 조건하에서 말이다. 새해가 될 때까지 기다리면, (다행히도 그해에는 딱 맞았던) 보험에 따른 환자 부담액이 재설정돼 내가 갚지도 못할 청구서가 날아들 판이었다. 처음 병원을 찾은 이래 7년 동안 빚을 어느 정도 갚았지만 나머지는 수금 대행 회사로 넘어간 상태였다. 난 "비용이 얼마죠?"라고 묻지 않고는 치료받을 처지가 못 됐다.

그래서 눈보라를 뚫고 두 시간을 운전해서 MRI 촬영을 하러 갔다. 오후 4시에 운전 중이었는데, 어둠이 아스라이 깔린 허공에 얼음 섞인 눈송이들이 별처럼 빠르게 흩날리고 있었다. 검사실에 도착했을 때는 몇 시간이나마 누울 수 있다는 생각에 안심이 되었다. 폐소공포증이 없어서 MRI 촬영은 전혀 문제가 아니지만, 거기까지 가느라 스트레스가 쌓여서 머릿속이 어지러웠다. 의사가 날 기계 속으로 밀어 넣자마자 심장이 아플 만큼 쿵쾅대기 시작해서 그 소리가 내 귀에 들릴 정도였고, 내 폐는 공기 받아들이기를 거부했다.

내가 한때 잘 알던, 의료계의 행정적 측면과 임상적 측면의 간극에 따른 결과라고 짐작할 수밖에 없었던 이유로 무려 한 달이 걸려서야 MRI 촬영 보고서의 사본을 얻었다. 다행스럽게도 내 증상에 대한 중대한 원인(종양, 병변, 출혈)이 발견되지는 않았으나, 의사들이 발견한 것이 엄밀히 말해 정상은 아니었다. 그중 어느 하나라도 증상을 일으키기에 충분한지가 궁금했다. 게다가 그 증상들이 내 증상들과 일치하는지도 의문이었다.

신경과 전문의가 내린 진단이 내게는 설득력 있게 다가오지 않았다. 내가 그 진단 기준에 딱 맞지 않았기 때문이다. 의사가 어떻게든 진단을 내려 병원에서 날 내보내려고 하는 것 같았다. 난 진단을 받으려고 병원에 간 게 아니었다. 진단이 진실일 경우에만 받아들이겠다는 생각이었다. 진단의 증거가 있다면 말이다.

많은 병적 상태가 배제만으로 진단될 수 있다는 사실을 알았다. 즉 이것저것 제외하고 남는 것으로 일련의 증상을 설명한다는 얘기다. 그런데 난 이런 경우를 5년이 넘도록 내가 직접 찍은 〈하우스

House M.D.)에서 이미 접했다. 의사들이 그건 '모두 내 머릿속에서 나왔다'든가 내 병이 그저 '신경성'이라고 내게 말한 세월이 생리학적 형태로 발현된 것처럼 보였다. 즉 나한테 신경학적 장애와 입증할 수 있는 신경 손상이 있다는 것이다.

내가 왜 그런지 이해하려고 한 이유는 두 가지였다. 증상이 왜 생겼는지 이해하고 나서, 그 증상을 초래한 내 행동을 바로잡거나 그 증상을 예방하는 데 필요한 행동을 해 보려고 했다. 또 현재 증상의 원인이 내가 이미 겪고 있는 다른 증상들과 어떤 연관이 있는지 알고 싶었다.

다른 의사의 의견을 들어 보는 편이 낫겠다고 생각했다. 스스로 주사해야 하는 면역 조절 약물 처방을 받는 일은 쉽게 내릴 결정이 아니었기 때문이다. 그래서 난 의사가 권하는 치료를 거부했다. 의사가 내게 진단을 내린 또는 곧 발병하리라고 판단한 병의 임상적 진단 기준에 내가 부합하는지를 신경학 교과서로 확인하는 것은 의학 교육을 받지 않았어도 할 수 있다. 어쩌면 결국 의사 말이 맞을지도 모르지만, 당시에는 의사가 내게 권하는 치료를 생각할 때 다른 의사의 의견을 들어 보는 게 왜 부적절한지 이유를 찾을 수 없었다. 물론 진료 의뢰 과정이 길었고, 그 의사를 만나는 데 여섯 달이 걸렸다. 내게 필요한 증거를 제공할 수 있는 다른 검사는 요추 천자밖에 없었다.

내 증상이 처음 나타나고 1년 조금 넘었을 때 그리고 지독히 고생하면서 차를 몰고 가 MRI를 찍은 날로부터 여섯 달 남짓 지났을 때 난 병원 검사실에 태아처럼 웅크린 채 누워 검사를 통해 포함되거 나 배제될 각종 질환(진드기 매개 질환, 감염, 다발성 경화증, 암)에 대해 곰곰이 생각하고 있었다. 의사가 내 요추 사이에 바늘을 찔러 넣었 다. 단풍나무 수액처럼 뇌척수액이 내 몸에서 뽑혀 나오는 사이 나 는 질문을 많이 했다. 불안해서 그랬고, 정말로 궁금해서 그랬다.

난 늘 과학을 믿었다. 의료계가 나를 여러 번 실망시켰고 의학 연 구의 한계점이 분명히 존재했지만, 의술과 의학이 날 구한 적도 여 러 번이었다. 수십 년간 교육받은 사람들에 비하면 내가 아는 게 적 지만, 의사가 잘하든 못하든 의학의 주요 덕목에 대한 내 믿음은 늘 굳건했다.

검사 후 발생할 수도 있다는 '척추 마취 후 두통'이 오지 않도록 집에서 침대에 누워 쉬는 동안, 현대 의학 덕분에 그런 검사를 안전 하게 받을 수 있다는 사실이 갑자기 고마워져서 한동안 놀랐다. 제 임스 레너드 코닝(James Leonard Corning)이 실험용 개의 척추에 코카 인을 주사하고 우연히 척추 마취를 발명한 시절로부터 우리가 얼마 나 발전해 왔나! 내게 알맞은 리도카인이 주사된 덕분에, 등에 바늘 이 꽂혔어도 끔찍하지는 않았다. 검사 중에 그리고 검사 후에 내가 느낀 불편함은 뭐가 됐든 당연하다고 생각했다.

전몰장병추모일이 있는 주말 전 금요일에 검사받았기 때문에, 난 필요하다면 하루 더 쉴 수 있었다. 이미 진료기록부 일을 그만두고 프리랜서로서 글쓰기를 시작했기 때문이다. 프리랜서로 일을 해서 다행이었다. 아무리 심한 골반 통증이나 메스꺼움이 몰려오려고 해도 또는 신경이 이상해지는 증상이 덮치려고 해도, 거기 대처하는 데 필요한 일을 언제든 할 수 있었기 때문이다. 난 욕조 안에서 대부분의 기사를 썼고, 헛구역질을 하거나 갑자기 설사할 경우를 대비해 화상회의 중에 내 소리를 꺼 놓은 적도 여러 번이다. 사람들이 늘 말하듯이 신체 활동이 정신과 몸과 영혼에 이롭다는 사실을 알았다. 내 기운을 조금이나마 북돋은 것은 다시 시작한 무용이었다. 물론 쉽지 않았고 예전만 못했지만 이내 익숙해졌다. 그저 내 삶에 통증과 일이 아닌 게 생겨서 행복했다. 나는 영 입맛이 당기지 않는, 염증을 예방하는 식단으로 연명하는 중이었고 대개는 효과를 발휘했다. 식단이 효과가 없을 때는 약을 먹었다. 조용하지만 무미건조하지는 않은 생활이라고 생각했다. 좋아하는 일을 해서 고마웠고, 전 세계의 대단히 흥미로운 사람들을 만나고 면담하고 그들과 대화할 수 있었고, 아침에 일어나면 우편함에 과학 학술지가 잔뜩 와 있기를 고대했다. 또 누군가가 어딘가에서 수수께끼를 풀려고 애쓰고 있다는 사실에 무척 안도했다. 난 나와 관련이 있든 없든 과학적 탐구라는 행위에 늘 진심으로 영감을 받고 고마워했다. 아무리 사소한 것이라도 그걸 발견하는 행위에서 위안을 찾았고, 그저 경외심을 느낀다는 사실 자체가 즐거웠다. 내 일은 지적인 열정이나 정체성을 넘어서는 것이었다. 그건 바로 희망이었다. 비록 내가 나 자신이나 우주의 신비는 풀지 못해도, 나 대신 발 벗고 나선 이가 있다는 사실을 아는 것만으로 안심했다.

요추 천자를 하고 이틀 정도 지나서, 난 따스한 햇살이 가득한 침실에서 깨어났으며 강아지 윔지가 담요에서 빠져나오는 동안 나른한 채로 있었다. 내 일과는 무척 단조롭다. 새벽 5시에 일어나 새벽 6시까지 일한다. 몸 상태에 따라 일하는 장소는 다르다. 대부분 침대에서 일하거나 욕조에서 일하거나 이 두 곳을 오가며 일했다. 얼마 뒤에는 공간을 개조할 수 있었던 덕에 소파에서도 일하게 됐다. 이른 아침에는 몸 상태가 아주 좋은 편이라서, 윔지와 멀리 산책을 가거나 병원에 가거나 볼일을 보러 나갔다. 그렇게 오전에는 일을 죽 하고 보통 사람들이 점심을 먹을 즈음 윔지와 산책을 한 번 더 하고는 어김없이 곧 닥칠 괴로운 오후를 기다리며 마음을 다잡았다. 푹 잠들지는 않더라도 대개 낮잠을 꼭 자야 했고, 온찜질을 하면서 누워 있어야 했다. 그래도 병원이나 사무실에서 일하던 때와는 달리, 집에 있어서 일하는 게 가능했다. 이것만 해도 큰 차이다.

하루가 늘 똑같이 시작되었다. 약을 먹고 오줌을 누러 갔다. 그러던 어느 나른한 일요일 아침, 난 잠에서 깨어나 햇볕을 쬐고 있었고 윔지는 내 귀에 코를 대고 있었는데 오줌을 눠야겠다는 느낌이 들지 않아 눈살이 찌푸려졌다. 그러고 보니 전날 아침에도 오줌을 누지 않았다. 이틀이나 화장실에 가지 않았다. 이상한 일인데, 오줌을 누고 싶다는 느낌이 없었다.

천장을 보면서 그럴 만한 이유를 찾아내려고 머리를 굴렸다. 그 동안 밀린 2년 치 책과 영화를 보느라 정신이 팔린 나머지 화장실에 가고 싶다는 욕구를 무시하고 지나쳤을지도 모를 일이었다. 내가 뭔가에 집중을 잘하는 편이지만, 의사의 권유로 보충액을 먹고 있었기 때문에 이틀이나 화장실을 안 갔다면 방광이 터졌어야 했다. 어쩌면 탈수 증세가 왔을 수도 있었다. 그런데 이상하게도 장에서 조차 찌르르한 느낌이 없었다. 난 평생 장이 무척 민감한 편이고, 이틀 이상 똥을 누지 않은 적은 한 손에 꼽을 정도였다. 대개 늘 그 반대 상황으로 고생을 했다. 심지어 장 기능이 상대적으로 정상인 날에도 심한 경련성 복통에 시달리곤 했다. 그러니 이틀 내내 장이 아무런 움직임도 보이지 않고 그에 따른 증상도 없는 것이 무척 불길했다.

생각이 여기까지 미치자 침대에서 벌떡 일어났고, 그 바람에 윔지가 놀라 깨갱 소리를 냈다. 이불을 확 걷은 뒤 창백하고 차가운 배와 골반 부분을 손가락으로 눌러 보았다. 숨도 쉬지 않았다. 7년 가까이 뻐근하고 묵직한 통증이 볼기뼈 부근에 자리 잡고 있었다. 그 통증을 어느 정도 다스리는 법을 배워서 통증이 늘 극심하지는 않았다. 하지만 통증이 늘 거기에 있었다.

지금은 아니었다.

옆에서 윔지가 낑낑거리기에 쉿 하고 조용히 있으라는 시늉을 했다. 내가 뭔가에 귀 기울인다는 듯, 방 안이 조용해지면 숨죽이고 있던 통증의 기적이 들리기라도 할 듯 말이다. 나는 이른 아침에 깨어 있기를 좋아했는데, 세상이 그 어느 때보다 고요할 때 내 안에서 윙 윙대는 통증의 주파수에 촉각을 곤두세우고 느낄 수 있어서였다. 어떤 때는 신호가 요란하게 들려서 그걸 마지못해 받아들이기도 했고, 어떤 때는 몸의 일기예보가 내 바람처럼 좀 더 순탄했다. 내 몸의 예보에 내가 다행스러워하든 말든 내가 귀 기울이는 한 그 신호는 늘 거기 있었고, 난 그 신호를 길잡이 삼아 사는 법을 배우게 되었다. 그러다 이날 잠에서 깼을 때는 내 몸이 침묵 상태가 된 걸 알고 충격받았으며 뒤이어 등골이 서늘해지는 질문이 고개를 들었다. 내가 신경학적으로 그 신호를 감지할 수 있는가? 신호가 없다면 난 도대체 어떻게 항해를 한단 말인가?

이것도 내 삶이 될 것인가

의사들에게 전화했지만 아무하고도 연결되지 않았다. 주말 연휴니 당연했다. 마지못해 응급실로 갔다. 난 내 상황이 너무 이상해서 어안이 벙벙할 뿐이었다. 게다가 불안까지 커져만 갔는데, 논리적인 설명과 실질적인 해결책을 찾는다면 불안은 어느 정도 없어질 거라고 생각했다.

그러나 그런 설명과 해결책은 처음 간 응급실에서도, 그로부터

24시간이 안 지나 두 번째로 간 응급실에서도 찾지 못했다. 그 뒤 2주 동안 여러 의사를 찾아갔지만 마찬가지였다. 이를 두고 의사들을 전적으로 탓할 수는 없었다. 부분적으로는 내 잘못도 있었다. 적어도 내가 나를 잘 챙기지 못했다는 점에서.

어쨌든 관장제 처방을 받았고, 기어서 화장실로 간 터라 거울에 비친 내 모습을 볼 일이 없었다. 거울 속 내가 어떤 모습일지 알고 있었다. 먹지 못한 뒤로 몸무게가 급속히 줄어 저체중이었다. 하루에 몇 번씩 규칙적으로 대변을 보다가 1주일이나 대변을 못 봤지만, 이상하게도 하부 위장관에 불편감이 없었다. 그러나 상부 위장관에 영향이 미친 게 분명했다. 이미 탈수 상태인데 더 심해지면 영영 빠져나올 수 없는 악순환에 갇힐 것 같아서 되도록 물을 많이 마시려고 했다. 그 순간 고개를 들어 거울에서 관장약을 들고 눈이 푹 꺼진 갈색 머리칼의 수척한 여자를 본다는 건 내 요동치는 심장이 며칠씩이나 묻던 질문의 증거였다. 이것도 내 삶이 될 것인가?

관장을 해 본 적이 없고 내가 뭘 하는지 느낄 수가 없었기 때문에, 구글 검색을 아무리 해도 도움이 되지 않았다. 어쨌든 관장약 병을 비웠기 때문에 내가 제대로 했다고 생각했다.

누운 채로 천장을 바라보면서, 관장약이 충분히 돌도록 맞춰 놓은 시간을 휴대전화가 알려 주기를 기다렸다. 물론 그 전에 배가 아팠어야 했지만 아프지 않았다. 실은 아무 느낌도 없었다. 나는 몸을 간신히 일으켜 변기에 앉았고, 뭔지는 몰라도 약 때문에 액체와 배설물이 쏟아지는 소리를 들었지만 느낌은 없었다. 배가 안 아파서 당황스럽기도 했지만, 한편으로는 조금 고맙기도 했다. 몇 년 동안 심한 통증을 달고 살았기 때문에, 통증이 없는 데 놀라긴 했어도 다소 안도했다는 사실을 부정할 수 없었다. 그러나 곧바로 혼란과 불안이 몰려왔다. 세월이 흐르면서 아픈 상황이 차츰 정상, 기준점이 되었기 때문이다. 갑작스러운 일탈은 그 자체로도 충분히 내 신경을 건드렸고, 증상들이 무척 공격적이고 압도적이라는 점 때문에 마음이 더 혼란스러웠다. 미봉책에는 의심을 품으라고 배웠고, 한 가지 문제를 없애면 또 다른 문제가 찾아오는 해결책은 당연히 경계해야 한다고 생각했다.

이 점을 강조해서 신경과 전문의에게 말하려고 했다. 하지만 의사는 답을 찾으려고 하는 태도, 즉 내 '호기심'이 문제의 원인일 가능성이 크다고 꽤 힘주어 말했다. 의사는 동양의 종교든 의학이든 상황을 감당하는 데 도움이 되는 어떤 '철학'이 내게 필요하다고 생각했다. 내가 딱히 신을 독실하게 믿는 사람이 아니라면 말이다.

나는 과학을 믿기 때문에 거기까지 버텼고, 눈앞에 놓인 문제를 해결하고 거기 대처할 계획을 세우면서 불안을 잠재웠다고 설명했다. 이런 접근법 덕에 20대 중반까지 살 수 있었기 때문에, 난 당연히 이에 대한 확신이 있었다.

"과학 하나만으로 위안을 얻는 사람은 없어요." 의사가 말했다. 그러면서 침을 맞아 보라고 권했으나 내가 무시해 버렸다. 의사는

내 뜻을 눈치채고 덧붙였다. "환자분이 주로 뭔가를 찾아서 읽어 본
다든가……."

'아, 이제 시작되려나 보군.' 난 이렇게 생각했다. '이제 날 나무라
겠지.'

"의대를 다니다 보면 배움 속에 모든 것이 있다고 생각할 때가 있
어요."

나는 멈칫했다. 그 의사는 1년 가까이 객관적인 증거도 없이 내
가 퇴행성 신경 질환을 앓고 있다고 주장했다. 난 동의하지 않았고,
내 증상이 퇴행성 신경 질환의 진단 기준에 맞지 않는다고 꾸준히
말했다. 그래서 내가 요추 천자를 해 보는 데 곧바로 동의한 터였다.
내게 그 검사는 그 의사가 자신의 진단을 뒷받침할 만한 것을 못 찾
으리라는 기대에서 동의한, 일종의 증거 수집이었다. 결국 의사는
아무것도 찾지 못했고, 난 다행스럽게 생각했다. 난 당연히 그 병에
걸리고 싶지 않았다. 솔직히 말하면, 아무 병에도 걸리고 싶지 않았
다. 난 내 증상의 원인이 상대적으로 평범하고 치료도 할 수 있기를
아주 간절히 바랐다.

이게 내가 의사에게 의문을 제기한 데 대한 벌이었을까? 값비
싼 건 말할 것도 없고 위험천만한 치료를 받기 전에 증거를 요구한
데 대한 벌이었을까? "환자분이 주로 뭔가를 찾아서 읽어 본다든
가……."라는, 내 해석으로는 내가 잡다한 의학 글을 찾아 읽기를 좋
아한다는 뜻에서 의사가 한 말에 화가 치밀었다. 그동안 난 그저 홍

미로 의학책을 본 게 아니었다. 문제를 해결하려고 노력했고 그건 일종의 일이었다. 열정이 우러나서 그런 주제에 평생을 바치려고 했다면, 무용이 아니라 생물학을 전공했을 것이다. 난 그저 과학에 어느 정도 소질이 있었고, 내가 이해할 수 있었던 의학이라는 분야의 과학적인 방법을 깊이 존중했을 뿐이다. 그렇게 몇 년을 몰두하다 보니, 그 분야에서 내가 좋아하는 면들을 찾게 되었다. 아니, 좋아했어야만 했다. 그렇지 않았다면 계속 앞으로 나아가려는 의욕을 유지하기가 무척 어려웠을 테니까. 그러나 음성 가닥 RNA 바이러스를 흥미롭게 여긴다고 해서 내가 심기증 환자는 아니다. 과학자들도 당연히 아프기 마련이고, 의사야말로 최악의 환자라는 오래된 농담도 있다. 지적 흥미와 상관없이, 난 교육을 통해 비판적인 시각을 갖게 되었고 증거를 요구하고 철저함을 기대하게 되었다. 학문적 지식을 적절히 갖췄는지 여부와 상관없이, 환자는 그런 것들을 알 자격이 있다고 본다.

시련에 빠져든 지 1주일쯤 된 어느 날, 저녁 6시 무렵 잠자리에 들었다. 6월 초라 밖은 여전히 낮 같았다. 질 듯 말 듯한 해가 내 작은 침실을 여전히 제법 밝게 비추고 있었다. 나는 늘 자기 전에 책을 읽었지만, 그날 저녁은 침대 옆 탁자에 두고 2주째 읽으려고 한 크리스티앙 드 뒤브(Christian de Duve)의 『생명의 먼지Vital Dust』를 집어 들 힘도 없었다. 진정제나 마취제를 맞은 듯 꿈처럼 잠에 빠져들었다. 숨이 유독 밭은 것 같아 힘겹게 눈을 떠 보니 작고 까만 점들이 눈앞에서 깜빡거렸다. 윔지가 내 발치에서 낑낑대면서 평소보다 몇 시간 일찍 이불 위에서 빙빙 돌았지만 내가 침대에서 꼼짝 하지 않아 체념한 듯했다. 방 안이 묘한 침묵 속으로 빠져들었다. 실은 불가능한 일이었다. 창문이 열린 데다 사람들이 많이 다니는 거리, 채석장, 어린애들이 있는 집, 혀를 내두를 만큼 고집이 센 이웃이 사는 집, 목재소가 가까이 있었기 때문이다. 얼마 있다 세상이 칠흑 같은 어둠으로 뒤덮였다. 난 그 마력을 내뿜는 공허 속으로 빠져드는 듯했고, 그 순간 강렬한 생각이 번쩍 들었다. 내가 오늘 밤 죽으면 윔지는 어쩌지?

그 생각을 하자마자 온전한 평온이 밀려왔다. 긴장도, 불안도, 걱정도 없었다. 고통도 없었다. 깨어나지 못할 듯한 깊은 잠에 빠져들기 전 마지막으로 한 생각은, 죽을 운명이라면 기꺼이 죽겠다는 것이었다. 그렇게 할 수밖에 없었다. 윔지도 괜찮을 터였다. 개는 본능적으로 생존한다고 생각하면서 잠에 온몸을 맡겼다.

"그래서 어떤 이론을 갖고 있나요?"

난 분명 죽지 않았으나, 며칠 더 관장하고도 호전되지 않으니 삶에 의문을 품기 시작했다. 나트륨과 칼륨이 손실된 탓일 수도 있고, 엉덩이에 손을 너무 자주 갖다 대면서 굴욕감을 느꼈을 수도 있었다.

그러나 기시 박사에게 진료받기로 한 날이 다가오자 한 가지가 매우 확실해졌다. 내 몸 상태로는 운전할 수 없다는 것이었다.

나는 카스 선생님과 고모를 떠올렸지만, 두 사람 다 낮에 일하기 때문에 갑작스럽게 오후 시간을 빼 달라기가 부담스러웠다. 여전히 내 정신적 지주인 힐러리는 야단스러운 네 살짜리 아이를 돌보느라 여념이 없었고, 심리적으로 가까운 레베카는 브루클린에 살고 있었다. 그다음에 떠오른 사람은 퇴직한 지 얼마 안 된, 맥스의 어머니 매기다. 난 그동안 매기와 친분을 유지하며 어느 정도 해부학 지식이 있는 그녀에게 자주 조언을 구했다. 매기가 흔쾌히 날 차로 데려다 주겠다고 해서 안심했다. 병원으로 가는 길에 그동안 전하지 못한 '내 상태'에 대해 이야기하면서 무척 피곤해졌다. 매기는 줄어든 내 몸무게에 걱정을 내비쳤다. 다른 사람이 그랬다면 발끈했겠지만, 매기가 날 나무라는 뜻으로 그런 게 아니라는 걸 알았다. 매기는 나도 걱정하고 있다는 사실을 알았다.

내 상황을 설명하는 데 도움을 줄 사람이 필요하다는 핑계로 매기에게 진료실에 같이 들어가 달라고 부탁했다. 실은 너무 기운이 없어서 말을 제대로 할 수 있을지조차 알 수 없었다. 혈압이 무척 낮았는데, 그래서 세상이 그렇게 비현실적으로 보인 것 같았다. 더욱이 며칠 동안 관장을 한 터라 탈수증세도 한몫을 했다.

기시 박사와 간호사 에밀리가 당혹스러움을 감추지 못했다. 내가 1주일 동안 아무 감각이 없었다고 줄곧 말했지만, 그건 모두 주관적인 느낌이고 나도 그 사실을 알았다. 그걸 객관적으로 확인시킬 방법이 있을지 모를 일이었다. 에밀리가 직장질루 검사를 제안했는데, 내가 기운만 있었다면 그 검사를 하지 않겠다고 저항했을 것이다. 그동안 숱한 질 검사를 무척 고통스럽게 받았고, 몸 상태가 최상이라도 직장질루 검사가 그런 검사보다 나을 건 없었다. 내가 잠시나마 성적으로 눈뜨면서 알게 된 사실은, 항문으로 직행하면 안 된다는 것이다. 에밀리가 잠깐 뭘 보러 가야 한다고 자리를 떴는데, 매기가 그걸 자신도 자리를 떠야 한다는 뜻으로 받아들였다. 우리가 친분이 있긴 해도 그렇게까지 가깝지는 않았기 때문이다. 더더구나 내가 그녀의 아들을 통해 성적으로 눈을 떴으니 말이다.

주저하면서 문가로 가던 매기가 쭈글쭈글해진 종이 드레싱을 품에 꼭 쥔 채 몸을 떨면서 진료대에 앉아 있는 날 바라보았다.

"내가 여기 있으면 좋겠니?" 매기가 차분히 물었다. 내 예상대로 매기가 당황했을지 몰라도 매기는 그런 기색을 드러내지 않았다. 난 꼭 쥔 주먹을 가슴에 바짝 갖다 대고 고개를 저었다. 그동안 삭막한 진료실에 여러 번 혼자 있으면서 완벽한 대칭으로 도표에 그려진 인체 장기, 눈금이 매겨진 쓰지 않은 시험관, 벽에 딱 붙어 있는 빨간색 의료용 바늘 폐기통 등 눈앞에 있는 무엇이든 보면서 안심하려고 했다. 의사들이 변하고 세월이 날 변하게 했을지는 몰라도, 그 물건들은 어느 진료실이든 변함없이 있었다. 그 물건들은 신성한 상징물, 시금석, 어두운 숲속에서 길을 찾게 하는 빵 부스러기 흔적, 미로를 빠져나갈 수 있게 하는 표지판이 되었다.

"잠깐만요. 검사 다 했나요?" 내가 진료대에서 허둥지둥 몸을 일으켜 에밀리를 보았다. 장갑을 벗고 있던 에밀리가 날 찬찬히 보면서 고개를 끄덕였다. "이런 젠장." 내가 나직이 내뱉었다. 내 몸에 난 구멍 두 개에 누군가의 손가락이 들어가는 게 느껴지지 않았다는 사실에 충격받았다. 가장 민감한 부위인데 말이다. 예전에는 분명 감각이 있었다. 게다가 대개는 무척 고통스러웠다.

기시 박사와 에밀리는 내가 심란해하는 게 당연하다고 생각하는 듯했다. 그러나 검사 후 높아진 불안에 대해 내가 이야기할 때, 그 불안이 원인이라는 뜻을 그들이 내비치지는 않았다. 그건 마땅한 반응이었다. 박사는 (매우 강력한 항염제이자 면역억제제인) 프레드니손과 함께 수면에 도움이 될 아티반을 처방했다. 프레드니손의 위협적인 여러 부작용 중 하나가 불면증이다.

시련이 2주째에 접어들었지만 난 일을 해야 했다. 그게 화장실 바닥에서 양자 얽힘에 관한 기사를 편집하는 것이라도 말이다. 프리랜서니 일을 안 하면 돈을 못 번다는 이유가 있고, 병이 아닌 것으로 내 정체성이 건재하다는 사실을 확인하고 싶은 심정도 간절했다. 오래된 수건으로 감싼 요가 매트에 웅크린 채 누운 나는 그 어느 때보다도 일이, 그리고 일하면서 느끼는 기쁨과 목적의식이 필요했다. 프레드니손을 이틀 정도 복용하니 등에 통증이 느껴졌는데, 난 그걸 몸이 '깨어나고 있다'는 긍정적인 신호로 받아들였다. 난 여전히 언제 오줌을 볼 수 있을지에 대한 정답 맞히기로 사투를 벌이고 있었고, 생리식염수 관장은 내 몸에 이롭기보다 전해질 불균형으로 몸에 위협이 될 지경에 이르렀다. 난 다시 단단한 음식을 먹으려고 노력하면서 내가 모르는 사이에 장 때문에 문제가 생기지 않기를 바랐다.

며칠 뒤에 오줌을 누고 싶다는 찌르르한 느낌이 들었다. 미미하지만 분명한 느낌이었다. 난 상태가 계속 호전되고 있다고 조심스럽게 낙관했다. 그러나 프레드니손 복용이 끝난 주말에 호전도 멈췄다. 스테로이드 복용이 끝나고 몸 상태도 나아지지 않아 기분이 깊게 가라앉았다. 그게 흔한 스테로이드 금단증상이라는 사실을 알았지만, 내 비관적인 생각은 점점 커져만 갔다. 난 월요일에 병원으로 가서 기시 박사와 에밀리에게 이런 상황을 빠짐없이 말했다. 그들이 약 복용 기간은 늘리고 복용량은 점진적으로 줄여서, 혹시 생길지도 모를 부작용을 완화하고 부신에 무리가 가지 않게 하는 편이 좋겠다고 생각했다. 더디긴 해도 호전은 희망적인 신호였다. 난 여전히 절망과 두려움에 빠져 있었지만 내게 요구되는 새로운 일상에 빠르게 적응했다. 적응은 내 삶에서 항상 생존을 의미했고, 난 기호나 편리 또는 필요의 수준을 낮추는 데 익숙했다. 그러기란 절대로 쉽지 않았고, 내가 그래야 한다는 사실이 무척 씁쓸했다. 그러나 이런 감정들이 지나가도록 내버려 두니 단순한 진실 하나가 남았다. 내가 계속 살거나 죽을 수 있다는 점이었다.

진료 예약을 잡으려면 몇 달은 아니라도 몇 주는 걸릴 걸 알고서, 에밀리가 내 진료를 다른 신경과 전문의에게 의뢰했다. 에밀리와 기시 박사는 요추 천자를 하게 한 첫 번째 신경과 전문의의 진단과 관련해 다른 의사의 의견을 들어 보는 편이 마땅하다는 내 의견에 동의했다. 시간이 흐르면서 요추 천자가 눈앞에 닥친 문제와 관련이 있는지 여부는 그리 중요하지 않아졌고, 나도 원인을 찾는 데 흥미가 급격히 떨어졌다. 그저 방광과 장의 기능이 정상으로 돌아오기만 바랐다.

신경과에 진료 취소가 생겨서 의사가 예상보다 더 빨리 날 진료할 수 있게 되었다. 에밀리와 기시 박사는 다른 의사의 의견을 듣게 돼 무척 기뻐했고, 나도 실낱같은 기대를 품었다.

모델 박사는 내 증상이 심리적 문제에서 비롯되었다는 뜻을 처음으로 내비친 의사는 아니지만 "이건 모두 환자분 머릿속에서 비롯됐습니다."라는 말을 실제로 한 최초의 의사다. 게다가 전적으로 날 탓하며 거의 진저리가 난다는 투로 그렇게 말했다. 특히 박사가 날 진료한 건 그때가 처음이 아니었다. 박사는 거의 10년 전 고등학생인 내가 다리에 힘이 풀리는 증상이 생겼을 때 날 진료했다.

박사는 내 진료 기록을 읽고 전에 찍은 MRI 사진 여러 장 중 한 장을 살폈다. 그리고 내 몸에서 아주 악질적인 일이 벌어지고 있지는 않다는 박사의 판단에 내가 안심했다고 말할 기회를 얻기도 전에, 박사가 일부러 신경 검사를 하기도 전에 날 공격하기 시작했다.

난 그때까지는 적어도 얼마간 친절을 보이면서 내 증상이 심리적이라고 가정한 그 전 의사들에게 고마워할 마음이 전혀 없었다. 그러나 그 전 의사들은 거들먹거리고 때로 날 무시하는 경향이 있었어도 무자비하지는 않았다. 반면 모델 박사는 아주 넌더리가 난다는 표정이었다. 난 너무 놀라 어안이 벙벙한 채로 박사를 바라보았다. 그렇게 굴욕감을 느끼니 아예 무방비 상태가 돼 버렸다. 대화 내내 말을 더듬거리면서도 평정심을 유지하려고 애썼지만, 결국 울음을 터트리면서 패배하고 말았다. 박사는 그런 내 모습이 자기 의견의 결정적 증거라는 듯이, 격하게 의기양양해 보였다. 그걸 알아챈 나는 박사가 입을 열기도 전에 기선을 제압했다.

"그러니까 프로이트의 전형적인 히스테리 환자란 말이죠?" 난 내가 누구에게 더 화나는지도 모른 채 쏘아붙였다. 박사일까, 나 자신일까, 아니면 프로이트일까? 박사가 내 의견을 전적으로 묵살한 것은 아니고 그저 심신증이라는 뜻을 내비친 것이었지만, 그 밖에 설득력 있는 설명은 없다는 점을 꽤 분명히 말한 셈이다. 시간이 지나고 보니, 그때 내가 화난 것은 젊은 시절의 시련을 극복하기 위해 공들여 쌓은 탑을 박사가 아예 물거품으로 만들었기 때문이다.

난 비웃는 눈초리로 신랄한 말을 내뱉는 모델 박사와 마주하고 있었다. 박사는 자신의 분명한 믿음을 말한 뒤에야 겉치레식으로 신경 검사를 했고, 검사가 진행되는 동안 나는 좀 전에 겪은 치욕을 곱씹었다. 그러다 박사가 자기 의견을 다시 확언하려고 했을 때, 난 의자에 앉은 채로 자세를 바로잡고 되도록 침착하게 박사를 바라보았다. 박사는 날 다시 볼 생각이 없어 보였고, 나도 상관없었다. 그런데 할 말이 떠올랐다.

"이런 식으로 무시당한 게 두 번째예요." 박사를 보면서 차분하게 말했다. 박사는 거의 반사적으로 몸을 꿈지럭댔다. "제 진료 기록을 보면 아실 거예요."

박사는 주저하다가 한숨을 쉬었다. 날 달래려고 마음먹은 듯 보였다. "환자분이 아주 명석하군요. 아주 영리해요." 박사가 또박또박 말했다. '똑똑하고 흐트러짐 없지.' 내가 생각했다. 그리고 말을 더 하기 전에 심호흡을 하면서 마음을 가라앉혔다.

"전에도 대화가 이랬어요. 여기에 진료받으러 온 적이 있죠. 몇 달, 몇 년이 흘렀고 전 답을 찾았어요. 그렇지만 누군가가 제 말에 귀 기울이거나 제 말을 진지하게 받아들이기까지 너무 힘들었어요. 삶의 질이 급격히 떨어질 만큼요. 전 몇 년씩 갖가지 증상에 시달렸을 뿐만 아니라 공부를 하는 데도 많은 시간을 들였어요." 내가 숨을 내쉬었다. 얼마나 지쳤는지 느껴지자 어깨가 조금 처졌다. "난 옳기를 바란 적이 한 번도 없어요." 눈가에 눈물이 고여 아려 오는 중에 내가 단호하게 말했다. "뭔가 잘못되기를 바란 적이 없어요. 그러나 두 번 다 뭔가가 잘못되었죠. 지금 이 상황에서 그동안 겪은 일들을 생각해 볼 때, 지금 무슨 일이 벌어지고 있는지 내가 이해하려 하는 건 지극히 당연해요."

박사는 내 말을 잠시 생각하는 듯하더니, 의자에서 몸을 뒤로 젖히며 나와 거리를 두었다.

"그래서 어떤 이론을 갖고 있나요?" 박사가 물었다.

내가 침을 꿀꺽 삼켰다. "아직은 없어요." 갈라지는 목소리로 내가 대답했다. "전에는…… 조사하고 공부하는 데 많은 시간이 걸렸죠. 지금 모든 걸 다시 시작하려는 중이에요. 제 짐작으로는……." 내가 패배한 듯 시선을 떨궜다. "어디서부터 시작해야 할지 생각하는 중이에요."

"부탁 하나 할게요. 생각이 정리되면 저한테도 알려 주세요." 박사가 말했다.

난 박사의 '생각이 정리되면'이라는 말을 날 믿는다는 뜻으로 받아들여야 했는지 모르겠다. 내 귀에 들리는 건 시계가 째깍거리는 소리뿐이었다. 내가 어디서부터 시작해야 할지 못 알아낼까 봐 두렵지는 않았다. 다만 제때 알아내지 못할까 봐 두려웠다.

그리스신화에서 카산드라는 아폴론의 사랑을 받고 그로부터 미래를 예언하는 능력을 얻었다. 그녀가 아폴론의 사랑을 거절하자, 아폴론은 예언 능력을 빼앗는 대신 그녀에게 가장 끔찍한 저주를 내렸다. 그녀가 여전히 앞날을 내다볼 수 있었는데도 아폴론의 저주 때문에 아무도, 그녀의 가족도 그녀가 앞날을 내다보고 하는 경고를 믿지 않게 되었다. 트로이의 몰락과 아가멤논의 죽음 등 그녀의 예언이 현실로 드러났지만, 아무도 그녀를 믿지 않았다. 일부 다른 신화에서 그녀는 정신이 이상해졌다는 이유로 감금되고, 그렇게 갇힌 탓에 정말로 미쳐 버리기까지 했다. 그녀는 트로이의 몰락을 막으려다 아이아스에게 강간당하고, 끝내 아가멤논의 첩이 되었다. 그녀는 아가멤논에게 아내의 외도를 알리고 아내 정부의 손에 죽게 된다고 경고했지만, 그는 그녀의 말을 듣지 않았다. 카산드라와 아가멤논은 모두 아이기스토스에게 살해되었고, 결국 사람들은 카산드라가 과연 아가멤논의 목숨을 구하려 했는지 의심했다. 카산드라가 아가멤논의 죽음을 예견했다면 자신의 죽음도 분명 예견했을 테니 말이다. 결국 아폴론의 저주가 낳은 가장 잔인한 결과는 카산드라가 자기 목숨을 구하는 데 예지력을 써 보지도 못했다는 사실이다. 언저리였다.

에필로그

나는 2007년 6월 19일에 법적으로 성인이 되었다. 그로부터 10년 이 흐른 2017년 6월 19일 새벽 6시에 뜨거운 욕조 안에서 땀을 흘리며 이 이야기를 어떻게 끝낼지 고민하는 중이었다. 여느 때와 같은 여름의 열기가 이미 집 안에 스며들기 시작했다. 어쩌면 내가 이 공간에 맞지 않게 커져 버리고 있는지도 모르겠다. 그러나 난 돈에 인색하고 여기 집세도 꽤 싼 편이다. 위치도 나쁘지 않다. 몸 상태가 좋은 날이면 해안으로 산책하러 갈 수도 있다. 집주인이 웜지도 키울 수 있게 해 준다. 웜지는 화장실 문가에 앉아 있기를 좋아한다. 웜지의 생일이 며칠 남지 않았다. 생일이라기보다는 내가 생일로 고른 날이다. 웜지를 데려온 보호소에서 웜지가 태어난 것 같은 시기로 말한 6월 중순 중 내가 원하는 날, 메릴 스트립의 생일을 웜지의 생일로 정했다. 웜지는 개 나이로 이제 네 살이 되는데, 보통 사람들이 생각하는 것과 달리 사람 나이 스물여덟 살에 해당하지는 않는다. 하지만 우리가 각자 삶에서 서로 비슷한 시점에 있다고 생각하면 기분이 좋다. 구글 검색을 대충 해 보면 사람이 한 살 먹을 때마다 개는 열다섯 살쯤 먹는다고 한다. 나도 개와 같은 속도로 나이를 먹는 것 같다. 그래서 내 몸 상태가 이런지도 모르겠다. 내 몸 상태가 억눌린 감정이나 해결되지 않은 갈등의 결과라는 얘기가 아니라, 몸이 너무 빠르게 성장하다 보니 세포 노화가 촉진되었다는 얘기다.

내 삶의 첫 15년은 완전한 법적 성인이 되는 일로 끝났다. 그로부터 10년이 지난 지금, 내 친구들은 대부분 저마다의 방식으로 살아가고 있다. 각종 복지 혜택과 퇴직금이 보장된 첫 정규직 일자리를 얻는 것이든, 내게 의료보험 드는 방법을 묻는 것이든 말이다. 후자를 좀 더 설명하자면, 친구들 대부분이 올해까지는 부담적정보험법에 따라 부모님 의료보험으로 혜택을 누렸다.

욕조에 몸을 담근 채, 10대 시절에 내가 바랐던 지금 나이의 삶을 생각해 보았다. 내가 삶을 바꾸는, 아니 삶을 구하는 결정을 내린다면 내 삶이 기대한 대로 될 터였다. 난 열여섯 살에도 내가 세월에 지친 노인네 같다고 생각했고, (다른 사람들처럼) 경험에서 얻은 지혜와 성숙하며 갖게 된 강인함을 내 것으로 했다. 내가 얼마나 어린지를 이제야 깨달았기 때문에, 그때 내가 얼마나 애송이였는지 새삼스레 느낀다. 그렇지만 그때 어린 소녀를 난 존중한다.

난 예나 지금이나 목표의 목록을 매우 착실하게 만들기 때문에, 고쳐야 할 점은 고치고 미래를 설계할 탄탄한 기반을 마련할 경우 내가 실현할 수 있는 꿈에 대해 뚜렷한 그림이 있었다. 내가 내게 쓰는 편지에 이렇게 썼다. "난 분명히 정서적 안정이 다소 부족하고 강제로 분석하는 경향이 있지만 매우 능숙하고, 언젠가는 이 장점이

빛을 보리라 생각한다."

　그때는 비현실적인 꿈 같은 바람들을 늘어놓은 목록일 뿐인 듯했지만, 어쨌든 내가 만든 목록을 유심히 살펴보니 내가 경험하지 않은 것보다 경험한 게 더 많다는 사실을 알게 되었다. (여러 가지 학위 취득같이) 내가 이룰 수 있다고 생각한 일들 중 이루지 못한 것이 많고, ('내 외모를 평하는 대신 내가 흥미롭거나 똑똑한 사람이라고 말해 주고' '내가 섹스 중에 말해도 당황하지 않는' 남자와 사랑에 빠지는 일같이) 내가 거의 불가능하다고 생각한 일들이 아주 잠시나마 아름답게 실현되었다.

　내가 사랑하는 성취감 있는 직업, 바다 가까이 살기, 개를 키우기, 책장도 모자라 빈 주방 수납장까지 차지할 정도로 많은 책을 들여놓기. 나는 갖가지 바람을 적은 목록과 지금 내 삶을 대조해 보면서, 내가 품었던 희망이나 포부가 이루어졌는지 확인해 보았다. 그동안 나는 여기저기 다니면서 흥미로운 사람들을 만날 수 있었다. 내 남동생은 행복했다. 내게는 평생 믿고 의지할 수 있는 친한 친구들이 있었다. 힐러리의 아들이 자라는 모습을 지켜볼 수 있었고, 1년에 몇 번쯤 레베카를 만나러 갈 수도 있었다. 물론 삶의 즐거움 몇 가지를 잃은 것도 사실이다. 애석하게도 그 즐거움을 안 지 얼마 안 돼서 말이다. 음식과 섹스가 그랬다. 음식에 대한 상실감을 견디기가 더 힘들었다. 섹스보다는 잘 구운 돼지고기 샌드위치를 더 자주 떠올렸으니 말이다. 또 짧은 시간이라도 무용을 다시 할 수 있게 되었다.

게다가 목록에 적은 더 막연한 바람도 몇 가지 해치워 버렸다. 한 예로, 아코디언을 샀다.

이룬 바람이 쌓이자, 내가 큰 바람 하나를 목록에 넣을 생각조차 하지 않았다는 사실을 알게 되었다. 바로 건강이다. 당연히 어렸을 때는 딱 꼬집어서 건강해야겠다는 생각이 들지 않았다. 누가 그러겠는가? 그나마 건강과 가장 가까운 결심이 '어머니처럼 되지 말아야겠다'는 막연한 생각이었으나, 이 걱정은 단순한 몸의 건강 이상을 의미했다. 어느 날 내 삶이 쇠약해진 건강이라는 체를 통해 걸러지리라는, 그래서 그 어느 때보다도 촘촘해진 망을 거칠 때마다 그 힘이 조금씩 사라지리라는 생각은 꿈에도 못 했다.

오래전에 제인 선생님이 작은 종이에 문구를 하나 써 주었다. 그걸 간직했다 책상 위에 붙여 놓았다. "이 순간이 특별해야 한다는 욕심을 내려놓으면 믿기지 않을 만큼 자유가 찾아온다."

열아홉 살이던 어느 날 아침, 잠에서 깨어나자 삶이 영 뒤바뀌어 버렸다. 그 느낌이 너무도 충격적이고 뜻밖이라서 그 순간을 정확히 기억한다. 내 삶이 늘 불안하게 서 있었던 중요한 주춧돌이 무너지고 말았다. 더 무자비한 모습이 드러난 순간도 있는데, 이제 막 찾아온 가을밤이 낮 시간을 훔쳐 다가올 봄을 위해 감춰 두고 언제나 그렇듯 무방비 상태로 어둠 속으로 내몰릴까 봐 두려워 빛을 비축해 두는 것과 같았다.

내가 욕조에서 몸을 일으켜 거울에 비친 내 모습을 찬찬히 보았다. 나 같지 않아서 이상하게 안심이 되었다. 나 같지도 않지만, 어머니 같지도 않았다. 난 어머니를 사로잡을 순간을 기다리며 그토록 오랫동안 어머니 몸속에 살던 게 뭔지 종종 궁금해한다. 어머니가 살아가도록 이끌면서 어머니 몸속에 살던 게 뭔지도 궁금하다.

멍들고 수척한 몸으로 그렇게 서서, 제인 선생님이 내게 준 문구를 생각한다. 지금 이 순간만큼은 오롯이 깨어 있다고, 생생히 살아 숨 쉬고 있다고 느낀다. 날 사로잡을 순간을 기다리며 지금껏 내 몸속에서 산 것이 뭔지 궁금하다. 지금 내 안에서 살면서 날 살아가도록 이끄는 것이 뭔지 궁금하다.

아직 이른 시간이고 날이 포근하니, 이제 일을 해야 한다. 몸을 똑바로 세우고 거울에서 돌아선다. 내가 궁금한 점들은 나중에 물어봐도 된다. 진실은 밝혀질 것이고, 그게 어떤 순간일지는 아직 모른다. 내가 분명히 아는 한 가지는 이것이다. 진실 안에, 어설프게나마 살아 있다는 점이다.

엄청나게 시끄럽고
지독하게 위태로운
나의 자궁

초판 1쇄 발행 2019년 4월 15일

지은이 | 애비 노먼
옮긴이 | 이은경
교정 | 김정민
디자인 | 여상우

펴낸이 | 박숙희
펴낸곳 | 메멘토
신고 | 2012년 2월 8일 제25100-2012-32호
주소 | 서울시 은평구 연서로182-1(대조동) 502호
전화 | 070-8256-1543 팩스 | 0505-330-1543
이메일 | mementopub@gmail.com
블로그 | mementopub.tistory.com
페이스북 | www.facebook.com/mementopub

ISBN 978-89-98614-64-5 (03840)

이 도서의 국립중앙도서관 출판예정도서목록(CIP)은 서지정보유통지원시스템 홈페이지
(http://seoji.nl.go.kr)와 국가자료공동목록시스템(http://www.nl.go.kr/kolisnet)에서
이용하실 수 있습니다. (CIP제어번호: CIP2019008844)